Dianna M. Marquès

ALMA INMORTAL

ALMA INMORTAL
©Dianna Muñoz Marquès
www.diannammarques.com

Diseño de cubierta: Dianna Muñoz Marquès

Primera edición: Diciembre de 2009
Segunda edición: Septiembre de 2010

ISBN: 978-8461370801
Depósito legal: B-47496-2009

A mi familia y amigos,
Por creer en mí y llenar de luz mis días oscuros.

El viaje

Mayo de 1988, Nueva York.

El sonido ambiental de la oficina fue descendiendo a medida que la manecilla del reloj se acercaba para dar las cinco y media de la tarde. La jornada laboral llegaba a su fin.

Corrigió un signo de puntuación que había incorrecto en la última frase del documento y tapó el rotulador rojo, satisfecha por un trabajo bien hecho.

No le entusiasmaba la idea de trabajar en una revista de cine, y mucho menos como correctora, pero tenía la esperanza de que, con el tiempo, podría llegar a escribir sus artículos y, quién sabe, en un futuro lejano, terminar escribiendo para uno de los grandes periódicos de la ciudad.

Se levantó para dejar el documento perfectamente corregido en la bandeja con el nombre de su jefe, situada en la mesa de la secretaria de dirección que, casualmente, se había apresurado a salir de la oficina unos minutos antes.

Al girar sobre sí misma para volver a su mesa, dispuesta a recoger sus cosas y marcharse, unos golpes en la cristalera que delimitaba la oficina con el corredor del edificio le llamaron la atención.

Justo por debajo de la pegatina con el nombre de la revista, vislumbró dos caras muy familiares. Samantha y June estaban pletóricas y hacían aspavientos mostrándole a Kate las tres maletas de las que eran portadoras.

Kate recogió su bolso del respaldo de la silla, intentando contener la risa de excitación, y se despidió de los pocos empleados que aún quedaban allí.

Le esperaban cinco maravillosos días en Venecia.

June fue la primera en abordar a Kate en cuanto salió.

—Llevamos diez minutos haciendo muecas y ruiditos para ver si nos veías. Estás muy concentrada mientras trabajas.

Samantha se le acercó y le dio una vieja maleta de piel marrón.

La noche anterior, Kate casi no había dormido, preparándose el equipaje.

—Se ha girado todo el personal de la oficina menos tú.

Kate pulsó el botón del ascensor y sonrió, mirando de reojo su lugar de trabajo.

—¡Sois como niñas! —Meneó la cabeza—. Menos mal que no vuelvo hasta pasados unos días. ¡Qué vergüenza!

Sonrió.

El ascensor se abrió y las tres entraron tranquilamente. Las puertas se cerraron con un suave movimiento. Se miraron entre ellas con un brillo divertido en los ojos.

Por suerte, estaban solas.

—¡Nos vamos a Venecia!

Los gritos de júbilo se iban oyendo en cada una de las plantas del edifico mientras descendían.

El aeropuerto JFK estaba atestado de gente, a pesar de ser un miércoles corriente. La mayoría de sus transeúntes eran hombres de negocios, que se paseaban por las instalaciones con caros trajes y lujosos maletines de piel como único equipaje.

Sin lugar a dudas, las tres excitadas amigas llamaban la atención entre aquella elegante multitud.

June lucía su preciosa cabellera azabache, tan perfectamente lisa como de costumbre, y empujaba el carrito con las maletas con la elegancia que le caracterizaba, mientras sus vivos ojos marrones no perdían detalle alguno de la terminal.

Samantha no podía disimular sus nervios. Pasaba su mano frenéticamente por su media melena castaña cada pocos minutos, apartándola de sus brillantes ojos esmeralda, mientras revisaba la documentación de las tres para el viaje. Sin duda, se le había confiado la tarea por ser la más responsable y organizada del grupo.

Kate iba un paso por detrás de ellas y las observaba con ternura.

Desde que se había trasladado a Nueva York tres años atrás, podía decir, con absoluta certeza, que June y Sam eran sus mejores amigas y su única familia en el mundo.

Tras un tórrido romance en el último año de universidad con un profesor casado, los padres de Kate, devotos cristianos y muy chapados a la antigua, habían discutido con su hija al enterarse del asunto, obligándola a marcharse de casa ya que, según ellos, no era digna de ser de la familia.

Ella, que por aquel entonces aún se veía con el profesor, decidió, tras seis meses de disculpas y severa humillación sin resultado alguno, abandonar cualquier esperanza de reconciliarse con sus padres y dejar su ciudad natal, Sayreville, en New Jersey, para siempre.

La fama de Nueva York le precedía, por lo que Kate, animada por su amante, no dudó ni un instante en buscar piso y trabajo en Manhattan.

La suerte, o el destino, quiso que Kate encontrara la mejor oportunidad que había en el mercado inmobiliario por aquel entonces

9

en la ciudad: una preciosa y barata habitación en un increíble apartamento de Brooklyn Heights que, casualmente, había dejado libre aquella semana Sam, ya que se marchaba a vivir con su novio.

June heredó de su rica abuela el apartamento, que años atrás había formado parte de una lujosa casa. Como ella sola no podía asumir los gastos, decidió alquilar una de las habitaciones. Tras pasar por algunas entrevistas con gente de lo más curioso, decidió compartirlo con Sam. La amistad surgió enseguida, haciéndolas inseparables de por vida.

Cuando un año después le alquiló la habitación a Kate, las tres se convirtieron en buenas amigas y ella agradecía cada día el tenerlas a su lado, sobretodo en los momentos difíciles, como cuando su amante decidió dejarla porque su mujer esperaba un hijo suyo.

A pesar de todo, en su interior, Kate no podía evitar sentirse un poco fuera del grupo, ya que la amistad que compartían June y Sam era algo muy especial y poco común. Aunque sabía que, seguramente, era sólo una apreciación suya, ya que no tenía motivos ni quejas de sus amigas, se sentía como si su vínculo con ellas no fuera tan fuerte.

Sam se acercó orgullosa al mostrador que correspondía con su número de su vuelo y sonrió como si hubiera hecho una gran proeza.

−Éste es, chicas. ¡Ya nos vamos!

Kate empezó a sentir calor, seguramente por la emoción de viajar a un país extranjero. Jamás había salido de Estados Unidos. Cogió la goma de pelo que siempre llevaba en la muñeca, muy práctica para esas ocasiones, y recogió su larga cabellera en una coleta llena de doradas ondulaciones. Un mechón rebelde del flequillo le cayó sobre sus cristalinos ojos azules.

La azafata de tierra les pidió la documentación y, tras revisar minuciosamente los nombres de los billetes y los pasaportes, sonrió a Samantha y le devolvió los papeles.

—Ya pueden colocar las maletas en la cinta.

June, sin esperar ayuda, colocó rápidamente las tres maletas en la cinta transportadora y sonrió ampliamente a la azafata. Ésta se limitó a colocar las etiquetas con el localizador de vuelo en las maletas. Sin duda, aquella mujer estaba amargada de ver a diario pasajeros tan felices y excitados como las tres chicas, que lucían radiantes ante su mostrador.

June sonrió pícaramente y miró a sus amigas con un brillo que bailaba en sus ojos.

—Bueno, ya está. Y después de facturar las maletas, ahora toca... —Su sonrisa se amplió—. Compras de última hora en el *Duty Free*. Disponemos de una hora. ¡Vamos, chicas!

June salió tan rápido hacia la zona de compras que sus amigas tuvieron problemas para seguirla.

Kate se sentó junto a Sam e intentó que las manos no le temblaran mientras se abrochaba el cinturón de seguridad. Los nervios se hacían patentes en sus movimientos y en su respiración, cada vez más agitada.

Sam se percató del estado de angustia de Kate, causado por su primer vuelo en avión, y le dedicó a June una rápida mirada de complicidad en busca de ayuda. Ésta le sonrió dulcemente.

—Katie, tendrías que haberte comprado el vestido que hemos visto en aquella tienda. ¡Estabas espectacular!

Kate se inclinó para mirar a los ojos a June, que estaba sentada al otro lado de Sam.

—Algunas no tenemos tu físico y tu porte. Yo no me sentiría

cómoda con un vestido tan ceñido. Sabes que me gusta vestir más sencilla.

—Bobadas, eres preciosa. Estabas muy guapa. Seguro que con aquel vestido te habrías ligado a un buen número de italianos. Por suerte, yo traigo muchos vestidos para prestarte.

—¡Ni lo sueñes! Estamos de viaje en honor a la novia y no de ligue con italianos.

Sam enrojeció al oír la palabra "novia" y June soltó una carcajada.

—Vamos, ¡enséñanos de nuevo el anillo!

Sam levantó la mano tímidamente y June se la cogió hasta que el diamante brilló al alcanzar el haz de luz que tenían sobre las cabezas.

—Es enorme. No me canso de verlo.

Kate asintió.

—Realmente, Mark tuvo muy buen gusto en escogerlo, es precioso. Casi no puedo creer que dentro de tres semanas te vayas a convertir en la señora Baker.

Sam sonrió ampliamente y suspiró.

—Estoy histérica, chicas. ¡Me caso!

June le cogió la mano.

—Veamos, el propósito de esta escapada es, a parte de hacer una despedida de soltera original e íntima, que te olvides de los nervios previos a la boda. Todo está bajo control, cariño. Tus damas de honor lo tienen todo super organizado. ¿A que sí, Kate?

—No lo dudes, Sammy. Todo saldrá genial. Vas a estar preciosa y Mark te va a querer toda la vida. Seréis muy felices.

—Y Katie y yo estaremos muy, muy celosas.

June les dedicó una mueca triste y las tres empezaron a reír.

Sin darse cuenta, el avión había despegado y se dirigían hacia Venecia.

ॐ ॐ

El taxista ayudó a bajar las maletas de las tres chicas, mientras ellas consultaban un mapa de Venecia con detenimiento.

—Bueno, chicas, por fin estamos aquí. Ahora, los únicos medios de transporte son: las góndolas, los *vaporetto*, los taxis acuáticos y, por supuesto, nuestros propios pies.

June cogió por el asa su moderna maleta con ruedas e hizo un teatral movimiento con el brazo.

—¡*Andiamo*!

Kate comparó la dirección del hotel con el mapa y trazó un recorrido con el dedo.

—Supongo que deberíamos tomar otro taxi, la *Piazza San Marco* no está cerca de donde nos encontramos ahora.

—Será lo mejor, no creo que June aguante demasiado con esas sandalias de tacón.

June empujó amistosamente a Sam.

—¡Eh! Me gusta ir elegante cuando voy fuera, ¿qué pasa?

Sam le sacó la lengua.

Kate guardó el mapa en su bolso y se pusieron en marcha para encontrar un taxi.

Tan sólo habían andado unos pasos cuando una ciudad maravillosa y muy poco común se apareció ante ellas.

Los canales, con la brillante agua del mar, sustituían a las asfaltadas calles de cualquier otra ciudad y, en ellos, en lugar de circular coches, navegaban lanchas a motor, entre otros tipos de embarcaciones.

El sol de primera hora de la mañana le otorgaba a Venecia un color dorado y brillante, que la hacía envolverse de un aura romántica y trasladar a todos los transeúntes a una época mucho más antigua que la actual.

Era mágica.

Minutos después, se encontraban en una lancha-taxi que las llevaba a su destino, uno de los más turísticos de Venecia, la *Piazza San Marco*.

El Gran Canal se abrió ante ellas, soberbio y majestuoso. Sintieron que les faltaban sentidos para poder apreciar la belleza de aquel lugar como se merecía.

Ninguna de ellas habló, simplemente se limitaban a señalar con el dedo todo lo que las rodeaba y a articular sonidos de admiración. Las lanchas, que se deslizaban velozmente a su alrededor y en todas direcciones; las antiguas fachadas de colores desvaídos por el paso del tiempo y cargadas de historia; el *Palazzo Ducale,* que se alzaba majestuoso en un lateral de *San Marco*, mientras las gaviotas revoloteaban por doquier.

Finalmente, llegaron a la bella plaza llena de visitantes.

El Hotel, localizado en uno de los laterales de la plaza, era uno de los mejor situados y lujosos de Venecia.

La estancia allí era un regalo de los padres de June para Sam. Desde que la conocieron, como todos, se habían enamorado de ella. La frágil chica tenía ese don y no habían dudado en pagar el hotel como regalo para la futura novia.

Kate se sintió sobrecogida ante la recepción del hotel. Era un edificio muy viejo, pero bien restaurado. Decorado con toda clase de objetos antiguos que, sin duda, de haber podido hablar, hubieran explicado la historia de la ciudad con todo lujo de detalles.

Tras algún pequeño problema idiomático, las chicas se registraron en el hotel y recogieron las dos llaves de las habitaciones.

Una de las desventajas de ser tres era que, normalmente, al no haber habitaciones triples en los hoteles y, para evitar las incómodas camas supletorias, que June odiaba tanto, se veían obligadas a dividirse en dos habitaciones dobles.

Kate, a pesar de que June y Sam insistían en echarlo a suertes, era siempre la que dormía sola. No le importaba, y menos en esta ocasión, ya que sabía que sería la última vez que June y Sam podrían compartir una habitación. Una vez que Sam se casara con Mark, los viajes se organizarían para cuatro personas y Sam compartiría habitación con su marido.

Kate entró en la amplia y luminosa habitación con vistas a la plaza. Estaba decorada con muebles de caoba antiguos y la cama tenía un dosel de madera.

Se sentía feliz de estar allí, lejos de todo lo que conocía. Podía ser la persona que quisiera, sin responsabilidades, sin malos recuerdos del pasado. Se sentía libre.

Un pensamiento fugaz pasó por su mente y salió corriendo,. Cogió la llave de la habitación al vuelo y cerró la puerta tras de sí, sin detenerse.

Se plantó en la habitación contigua a la suya y llamó. Sam abrió la puerta con una sonrisa en el rostro.

—Kate, ¡qué habitaciones más bonitas!, ¿verdad? Los padres de June han sido tan generosos. ¡Esto es demasiado!

Kate pasó de largo sin apenas prestarle atención y se sentó junto a June, que estaba en la cama revisando el contenido de su neceser.

—¿Juny?

June levantó una ceja y la miró desconfiada.

—He pensado que tienes razón. Estamos en Venecia de vacaciones y hemos venido a divertirnos.

–¿Y...?

Kate se aclaró la garganta y bajó la mirada.

–¿Tienes un vestido bonito que prestarme?

Sam y June rieron escandalosamente.

–Uno no, ¡montones! –Sam señaló la maleta de June, que estaba abierta a los pies de su cama–. Se ha traído medio armario, Katie.

Las tres amigas empezaron a reír musicalmente.

La fiesta

Tras haber disfrutado de tres días en Venecia, las chicas ya se desenvolvían con tal soltura por las calles de la ciudad que parecía que llevaran allí semanas.

Durante aquellos intensos días, habían comprado máscaras venecianas en las entrañables tiendas de la ciudad, ropa en un típico mercadillo y objetos de cristal en la isla de Murano. Hicieron la típica visita al *Palazzo Ducale*. Fotografiaron el puente de los suspiros y aprendieron su leyenda. Comieron pizza en una *tratoria* cerca del puente de *Rialto* y sólo les faltaba algo importante que hacer: un paseo en góndola.

Aquel día nublado, después de comer y como de costumbre, empezaron a vagar por las calles sin rumbo fijo, cruzando los bellos puentes de piedra, parándose a ver los escaparates y haciéndose fotos en rincones encantadores. Fue entonces cuando vieron una de esas preciosas embarcaciones de color negro, forrada con terciopelo rojo y, como mascarón, unos dragones de estilo chino recubiertos de pan de oro.

Ninguna de las tres pronunció una sola palabra respecto a la góndola. Se quedaron allí de pie, admirándola.

June tomó una foto.

Fue el gondolero quien rompió el silencio al percatarse del interés de las jóvenes.

—¿Americanas?

Kate sonrió. Desde que estaban en Venecia, se sentía más segura de sí misma, más viva, más capaz de todo y, últimamente, era ella la que tomaba la iniciativa en las conversaciones con extraños, llegando incluso a atreverse a decir alguna palabra en italiano.

—Sí, somos de Nueva York. ¿Cuánto?

—Para unas *ragazze* tan lindas, cincuenta dólares una ruta de una hora.

—Uf, muy lindas no seremos cuando nos quieres cobrar tanto.

June le dio un codazo a Sam. Ni mucho menos estaban acostumbradas a ver a Kate desenvolverse de esa manera. Solía ser tímida y reservada, pero les gustaba verla tan alegre.

—*Bellissima* y luchadora, como a mí me gustan. Treinta y cinco entonces.

Kate sonrió e hizo un gesto con la mano a Sam y June para que subieran a la góndola. El gondolero les tendió la mano para ayudarlas a subir. Por último, cogió la mano de Kate y le miró a los ojos, dejándola sin aliento.

No se había percatado de lo guapo que era el joven. Tendría unos veinticinco años, como ella, quizás alguno menos. Lucía una cabellera despeinada, no muy larga y de color negro, pero lo que más la perturbó fueron esos ojos grises, que se habían clavado en los suyos. A causa de los nervios, perdió el equilibrio y él la sostuvo entre sus brazos para que no cayera al agua. El contacto con su firme torso la dejó sin respiración y le aceleró el pulso.

Sam y June ahogaron unas risitas pícaras.

—Cuidado, *ragazza*, no querrás caerte al agua.

Kate rió nerviosamente y se deshizo de su abrazo.

Cuando se sentó frente sus amigas, éstas le hacían signos de aprobación.

18

El gondolero usó el remo, apoyándolo contra la pared más cercana, para apartar la embarcación de la orilla de la calle, empezando así su ruta en góndola.

Las tres amigas se dejaron seducir por el suave balanceo de la góndola sobre el agua. La sensación era más de levitar sobre el mar que de navegar por él.

Las antiguas fachadas pasaban muy cerca de ellas, casi podían tocarlas, y recorrieron lugares que a pie era imposible llegar a ver.

El gondolero empezó a canturrear algo en italiano, mientras ellas intercambiaban miradas de complicidad.

June intentó allanarle el camino a Kate.

—Gondolero, ¿cómo te llamas?

El joven sonrió despreocupado.

—Me llamo Lorenzo, pero todo el mundo me llama Enzo.

—Encantada, Enzo. Yo soy June —Hizo un gesto con la mano para presentarse—. Ella es Samantha —Sam sonrió cordialmente—. Y ella es Kate.

Kate se sonrojó cuando él le volvió a clavar la mirada con un brillo de lujuria en sus grises ojos.

Era cierto que desde hacía unos días se sentía más viva, el viaje le sentaba bien, pero no sabía si podría llegar a ser tan liberal como para tener un idilio con un desconocido.

—*Attenzione*, ésta es la casa donde vivió Giacomo Casanova.

Enzo señalaba una casa, cuya fachada mostraba unos signos del zodíaco pintados a lo largo y ancho.

—A parte de ser un redomado conquistador del género femenino, era un gran astrónomo.

—Parece que por aquí hay más de un conquistador —susurró Sam a sus amigas, tan bajito que casi no la oyeron.

Los labios de Enzo se curvaron en una pícara sonrisa y Kate

volvió a ruborizarse. Era imposible que las hubiera oído.

June volvió a interrogar a Enzo.

—Enzo, ¿tú eres de Venecia?

Él asintió.

—Y dime, ¿dónde podemos salir a divertirnos por la noche?

—Qué casualidad *signorine*, esta noche soy co-anfitrión de una fiesta en la *mia* casa. Sería todo un honor que vinieran.

Kate y Sam miraron amenazantes a la intrépida June, para que no se precipitara con la respuesta.

Fue Sam la que respondió.

—Gracias de corazón, Enzo, pero deberíamos pensarlo.

Las tres chicas sabían de sobra que era una osadía ir a casa de todo un desconocido en un país extraño. Podía ser una invitación inocente, pero cabía el riesgo de que aquel encantador joven fuera un psicópata, o algo parecido. Ellas eran de Nueva York y eran muy precavidas en ese sentido.

Enzo rebuscó un papel en su chaqueta.

—*Questa* es la *mia* tarjeta. La fiesta es en honor a mi hermana Galatea. Una reunión de *amici* con música y baile. Si os lo pensáis, os espero a las diez en la dirección que hay escrita.

June cogió la tarjeta y se la entregó a Kate, que se apresuró a guardarla en su bolso y sonrió mirando al suelo para disimular su interés.

—*Grazie.*

Enzo sonrió.

—Ya hemos llegado, *signorine.*

Una a una, las ayudó a regresar a tierra firme. Kate fue la última en abandonar la embarcación y, cuando Enzo le cogió la mano para ayudarla, aprovechó para susurrarle al oído:

—Te espero esta noche —Sus palabras parecieron más un suave ronroneo animal que una voz humana.

Un escalofrío recorrió la espalda de Kate.

No tuvo el valor de volverse para mirarle.

Cuando Sam sacó el billetero para pagarle, Enzo sonrió y negó con la cabeza.

—Las mias *amici* no pagan.

—*Grazie*.

Con la misma facilidad que antes, Enzo golpeó la pared con el remo y se alejó de nuevo por el canal.

Sam meneó la cabeza.

—¿Qué les pasa a estos italianos? ¿Es que sólo piensan en mujeres y en ligar?

—A mí me ha parecido guapísimo y muy educado —June buscó la complicidad de Kate, que todavía estaba en estado de shock—. Esta noche nos lo vamos a pasar en grande, ¿verdad Katie?

—June, estás loca. Yo no me muevo del hotel. Los psicópatas suelen ser encantadores y no quiero que vayáis.

—Yo quiero ir —La voz de Kate sonó como un susurro.

—Chicas, es peligroso, os puede pasar cualquier cosa, me da mala espina. Por favor.

June miró a Sam, que estaba más seria de lo habitual y había elevado el tono de voz lo suficiente como para que la gente que pasaba por la calle reparara en ellas.

—Está bien, Sammy. No iremos. No quiero que te pongas triste ni que te preocupes. Montaremos nuestra propia fiesta en la habitación del hotel. Vaciaremos el mueble-bar. ¿Verdad Kate?

Kate asintió, pero sin sentirlo. Aún quería ir a la fiesta del gondolero desconocido.

❧ ❦

Las chicas habían cenado en el restaurante del hotel y, después de ponerse el pijama, se dedicaron a cumplir al pie de la letra el plan de June.

Vaciaron su mini-bar y el de la habitación de Kate.

Para cuando dieron las diez de la noche, sólo quedaban botellitas abiertas esparcidas por toda la habitación y las tres amigas estaban en el suelo riéndose por todo.

En realidad, Kate no había bebido tanto, pero era parte del plan que había estado urdiendo toda la tarde. Sus amigas debían pensar que estaba más borracha que ninguna.

—Chicas, me he pasado con el tequila. Me voy a dormir.

—¡No!

Sam y June hablaron al unísono y empezaron a reír por la absurda casualidad.

—No puedes irte, es mi despedida de soltera.

Kate fingió una arcada.

—Oh, oh. ¡Kate no aguanta el alcohol Sammy!

—Lo siento, chicas, me voy a mi habitación. Estaré bien.

—Te acompaño.

June intentó ponerse en pie, pero perdió el equilibrio y se desplomó en el suelo entre risas.

—¡Ups! No puedo.

Kate sonrió.

—Estaré bien, tranquilas. Hasta mañana.

Las dos chicas dijeron adiós con la mano. Cuando Kate cerró la puerta tras de sí, June se santiguó.

—Descanse en paz.

Las risas se oyeron desde el pasillo.

22

Kate entró como una exhalación en su habitación y miró su reloj de pulsera.

Eran las diez y cuarto. Llegaba tarde.

Se metió en la ducha a toda prisa y aprovechó para lavarse los dientes allí mismo.

Veinte minutos después, salía precipitadamente por la puerta principal del hotel, vistiendo un provocativo vestido azul que le había tomado prestado a June, con la melena al viento y perfectamente maquillada y perfumada.

Aquella tarde, había revisado minuciosamente el mapa de la ciudad y sabía con exactitud dónde se encontraba la casa de Enzo. No estaba muy lejos de la *Piazza San Marco*.

Mientras caminaba rápidamente por las tranquilas calles, no dejaba de preguntarse a sí misma qué era lo que la estaba llevando a hacer algo tan temerario por su parte. ¿Y si Sam tenía razón? ¿Y si era un asesino en serie? Ella nunca corría semejantes riesgos, pero algo la impulsaba hacia la casa de él. Una atracción desconocida para ella. Algo inevitable.

Atracción animal.

La enorme puerta de madera tallada se alzó ante ella como la puerta al paraíso. Por un segundo, dudó en dar media vuelta y volver a la seguridad de su habitación de hotel, pero no podía hacerlo. Algo en su interior se lo prohibía y el alcohol que corría por sus venas daba alas a su osadía.

Llamó al timbre con manos temblorosas.

La puerta se abrió con un suave crujido y tras ella aparecieron los ojos grises que la habían estado hipnotizando toda la tarde, solo que en un bello rostro femenino de cabello rizado y oscuro.

—*Ciao.*

Kate sonrió nerviosa.

—*Ciao*, soy Kate. Enzo me invitó esta noche a la fiesta de su hermana.

La joven puso los ojos en blanco y negó con la cabeza.

—*¡Lorenzo!*

Segundos después, Enzo asomó la cabeza por la puerta con aire sorprendido.

—¡Kate! Estás *bellissima*. Pasa, *per favore*.

—*Grazie,* Enzo.

La casa era de las más antiguas de Venecia. Estaba restaurada con un gusto exquisito, decorada con muebles modernos combinados con antigüedades y predominaba un gran lujo por todas partes. En el centro de la amplia entrada, se alzaba una majestuosa escalera de mármol blanco, que brillaba bajo las lámparas del techo.

—Tenéis una casa preciosa.

Enzo sonrió y a Kate le dio un vuelco el corazón.

Fueron avanzando poco a poco por la casa, hasta llegar a una gran puerta de cristal que daba paso a un patio interior de piedra de color canela. Allí, unas veinte personas hablaban animadamente, bailaban y reían.

La joven de ojos grises también estaba allí, lanzándole una enigmática mirada a la recién llegada.

—¿Una copa de lambrusco?

—Sí, gracias.

Enzo desapareció dentro de la casa y, segundos después, depositó en la mano de Kate una copa con el vino muy frío.

Bebió un largo tragó y sonrió.

—Está delicioso.

—Como tú.

Kate se sonrojó y Enzo pasó un dedo sobre sus labios.

Ella vació su copa de un trago, presa de una oleada de pánico.

24

—¿Otra?

—Por favor —Kate le dedicó su sonrisa más inocente y Enzo la tomó de la mano llevándola hasta la cocina, lejos de toda aquella gente.

La estancia, de aire rústico y armarios de madera clara, tenía una encimera alicatada con baldosas blancas y rematada con un borde de madera al puro estilo italiano.

Enzo se acercó a Kate con el sigilo de un gato y, como si de una muñeca de trapo se tratara, la levantó, sentándola en la encimera. La sonrisa de sus labios no desaparecía en ningún momento. Ella no se asustó. Quizás porque el alcohol que recorría su sangre empezaba a tomar control de sus actos y sensaciones.

—Pensaba que no te volvería a ver.

Las manos de él se apoyaron en sus muslos desnudos a causa de la escasa tela de su vestido.

—Me pediste que viniera.

Enzo levantó una ceja y el pulso de Kate alcanzó una velocidad astronómica.

Se alejó de ella con elegancia y cogió la botella de lambrusco recién empezada de la mesa de la cocina.

Ella miró la copa vacía que aún estaba sujetando.

Sin darse cuenta, él ya la estaba rellenando con un brillo pícaro en sus ojos.

—¿Quieres emborracharme para aprovecharte de mí?

Las palabras empezaban a enredarse en su lengua.

—No creo que me haga falta.

La media sonrisa pícara de Enzo lo desencadenó todo.

Kate vació de nuevo la copa de un trago y se lanzó a sus brazos, como si le fuera la vida en ello.

Él le respondió con un beso tan apasionado que casi hizo que ella perdiera el sentido. La cogió en brazos y, mientras seguía besándola con fiereza, la llevó a la planta superior de la casa.

Kate no era dueña de sus actos, sólo se dejaba llevar por su instinto más primitivo y únicamente era consciente de Enzo.

Ni siquiera notó que se movían.

Él la depositó en la cama de su habitación y le hizo el amor como nunca antes se lo habían hecho.

La luz del sol que se filtraba por las cortinas mal corridas hizo que Kate se despertara.

La cabeza le dolía como si le hubieran golpeado con cientos de martillos y tenía una sed terrible.

Se incorporó lentamente y, con los ojos medio cerrados, se dirigió al baño para tomarse un analgésico y beber un poco de agua.

No encendió la luz.

Los recuerdos de la noche anterior revoloteaban por su mente como mariposas difusas.

Fue entonces cuando se percató de que estaba en su habitación del hotel. Aún llevaba el vestido azul de June, pero no recordaba haber vuelto allí.

Su último recuerdo fue el de quedarse dormida y exhausta entre los brazos de Enzo.

Estaba demasiado aturdida por el dolor para ponerse a hacer conjeturas y decidió volverse a la cama.

Entonces la vio.

Sobre la mesilla de noche, una preciosa orquídea blanca acompañaba a un sobre en el que, con una caligrafía perfecta, estaba escrito su nombre.

Se sentó suavemente sobre el borde de la cama y abrió la carta.

Querida Kate,
¡Grazie por una noche fantástica.
Suerte en Nueva York.
Enzo.

—¿Enzo me trajo aquí?

Las imágenes de la noche anterior empezaron a dibujarse con mayor claridad en su mente, sintiéndose avergonzada por su falta de juicio. ¿Qué le había pasado? Ella no era así.

Todo había sido culpa del alcohol.

Decidió no pensar más en el tema.

Minutos después, el analgésico empezó a hacerle efecto y decidió que lo mejor era darse una ducha y empezar a hacer las maletas, ya que aquel era el último día del viaje y por la noche estarían de vuelta en Nueva York.

Tras la revitalizadora ducha, se sentía como nueva y con ganas de regresar a casa. Cierto era que la experiencia de sentirse liberada a causa de la excitación de un país y una ciudad nuevos le había gustado pero, teniendo en cuenta lo sucedido la noche anterior, quizás se había dejado llevar demasiado por su nuevo entusiasmo.

Debía volver a ser la de siempre.

Cuando salió del baño, no tardó en reparar en la presencia que la esperaba en su habitación.

June, con cara de sombría sospecha, con su vestido azul en una mano y la carta con la orquídea en la otra, estaba esperando respuestas sentada a los pies de su cama.

—June, ¿cómo has entrado?

—Estaba abierto.

Kate se sentó junto a ella y dejó reposar su cara entre sus manos.

27

—Me siento fatal, June. Estoy avergonzada.

La expresión de June pasó a ser más divertida y cordial.

—¿Por qué? ¿Por tener un poco de diversión con un guapo desconocido?

Kate miró atónita a su amiga.

—¿No estás enfadada?

June suspiró y puso los ojos en blanco.

—Debería estarlo. Nos mentiste para escaparte con el gondolero. Pero eres mayorcita para hacer con tu vida lo quieras y te mereces vivir un poco. Ser siempre tan prudente y comedida es aburrido.

June se sentó junto a Kate y la rodeó con el brazo.

—No tienes por qué sentirte avergonzada Katie. Si te lo pasaste bien, y según esta nota eso parece, no hay nada de malo en que dos adultos conscientes de lo que hacen se diviertan un poco. No es pecado.

Kate apoyó la cabeza sobre el hombro de su amiga.

—En el Vaticano, sí.

June ahogó una carcajada.

—Ahora, cuéntamelo todo.

—De acuerdo pero, de esto, a Sam ni una sola palabra. Se pondría como loca.

June hizo un gesto con la mano como si cerrara su boca con una cremallera y sonrió.

La azafata empezó a repartir unas bolsas diminutas de cacahuetes a todos los pasajeros. Kate cogió la suya y la guardó en la bolsita del asiento delantero.

No tenía hambre.

June y Sam estaban enfrascadas en una animada conversación sobre todos los souvenirs que llevaban para la familia y los amigos y cómo distribuirlos entre ellos.

Kate decidió cerrar los ojos e intentar dormir pero, por mucho que no intentara pensar en el tema, no podía sacarse de la cabeza el cuerpo musculoso de Enzo, su suave tacto y sus maravillosos ojos grises.

Era como si aquellos ojos le hubieran marcado a fuego su mirada en lo más profundo de su alma y ya no se borraría jamás.

Imprevisto

Kate había vuelto a la más absoluta normalidad. Cumplía con su deber en su empleo, como siempre, y pasaba las noches con June viendo películas o series en su bonito piso de Brooklyn Heights. Enzo ya formaba parte del pasado y ni Kate ni June habían vuelto a hablar del asunto.

Aquella tarde soleada de Junio era el día perfecto que Kate había deseado para la boda de su amiga.

Sam lucía radiante de felicidad con su inmaculado vestido de novia, mientras el fotógrafo retrataba a los recién casados y a los invitados.

—Está preciosa.

June dejó rodar una lágrima por su mejilla. Kate le sonrió y la abrazó con ternura.

—¿Quién crees que será la próxima?, ¿tú o yo?

—Sin duda tú, ya te veo rodeada de niños, con un marido que te adorará, viviendo en una casita en las afueras, donde los pequeños puedan aprender a montar en bicicleta.

Kate la miró horrorizada.

—Vaya, parece que no es la primera vez que piensas en mi futuro.

—Suelo imaginarme el de todos mis seres queridos.

June sonrió con la inocencia propia de una niña.

—¿Y qué será de ti, mientras yo vivo feliz con mi familia?

—Me convertiré en una diseñadora de zapatos famosa y no tendré tiempo para ninguna familia, así que tendré varios amantes que me colmarán de caprichos.

—¡Serás golfa!

Kate y June empezaron a reír escandalosamente y algunos de los invitados más formales las miraron con desaprobación. Por suerte, el fotógrafo las llamó para que acudieran junto a los novios y, así, inmortalizar el feliz día de su amiga.

Sam les dedicó una amplia sonrisa.

—Estáis preciosas.

—Hoy no hay nadie más hermosa que tú, Sam —June contuvo una lágrima y el fotógrafo les sacó una instantánea.

—Mark, ¿te importa si nos hacemos una foto sólo las tres?

—Claro que no, cariño.

Mark besó la mejilla de su flamante esposa y se hizo a un lado, mientras las tres amigas se abrazaban y posaban para una nueva fotografía.

Kate deseó poder tener algún día alguien con quien compartir su vida y ser la mitad de feliz que los recién casados.

Hacía apenas un par de horas que June y Kate habían vuelto a casa de la boda de Sam. La fiesta se había alargado hasta bien entrada la madrugada y ya empezaba a amanecer.

Kate se despertó con sed y se dirigió a tientas hacia la cocina, arrastrando sus pies doloridos, ya que habían sido torturados por los tacones de los zapatos de fiesta.

Cogió un vaso del armario y lo llenó con zumo de naranja del frigorífico. Se lo bebió rápidamente y volvió a su habitación.

No le faltaban más que unos pasos para llegar a su cama cuando de repente unas náuseas invadieron su cuerpo. Salió corriendo en dirección al baño y vomitó escandalosamente.

June, que tenía un sueño muy ligero, se despertó sobresaltada y acudió al lado de su amiga.

—¿Estás bien?

Kate, sentada frente al inodoro, se limpiaba con una toalla.

—Creo que el zumo de naranja está caducado.

—Que raro, lo compré antes de ayer. ¿Estás mejor?

Kate asintió.

—Volvamos a la cama, necesitas descansar.

La ayudó a incorporarse y la acompañó hasta su habitación.

Lo primero que hizo Kate al levantarse unas horas más tarde fue comprobar la fecha de caducidad del zumo que le había sentado mal. No estaba caducado, pero vació el contenido de la botella en el sumidero de la pila y la tiró.

En ocasiones, los alimentos se ponían en mal estado sin necesidad de estar caducados.

June apareció desperezándose y sonrió.

—¿Estás mejor?

—Eso parece —Puso en la tostadora dos rebanas de pan y miró a June—. ¿Quieres?

—Por favor, la fiesta de ayer ha hecho que me levantara famélica.

—Y menuda fiesta.

Las tostadas saltaron, impulsadas por el mecanismo. Kate las colocó en un plato y se las acercó a June. El aroma de pan tostado invadió la cocina.

Un sudor frío se apoderó del cuerpo de Kate y volvieron las náuseas. Abandonó la cocina tan rápido como le fue posible, bajo la atenta mirada de June, y se encerró en el baño.

Tras dejar pasar unos minutos prudenciales, June llamó a la puerta cuidadosamente.

—Katie, ¿cómo estás?

La voz de Kate se oía amortiguada por la puerta.

—Mejor, creo. Seguramente habré cogido algún virus estomacal, o algo parecido.

—Seguro.

June oyó el agua del grifo como corría mientras Kate se lavaba los dientes.

—¿Te preparo una infusión?

—¡No! No quiero volver a vomitar.

Kate abrió la puerta. Estaba blanca como la cera y el sudor perlaba su frente.

—Tienes muy mala pinta, mejor vuelve a la cama.

Kate asintió y se fue a su dormitorio arrastrando los pies.

Tras media hora de descanso, Kate se levantó totalmente recuperada y decidida a preparase el desayuno.

June miró por encima del periódico que leía habitualmente los domingos, mientras su amiga untaba una tostada con mermelada de fresa.

—¿Estás segura?

Kate asintió, mientras daba el primer bocado a la tostada.

No pasó nada.

—Parece que estas mejor.

—Ya te lo he dicho, quizás ayer en la boda bebí demasiado o algo me sentó mal.

June parecía preocupada.

—Katie, he estado pensando. En Venecia, con el gondolero... —Las palabras se le atascaron en la garganta—. Tomaste medidas de precaución, ¿verdad?

Kate palideció. Levantó una mano y empezó a hacer cálculos con los dedos.

Hacía tres días que le tenía que haber bajado el periodo y,

con el estrés de los últimos preparativos de la boda de Sam, no se había dado cuenta de la falta. Ella siempre lo había tenido con la puntualidad de un reloj suizo.

La habitación empezó a darle vueltas. ¿Cómo podía haber sido tan estúpida de cometer semejante error? No podía estar pasándole esto.

—No puede ser.

—No te preocupes, Katie. Ahora mismo bajo a la farmacia y te compro una prueba de embarazo. Seguramente habrán sido los nervios de la boda, los que han hecho que se te retrase un poco —June dejó el periódico y corrió a abrazar a su amiga, que empezó a temblar como una hoja, y la besó en la frente—. Vuelvo enseguida. Tranquilízate, seguro que no es nada.

En un abrir y cerrar de ojos, June se enfundó unos vaqueros y una camiseta.

—No será nada, cariño —Sonrió dulcemente y desapareció a toda prisa.

Kate repasó mentalmente los recuerdos de la noche vivida con Enzo, en busca de algo que le diera una pista de que, realmente, habían usado algún método de protección. No se acordaba de nada. Estaba todo demasiado borroso.

El sonido de la puerta al cerrarse la sacó de sus recuerdos.

—Katie, ya estoy aquí.

June dejó frente a ella una pequeña caja de color rosa. Kate palideció. Aquella cajita podría cambiar el rumbo de su vida para siempre.

Sin pensarlo dos veces, y movida por el pánico, cogió la caja y se dirigió como un rayo hacia el baño, mientras June la observaba desde la cocina.

Poco después, Kate reapareció, como un fantasma, con la prueba en una mano y las instrucciones en a otra.

–Hemos de esperar cinco minutos para saber el resultado.

June se adueñó de la prueba y miró su reloj de pulsera, mientras Kate se desplomaba en una silla frente a ella.

–Seguro que es una falsa alarma, no tienes de qué preocuparte.

Kate intentó sonreír a su amiga, pero le fue imposible. Sentía una presión en el pecho que no la dejaba ni respirar ni pensar.

Fueron los cinco minutos más largos de toda su vida.

June cogió entre sus dedos la prueba de embarazo, mientras contenía la respiración. Conocía perfectamente cuáles eran los dos colores que podían aparecer en ella y su significado ya que, durante aquellos interminables minutos, prácticamente había memorizado las instrucciones.

Kate había cruzado los brazos sobre la mesa de la cocina y había enterrado la cabeza en ellos, en un intento de evadirse de la angustia que la consumía. Únicamente le bastó con oír la respiración de June, que de repente se volvió agitada, para saber el resultado de la prueba.

Levantó la cabeza lentamente.

–Lo siento.

Kate sintió como si la habitación se quedara a oscuras y un gran agujero negro la engullera.

June la abrazó.

–Cariño, no te preocupes, se puede solucionar. Mi padre conoce a un doctor de una clínica que se encarga de solucionar este tipo de cosas.

–¡¿Qué?!

June acarició el pelo de su amiga.

–¿Qué otra cosa podemos hacer?

Kate se separó de June de un respingo, levantándose de la mesa. La respuesta salió de sus labios automáticamente.

–No, no voy a abortar June.

—¿Quieres pasar por todo un embarazo y, luego, darlo en adopción?

Kate sentía que el aire aún no le llenaba los pulmones y le costaba organizar sus palabras. Su cerebro iba a mil por hora.

—Fue una tontería por mi parte no tener en cuenta esta posibilidad, pero el daño ya está hecho.

—¿Quieres tenerlo?

Kate asintió.

—Estás loca, Kate. Te estás arruinando la vida, tienes veinticinco años. ¿Sabes lo duro que será criar a un hijo tú sola?

Kate relajó su postura y volvió a sentarse junto a su amiga.

—Sé que es una locura, pero quizás las enseñanzas cristianas de mis padres me calaron más hondo de lo que yo creía, o puede que simplemente quiera el futuro que describiste ayer para mí, aunque sin marido. No lo sé. Estoy muy confusa —Las lágrimas empezaron a brotar de sus tristes ojos.

—No tienes por qué decidirlo ahora, aún disponemos de tiempo —June secó las lágrimas de Kate con el dorso de su mano—. Soy tu amiga y, sea lo que sea lo que decidas, te apoyaré al máximo. Pero medítalo un poco más.

Kate la miró con los ojos empañados de lágrimas, la abrazó y empezó a llorar con más fuerza.

Kate paseaba nerviosa a lo largo y ancho del piso, a la espera de que June llegara de trabajar.

Tras haberlo meditado minuciosamente una semana, y haber cambiado en varias ocasiones de opinión, ya tenía su decisión tomada y necesitaba comunicarle el resultado a June.

El repiqueteo de las llaves en la puerta hizo que el corazón le diera un vuelco y empezara a latirle descontroladamente.

June entró sonriente como siempre y observó a Kate hecha un manojo de nervios sentada en el sofá, mientras retorcía uno de sus rizos dorados entre los dedos.

—¡Ay, dios mío! Ya lo has decidido.

Kate asintió y June se apresuró a sentarse junto a ella.

—¿Y bien?

Kate tomó una gran bocanada de aire e intentó serenarse, una vez dicho en alto ya no habría vuelta atrás.

—Quiero tenerlo.

June asintió y la abrazó. Evidentemente, no era la respuesta que esperaba, pero cumpliría con su promesa de apoyar a su amiga, fuera cual fuera su decisión.

—Bueno, parece que finalmente sí habrá una familia en este piso.

—Juny, no quiero que seamos una carga para ti. En cuanto pueda, buscaré mi propio apartamento. Un bebé es un engorro.

June miró a su amiga, ofendida.

—De eso nada, no me vas a separar de mi sobrinito o sobrinita. ¿Sabes lo que voy a disfrutar consintiendo a este pequeño bribón?

—Gracias.

—No tienes por qué dármelas.

Kate sonrió ampliamente. Se sentía feliz de poder contar con amigas como ella.

June percibió el pequeño rectángulo de papel que Kate sostenía entre sus dedos.

Lo reconoció enseguida.

—¿Vas a llamar al padre?

Kate se quedó mirando la arrugada tarjeta de visita de Enzo.

—Debería hacerlo. No quiero pedirle nada, pero he pensado

que, como mínimo, merece saber que espero un hijo suyo. Que decida él en qué medida quiere implicarse.

June sonrió ampliamente y se estiró para alcanzar el teléfono, que descansaba en una mesilla junto al sofá.

—Con la diferencia horaria allí son... —Miró al techo mientras contaba mentalmente—. Las doce de la noche.

Kate ladeó la cabeza.

—Es muy tarde para llamarle, seguramente estará dormido.

—Nunca es demasiado tarde para enterarte de que vas a ser padre. Llámale.

June arrancó la tarjeta de Enzo de los rígidos dedos de Kate y empezó a marcar el número.

—Toma, ya suena.

Kate sostuvo el teléfono, mientras los latidos de su acelerado corazón le resonaban en los tímpanos.

Al cuarto tono, alguien descolgó.

—*Pronto.*

Kate dudó un instante ante la posibilidad de colgar el teléfono. Respiró hondo para armarse de valor.

—Enzo, soy Kate.

—¿Kate?

Ella sintió una punzada en el estómago, de pura decepción, al ver que él no la reconocía.

—Soy la chica que fue a la fiesta de tu hermana a finales de mayo.

—¡Ah!, ¿por qué me llamas?

—Siento molestarte, pero es que tenemos que hablar de un tema importante.

June retorcía las manos nerviosa, mientras oía la conversación.

—Verás Enzo, resulta que... —Las manos le empezaron a temblar y sentía un nudo en la garganta que amenazaba con hacerla llorar de un momento a otro—. Estoy embarazada.

38

Kate oyó como la respiración de Enzo se aceleraba.

—Tranquilo, ni mucho menos llamo para pedirte que te hagas cargo de nosotros, simplemente es que he creído oportuno que supieras que va a nacer un niño en este mundo con tus genes, nada más.

—Dime tu dirección exacta, Kate.

—¿Cómo?

June levantó una ceja intrigada. No saber qué decía Enzo era frustrante.

—Quiero ir a verte para hablar de este tema en persona.

—No es necesario, Enzo. No te pido nada.

Él suspiró.

—Si de veras quieres tener un *bambino* mío, debes conocer mis antecedentes familiares y no me importa desplazarme hasta allí. Dime dónde podemos vernos.

Kate se quedó muda por un instante. Dos palabras resonaban en su cabeza, *antecedentes familiares.*

—¿Estás enfermo?

—No, prefiero explicártelo en persona. Dentro de dos días puedo estar allí.

June tenía los ojos cada vez más abiertos y se alisaba el pelo con la mano nerviosamente.

—Está bien, quedemos dentro de dos días en la cafetería que hay en la calle Court, número cincuenta, a las cinco de la tarde.

—Perfecto, hasta entonces. *Ciao.*

—*Ciao.*

Kate colgó el teléfono, impresionada por el tono duro de la voz de Enzo.

June no pudo soportar más la espera y el misterio de saber que le había dicho.

—¿Qué pasa?

—Dice que viene a verme dentro de dos días porque tiene que contarme algo de los antecedentes de su familia.

June frunció el ceño.

—¿Antecedentes? ¿Qué son, ladrones?

Kate se encogió de hombros.

—Todo esto es muy raro.

—Si quieres, te acompaño a la cita.

Kate meneó la cabeza.

—No quiero que piense que le queremos tender una encerrona las dos. Sea lo que sea, lo afrontaré yo sola. Tendré que acostumbrarme a ser una madre independiente algún día.

Acarició instintivamente su lisa barriga en un gesto protector.

El secreto

La lluvia empezó a caer con más fuerza sobre los cristales de la cafetería. Kate tamborileaba impacientemente con sus dedos sobre la lisa superficie de la mesa en la que esperaba a Enzo.

Cada pocos segundos, miraba el reloj de manera instintiva. Eran las cinco y diez. Enzo llegaba tarde.

La camarera se acercó para rellenar la taza de café a Kate y ella le sonrió sin ganas. Los nervios no la dejaban ser la chica cordial y amable de siempre.

La campanilla sobre la puerta de la entrada del café anunció la llegada de un nuevo cliente y Kate clavó la mirada en el individuo. Enzo había llegado.

Sin apenas mirarla, él localizó su ubicación y se sentó frente a ella.

—*Ciao.*

Kate no sonrió.

—Hola.

—¿Cómo te encuentras?

Kate bajó la mirada. Los ojos grises de Enzo eran aún más perturbadores que el primer día que los vio.

—Bien.

—Supongo que será mejor que no me ande con rodeos y te cuente lo que he venido a decirte.

Kate hizo un ruido de afirmación, mientras removía su café.

–Kate, en mi familia somos portadores de un virus y lo más probable es que el *bambino* que llevas en tu seno esté infectado por él.

Ella le miró horrorizada.

–Me dijiste que no estabas enfermo.

–Y no lo estoy, soy portador del virus y mis genes lo transmiten. Existe un cincuenta por ciento de probabilidades de que el *bambino* esté afectado y, por lo tanto, muy enfermo. Es por eso que deberías abortar.

Kate clavó su mirada en la de él, feroz, como una loba que protege a su recién nacido.

–Eso nunca pasará. ¿Qué clase de enfermedad horrible podría tener para que renunciara a él?

–Porfiria –Kate encogió los hombros y negó con la cabeza–. La porfiria es muy grave, Kate.

–¿Qué síntomas tiene?

Enzo suspiró. No sería fácil convencerla.

–Fotosensibilidad, palidez extrema, anemia, entre otros.

Kate soltó una carcajada irónica.

–No me parece tan grave, le protegeré de los rayos del sol y le daré mucho hierro. Es mi hijo y le querré de todas maneras. Hace días que lo decidí.

–No eres racional, Kate. Ya es difícil criar un niño sano, imagínate uno enfermo.

–Lo criaré sea como sea. Es mío y estás muy equivocado si has venido aquí para hacerme cambiar de opinión en cuanto a deshacerme de él.

Enzo entrelazó las manos sobre la mesa y levantó una ceja sobre sus ojos desafiantes.

–No me vas a poner las cosas fáciles, ¿verdad? Eres testaruda.

Kate asintió. Ya no se sentía amedrentada por él.

—Es mi bebé.

—¿Estarías dispuesta a renunciar a todo lo que tienes por él?, ¿tu vida?, ¿tu familia?, ¿tu trabajo?

—Él es mi vida y mi familia ahora. Y mi trabajo no es tan bueno.

Enzo esbozó una media sonrisa.

—Estás muy convencida.

Ella volvió a hacer un ruido de afirmación mientras bebía de su café. Se sentía, por primera vez, muy segura de sí misma. Eso le gustaba.

—Está bien *ragazza*, éste es el trato. Unos amigos míos, que son abogados, me han aconsejado que les vayamos a ver. Ésta es una situación delicada y tú, ahora mismo, afirmas que no me pedirás responsabilidades sobre el *bambino* pero, para cubrir mis espaldas, quisiera que firmáramos un acuerdo en el que te comprometas a no pedirme nada en el futuro. *¿Capisci?*

Kate se sintió aturdida ante la noticia.

—Vaya, sí que te lo tomas en serio, Enzo. Tu requisito no me supone ningún problema.

Enzo se levantó del asiento y le hizo un gesto con la mano, invitándola a hacer lo mismo.

—Vamos entonces. Nos están esperando.

—¿Cómo? ¿Ahora?

Enzo asintió con la cabeza, mientras arrojaba algunos dólares sobre la mesa.

—*Andiamo.*

Salieron a la calle rápidamente y él paró un taxi.

Minutos después, se dirigían a un enorme rascacielos acristalado situado al final de Park Avenue.

Kate no pronunció ni una sola palabra en todo el viaje. Aquello le parecía de lo más surrealista.

Al entrar en el edificio, Kate se sintió insignificante. La enorme recepción, culminada por un alto techo, estaba decorada con muebles modernos y de colores claros, que contrastaban con los cristales tintados.

Era sobrecogedor.

Cuando llegaron a la altura del conserje, Enzo le sonrió.

—Venimos a Stanton & Stanton.

El conserje cogió el teléfono e hizo una rápida llamada.

—Están aquí —Cuando colgó, les dedicó una sonrisa por compromiso—. Enseguida les atenderán.

Enzo no le devolvió la sonrisa. Parecía estar nervioso.

Kate miraba el interior del edificio con admiración cuando, de pronto, vio aparecer la mujer más hermosa que hasta aquel entonces había visto.

Era una joven un poco mayor que ella, alta, esbelta y con una cabellera castaña que le llegaba hasta la cintura. Sus ojos verdes se clavaron en los suyos.

—Bienvenidos, soy Amanda Kendall. Seré su representante legal.

Enzo se adelantó al saludo de Kate. Tomó la mano de Amanda y la besó.

—Encantado, Enzo Tabone.

Kate puso los ojos en blanco, menudo Casanova estaba hecho.

—Hola, soy Kate Savage.

Amanda sonrió.

—Acompáñenme, por favor.

Los tres se dirigieron hacia los ascensores, mientras Enzo no le quitaba la mirada al trasero de Amanda.

Subieron a un elegante ascensor, forrado de madera de caoba, con un gran espejo. Amanda introdujo una pequeña llave en la ranura que había al lado del botón que indicaba "Ático".

Tras unos tensos segundos mientras ascendían, las puertas

se abrieron y ante ellos apareció una oficina de colores oscuros, en la que predominaba la madera de wengé, pero extrañamente luminosa.

Frente a ellos, una joven rubia presidía la recepción.

Amanda empezó a caminar y ellos la siguieron con paso rápido.

El silencio era perturbador para tratarse de un bufete de abogados en pleno horario laboral.

Amanda abrió la puerta de un despacho con vistas al exterior y les indicó que entraran.

Los cristales estaban tintados de color negro, pero se podía distinguir la calle y los rascacielos colindantes.

Amanda se sentó tras su imponente escritorio de cristal y les dedicó una sonrisa.

—Tomen asiento, por favor.

Mientras se sentaban, la abogada repasó los papeles que había sobre su mesa.

—Bien, según tengo entendido, nos hallamos ante un caso de paternidad no deseada. ¿Correcto?

Enzo asintió sombrío.

—Señorita Savage, según me han informado, usted espera de un hijo ilegítimo del señor Tabone. ¿Cierto?

—Sí.

Amanda cogió una pluma dorada y garabateó algo en uno de los papeles.

—Simplemente para asegurarnos, señorita Savage, ¿está usted completamente segura de querer tener el bastardo del señor Tabone?

Kate asintió irritada. ¿Cómo osaba aquella mujer llamar bastardo a su bebé?

—¿Y está al corriente del riesgo que corre de que su hijo nazca enfermo?

—Sí.

Amanda volvió a garabatear algo, esta vez durante más tiempo que la vez anterior.

Kate empezaba a sentirse nerviosa y parecía que Enzo también.

—Señorita Savage, necesitaría que me respondiera a unas preguntas de carácter personal, para asegurarnos de que está usted en pleno uso de sus facultades, antes de firmar el documento de renuncia de paternidad del señor Tabone.

Kate llenó sus pulmones de aire y contuvo la respiración.

—Adelante.

Amanda cogió un documento que había en un portafolios de cartulina roja y escribió la fecha.

—¿Nombre completo?

—Catherine Laura Savage.

Amanda rellenó los huecos del formulario.

—¿Fecha de nacimiento?

—Dieciocho de mayo de mil novecientos sesenta y tres. —Empezó a enredar un rizo entre sus dedos para apaciguar su ansiedad. Todo aquello le parecía innecesario.

—Señorita Savage, ¿tiene familia a la que vea habitualmente?

—No.

—¿Ni padres, ni hermanos?

Kate se mordió el labio inferior con rabia.

—No, no me hablo desde hace años con mis padres, no tengo hermanos y mi única familia son mis dos amigas, Samantha y June.

—Entiendo. Hipotéticamente, en caso de tener que trasladarse por el bien del hijo bastardo del señor Tabone, digamos, a otro estado, dejando atrás todo lo que conoce, ¿lo haría?

—¿Qué clase de preguntas son éstas? —Su tono se elevó hasta el punto de la histeria.

Enzo la miró nervioso.

—Limítate a responder, Kate. Recuerda que es por el bien del *bambino*.

Ella suspiró frustrada.

—Me trasladaría donde hiciera falta.

Amanda asintió con un sonido y garabateó algo en un margen del formulario. "Apta".

—Bien, llegados a este punto, señorita Savage y señor Tabone, creo que estamos ante un caso claro de *Aceptación Consolidada*.

Enzo sonrió aliviado y Kate se mostró confusa sobre cómo la abogada había pronunciado las últimas palabras.

—¿Qué quiere decir que soy un caso de *Aceptación Consolidada*?

Amanda sonrió a Kate, mientras se dirigía a la puerta de su despacho.

—Eso es algo que el Gran Consejo le aclarará, señorita Savage. Acompáñenme, por favor.

Kate se levantó temblorosa de su asiento y siguió a Enzo, que ya se había puesto en camino siguiendo a la abogada de cerca.

Amanda se detuvo ante una puerta doble de madera, al final de un largo corredor acristalado.

Llamó una vez y entró. Ellos la siguieron.

La sala rectangular, flanqueada por enormes ventanales con cortinas grises, estaba forrada de madera de caoba dividida por una franja transversal de color negro.

En el centro, una enorme mesa ovalada de madera noble, con una superficie brillante como el espejo, presidía la estancia.

Al fondo, dos hombres idénticos, sentados en dos sillones de cuero negro, les esperaban.

Amanda les indicó que tomaran asiento.

—Señores Stanton, éste es el caso de paternidad ilegítima que nos han derivado desde Italia.

Amanda se acercó con la gracia de una bailarina a los gemelos y les entregó el formulario, entre otros papeles.

Kate miró a los hermanos. Parecían jóvenes para ser presidentes de un consejo. Debían tener no más de treinta y cinco años, pero ya tenían el cabello de un tono plateado, que les daba un aspecto respetable. Sus ojos ámbar se paseaban por los documentos, mientras comentaban algo entre susurros.

Kate sintió cómo la ansiedad se apoderaba de todo su ser.

Amanda se dirigió hacia un buffet cercano y sirvió una taza de lo que parecía ser una infusión. Cogió la taza, con una cucharilla en una mano y una azucarera en la otra, y se acercó cuidadosamente a Kate, que estaba absorta mirando a los gemelos. Dejó delicadamente la infusión frente a ella.

Kate la miró extrañada.

—No me apetece nada, de veras. Gracias.

Amanda sonrió dulcemente.

—Es tila, calma los nervios —Le guiñó un ojo.

Kate no tocó la infusión. Estaba demasiado absorta por la escena. No era capaz de apartar los ojos de aquellos hombres que imponían tanto.

Enzo jugueteaba con su reloj. Parecía haber recobrado la calma.

Amanda se sentó justo en frente de Kate y fue entonces cuando los hermanos hablaron.

—Sed bienvenidos.

Kate quedó horrorizada. Los dos hombres hablaban a la vez, pero con tal sincronía que parecían una sola voz. Una única conciencia.

—Somos Benjamin y Gabriel Stanton, Presidentes del Gran Consejo del estado de Nueva York.

Enzo no parecía para nada sorprendido.

—Encantado, señores Stanton.

Kate no pudo articular palabra.

—Hemos tenido el placer de ser informados por el Consejo de Venecia, señor Tabone, de que éste es el tercer dhaphiro que engendra en dos años. Sinceramente, debería usted extremar las medidas de seguridad para que estos incidentes no fueran tan frecuentes. No queremos que nuestra colonia aumente en cantidades exageradas ya que, por sí solo, nuestro censo ya crece más y más cada año.

Enzo asintió con la cabeza.

—Lo tendré en cuenta, señores Presidentes. Acepten mis más humildes disculpas.

Kate creía estar soñando, no entendía nada y la ansiedad iba en aumento.

Temió ponerse a gritar.

—Señorita Savage.

Dio un respingo en su silla, como si le hubiera pasado la corriente.

—Conste en acta que esta conversación está siendo grabada por nuestra seguridad y que le va a ser revelado un secreto vital para nuestra existencia.

—De acuerdo —Sus palabras apenas fueron audibles por los presentes de la sala.

—Señorita Savage, está usted ante la presencia de unos miembros de una sociedad, quizás la más antigua y secreta del mundo. Nuestra existencia se remonta, al igual que la suya, a los tiempos prehistóricos y, como los humanos, hemos evolucionado construyendo los cimientos de nuestra actual civilización.

Kate empezó a hiperventilar y un sudor frío le empapó el cuerpo. Aquello le daba muy mala espina.

—¿Qué clase de sociedad secreta?

—En realidad, es una sociedad muy parecida a la suya, nuestro único fin es el de vivir en paz con los humanos.

Kate empezó a tartamudear y el pulso se le disparó. Tenía que estar viviendo una pesadilla y en cualquier momento despertaría en la seguridad de su dormitorio.

—¿Por qué...? —Cogió aire lo más lentamente posible que su estado de nervios le permitía, mientas se secaba el sudor con el dorso de la mano—. ¿Por qué dice humanos? ¿A caso ustedes no lo son?

Imágenes de películas de miedo, extraterrestres y criaturas monstruosas se agolpaban en su mente. Tal era su nivel de terror y ansiedad que temió desmayarse.

—Tranquilícese, señorita Savage. Sabemos que no es fácil de asumir una verdad de tal magnitud. Cuando nos referimos a su especie como *humanos* es, evidentemente, por que nosotros no lo somos.

—Y... ¿qué son? —El instinto de Kate ante la futura respuesta fue el de querer cubrirse la cabeza con las manos, como si una bomba estuviera a punto de estallar.

—Nuestra sociedad está constituida por unos seres que los humanos bautizaron en la antigüedad como *vampiros*.

El corazón de Kate se disparó, retumbando contra su caja torácica como si quisiera escaparse.

Amanda le acercó disimuladamente la infusión de tila.

Las manos de Kate apenas podían sostener la taza y se derramó un poco de la infusión sobre el platito de cerámica blanca.

Quería salir de allí corriendo.

Los gemelos sonrieron a la vez, lo que los hizo parecer aterradores.

—Tómese su tiempo, señorita Savage. Sabemos que es algo difícil de asimilar.

Kate consiguió beber un par de sorbos de la infusión y dejó

la taza sobre el platito, con manos temblorosas.

—¿Me están diciendo que son vampiros? ¿Que chupan la sangre a las personas?

Gabriel y Benjamin soltaron una risa amable.

—No nos alimentamos de la sangre de las personas, somos una sociedad completamente civilizada y organizada. Cierto es que siempre aparece alguna oveja negra en nuestra comunidad, que pierde el norte y termina asesinando a algún pobre e indefenso humano. Pero si se detiene a pensarlo, señorita Savage, en su sociedad humana también hay asesinos.

Kate pareció calmarse un poco, al parecer no les iba a servir de cena. Pero su respiración seguía siendo agitada.

—Entonces, ¿cómo consiguen la sangre?

—Es fácil, querida. Tenemos nuestras propias empresas. Mataderos que desangran a los animales, para luego distribuir la sangre de estos y, evidentemente, para los más sibaritas, que prefieren la sangre humana, contamos con campañas de donación de sangre, dónde las donaciones nunca llegan a los hospitales. Hace muchos años que descubrimos que no debíamos matar a un humano por su sangre, cuando él mismo nos la podía facilitar una y otra vez a lo largo de su vida.

Las preguntas se empezaron a acumular en el asombrado cerebro de Kate.

—Lo sabemos, señorita Savage, tiene muchas preguntas sobre nuestro mundo y serán contestadas a su debido tiempo. Sí, leemos la mente. No tema, es nuestro don.

Kate vació la taza de tila de un sorbo y Amanda se apresuró en rellenarla.

Aquello la superaba.

—Si le estamos confiando todo esto, es porque su vientre alberga a un dhaphiro, un bebé medio humano, medio vampiro.

Kate no pudo reprimir el gesto de acariciarse la barriga.

—Es por ello, y gracias al trabajo de la señorita Kendal, —Amanda sonrió—, que hemos determinado que es usted apta para abandonar cualquier contacto humano que tuviera hasta ahora, con el fin de poder proteger a su hijo y, a la vez, nuestro secreto. Evidentemente, pasará a formar parte de nuestro mundo.

Amanda se estiró en un rápido movimiento y le entregó a Kate un libro forrado en cuero marrón con una gran *V* grabada en su portada.

—Este libro responderá a todas las preguntas que pueda tener sobre nuestra sociedad, nuestras características, las de los dhaphiros y, por último y no por ello menos importante, nuestras leyes y condenas —Kate acarició con manos temblorosas el libro que sostenía—. Señor Tabone, la sanción por el desliz cometido, y como viene siendo habitual, será que acoja en su casa de Venecia a la señorita Savage durante los 8 meses restantes de embarazo y que, llegado el momento, y si ella lo decide, sea usted quien la transforme en inmortal.

Enzo asintió resignado. Al parecer, no era la primera vez que sufría aquella penitencia.

Las palabras resonaban con eco en la cabeza de Kate.

—¿Puedo escoger convertirme en vampiro o no?

Los gemelos sonrieron con dulzura.

—Evidentemente, querida. No somos tiranos. Suya es la elección aunque, basándonos en nuestra vasta experiencia, sabemos que, llegado el momento oportuno y ante la perspectiva de morir y dejar desamparado al dhaphiro, la mayoría de las madres acaban sumándose a nuestra especie.

—Entiendo, gracias.

Amanda se puso en pie y Enzo y Kate la siguieron.

—Sabemos, señorita Savage, que su corazón es noble y fuerte. Es todo un honor que conozca nuestra existencia y pase a ser parte de nuestra sociedad, pero recuerde que a partir de este momento debe romper cualquier vínculo humano que tenga. Bienvenida y buena suerte.

Kate les dedicó una fugaz sonrisa y abandonó la sala tan rápidamente como si le persiguiera el mismísimo Lucifer.

Despedida

Mientras miraba por la ventana del taxi de camino a casa, repasaba mentalmente una y otra vez la conversación que acababa de vivir, intentando asimilar toda aquella extraña y novedosa información.

Se sentía aturdida y confusa, pero algo en su interior le infundía valor ante la nueva situación. Quizás la sensación de empezar una nueva vida.

Tal vez, ser madre.

Enzo, que no le había prestado mucha atención en toda la tarde, rebuscaba algo en su chaqueta. Finalmente, sacó un papel con una dirección manuscrita y le indicó al taxista que harían una parada en el camino. Kate le ignoró.

El taxista se detuvo ante una carnicería, que no parecía destacar del resto de las demás que Kate conocía.

—Enseguida vuelvo, tengo hambre.

Enzo bajó del taxi con un rápido movimiento y se adentró en el establecimiento. Kate miró por la ventanilla, curiosa.

Él habló con el dependiente y, segundos después, entraron en la trastienda, perdiéndose de la vista de Kate tras unas cortinas de plástico de colores.

Unos cinco minutos después, Enzo reaparecía en escena, bebiendo con una pajita de un envase, que parecía ser un zumo tropical de marca extranjera.

Subió de nuevo al taxi y reanudaron la marcha hacia la casa de Kate.

—Enzo, es... —Kate dedicó una rápida mirada al taxista para ser lo más discreta posible— ¿humana?

Enzo sonrió, mientras apuraba las últimas gotas de sangre.

—Cerdo. Parecida a la humana pero no tan complicada de asimilar.

Kate parpadeó asombrada. Aún le costaba creer que todo aquello era real y no un sueño.

—¿Complicada de asimilar?

Él se removió en su asiento, incómodo.

—No es el momento ni el lugar. Si tienes preguntas, léete tu libro.

Kate se irritó ante el tono estúpido de su acompañante. Evidentemente, Enzo no sería un buen maestro, ya que no estaba dispuesto a colaborar.

Tomó varias bocanadas de aire, que parecían no llegar hasta sus pulmones. Una presión en el centro de su pecho lo impedía. Se le hacía muy difícil enfrentarse a aquella situación, pero sabía que debía hacerlo.

Enzo la miró nervioso.

—¿Vamos a entrar en tu casa, o no?

—Dame tiempo, ¿de acuerdo? Esto es muy difícil para mí. Tengo que decidir cómo le explico mi ausencia de forma convincente.

Él suspiró y empezó a dar paseos por el pasillo con los brazos cruzados detrás de la espalda.

El dolor y la culpa cada vez pesaban más sobre los hombros de Kate y una especie de sensación fría aturdía su cuerpo.

—Está bien, Enzo, ya lo tengo. Limítate a seguirme la corriente y habla lo menos posible–. Él se limitó a asentir con desgana.

Kate abrió la puerta de su casa y entraron. June se levantó de un brinco del sofá al oír las llaves y fue a su encuentro.

–¿Katie que ha pasado con el gondolero? –June percibió la presencia de Enzo y se ruborizó al instante–. Hola, Enzo.

–*Ciao.*

Kate, que sonreía ampliamente, enterrando su dolor causado por la despedida en lo más profundo de su corazón, se abrazó a su amiga.

–June, Enzo me ha pedido que me marche a Italia con él. Quiere hacerse cargo de mis cuidados hasta que dé a luz y, después... –Sonrió dulcemente mientras ladeaba la cabeza de modo despreocupado–. La verdad es que no lo tenemos muy claro aún. Es posible que me instale allí, o que Enzo venga. Es posible que cada cierto tiempo nos hagamos visitas, la verdad es que aún no lo hemos decidido, pero tenemos tiempo, ¿verdad Enzo?

–Sí.

Kate hablaba a toda velocidad. June se sintió mareada ante la noticia.

–¿Te vas?

A Kate se le clavó la mirada decepcionada de June como mil puñales en el alma y temió no poder seguir con su farsa.

–¿No es genial? Parece que sí tendré una familia completa.

–Sam y yo somos tu familia.

Kate tembló.

–Lo sé, Juny. Estaremos en contacto, te lo prometo. Pero piensa en el bien del pequeño. ¿No es mejor que estén su padre y su madre juntos?

–Sí, pero estarás muy lejos.

Kate no pudo contener las lágrimas y se abrazó a su amiga para ocultarlas.

—Te prometo que vendré de visita y a que me diseñes zapatos nuevos.

—Todo esto es muy repentino. Tú nunca reaccionas así.

Kate corrió al lado de Enzo y le cogió de la mano sonriendo con una fingida alegría.

—Venecia me hizo ver las cosas desde otro punto de vista,. Soy feliz.

June hizo un leve puchero.

—Estás muy decidida, ¿cuándo te vas?

—Mañana, o puede que pasado mañana; en cuanto termine de empaquetar mis cosas.

June palideció, mientras avanzaba lentamente hacia su amiga.

—Eso es muy pronto, ni siquiera te vas a poder despedir en persona de Sam. Aún no ha vuelto de París.

Kate bajó la mirada y cogió la mano de June entre las suyas.

—Lo sé, pero Enzo ha de regresar ya y sabes que no soporto viajar sola en avión, me moriría de miedo.

—Todo esto me parece muy precipitado, seguramente podremos encontrar otra solución, Katie.

Kate se quedó paralizada, empezaba a quedarse sin réplicas.

Enzo se acercó lentamente, sosteniendo la mirada de June con sus hipnóticos ojos grises, y le susurró al oído:

—Es lo que Kate desea y seremos muy felices.

June pareció aturdida.

—¿Es lo que deseas, Kate?

Ella asintió, sin saber exactamente qué era lo que sucedía.

June se lanzó a sus brazos y las dos empezaron a llorar bajo la mirada de un hastiado Enzo.

—Te echaré de menos.

Kate se sintió aliviada ante el repentino cambio de opinión de June.

Suavemente, cerró la puerta de su dormitorio tras de sí y Enzo, que tenía la mirada clavada en los movimientos de ella, empezó a aplaudir.

—Bravo, Kate, eres una actriz estupenda.

Kate le lanzó un cojín, conteniéndose para no gritar, mientras las lágrimas brotaban de sus ojos.

—¡Todo esto es culpa tuya, de tu cháchara seductora y de Venecia!

—Fuiste tú la que viniste a mi casa. A mi cama —Enzo se apoyó contra la pared con aire seductor, cruzándose de brazos y piernas.

Kate ahogó un grito sobre la almohada de su cama.

—¡Te odio!

—Muchas lo hacen.

—Tienes suerte de que tengo que fingir que estoy encantada contigo, de lo contrario hoy dormías en la calle.

—Teniéndome aquí sólo has de fingir lo justo.

Kate frunció el ceño.

—¿Qué quieres decir?

—Un simple susurro mío y quién yo quiera hará lo que yo desee —Levantó una ceja con aire de prepotencia.

—¿Eso es lo que le has hecho a June? ¡La has hipnotizado! —Sintió como si una jarra de agua helada le hubiera caído por la espalda—. ¡Es lo mismo que me hiciste a mí!

Kate salió disparada en dirección a él, con la furia quemándole las venas. Quería venganza por haber sido como una marioneta para él y porque, por culpa de aquel petulante vampiro, tenía que abandonar su mundo y afrontar una nueva vida. Levantó sus puños dispuesta a golpearle. Enzo, con un rápido movimiento, la inmovilizó, cogiéndola con una sola mano por las muñecas.

Tenía una fuerza sobrehumana.

—No puedes luchar contra mí, *cara mia.*

Kate intentó soltarse forcejeando.

—Suéltame.

—Simplemente un susurro, Katie y volverás a ser mía.

Ella le dedicó una mirada de furia.

—Si se te ocurre hacer semejante cosa, *caro mio*, te juro que te clavaré una estaca en el corazón o haré lo que sea necesario para terminar con tu innecesaria existencia.

Enzo la soltó, empujándola hacia el centro de la habitación entre carcajadas.

—Creo que saldré a disfrutar de la ciudad mientras empaquetas tus cosas —Se dirigió hacia la puerta, mientras la miraba por encima del hombro—. Y recuerda, Katie, no eres más que una frágil mortal para mí.

Enzo cerró rápidamente la puerta y un jarrón vacío se rompió en mil pedazos al chocar contra ella.

Aquella noche, Enzo no regresó y Kate supuso que, seguramente, había encontrado compañía femenina. Le disculpó ante June, diciéndole que estaba visitando a unos familiares y ella estuvo conforme. Al parecer, aún estaba bajo el influjo de él.

Cuando Kate se acostó, después de haber empaquetado prácticamente todas sus pertenencias, revivió en sueños las últimas veinticuatro horas de su vida. Su destino había dado un vuelco inesperado pero, poco a poco, la idea le disgustaba menos. Una parte de ella empezaba a sentirse menos temerosa y más fascinada.

Deseaba ser tan poderosa como Enzo.

Apenas se veían las estrellas en aquel cielo negro por el que volaban. Enzo corrió la cortina de la ventanilla y cerró los ojos. Él no se estaba preocupando lo más mínimo de ella y Kate empezaba a dudar de lo agradable que podía llegar a ser la estancia en su nueva casa. Lo más probable era que se viera sola en cuanto pusieran un pie en Venecia. ¿Qué iba a ser de ella?

Estaba en el mismo planeta, pero era un mundo diferente.

Como, evidentemente, no podía esperar de Enzo una agradable conversación para distraerse del terror que le provocaba volar, Kate se sumió en el recuerdo de la despedida de June y una lágrima rodó por su mejilla.

El dolor y la angustia de la mentira la hacían sentirse como el ser más despreciable del mundo. Las dos amigas se habían desecho en lágrimas, mientras Kate intentaba aparentar que todo aquello le parecía una idea estupenda cuando, en realidad, le aterraba la incertidumbre de su futuro.

June le había hecho prometer que la llamaría cada día y que la avisaría en cuanto el bebé naciera. Por supuesto, el plan original de Kate no incluía nada de aquello. Simplemente, dejaría que la distancia y el tiempo hicieran su trabajo, espaciando cada vez más las llamadas hasta que, al final, ya no quedara contacto alguno. Kate sabía que ellas estarían bien. Sam tenía a Mark y, seguramente, pronto formarían su propia familia. En cuanto a June, fuera lo que fuera lo que el destino le tenía preparado, estaba convencida de que lo afrontaría con su alegre y aventurero espíritu y que todo le saldría a la perfección.

Quizás, lo más fácil de todo el asunto fue la carta de dimisión que había escrito a su jefe y enviado por mensajero aquel mismo día.

Sobre su regazo, tenía el libro con la *V* grabada en la portada y lo miraba con recelo. Quería saber más sobre los vampiros y, sobretodo, sobre los dhaphiros, pero se sentía demasiado débil por la pérdida de su vida anterior como para afrontar los misterios de su nuevo mundo en aquel momento.

Cerró los ojos y se durmió.

Nueva vida

Enzo caminaba despreocupadamente delante de Kate, como si ella no existiera, dejándola cargar con dos pesadas maletas, una mochila y su bolso.

Cuando llegaron frente a la puerta de madera tallada, que Kate recordaba perfectamente, se sintió aliviada de no tener que seguir arrastrando el pesado equipaje por toda Venecia.

Él abrió la puerta y Kate le siguió rápidamente antes de que se cerrara. Tuvo la impresión de que la casa se había vuelto más grande y fría desde la última vez que estuvo allí.

Enzo apenas la miró, mientras subía por las escaleras de mármol blanco.

−Bienvenida −musitó por encima de su hombro.

Kate se encontró de repente sola en aquella casa enorme, con su pesado equipaje y sin saber qué hacer. Por un momento, tuvo el instinto de echarse a llorar como un niño que ha perdido a su madre en el mercado.

−¿Kate?

Ella localizó la voz y vio un rostro vagamente familiar. Una mujer de su edad, con el cabello rizado revoloteando sobre sus hombros y unos penetrantes ojos grises.

Sin duda, la hermana de Enzo.

−Soy Galatea, *¡la hermana del sinvergüenza*! −Las últimas

palabras las recitó mirando hacia la planta superior y en un tono mucho más alto de lo normal, para que su hermano las oyera–. Siento muchísimo que te veas envuelta en todo esto, eres ya la tercera que pasa por aquí. ¡*Los del Consejo deberían castrarle!*

Kate suspiró aliviada, por lo menos parecía que no iba a sentirse tan sola al fin y al cabo.

–Gracias.

Galatea sonrió dulcemente y sus ojos se convirtieron en dos atractivas líneas brillantes.

–Deja aquí tu equipaje, te mostraré la casa.

Anduvieron juntas y en silencio, mientras Galatea se dedicaba a mostrar las estancias que se encontraban tras cada puerta, haciendo una breve descripción o simplemente diciendo un nombre.

La planta baja estaba formada por la enorme entrada; la cocina, que Kate recordaba muy bien; la terraza de piedra canela y un enorme comedor que, evidentemente por falta de uso, habían convertido en una generosa biblioteca llena de antiguos ejemplares.

Cuando regresaron para ascender por las escaleras de mármol, las maletas de Kate habían desaparecido.

En la planta superior, había varios dormitorios, todos ellos equipados con muebles dignos de una tienda de antigüedades.

Galatea se detuvo ante una puerta cerrada.

–Ésta es la habitación de Enzo, supongo que no te interesará verla.

Kate empezó a caminar en dirección opuesta.

–En absoluto.

Galatea sonrió satisfecha, mientras guiaba a Kate hacia la otra punta de la planta superior.

Abrió una puerta blanca de molduras doradas e invitó a Kate a entrar.

–Esta será tu habitación durante los próximos ocho meses.

La estancia era la más luminosa de la casa. Decorada con muebles blancos con molduras, daba la impresión de estar en una película de época. En mitad de la habitación, se alzaba, majestuosa, una alta cama con dosel, vestida con una colcha de color verde a juego con las cortinas. A su derecha, un tocador con un enorme espejo ovalado y una banqueta forrada de terciopelo rojo. A su izquierda, un enorme armario junto una antigua chimenea y frente a ésta dos butacas de satén esmeralda.

Sus maletas también estaban allí.

—Esta habitación es enorme.

Galatea sonrió satisfecha.

—Y esto no es todo —Abrió una puerta que había junto al tocador y entraron en un baño completo—. Como habrás observado, en ningún lugar de la casa, excepto aquí, hay baño.

—Claro, vosotros no los usáis.

Galatea elevó sus cejas, mientras asentía con la cabeza.

—Ponte cómoda, Kate, pediré que te preparen algo de comer y vendré a buscarte dentro de un rato.

Kate no supo qué decir y se limitó a sonreír.

Cuando Galatea la dejó a solas, no pudo evitar que la nostalgia la invadiera por completo. Rebuscó en su bolso, hasta encontrar la fotografía en la que ella, Sam y June, lucían preciosas y animadas en la boda de Sam. Las lágrimas invadieron sus ojos, añorando todo lo que había dejado atrás.

El llanto dio paso a un profundo sueño de puro agotamiento.

Abrió los ojos lentamente. Le escocían y los notaba hinchados e irritados a causa de las lágrimas.

Al parecer, había dormido varias horas y se sentía desorientada a causa del *jet lag*.

La luz anaranjada que se filtraba a través de las cortinas no dejaba lugar a dudas de que pronto anochecería.

Kate se incorporó lentamente y miró a su alrededor. Sobre la mesilla de noche estaba la fotografía de sus amigas y, junto a ésta, una bandeja de plata, con un servicio para comer y un cubreplatos plateado decorado con filigranas.

Sin duda, Galatea no la había querido despertar y le había dejado allí la comida.

Kate se inclinó sobre sí misma y levantó el cubreplatos para dejar al descubierto una apetitosa fuente de pasta al más puro estilo italiano.

El olor de la salsa fría le dio nauseas y saltó de la cama en dirección al baño.

Cuando recuperó el control de sí misma, decidió que no era el momento oportuno de comer y se dio una larga ducha, que la recargó de energías para afrontar su nuevo día.

Rebuscó en sus maletas hasta encontrar unos vaqueros gastados y una camiseta de tirantes azul.

Se sentía demasiado débil y confusa para salir a explorar su nueva casa y se dejó caer sin ánimos sobre una de las butacas que se hallaban frente a la chimenea.

En el asiento contiguo, estaba su bolso medio abierto. Sin dudarlo, estiró el brazo y rebuscó en él hasta encontrar el libro con la gran *V* grabada.

Lo único que le importaba en aquel momento, su única razón para seguir adelante, era su bebé.

Empezó a pasar las páginas en busca de la información que necesitaba. Hacia la mitad del libro, halló un capítulo en el que, con letras grandes, rezaba la palabra *dhaphiros*. Sin dudar un instante, empezó a leer, saltando de un párrafo a otro.

La forma en que estaba redactado el artículo no dejaba lugar a dudas de que se había escrito desde un punto de vista extremadamente científico.

Kate retuvo en su memoria los conceptos básicos e importantes:

Los dhaphiros son hijos nacidos de madre humana y padre vampiro, mortales hasta sus veintiún años. Es entonces cuando su parte inmortal toma más protagonismo y se desarrollan por completo sus cualidades extrasensoriales.

La dieta de los dhaphiros se adapta perfectamente a la de cualquiera de sus dos progenitores, pudiendo ingerir tanto alimentos humanos como sangre.

Tanto el ajo como los rayos del sol afectan a los dhaphiros pero, evidentemente, en menor medida que a los vampiros. En la actualidad, basta con una protección de crema solar de factor extremo, aplicada sobre la piel del dhaphiro, para que éste pueda deambular bajo la luz directa del sol sin pagar las consecuencias.

Kate cerró el libro con un sordo golpe y su respiración empezó a agitarse. Todo aquello era real. En el fondo de su ser, una ínfima parte de ella esperaba que todo hubiera sido una pesadilla. Pero no iba a despertar nunca.

Su deseado bebé era un ser completamente diferente a ella. A pesar de ello, sentía tal instinto de protección hacia él que estaba abrumada.

Unos suaves golpes en la puerta la sacaron de su angustia por un instante.

—Adelante.

Galatea apareció sonriente.

—¿Has descansado?

Kate asintió, mientras Galatea se sentaba frente a ella.

—No he querido despertarte, parecías agotada y triste.

—Gracias —Bajó la cabeza avergonzada.

Galatea le cogió una mano entre las suyas. Su tacto era frío en contraste con la cálida piel de Kate.

—No tienes de qué avergonzarte, Kate. Es un camino muy difícil el que tú has tomado, pero te acostumbrarás. Créeme, lo he visto antes. Recuerda que no eres la primera a la que acojo por un desliz de mi estúpido hermano.

—¿Qué ha sido de las otras?

Galatea se recostó en el sofá, poniéndose cómoda para recitar la historia. Parecía gustarle el repentino interés de Kate.

—Veamos. Hace dos años, cuando nos volvimos a instalar de nuevo aquí, la primera que cayó en las redes de mi hermano fue Isabel, una joven española. Al igual que tú, decidió tener el bebé y, tras un minucioso examen por parte del Consejo de Barcelona, se le reveló nuestra existencia. Durante los primeros meses, fue muy duro tratar con ella, porque se negaba a sí misma la veracidad de los hechos pero, cuando el bebé empezó a mostrar sus primeras señales de vida, aceptó por completo su nueva condición y todo fue más sencillo. Ahora, creo que vive en un pueblecito costero de España. La verdad es que nunca llegamos a ser muy íntimas y no he vuelto a saber de ella.

Galatea se quedó unos instantes pensativa, bajo la atenta mirada de Kate.

—La segunda apareció apenas hace un año. Se llamaba Serafine. Era una frágil chica del norte de Francia, nunca supe de qué población y, sinceramente, dudo que el Consejo de París evaluara correctamente su caso. Serafine estaba completamente enamorada de Enzo y nunca llegó a aceptar el hecho de que su amor no fuera correspondido. Fueron unos meses muy incómodos para todos. Se obsesionó con nuestro mundo y con mi hermano hasta el punto de perder la cordura. Unos tres meses después de vivir con nosotros, el Consejo de Venecia decidió internarla en un centro psiquiátrico, ya que tuvo un intento de suicidio —El rostro de Kate se volvió pálido como la cera—. Lo siento, Kate, no pretendía asustarte con la historia de Serafine. He convivido muchos años con vosotros como para saber qué mortales sois psicológicamente estables, y tú eres una mujer muy fuerte. Estás mucho más entera y serena que cualquier otra chica que haya conocido en tu situación.

Galatea volvió a coger sus manos entre las suyas y, esta vez, Kate no pudo reprimir un escalofrío al notar de nuevo su fría piel.

Ella retiró sus manos rápidamente.

—Vaya, parece que necesito comer, ¿estoy fría, verdad?

—Como el hielo.

Galatea reparó en el libro que descansaba aún sobre el regazo de Kate y sonrió dulcemente.

—Supongo que ya habrás leído sobre nuestros cambios de temperatura y te habrás familiarizado con nuestros otros rasgos.

Kate suspiró profundamente, mientras negaba con la cabeza.

—En realidad, hasta hoy no he tenido valor para ojear el libro, y sólo he leído algo sobre los dhaphiros.

—Entiendo, el dichoso librito es un tanto aburrido y, en mi opinión, para ser algo dirigido a unos mortales asustados ante una nueva realidad, es demasiado científico. Si quieres hacer preguntas, aquí me tienes —Le dedicó un teatral movimiento con los brazos para autopresentarse.

Kate se sentó en el borde de la butaca y entrelazó sus manos, nerviosa.

—En realidad, tengo millones de preguntas.

—Adelante.

Se aclaró la garganta.

—¿Qué tiene que ver que estés helada con tu hambre?

—Cuando llevamos cierto tiempo sin ingerir sangre, y nuestras reservas empiezan a descender, la temperatura corporal nos baja hasta que volvemos a beber. Para nosotros, es como tu sensación de hambre.

Kate se quedó unos segundos pensativa, rebuscando entre sus recuerdos.

—Enzo siempre fue cálido al tacto.

Galatea puso los ojos en blanco.

—Mi hermano siempre ha cuidado su apariencia para parecer lo más humano posible y, seguramente, cada vez que os visteis acababa de beber sangre —Se inclinó y cogió el libro que Kate sostenía distraídamente —Supongo que, para que asimiles correctamente todo esto, lo primero que deberías conocer es nuestra historia —Ojeó las primeras páginas del ejemplar y meneó la cabeza—. Parece mentira que aún sigan con estas teorías sobre nuestra evolución, menudo tostón.

—La verdad es no es muy ameno.

Galatea cerró el libro con las dos manos y se cruzó de piernas.

—Evidentemente, te recomiendo que leas este libro, el punto de vista científico siempre es necesario. No obstante, para empezar a asimilar nuestro mundo, supongo que te será más animado oír de boca de un vampiro de ciento treinta años nuestra leyenda.

—¡Ciento treinta años!

Galatea ladeó la cabeza y sonrió entrañablemente.

—Según reza nuestra leyenda, hace ciento cincuenta mil años, en África, una tribu nómada de *homo sapiens* dio caza a un extraño animal, ya extinguido hoy en día. Todos aquellos que comieron su carne cayeron gravemente enfermos, tenían una alta sensibilidad a luz y si permanecían mucho tiempo bajo los rayos solares sufrían tales quemaduras que morían en el acto.

»El hechicero de la tribu no sabía como sanar a los enfermos, que acababan muriendo de hambre, pálidos y con la piel helada. En poco tiempo, casi toda la tribu había sucumbido ante tal devastadora enfermedad.

»Un día, la mujer del jefe, que estaba sana, ya que nunca

llegó a probar la carne infectada, se hallaba rezando junto a su enfermo y moribundo marido. Por gracia del destino, el collar de colmillos de diente de sable que la identificaba como esposa del jefe le hizo un arañazo en la base del cuello, de donde brotaron tres únicas gotas de sangre. Su marido, animado ante el olor de la sangre fresca, mordió a su esposa, pero sin causarle la muerte, ya que estaba demasiado débil. Fue así como hallaron la cura a la extraña enfermedad. La sangre era el remedio.

»Con el paso del tiempo, fuimos evolucionando a la par que la raza humana, llegando a ser la civilización que hoy en día somos.

»¿Te ha gustado?

Kate tenía la expresión de un niño al que acaban de explicar un fantástico cuento.

—Fascinante. ¿Creía que los vampiros veníais de Rumanía?

Galatea empezó a reír musicalmente.

—En realidad, todas esas leyendas del Conde Drácula, las estacas y los crucifijos, las inventamos nosotros mismos. Nos pareció la manera más sencilla de vivir en armonía con vosotros. Aquello que es temido, no es hostigado.

—Entiendo, pero he leído que el ajo es nocivo, al menos para los dhaphiros.

—Esa es una de las leyendas que son ciertas. Verás, según la teoría científica —Dio unos golpecitos con la mano sobre la portada del libro—, la enfermedad que contagió a la tribu era la porfiria, una dolencia que produce fotosensibilidad y deteriora la hemoglobina hasta el punto de la anemia. El ajo se nos hace insoportable, ya que tiende a destruir el grupo hemo de nuestra sangre.

Kate recordó la conversación sobre la enfermedad con Enzo. Se sentía ávida de información y agradecida de que Galatea estuviera dispuesta a colaborar.

—Pero, si estáis enfermos de porfiria, se os puede curar.

—Es sólo una teoría Kate, y se supone que, tras miles de años de evolución, hemos creado una especie nueva capaz de reproducirse y de convertir a otros.

—¿Cómo se convierte a un ser humano en vampiro?

Galatea sonrió burlona.

—¿Por qué será que a todos los mortales esa es la pregunta que más os fascina?

Kate se encogió de hombros.

—Para convertir a un ser humano, debemos beber su sangre, pero sin desangrarlo del todo, o moriría. Su sangre es metabolizada por nuestro organismo en cuestión de segundos. Es entonces cuando debemos practicarnos un corte y el mortal debe beber su sangre renovada. Cuando la sangre entra en su organismo, se extiende por todo su cuerpo y, durante siete días, se lleva a cabo el proceso de transformación. El cuerpo humano sufre cambios en sus órganos para asimilar su nuevo alimento, la sangre. El corazón se ralentiza casi hasta pararse, los músculos se hacen más fuertes y resistentes y nuestros sentidos se agudizan. Un vampiro siente el dolor mucho más que cualquier otro ser del mundo, entre otras cosas.

—¿Y un dhaphiro siente igual que un vampiro?

—Los dhaphiros son como nosotros, con la excepción que durante sus primeros veintiún años son más débiles, pero pasada esa edad algunos de ellos superan en velocidad, fuerza y habilidades a muchos vampiros —Miró por la ventana y se incorporó en un rápido movimiento—. Se está haciendo muy tarde, Kate. Llevamos horas hablando y debes de estar hambrienta.

Kate se levantó imitando a Galatea y llenó de aire sus pulmones.

—La verdad es que sí que comería alguna cosa.

—¿Que te parecería un filete poco hecho?

Kate arrugó la nariz, mientras negaba con la cabeza instintivamente.

—Nunca he soportado la carne poco hecha. Es ver que al cortar un trocito sale sangre que yo... —la boca se le llenó de saliva— ¿por qué ya no me parece una idea tan repugnante?

Galatea se le acercó posando una de sus frías manos sobre su vientre.

—Eso es señal de que el pequeño reclama su sustento.

Le guiñó un ojo y salió de la habitación, dejando a una atónita Kate.

Visita médica

La gran casa estaba completamente en silencio, como de costumbre. Ni siquiera se atisbaba la presencia de los dos sirvientes.

Kate había pasado las últimas semanas manteniendo entrañables conversaciones con Galatea y se habían convertido en buenas amigas.

El pasatiempo preferido de Kate era encerrarse en la gran biblioteca de la planta baja que, por suerte, contaba con muchos ejemplares en su idioma. Allí podía empaparse de toda la cultura que tenían acumulada.

Se estaba convirtiendo en toda una experta en su nuevo mundo y, prácticamente, ya conocía todas las costumbres y características de los vampiros.

Las llamadas a June y Sam se habían espaciado mucho en el tiempo. Les había explicado que en casa de Enzo tenían el teléfono averiado y que las llamaba desde una cabina. Era la estrategia perfecta para que ellas no pudieran llamarla.

En lo que a Enzo respectaba, sólo habían tenido algún breve encuentro por la casa muy de vez en cuando y prácticamente no se dirigían la mirada.

Kate se encontraba sentada en la mesa de la cocina saboreando uno de sus recientes platos favoritos, entrecot muy poco hecho con verduritas asadas.

La cocinera se movía rápidamente por la cocina mientras fregaba los platos. Kate se sentía fascinada cada vez que lo veía, no era un movimiento brusco, sino suave y grácil. En ocasiones, parecían moverse a cámara lenta, para luego acelerar la velocidad.

Terminó su último bocado y, tras darle de nuevo las gracias a la cocinera, abandonó la cocina, dispuesta a terminar con el último volumen de historia vampírica que había en la biblioteca.

Al salir por la puerta de la cocina, una presencia la hizo detenerse en seco.

−¿Has comido bien?

Kate se llevó la mano al pecho e intentó tranquilizar su respiración.

−Galatea, me has asustado.

−Lo siento −Se mordió el labio inferior y su rostro se llenó de inocencia.

Kate sonrió.

−Hoy saldremos.

−¿Saldremos?

Galatea la cogió de la mano y empezaron a caminar hacia la gran escalinata.

−Desde que llegaste, no has salido de aquí para nada.

Kate pestañeó confusa mientras entraban en su habitación.

−Pensaba que no podía salir y, a decir verdad, tampoco me apetecía mucho.

−¿Y por qué no ibas a poder salir?

Kate se encogió de hombros.

−Porque soy un secreto. Por el qué dirán.

Galatea empezó a reír escandalosamente.

−Kate, no eres prisionera de nadie, eres libre de salir a pasear, incluso eres libre de irte cuando quieras.

−Pero no quiero irme, estás siendo muy buena conmigo.

Galatea sonrió y le acarició la mejilla con sus finos dedos.

—Gracias —Echó un rápido vistazo a su reloj de pulsera–. Si no salimos ya, llegaremos tarde. Coge tu bolso.

—¿A dónde vamos?

—Hoy tienes tu primera revisión médica.

El pulso de Kate se disparó y empezó a hiperventilar.

—No podemos ir al hospital, detectarán que el bebé no es normal y nos meteremos en un lío.

Galatea ahogó una carcajada.

—Kate, vamos a uno de *nuestros* hospitales. Ni se me ocurriría pisar uno humano.

Kate empezó a reír histéricamente fruto del estrés.

—Claro, se me olvidaba que estáis por todas partes.

Galatea empezó a caminar, mientras sonreía divertida y negaba con la cabeza. Kate la siguió en silencio. Se había calmado un poco al saber que irían a un hospital de inmortales, pero seguía estando un poco nerviosa. No le gustaban los médicos.

Galatea abrió la puerta del diminuto embarcadero. El olor a agua salada invadía el lugar. Junto a la tarima de madera, estaba amarrada con un cabo una lancha rápida de color gris. Parecía estar por estrenar. Galatea le tendió la mano a Kate y subieron a la embarcación.

—Espero que no te marees, el trayecto no es muy largo.

Kate negó con la cabeza rápidamente.

—No estés nerviosa, Kate. Es sólo una revisión rutinaria.

Galatea encendió el motor y abandonaron velozmente el embarcadero. La lancha parecía moverse con la misma rapidez que su dueña.

—Te gustará el doctor Ferro, es un viejo amigo de la familia. Tenemos suerte de que también haya regresado recientemente a Venecia. Es curioso que todos terminemos volviendo a nuestro lugar de nacimiento.

Kate intentaba recolocar su cabellera, despeinada por el viento. Galatea, como era habitual, estaba perfecta.

−Supongo que el hecho de teneros −Suspiró−, tenernos, que mudar cada diez años es lo más duro de todo, y en cuanto podéis regresáis a casa. Es una de las leyes que más triste de seguir me parece.

−Sí, pero sino lo hiciéramos, ¿no crees que la gente alucinaría con sus vecinos que nunca envejecen?

Kate sonrió un poco más animada.

−Supongo que sí, pero sólo diez años en cada vivienda es muy poco.

−Te acabas acostumbrando a todo.

En el cielo, las nubes, cada vez de un tono más gris, amenazaban con llover.

−Galatea, ¿te gusta ser vampiro?

−¿Y a ti humana?

−Supongo que la vida mortal no está mal pero, evidentemente, yo no tuve elección.

El semblante de Galatea se volvió serio.

−Yo tampoco.

Kate se sentía incómoda. No estaba acostumbrada a ver a su amiga tan seria. Empezó a arrepentirse de haber formulado la pregunta.

−Algunos de nosotros, al igual que tú lo harás en su momento, pudieron escoger su camino. Otros, como Enzo y yo, no tuvimos elección por culpa de una estúpida ley que existía por aquel entonces.

−¿Qué ley? −No levantó la mirada del suelo.

Galatea seguía sin mirarla.

−Una ley que dictaminaba que si a un miembro de una familia se le revelaba la existencia de vampiros y era convertido, por seguridad, toda la familia de éste debía ser convertida.

—Lo siento.

Galatea miró a Kate, que se había hecho un ovillo en el asiento, presa de la culpabilidad.

—No te preocupes. Al igual que tú aceptas tu condición humana, yo, en su día, acepté mi condición de vampiro. Es sólo que me sigue pareciendo injusto que no tuviéramos elección. Pero aquí me tienes, ¿no? No he intentado suicidarme ni nada por el estilo.

Los ojos de Kate se abrieron de forma desproporcionada.

—Eres inmortal, ¿cómo te ibas a suicidar?

—¡Aha! Ya veo que no te has leído la parte final de tu librito donde se exponen las penas de muerte por incumplimiento de algunas leyes —Su rostro volvía a ser el de siempre y parecía divertida.

—No pienso incumplir ninguna ley, así que no me interesan las condenas.

—¿Ni por morbo?

Kate negó horrorizada con la cabeza.

—Bien. Los inmortales que son condenados a pena de muerte, o simplemente un vampiro que desea dejar este mundo, tienen tres maneras de morir: desangrados, quemados por los rayos directos del sol durante varias horas o por inanición.

—Eso es horrible.

Galatea se encogió de hombros.

—Tan horrible como vuestras penas de muerte y vuestros suicidios.

Kate se quedó pensativa.

—Excepto por alguna diferencia física, no sé por qué humanos e inmortales no podemos convivir en paz. Somos muy parecidos.

La lancha aminoró conforme se adentraban en una estrecha callejuela.

–No convivimos con vosotros, pero en ocasiones colaboramos con vosotros. Son muchas las guerras que se han librado con soldados dhaphiros y vampiros y, seguramente, hasta tú misma tenías un vecino o un compañero de trabajo inmortal.

Kate se quedó pensativa, intentando recordar alguien que compartiera las características de su nuevo mundo.

No recordaba a nadie.

Galatea condujo la embarcación hasta un portal con un gran cartel que lucía una cruz de color azul. Kate palideció.

–¿Clínica Veterinaria Ferro? No soy una gata embarazada.

Galatea no pudo reprimirse y empezó a reír escandalosamente ante la indignación de su amiga.

–De veras que tienes que salir más, Kate, y acostumbrarte a nuestro mundo. Es una tapadera, cariño.

Kate soltó un bufido, se sentía estúpida.

Galatea amarró el cabo de la embarcación a una argolla metálica que sobresalía de la acera y las dos subieron a tierra firme.

La puerta doble de cristal tenía pegatinas de varios animales domésticos en color azul. El interior no se veía con claridad.

–¿Cómo reconocéis vuestros locales?

Galatea se puso de puntillas mientras señalaba con el dedo algo que había grabado en el marco de piedra de la puerta.

–Ahí lo tienes.

Kate se acercó para ver un pequeño escarabajo egipcio tallado sobre la fachada con gran lujo de detalles, pero no más grande que su mano. De no ser indicado por Galatea, le habría pasado desapercibido.

–¿Ése es vuestro símbolo?

–Es muy apropiado, ¿no crees?

Kate negó con la cabeza mientras se encogía de hombros.

–El nombre egipcio del escarabajo se traduce como *transfor-*

78

mación o *conversión*. ¿Se te ocurre algo que nos defina mejor?

—Realmente es muy apropiado.

Galatea abrió la puerta y la sostuvo para que Kate entrara en la clínica.

—Te propongo un reto. Paséate por Venecia y busca el escarabajo. Te sorprenderá el número de lugares donde aparece, a veces tallado en piedra, a veces como logotipo, o incluso grabado en los tiradores de algunas puertas.

Por muy preparada que creyera que estaba Kate, siempre había algo que le sorprendía y le hacía plantearse lo ciega que había estado. Estaba segura de que recorriendo las calles de la gran Nueva York había visto aquel símbolo por todas partes, pero no era capaz de recordarlo.

El olor a desinfectante y animal sacó a Kate de sus pensamientos. El local, iluminado con fluorescentes y pintado de azul claro, tenía el aspecto de una verdadera clínica veterinaria. La sala de espera, con asientos blancos de plástico, estaba vacía. En las paredes, colgaban montones de posters con consejos y fotografías de animales.

En el centro de la sala, había un blanco mostrador, desde donde una joven de ojos negros les sonreía.

Galatea se le acercó, le dijo unas palabras en italiano y la chica sonrió amablemente y le contestó.

Kate meneó la cabeza. Hacía tantos días que no hablaba con nadie más que no fuera Galatea, que se le había olvidado por completo que estaba en Italia.

Galatea giró sobre sí misma y miró divertida a Kate.

—Está vacunando a un perro, enseguida nos atenderá.

Kate frunció el ceño y cogió fuertemente las manos de Galatea.

—Me has dicho que no es veterinario.

79

—Tranquilízate. El doctor tiene que mantener las apariencias

—Arqueó las cejas.

—¿Estudió Medicina y Veterinaria?

—Claro, imagínate que no fuera veterinario y se le llenara la sala de espera con perros y gatos.

Kate sonrió aliviada.

—Sería una birria de tapadera.

—Además, creo que no tiene demasiados clientes. Para estar tranquilo y poder atender a sus verdaderos pacientes, pone unos precios desorbitados a sus visitas.

Kate se llevó instintivamente una mano a la boca y enrojeció.

—No sé si llevaré suficiente dinero encima para pagarle y, ahora que lo pienso, ni siquiera se me ocurrió vaciar mis cuentas del banco antes de venir aquí.

Galatea cruzó los brazos sobre el pecho y suspiró.

—Para empezar, tus gastos hasta que nazca el bebé corren por riesgo y cuenta del inconsciente de mi hermano. Así lo quiso el Consejo y así lo llevo a cabo. Y, para terminar, tu dinero sigue a salvo en tu banco, sólo esperan una llamada tuya y el dinero se transferirá donde lo necesites. Recuerda que estamos por todas partes, y el consejo de Nueva York ya se encargó de localizar y dejar en manos de nuestra gente todos tus bienes.

Kate la miró con ojos horrorizados.

—Tanto control da un poco de miedo.

Galatea meneó la cabeza y con ella sus oscuros rizos.

—Es necesario para estar seguros.

De pronto, un enorme perro lanoso seguido de un joven chico, que apenas podía sostener la correa del animal, salieron de la consulta y se acercaron a la joven de la recepción.

Galatea se puso en pie y Kate imitó sus movimientos.

Cuando entraron en la consulta, les recibió un hombre de unos treinta años, con el cabello corto a cepillo de color cobrizo y unos vivos ojos marrones, situado tras una camilla para animales, de acero inoxidable.

Galatea sonrió y se echó a sus brazos de un salto.

—Me alegra verte de vuelta, Carlo.

El Dr. Ferro le devolvió el amistoso abrazo a Galatea.

—Sigues tan estupenda como siempre.

Galatea le dedicó una amplia sonrisa y se volvió hacía Kate.

—Te presento a Kate.

Ella levantó tímidamente la mano.

—Encantado, Kate. Soy el Dr. Carlo Ferro.

El Dr. Ferro giró sobre sus talones y abrió una discreta puerta blanca, perfectamente camuflada entre las estanterías, que contenía medicamentos y muestras para sus clientes.

—Os llevaré a mi otra consulta. Seguidme, por favor.

Kate suspiró aliviada. Temió, por un momento, que la fueran a examinar allí mismo, en aquella camilla para animales.

La habitación contigua parecía sacada de contexto. Era una sala muy bien iluminada, equipada con todos los artilugios propios de la consulta de un doctor de hospital de clase alta.

Galatea sonrió satisfecha ante la mirada de asombro de Kate.

—Kate, si eres tan amable, me gustaría hacerte algunas preguntas sobre tu embarazo.

Ella asintió mientras el Dr. Ferro se sentaba detrás de su enorme escritorio de color blanco y les indicaba que tomaran asiento.

—¿Recuerdas el día de la concepción?

Kate no pudo evitar ruborizarse un poco ante el recuerdo de aquella apasionada noche.

—El treinta de mayo.

El doctor Ferro garabateó la fecha en un formulario médico

y sonrió. Un escalofrío recorrió la espalda de Kate. Aquella situación le recordaba mucho a otra que había vivido y no tenía muchas ganas de recordar.

–Bien, entonces esperamos al pequeño alrededor del veintiocho de Febrero y ahora estás de doce semanas, perfecto para hacerte la primera ecografía.

Galatea sonrió emocionada. Estaba entusiasmada con el nacimiento del bebé.

–¿Has tenido molestias?

–Las típicas náuseas, pero parece que ya no son tan frecuentes.

El Dr. Ferro sonrió y dos hoyuelos se formaron en sus mejillas.

–¿Qué sueles comer?

–La verdad es que mi dieta se compone básicamente de filetes poco hechos y algo de verdura. Sé que quizás debería comer más variado pero...

–No, no, es perfecto. Recuerda, Kate, que no es un embarazo normal. Tu dieta es la adecuada para un dhaphiro en pleno desarrollo.

Galatea la cogió de la mano mientras le dedicaba una sonrisa llena de cariño.

El doctor se puso en pie con un movimiento lleno de elegancia y su bata blanca se estiró sobre su alto cuerpo.

–Lo primero que haremos es pesarte para tener un control del desarrollo del embarazo. Detrás de aquel biombo –Señaló hacia la otra punta de la sala–, encontrarás un pijama de hospital. Tómate tu tiempo.

Kate se levantó, dejando atrás al Dr. Ferro y a Galatea, que empezaban a entablar una animada conversación en italiano. Se sentía un poco frustrada por no entender lo que decían.

Tras el biombo, encontró una camiseta y un pantalón de hilo de color verde. Sin pensárselo, empezó a desnudarse.

Cuando hubo terminado, salió de su escondite y miró al Dr. Ferro y a Galatea, que la esperaban junto a una báscula.

El doctor le sonrió.

—Adelante.

Kate se subió a la báscula de metal, mientras él ajustaba las pesas para calcular su peso.

—Sesenta y tres kilos.

Kate abrió sus enormes ojos azules y suspiró.

—Es normal coger peso durante el embarazo. No te preocupes, pronto recuperarás tu peso habitual. Paciencia. Ahora calcularemos la altura. Coloca los pies juntos y mira hacia el frente —Deslizó una pieza de plástico por una barra de metal que había frente a Kate—. Un metro y setenta centímetros. Perfecto. Estás en un buen peso en relación a tu altura.

Kate bajó de la báscula, mientras el Dr. Ferro anotaba las medidas en su formulario. Galatea, que conocía perfectamente el proceso, cogió de la mano a Kate y la llevó junto a la camilla que había en el centro de la sala. La emoción brillaba en sus ojos grises.

—Ahora viene lo mejor, Kate —Soltó una risa ahogada y carraspeó—. Túmbate, Kate. Vamos a hacerte la primera ecografía para ver si todo está en orden.

Ella saltó a la camilla sin pensárselo un segundo y se levantó la camiseta, dejando al descubierto su vientre, que ya empezaba a tomar una discreta forma redondeada.

El Dr. Ferro extendió un gel transparente sobre una sonda redondeada de punta blanca, conectada a un monitor por un cable gris.

—Ahora te aplicaré un poco de gel. Lo siento, está un poco frío.

Kate contuvo la respiración, sin apartar los ojos del monitor.

—Vamos allá —Empezó a presionar sobre la barriga de Kate

mientras los tres pares de ojos observaban la imagen.

Tan sólo pasaron unos segundos cuando algo parecido a una habichuela gris apareció en la pantalla.

−Ahí lo tienes, Kate.

Kate pestañeó varias veces con el ceño fruncido. Le costaba reconocer las formas en la imagen.

−¿Es eso?

Galatea empezó a reír escandalosamente ante la decepción de su amiga.

−Tiene como unos ocho centímetros, ¿que esperabas ver?

Kate se encogió de hombros y entrecerró los ojos mientras miraba de nuevo la pantalla.

−En realidad, tiene ya diez centímetros, parece que será grande.

Carlo sonrió a Kate.

−Muéstrale lo mejor, Carlo. A ver si así conseguimos que se emocione.

Kate miró a Galatea con una mezcla de indignación y curiosidad en su rostro.

−Ahora, Kate, escucha −El sonido vagamente metálico de unos latidos a una velocidad muy lenta hizo que se le erizara el vello.

−Estos son los latidos del corazón de tu bebé.

Sin poder reprimirse, Kate se incorporó un poco y agarró la solapa de la bata del Dr. Ferro, mientras su respiración se aceleraba un poco.

−Son muy lentos, eso es mala señal.

El doctor meneó la cabeza mientras su boca dibujaba una dulce sonrisa. Galatea le puso las manos en los hombros y la obligó a recostarse de nuevo.

−Recuerda que el corazón de un vampiro casi no late, así que el de los dhaphiros lo hace a un ritmo mucho más lento que el tuyo.

Kate se mordió el labio inferior y le dedicó a Carlo una mirada de disculpa. Le era muy fácil olvidar que estaba tratando con seres muy distintos a los humanos, ya que se comportaban como ellos.

−Lo siento.

−Tranquila, le echaremos la culpa a tus hormonas.

El doctor le guiñó un ojo mientras subía un poco el volumen del latido del bebé para que Kate pudiera disfrutar del momento.

Una lágrima de felicidad se escapó de las profundidades de sus azules ojos.

Buscando escarabajos

Las gotas de lluvia resbalaban por los cristales pero, a pesar del mal tiempo, Kate se sentía llena de felicidad.

Estaba radiante.

Aquella mañana fue ella la primera en levantarse, y decidió invertir la costumbre de Galatea y ser ella en esta ocasión la que despertara a su amiga.

Aún se sentía fascinada por aquella faceta de los vampiros; simplemente les bastaba con dormir tres horas para estar frescos como una rosa.

Sin pensarlo un momento, salió de su habitación vestida únicamente con su corto camisón de tirantes, hecho con un suave algodón y se plantó en la puerta de la habitación de su amiga.

Llamó una sola vez y abrió la puerta.

Galatea ya estaba despierta, sentada frente a su tocador arreglando su maraña de rizos.

Sus miradas se encontraron a través del espejo.

–Buenos días, Kate. ¡Qué madrugadora!

–Buenos días. Qué lástima, tenía la esperanza de ser yo esta vez quien te sacara de la cama.

Galatea se incorporó y se acercó a Kate que estaba plantada en la entrada de la habitación.

–¿Por eso aún estás en camisón?

El tono burlón de Galatea hizo sentir incómoda a Kate.

—No es eso exactamente, es que mi ropa empieza a no caberme.

Galatea se acercó y le acarició suavemente la pequeña barriga que Kate empezaba a lucir.

—Es algo evidente. Está bien, desayunaremos e iremos de compras. Eso sí, sólo a tiendas que tengan el escarabajo. ¿Aceptas el reto?

—Acepto.

Se dieron la mano con un tono burlón brillando en sus ojos.

Cuando hubieron desayunado, las dos amigas se adentraron en el laberinto de callejuelas de Venecia, regadas por la lluvia de la mañana.

Por suerte, el aguacero ya había cesado.

Galatea se sentía exultante. Le gustaba hacerle a Kate de profesora y poner a prueba sus habilidades.

—Tú dirás… ¿A qué tienda vamos?

Kate empezó a mirar uno a uno los escaparates de las tiendas de moda de la callejuela, en apariencia normales, en busca del símbolo egipcio.

Tras caminar varios metros bajo la atenta mirada de Galatea, que reprimía su instinto de mirar hacia los locales que ella tan bien conocía, Kate se detuvo ante una tienda y sonrió satisfecha.

—Aquí tenemos uno.

Galatea arqueó las cejas poniendo a prueba a su alumna.

—¿Dónde esta el escarabajo?

Kate miró hacia el suelo y señaló con la punta de su zapato la alfombra de la entrada del establecimiento donde, bajo la palabra *"ciao"*, había dibujado un escarabajo en color verde.

Galatea sonrió satisfecha.

—Bravo, Kate. Éste era de los difíciles.

—Gracias —Miró a su alrededor y luego susurró bajito cerca

del oído de su amiga−. Galatea, ¿qué pasa si a un humano se le ocurriera usar este símbolo en una tienda normal?

−A veces nos ha pasado. Es por eso que tenemos una especie de santo y seña.

Kate sonrió divertida. Cada día le gustaba más formar parte de una sociedad secreta.

−Sígueme, te lo mostraré −Se dirigió como un rayo hacia una heladería que estaba al final de la calle−. Buenos días.

El joven que estaba tras el mostrador sonrió sin muchas ganas.

−¿Qué desea?

Su acento inglés no era demasiado bueno y Kate tuvo que prestar mucha atención.

−Precioso escarabajo egipcio.

Los ojos del chico se iluminaron al oír las palabras de Galatea, mientras ésta señalaba el símbolo impreso sobre el toldo del establecimiento.

−Representaba el corazón del faraón.

Galatea miró a Kate e hizo un grácil movimiento con la mano señalando al joven.

−Ahí lo tienes, Kate. Recuérdalo siempre, cualquier otra respuesta te indicará que son humanos.

El joven sonrió, esta vez mostrando una reluciente y sincera sonrisa.

−¿Eres nueva?

−Sí −Kate se sentía como en su primer día de instituto.

−Bienvenida.

−Gracias.

Galatea se despidió amablemente con la mano y, de nuevo, las dos empezaron a andar por la calle.

−¿Qué clase de ropa te gustaría?

Kate se encogió de hombros.

—Supongo que algo cómodo.

—No me das muchas pistas. Está bien, iremos directamente a lo práctico, pantalones con cintura elástica y jerséis enormes.

Kate sonrió aliviada. Galatea parecía conocerla tan bien, que a veces le daba la sensación de que habían vivido siempre juntas y agradecía cada día depender de ella y no de Enzo.

Empezaba a ponerse el sol bajo un manto de nubes plateadas cuando Kate y Galatea entraron cargadas con un montón de bolsas en la casa.

Galatea se había asegurado de que Kate comprara todo lo necesario para pasar los seis meses restantes que le quedaban de embarazo, sin preocuparse por la ropa o por los primeros objetos necesarios para el bebé.

Kate se entretuvo en guardar todas sus nuevas cosas en su enorme armario de estilo victoriano. Sin saber cómo, ni por qué, su mente empezó a recorrer los recuerdos que tenía de su vida pasada con Sam y June. Era el momento de hacer la última llamada.

Cogió aire y se encaminó hacia la enorme biblioteca de la planta baja, donde estaba el teléfono.

Con las dos últimas llamadas que había realizado, consiguió no derramar ni una sola lágrima, ya que se lo tenía prohibido a ella misma, porque creía que, de aquella manera, iría fortaleciéndose y aceptando el hecho de que ellas ya formaban parte de su pasado.

Se sentó en la butaca que había al lado de la mesilla del teléfono y marcó el número automáticamente.

Esperó tres tonos, que parecían marcar el compás de su melancólico corazón.

—¿Sí?

Kate tomó una bocanada de aire que le resultó amarga.

—Hola, June.

—¡Katie! Ya pensábamos que te habías olvidado de nostras. ¿Cómo estás?

—Empiezo a estar enorme.

La risa cristalina de June pareció clavársele en lo más profundo de su ser, abriendo unas finas heridas.

—Has llamado en el momento oportuno, Sam está aquí. Cuídate mucho, cariño.

—Lo haré, de veras.

Se oyó ruido ambiental y varias voces que hablaban.

—Kate, tenía ganas de volver a hablar contigo. ¿Cómo va el pequeño?

—Hola, Sam. Todo va estupendo, el bebé va creciendo.

—¿Aún tenéis el teléfono estropeado? —Kate hizo un ruido de afirmación. Notaba como una presión en el pecho que la dejaba sin aire—. Ya le puedes decir a Enzo que lo arregle pronto. Tenemos ganas de telefonearte cuando nos apetezca y no tener que esperar a que tú nos llames. Si no lo hace, nos veremos obligadas a ir a verte.

La barbilla de Kate empezó a temblar mientras su amiga la ponía al día de las grandes cosas que estaban pasándoles en la otra punta del mundo.

—Me alegro de oíros —Las palabras se le quebraban—. Dile a June que os quiero mucho y que os deseo mucha suerte.

—Katie, ¿por qué suena esto a despedida?

Una lágrima rodó por la mejilla de Kate.

—No, no es una despedida, simplemente es que quería decírtelo.

—Nosotras también te queremos.

La voz de Sam sonaba con un cierto tono de sospecha. Siempre había sido la más lista de las tres.

—Katie, ¿eres feliz?

Ella se sintió aliviada de no tener que mentir, aunque sólo fuera en aquella pregunta.

—La verdad es que sí.

—Recuerda que siempre puedes volver a casa si las cosas se tuercen, ¿vale?

Kate tragó saliva y respiró para calmarse. Deseaba que aquello fuera cierto. Deseaba poder tener, aunque sólo fuera una remota posibilidad, la opción de volver a casa.

—Gracias, Sammy. Os quiero.

—Te queremos.

—Adiós.

La respiración de Sam se aceleró un poco y se le quebró la voz.

—Adiós, Kate.

Colgó el teléfono con manos temblorosas. Sabía con toda la certeza que aquel había sido su último acto como humana.

Ya nada la unía a su anterior mundo.

La respiración se le aceleró y la habitación pareció quedarse a oscuras, mientras las lágrimas le brotaban en silencio surcándole su pálida cara.

Enzo dio un paso y entró en la habitación.

—Es muy duro romper con todo lo que se ha amado. Espero que no te vuelvas loca como la francesita.

Soltó una carcajada irónica que hizo que los sentimientos de Kate cambiaran por completo.

Ante ella estaba el culpable de todo. Si no hubiera sido por su hechizo de seducción, ella seguiría con su vida normal.

Él la miraba divertido, regodeándose en su dolor.

El corazón de Kate empezó a latir más deprisa y con unos latidos tan fuertes que creyó que le romperían las costillas.

Empezó a notar como la adrenalina fluía por sus venas y algo parecido al odio y a la sed de venganza nublaba sus sentidos.

Se sentía poderosa.

Sin previo aviso, se puso en pie, caminando rápida y segura hacia Enzo, que la miraba sorprendido.

Se detuvo frente a él, silenciosa, como una tigresa que acecha a su presa.

—¿Vas a pegarme, indefensa mortal? Si no fuera por las leyes, haría años que tu triste especie habría pasado a la historia.

Los ojos de Kate se volvieron de un azul más oscuro. Quería su venganza y estaba perdiendo el control de sí misma.

—Te odio —Su voz sonó como un leve gruñido.

Enzo reaccionó de manera instintiva y se agazapó un poco, profiriendo sonidos sordos de su garganta.

—El sentimiento es mutuo, pero sabes que en una pelea sería yo el que ganaría. Triste. Triste y débil humana.

El sonido que salió del cuerpo de Kate era igual que el de una fiera a punto de cazar a su presa en lo más profundo del bosque.

Su cuerpo, más flexible y ágil que de costumbre, se inclinó para coger impulso y con las manos abiertas empujó a Enzo, que salió disparado por la puerta incrustándose en la pared trasera.

Kate se le acercó con pasos lentos y felinos. Sus cabellos dorados le daban la apariencia de un león.

Era el momento de ajustar cuentas con Enzo.

—¡Kate, basta!

Galatea se interpuso entre su atónito hermano y la fiera en que se había convertido Kate.

Cuando los ojos de Galatea se posaron en los de su amiga, pareció volver en sí misma. Tenía la impresión de haber visto la escena desde fuera de su cuerpo, como sino fuera ella.

Se tapó la boca con las manos, avergonzada.

La imagen de Enzo en el suelo, aturdido y rodeado de trozos de yeso, y una hendidura en la pared tras él, no dejaban lugar a dudas de lo que acababa de ocurrir.

—¿Galatea?

Ella la abrazó, intentando consolarla.

—Sube a tu habitación, Kate. Te subiré una infusión para que te tranquilices.

Sin replicar, Kate subió veloz por las escaleras con el corazón lleno de dudas. ¿Acaso se estaba transformando en un monstruo?

Enzo se puso en pie, sacudiéndose los restos de pared de su ropa. Galatea le miró con ojos desafiantes.

—¿Qué ha pasado?

—Simplemente le he dicho que no perdiera la cabeza como Serafine.

—Tienes suerte de ser de la familia porque, de lo contrario, a estas alturas te habría echado ya de casa. ¿Cómo puedes tener el corazón tan frío? ¿No te das cuenta de que está sufriendo?

Enzo se acercó a Galatea con mirada suplicante.

—Lo siento.

—Tus disculpas empiezan a ser tantas y tan frecuentes que *lo siento* ya no tiene ningún valor para mí.

Enzo bajó la cabeza, sumiso.

—Lo mejor será que te mudes a Roma hasta que Kate se haya marchado. No quiero que les vuelvas a poner en ese estado.

—Galatea, no se repetirá.

Ella empezó a caminar hacia la cocina mientras miraba a su hermano por encima del hombro.

—Quizás no por tu parte, pero no te puedo asegurar que la pueda controlar a ella. Tienes esta noche para hacer tus maletas.

Fuerza

La puerta hizo un leve chirrido al abrirse para dejar paso a una habitación en penumbra, iluminada solamente por la luz de la luna y las estrellas.

En una de las butacas que había frente a la chimenea, estaba Kate, hecha un ovillo y cuya respiración indicaba su estado de nervios.

Galatea se acercó lentamente hacia ella y le pasó la mano por su enmarañado cabello.

Kate pareció no darse cuenta de su presencia. Estaba como en shock.

—¿Estás bien?

La respiración pareció acelerarse un poco más. Galatea se sentó en el suelo frente a ella y tomó sus manos entre las suyas.

Esta vez era Kate la que estaba helada.

—Lo que ha sucedido es del todo normal. En ocasiones, las madres de dhaphiros experimentan cierto aumento de fuerza y velocidad. No tienes de qué preocuparte.

Kate empezó a temblar como una hoja mecida por el viento.

—Quería matar a Enzo.

Sus ojos azules se llenaron de lágrimas, que empezaron a deslizarse por su pálida piel.

—Jamás me había sentido tan agresiva.

Galatea se puso de rodillas y abrazó a su amiga con fuerza, mientras ella empezaba a sollozar.

—Cariño, ya te expliqué que nosotros sentimos las cosas con mucha más intensidad que vosotros. Es muy normal que un sentimiento así te desborde.

Kate hundió su cabeza en el cuello de Galatea, mientras ella le acariciaba el pelo con suavidad.

—Soy un monstruo.

Galatea se separó de ella y tomó su rostro entre sus manos, obligando a que sus miradas conectaran con intensidad.

—No eres un monstruo. Tienes derecho a perder los nervios. Es simplemente que en tu estado los pierdes como uno de nosotros y es algo difícil de controlar por una mortal.

La respiración de Kate empezó a volver a la normalidad, poco a poco, pero de sus ojos aún brotaban lágrimas amargas.

—¿Enzo está bien?

Galatea sonrió sin humor, mientras se incorporaba y acercaba a Kate la taza con una infusión de valeriana que había traído consigo.

—Hace falta mucho más que eso para terminar con Enzo.

—Debería disculparme.

Galatea meneó la cabeza mientras con la mano indicaba a Kate que se bebiera la infusión.

—Enzo se ha marchado. Le he pedido que te diera tiempo para acostumbrarte plenamente a la nueva situación.

Kate se tapó los ojos con una mano mientras el sentimiento de culpa invadía todo su ser.

—No quiero daros tantos problemas.

—Tiene que quedarte claro que Enzo no es más que el culpable de todo este asunto, empezando por el día en que te sedujo y terminado por esta noche. No ha sido nada justo que te tratara de loca en un momento tan delicado. Mi prioridad ahora eres tú.

Los ojos de Kate buscaron desesperadamente los de Galatea,

que brillaban con la intensidad de las estrellas de aquella noche.

—No quiero que por mí te apartes de tu hermano.

—Enzo necesita un poco de mano firme. En parte, todo lo que ha sucedido es por mi culpa. Hace décadas que se lo consiento todo y ha llegado el momento de ponerle en su sitio.

Kate bebió un sorbo de la infusión, que ya empezaba a estar fría. La calma empezaba a aparecer, pero convivía en su interior con el sentimiento de culpa.

—Pero es tu hermano y yo simplemente soy una indefensa mortal —Repetir las palabras de Enzo no la hizo sentirse mejor.

Galatea bajó la mirada. Era la primera vez que Kate la veía demostrar un sentimiento que la hacía parecer vulnerable.

—Kate, llegados a este punto, me atrevería a decir que siento tanto o más cariño por ti, que por mi propio hermano. Estos meses te has ganado un lugar muy importante en mi corazón.

Las lágrimas empezaron a caer de nuevo por las mejillas de Kate, mientras saltaba de su asiento para ir a abrazar a su amiga.

—No sé cómo agradecerte todo lo que estás haciendo por mí, Galatea.

Ella le devolvió el abrazo con fuerza.

—Con compartir mi vida contigo y con el bebé tengo suficiente.

Permanecieron abrazadas bajo la tenue luz de la luna hasta que Kate volvió a sentir que había vuelto a casa.

A su nuevo mundo.

Sus azules ojos recorrían la comida que había en su plato y que constituía su desayuno.

A pesar de la conversación mantenida la noche anterior con

Galatea, no podía dejar de sentirse culpable por haber hecho que Enzo tuviera que abandonar su hogar.

Decidió que sólo tomaría un poco de té para desayunar y deslizó su mano, decidida, hacía la taza que tenía frente a ella.

Cuando sus rosados labios tocaron el borde de la taza y percibió la temperatura demasiado elevada del líquido, presionó con fuerza la taza y ésta estalló en mil pedazos, rompiéndose en su cara.

La cocinera se giró de inmediato ante el ruido sordo de la porcelana al romperse, para encontrarse con una paralizada Kate, con cortes en la cara y en la mano.

—¡*Signorina* Galatea!

Galatea, alertada por los gritos de la cocinera, apareció veloz frente a Kate, que no osaba moverse al notar la sangre corriendo por su cara.

—Katie, ¿qué ha pasado?

Ella sólo pestañeó.

—Estaba muy caliente.

—Tranquila, enseguida te curaremos esos cortes, no te asustes.

Kate asintió lentamente y con un movimiento apenas perceptible.

Galatea cogió un paño limpio y lo humedeció con agua para hacer una limpieza rápida de la sangre de la cara de Kate y así poder evaluar el daño a conciencia.

Se acercó a ella sin perder tiempo y, suavemente, pasó el paño sobre su piel.

Los ojos de Galatea brillaron durante un breve instante con sorpresa, pero controló su emoción y la sustituyó por una amable sonrisa.

—Has tenido suerte, Katie.

Kate la miró asustada, mientras Galatea limpiaba también la sangre de su mano.

—¿No tengo heridas?

—Parece que es otra de las ventajas de estar embarazada de un vampiro, cicatrizas enseguida —Acercó su mano a sus atónitos ojos, repasando cada uno de los rincones y dedos. Automáticamente, y presa de la ansiedad, se empezó a palpar la cara.

Galatea sonrió con una mezcla de alivio y sorpresa.

—No tienes nada, pero deberás aprender a controlar tu fuerza.

Los ojos de las dos repasaron los trozos de cerámica, que en su día pertenecieron a una taza, que había esparcidos sobre la mesa y el suelo.

Galatea inclinó la cabeza mirando a Kate, que aún estaba manchada de sangre.

—Será mejor que subas a lavarte, dan ganas de lamerte.

Kate se puso en pie rápidamente, sin poder evitar que su pulso se acelerara un poco.

Galatea lo percibió.

—Tranquilízate, es broma.

Kate sonrió, sin creérsela del todo, y caminó rápidamente hacia las escaleras.

Galatea indicó, con rostro sombrío y preocupado, a la cocinera que limpiara el destrozo, mientras se dirigía rápidamente hacia la biblioteca para hacer una llamada de teléfono.

Sin pensárselo, descolgó el auricular y marcó velozmente el número.

—*Pronto.*

—Carlo, soy yo.

El tono preocupado de Galatea alertó a Carlo.

—¿Qué sucede?

—Es Kate. Cuando pierde los nervios o se asusta su fuerza se intensifica.

Él sonrió aliviado.

—Ya sabes que eso es del todo normal. Las hormonas del dhaphiro corren por su sangre.

—Lo sé, pero nunca lo había visto con tanta potencia, parece una inmortal.

—Cada embarazo es distinto, está perfectamente.

Galatea suspiró preocupada.

—Eso no es todo, también cicatriza como nosotros.

—¿Cómo dices? ¿Cicatriza como un inmortal?

Ella emitió un sonido de afirmación.

—Desde el punto de vista médico, no creo que sea nada de lo que debamos preocuparnos. De todos modos, creo que estamos, sin duda, ante un caso especial.

—¿A qué te refieres con eso?

—Las madres experimentan aumento en la fuerza o, incluso, en su velocidad y, habitualmente, cuando el dhaphiro nace, es tan fuerte y veloz como lo fue su madre durante el embarazo. Es como una proyección de sus cualidades en sus progenitoras.

Galatea se sentía confusa.

—Todo eso ya lo sé Carlo, pero no explica que ella cicatrice como uno de nosotros.

—Simplemente quiero explicarte que nos hallamos ante un dhaphiro excepcional. Si es capaz de transmitir tanta fuerza y otras características poco comunes a su madre es, sin duda, un dhaphiro muy superior a la media.

Galatea pareció calmarse y su habitual sonrisa apareció dibujada en su rostro.

—Entonces, ¿están bien?

Carlo empezó a reír desde el otro lado del auricular.

—Sí, lo están. Parece que estás cogiendo mucho cariño a esta chica. Me alegra verte feliz de nuevo, Gala.

—Yo siempre estoy feliz.

Carlo suspiró.

—Hace ya muchos años que nos conocemos pequeña y te conozco bien; te atormentaba demasiado el pasado para ser feliz,
pero ahora pareces otra.

Galatea empezó a sentirse violenta.

—Gracias por la ayuda, Carlo, nos vemos.

Carlo percibió la incomodidad en la voz de ella.

—Cuídate, Gala.

Galatea colgó el auricular justo a tiempo, ya que Kate había
aparecido en la habitación con ropa limpia y los ojos llenos de
dudas.

—¿Estás mejor?

—Alucinada por todo lo que está pasando, pero sí.

Kate se dejó caer en una de las sillas.

—Es del todo normal, Kate, ya lo sabes.

Ella asintió con la cabeza mientras volvía a mirar su mano.

—¿Me ayudarás a aprender a controlar mi fuerza?

—Evidentemente, cariño.

Los ojos de Galatea se entrecerraron en dos finas líneas di-
vertidas, que acompañaban a su bella sonrisa.

Conciencia

Las frías calles de Venecia y sus escaparates perfectamente adornados no dejaban lugar a dudas de que las fiestas se acercaban.

Kate nunca había sido famosa por su espíritu navideño; sin embargo, ese invierno se sentía llena de ilusión, a pesar de que en un rinconcito de su corazón, cerrado con llave, mantenía guardados los recuerdos de las navidades vividas con Sam y June, junto con el dolor que le provocaba la ausencia de sus amigas.

Pero, cuando sentía ganas de verlas, miraba hacia abajo, a su abultada barriga, y recordaba por qué estaba haciendo todo aquel sacrificio.

Galatea también le estaba sirviendo de mucha ayuda, ya que se había convertido en una de las personas más importantes de su vida.

Gracias a ella, había aprendido a controlar sus nuevos dones y ya le resultaba muy sencillo usarlos a placer.

A pesar de la ausencia de Enzo, ni Galatea ni Kate habían vuelto a hablar del tema.

Él tampoco había dado señales de vida.

Kate había tenido varias revisiones con el Dr. Ferro pero, por mucho que lo habían intentado, el bebé no había colaborado a la hora de dejarles ver si se trataba de un niño o una niña.

Kate entró en una diminuta tienda de joyería artesana, en busca del regalo de Navidad perfecto para Galatea.

La puerta se cerró tras de sí, e inmediatamente sus ojos se posaron en las dos maletas que había junto a la entrada.

−Galatea, ya he vuelto.

La silueta inconfundible de Galatea apareció en lo alto de la escalera de mármol.

−¿Cómo han ido las compras?

Kate sonrió mientras le enseñaba la pequeña bolsa de la joyería. Los ojos de Galatea se entrecerraron con curiosidad.

−Oh, ¿qué será?

Kate arqueó las cejas mientras su rostro se volvía interesante.

−Ya verás −Su mirada reparó de nuevo en las maletas y abandonó el tono de diversión que animaba su voz.

−¿Tenemos visita?

Galatea, que había descendido rápidamente por las escaleras con su habitual elegancia, se plantó delante de ella y le dedicó una dulce sonrisa.

−No, son nuestras maletas.

−¿Nuestras?

−Nos vamos a Verona a pasar las navidades con unos amigos.

El rostro de Kate reflejó los nervios que le provocaba la propuesta.

−Desde que Enzo se marchó, hemos estado las dos solas, y ya va siendo hora de que amplíes tu círculo de amigos.

De pronto, Kate palideció y se llevó la mano a la abultada barriga. Galatea se acercó más a ella y la miró con sus enormes ojos grises abiertos como platos.

−¿Estás bien?

Kate empezó a reír y miró hacia su vientre.

—Ya era hora, pequeño.

Galatea empezó a ponerse nerviosa.

—¿Qué le pasa al bebé?

—Por fin se ha movido.

Los ojos de Galatea se iluminaron mientras se acercaba a la barriga de Kate.

—Nos tenías preocupadas, eres un bebé muy tranquilo.

—Ahora ya no se mueve —Acarició su enorme barriga y suspiró—. ¿Cuándo nos vamos?

—Cuando quieras, está todo listo; el equipaje está hecho e incluso he avisado a Enzo de que nos íbamos, por si quería venir aprovechando nuestra ausencia.

Kate empezó a reír mientras con ambas manos sostenía su vientre.

—¿Otra vez, Kate?

—Creo que está enfadado.

Galatea frunció el ceño mientras tocaba la barriga de Kate.

—¿Qué quieres decir?

—Parece que reacciona con movimientos bruscos ante el nombre de cierta persona —Parecía divertida ante el descubrimiento—. Repite el nombre de tu hermano.

Galatea apretó sus manos con más fuerza sobre la tripa redondeada de Kate mientras acercaba su cabeza.

—Enzo.

Ambas notaron claramente como el bebé propinaba una patada, que hizo que la barriga se deformara por un instante. Kate volvió a reír escandalosamente.

—Tiene carácter, ¿verdad?

Galatea acariciaba la zona donde claramente se había visto el repentino movimiento.

—Tranquilo, pequeño, no pasa nada.

—Parece que es más consciente de lo que cabría esperar respecto a todo lo que le rodea. ¿Eso también es habitual?

Galatea fingió una sonrisa cargada de tranquilidad, a pesar de que cada día estaba más sorprendida con las habilidades del pequeño dhaphiro.

—Es normal.

Kate pareció convencida de la tranquilidad de su amiga y empezó a acariciar su barriga de nuevo, con el espíritu de la maternidad dando luz a su rostro.

—A ver si en la próxima ecografía te portas bien, cariño. Tengo ganas de llamarte por un nombre acorde a tu sexo —Un sutil movimiento hizo cosquillear la piel de Kate.

Galatea estaba asombrada.

—Parece que te escucha y te responde.

Kate estaba radiante de felicidad.

—Eso parece.

Las palabras *imposible*, *extraño* y *extraordinario* paseaban por la aturdida mente de Galatea. A pesar de que Carlo le había asegurado en las revisiones que todo estaba bien, una pequeña parte de ella no podía dejar de preocuparse ante lo poco habitual de aquel embarazo.

Los ojos de Kate volvieron a posarse en las maletas.

—¿Tardaremos mucho en llegar a Verona?

—Apenas una hora, mi coche es muy rápido.

Las preocupaciones de Galatea pasaron a un segundo plano.

—Tengo un poco de hambre, ¿salimos esta tarde?

—Cuando quieras, no tenemos prisa. ¿Qué te parece si le digo a la cocinera que te prepare un *carpaccio*?

El jersey de Kate se movió en la zona de su estómago y ella empezó a reír de nuevo.

—Parece que le gusta la idea.

Galatea no pudo evitar echarse a reír junto a su amiga en esta ocasión.

La enorme plaza de la entrada de Venecia estaba plagada de visitantes que buscaban un destino turístico y especial para pasar las fiestas.

Galatea le había pedido a Kate que aguardara en la calle junto a las maletas, mientras ella se había adentrado en un garaje cercano para ir a retirar su coche.

Tan sólo habían pasado unos minutos cuando apareció un flamante Mini Cooper de color azul, con dos rayas blancas que atravesaban desde el capó hasta el maletero del vehículo, dándole un toque de lo más deportivo.

Kate sonrió satisfecha. No había otro vehículo en el mercado que le fuera tan bien a la personalidad de Galatea como aquél. Pequeño, veloz y bonito.

Galatea se bajó del coche y, con un grácil movimiento, cogió las maletas que Kate custodiaba y las introdujo en el maletero.

—¿Preparada?

Kate asintió con la cabeza mientras se dirigían hacia sus respectivas puertas.

Galatea le sonrió con aire divertido y, tras un rápido movimiento del cambio de marchas, arrancaron a toda velocidad hacia Verona.

Kate miró asustada a Galatea, que tenía la mirada fija en la carretera.

—Eres un peligro al volante.

Galatea empezó a reír sonoramente.

—Conduzco muy bien, simplemente es que cuando estás acostumbrada a llevar una lancha rápida por el Gran Canal, luego le exiges la misma velocidad a un coche.

Kate se ajustó el cinturón alrededor de su vientre y posó las manos a los lados de éste.

—Tu tía Galatea es una loca de la velocidad.

Ella miró de reojo a Kate, a la espera de ver algún movimiento en contestación por parte del bebé.

—Nada, al peque le gusta cómo conduzco.

Kate profirió un ahogado grito de sorpresa cuando el pequeño se movió.

—¿Será posible…?

Galatea empezó a reír de nuevo, ésta vez con más dulzura, mientras Kate entrecerraba los ojos con una fingida nota de odio.

El paisaje empezó a cambiar lentamente, sustituyéndose el azul del océano por vegetación.

—¿Quién nos espera en Verona?

Galatea sonrió.

—Iris, Jean y Emma.

—¿Son familia tuya?

—No, Jean es un viejo amigo. Hace unos años, conoció a Iris cuando vivía en Escocia y se enamoró perdidamente de ella. Un año después, trajeron al mundo a la dulce Emma.

Los ojos de Kate se abrieron mostrando su sorpresa.

—¿Una dhaphiro?

—Sabía que te gustaría la idea.

—¿Cuántos años tiene? ¿Cómo es? —Sus palabras sonaban atropelladas por la emoción.

—Tiene siete años, es rubia y una monada de cría.

—¿Tiene algún rasgo de inmortal?

Galatea meneó la cabeza y sus rizos bailotearon alrededor de su cara.

—Es, de momento, y como bien sabes, idéntica a una niña mortal.

Kate se removió nerviosa en su asiento y suspiró.

—Tengo tantas preguntas que hacerle a su madre.

—Ese era el plan. De todas maneras, Kate, quiero que tengas en cuenta que cada embarazo es muy diferente, y el tuyo y el de Iris, por lo que yo sé, no tienen nada que ver en absoluto —Kate asintió, mientras sonreía encantada ante la idea de poder compartir sus dudas con una madre de dhaphiro—. Iris y Jean son una pareja fuera de lo común. Apenas se vieron por primera vez, sus almas crearon un vínculo tan fuerte, que a ella no le costó nada abandonar su mundo para entregarse por completo a Jean y, antes de que él la convirtiera, decidieron tener a la pequeña Emma. Una auténtica historia de amor.

Kate se ruborizó. Cuando Galatea le había planteado la historia, había dado por hecho que se parecía a su romance con Enzo.

El bebé le dio un fuerte golpe. Estaba claro que el simple hecho de pronunciar el nombre de Enzo, aunque no fuera en voz alta, le hacía reaccionar.

—¿Los vampiros no soléis enamoraros?

—Es complicado de explicar. Los humanos percibís el enamoramiento como una serie de reacciones químicas en el cerebro, que os hacen sentir ciertas cosas. Nosotros no somos capaces de eso.

Kate frunció las cejas con un aire triste en sus ojos.

—¿No sentís el nerviosismo en el estómago al ver a quien amáis?

—Sí, sí lo sentimos, y otras sensaciones mucho más vivas y fuertes que las humanas, pero no se desencadena a causa de una reacción química, sino que se basa en algo más espiritual.

Kate meneó la cabeza, confundida.

−¿Más espiritual?

−Almas gemelas.

−Los humanos también encontramos a veces a nuestra alma gemela.

Galatea ladeó la cabeza, divertida, mientras tomaba la salida hacía Verona.

−Sólo un porcentaje muy pequeño de humanos encuentran a su verdadera alma gemela, ya que las hormonas y la química os nublan los sentidos y no os dejan ver con claridad. A nosotros nos es mucho más fácil reconocerla ya que, cuando sentimos algo por alguien, no hay lugar a dudas de que se trata de un vínculo especial.

−¿Y es muy común?

Galatea se encogió de hombros resignada.

−Algunos te dirán que fue fácil encontrar a su media naranja, como Jean e Iris. Otros, como yo, te diremos que llevamos décadas buscando sin resultado.

Kate se acarició la barriga mientras sonreía.

−Puede que no hayas encontrado tu media naranja, pero nosotros te queremos.

Galatea la miró con los ojos cargados de ternura.

−Yo también os quiero.

El abrigo de Kate se movió sutilmente en respuesta a las palabras de Galatea.

La noche empezaba a hacer acto de presencia mientras se adentraban por las calles de Verona.

La pequeña casa de dos plantas de color arena se alzaba, digna, en medio del cuidado jardín que la rodeaba.

Kate observaba cada uno de los detalles del terreno con su espíritu lleno de ilusión, mientras Galatea llevaba las pesadas maletas sin ningún tipo de dificultad por el sinuoso caminito de piedra blanca que llevaba a la casa.

Galatea se plantó frente a la puerta de color azul y golpeó suavemente con su puño.

El corazón de Kate estaba exultante y lleno de curiosidad por saber y aprender todo sobre aquella familia que, sin duda, sería una clara referencia de su nuevo mundo.

La puerta se abrió con un ligero movimiento y, tras ella, apareció una mujer bajita de cabello rubio y grandes ojos de color miel.

—¡Galatea! Por fin habéis llegado —Dedicó una dulce sonrisa a las recién llegadas, haciéndose a un lado para dejarlas entrar.

—Hola, Iris. Te agradecemos mucho la invitación.

—Nos encanta teneros en casa.

Galatea dejó las maletas en la entrada y se colocó junto a la fascinada Kate.

—Te presento a Kate.

Iris ladeó la cabeza, haciendo que su lisa melena brillara como el sol bajo las luces.

—Bienvenida, Kate.

—Gracias, Iris. Es todo un honor estar aquí.

Galatea acarició despreocupadamente la barriga de Kate, oculta bajo su grueso abrigo de invierno, mientras le guiñaba un ojo a Iris.

—Kate está deseando hacerte millones de preguntas.

Ella no pudo evitar sonrojarse y sentirse incómoda ante la sinceridad de su amiga.

—Estaré encantada de responder a todas tus dudas.

—Gracias.

Un hombre alto y corpulento apareció en la escena, llevando en brazos a una preciosa niña de cabellos rubios como los de su madre.

Galatea giró sobre sí misma y su rostro se llenó de ternura.

—Hola, Jean. ¿Qué traes ahí?

La niña abrió sus enormes ojos verdes y, sin pensarlo, estiró los brazos para que Galatea la cogiera.

—Emma, cariño, ¡estás enorme!

Jean sonrió al ver como la niña se abrazaba a Galatea.

—Gala, si tardas tantos meses en volver a vernos es normal que veas a Emma mayor.

Galatea hizo caso omiso al irónico comentario de su amigo.

—Jean, Emma, os presento a Kate.

Jean hizo una elegante reverencia con la cabeza y ella sonrió en respuesta.

—Encantada de conoceros.

Emma miró por debajo de sus enormes pestañas a Kate, que estaba captando y memorizando cada rasgo y facción de la pequeña.

—Tú eres humana.

Tanto Galatea como los padres de la pequeña rieron con naturalidad ante la observación de la niña.

Kate, sin embargo, se quedó deslumbrada ante la desenvoltura e inteligencia de Emma.

—Sí, soy humana.

La pequeña entrecerró los ojos curiosa.

—¿Vas a tener un dhaphiro?

Kate deslizó su mano por encima de la curva de su abultado abrigo y asintió cariñosa.

—¿Podré jugar con él?

—Claro.

Emma sonrió satisfecha y se abrazó con más fuerza al cuello de Galatea.

—Emma, no agobies a nuestra invitada. Sin duda, estará deseando darse un baño y descansar.

Kate sonrió meneando la cabeza.

—No es molestia.

Jean cogió las maletas y subió con rapidez por las escaleras de madera cercanas a la entrada de la casa, bajo la atenta mirada de las mujeres.

Iris se adelantó un paso.

—Sígueme, Kate, te mostraré la casa.

Las dos mujeres entraron por un arco de piedra hacia la cocina, dejando atrás a Galatea, que empezaba a hablar con Emma sobre sus progresos en el colegio.

La cocina, de paredes de piedra y muebles de madera maciza de aspecto rústico, estaba completamente equipada para hacer uso de ella. En el centro, había una enorme mesa de madera, con seis sillas, perfectamente dispuesta para cenar aquella noche. Iris percibió el asombro de Kate.

—No es habitual que los vampiros nos reunamos en una mesa para comer como los humanos pero, desde que nació Emma, nos gusta mantener la mayor normalidad en cuanto a costumbres humanas se refiere, para que luego se sienta cómoda con sus compañeros mortales en la escuela.

Kate asintió con la cabeza mientras seguía a Iris hacía el corredor.

El resto de la pequeña casa estuvo visto enseguida. Un diminuto salón con un sofá de color rojo frente a una chimenea rústica y un engalanado árbol de Navidad lleno de regalos, junto con la cocina, constituían la parte inferior de la casa.

En la primera planta, un baño y cuatro habitaciones, tres de ellas dedicadas al descanso y otra a modo de despacho y biblioteca.

Kate se sintió asombrada al ver el cuarto de la pequeña Emma, que no difería demasiado de cualquier otra habitación de un niño de su edad.

Parecían una familia completamente humana.

Iris se plantó frente a la habitación de invitados, donde Galatea ya estaba deshaciendo las maletas sobre una de las dos camas que la amueblaban.

—Dejaré que te pongas cómoda, Kate y os esperaremos en la cocina para cenar.

Sin esperar respuesta, la sonriente Iris se encaminó hacia las escaleras mientras avisaba a Emma de que era hora de cenar.

Kate se dejó caer con dificultad sobre la cama que quedaba libre, deshaciéndose de su chaqueta.

—Son encantadores, ¿verdad?

—Parecen mortales.

Galatea se giró en un movimiento deliberadamente rápido y clavó sus ojos grises en los de su amiga.

—Oye, que yo sepa, yo soy encantadora y no soy mortal.

Kate empezó a reír mientras se tumbaba en la cama para descansar unos segundos.

—Ya me entiendes, son una familia completamente normal. No son lo que una espera encontrar después de haber crecido con vuestras historias de vampiros asesinos.

Galatea empezó a farfullar palabras inteligibles mientras volvía a su tarea de deshacer las maletas con un mal fingido enfado.

Kate se incorporó entre risas, tambaleándose como un gran balón de playa, y se puso en pie.

—Estoy famélica.

Galatea le hizo un gesto con la cabeza y salió por la puerta rápidamente en dirección a la cocina.

El aroma a comida casera se filtraba por el hueco de la escalera y embriagó los sentidos de Kate mientras descendía. Sin duda, aquel veinticuatro de diciembre, Iris había cocinado el típico pavo para cenar.

Kate tomó el asiento que le habían reservado en la presidencia de la mesa, flanqueada por Emma y Galatea.

En el centro, un pavo muy poco hecho, entre otros manjares típicos de la festividad, decoraba la mesa.

—Iris, todo esto tiene muy buena pinta.

Ella sonrió, satisfecha ante el cumplido de Kate, mientras se encaminaba al frigorífico.

—Galatea, ¿qué tipo de sangre prefieres?

—Cerdo o vacuno, cualquiera de las dos me va bien.

Iris sacó tres botellas de cristal con un espeso líquido de color granate en su interior y volcó su contenido en un cazo que había en el fuego.

Kate recordó la primera vez que había visto a Enzo beber sangre de cerdo, y la pregunta que no le contestó respecto la facilidad de asimilación de la sangre animal respecto a la humana.

El bebé le propinó una patada, que ella ignoró.

—Galatea, ¿por qué es más fácil asimilar sangre de animal que humana?

Jean, que le había servido un plato con pavo, se adelantó con la respuesta.

—Solemos preferir sangre de animales de granja a la humana ya que, al ingerirla, metabolizamos también parte de la esencia del donante.

El entrecejo de Kate se arrugó y Galatea le sonrió dulcemente.

—Lo que Jean quiere decir es que si bebemos sangre de un humano que tiene tendencias agresivas, o está loco, durante un corto período de tiempo experimentamos esas sensaciones.

—Eso es horrible.

Iris sirvió el contenido caliente del cazo en tres tazas de barro y se acercó rápidamente a la mesa para repartirlas.

—Es por eso que, algunos de nosotros, preferirnos el cerdo o la vaca, siempre y cuando cumplan las normas de extracción sanguínea.

Kate miró asombrada a Iris que, con toda naturalidad, daba un primer sorbo a la taza de sangre.

—¿Qué normas?

—Por desgracia, existe un gran mercado negro que se dedica a sacar sangre de animales sin seguir un método correcto, e incluso trafican con sangre de animales tabú.

Galatea se apresuró a ampliar la información de Iris para que Kate pudiera comprender la magnitud del asunto.

—Verás, Kate, al igual que nos afecta el carácter del donante, también nos afectan las condiciones en las que se extrajo la sangre. Para nosotros no es lo mismo la sangre de un cerdo que se ha extraído en un matadero autorizado, cumpliendo las normas que dictaminan que el animal debe estar sedado y en calma a la hora de desangrarlo, que la sangre de uno que ha sufrido en el transcurso de la operación.

Kate se llevó un bocado de pavo a la boca, mientras escuchaba atentamente las palabras de su amiga.

—No sabía que era tan delicado ese asunto.

—Como bien te ha dicho Jean, nos influye mucho porque, de alguna manera, con la sangre, absorbemos parte del alma del donante. Es por eso que existen los animales tabú.

Emma levantó una de sus manitas y sonrió mientras la agitaba.

—Yo sé un animal tabú: el tigre.

Jean acarició la cabeza de su hija mientras asentía en modo de aprobación hacia la pequeña.

Galatea le sonrió, mostrándole sus dientes blancos y relucientes.

—Muy bien, Emma, pero hemos de explicarle a Kate que los animales tabú, a parte del tigre, son todos aquellos que son salvajes depredadores.

La mente de Kate empezó a atar los cabos sueltos de toda aquella novedosa información.

—¿Quieres decir que si un vampiro metaboliza sangre de tigre que, además, ha sido extraída en un combate violento, se puede volver un fiero depredador?

—Durante un breve lapso de tiempo, sí. Por eso está prohibida, aunque por desgracia se suele comerciar en el mercado negro, al igual que la sangre humana que no pasa los controles de seguridad.

Kate terminó su plato de pavo mientras toda aquella información revoloteaba en su cabeza.

—Pero, ¿quién querría ingerir un tipo de sangre que te hace volver fiero y salvaje?

Jean bajó la cabeza afligido.

—Por desgracia, Kate, no toda nuestra comunidad es tan civilizada como nosotros. Tenemos ciertos individuos indeseables que consumen ese tipo de sangre para llevar a cabo hechos contra los humanos e incluso contra los de su propia especie.

Iris se limpió con la servilleta la comisura de la boca.

—Tú los llamarías terroristas.

Los ojos de Kate se abrieron mostrando su asombro.

—Eso es terrible.

Galatea le cogió la mano, mientras intentaba quitar importancia al asunto.

—Nuestro mundo tampoco es perfecto, Kate.

Navidad

Unos gritos de júbilo, sumados a los pasos acelerados de la pequeña Emma por el pasillo, sacaron a Kate de su profundo sueño.

Todo aquel alboroto infantil sólo podía significar una cosa: era la mañana de Navidad y Emma se sentía ansiosa por empezar a abrir sus regalos.

Una cálida sensación de felicidad embargó a Kate cuando se imaginó a su pequeño, o pequeña, correteando por su casa la mañana de Navidad. Empezaba a estar ansiosa de poder tener a su bebé entre sus brazos.

Galatea abrió lentamente la puerta y miró hacia la cama donde descansaba Kate.

—Buenos días.

Kate se incorporó lentamente.

—Buenos días, Galatea. Por lo que oigo, soy la última en despertarme.

—Emma lleva una hora dando brincos por la casa preguntando cuándo es la hora de abrir los regalos. Cuando estés lista, te estaremos esperando junto al árbol. No tardes demasiado, no sé cuánto más podremos retener el entusiasmo de la pequeña.

Kate empezó a reír mientras se desembarazaba del calor de las mantas.

—Bajo en unos minutos.

Galatea guiñó un ojo, cerrando la puerta tras de sí.

Kate se abrigó con un grueso jersey de lana de color verde. El tiempo en Verona no era tan húmedo como en Venecia, pero el frío era igual de intenso.

Cuando puso el primer pie en la escalera, vio como la pequeña Emma, que aguardaba su aparición al final de ésta, salía corriendo hacia el salón gritando de alegría.

Todos estaban sentados en el acogedor salón frente al precioso árbol, lleno de regalos cubiertos con llamativos lazos.

Tanto ella como Galatea se habían asegurado de poner sus propios regalos con el resto la noche anterior.

Iris sonrió a la recién llegada.

—Buenos días, Kate.

Ella saludó a todos los presentes mientras tomaba asiento junto a Galatea.

—¿Has dormido bien?

—Perfectamente, gracias Jean.

Él asintió con la cabeza y miró a su excitada hija que danzaba alrededor del árbol.

—Venga, Emma, empieza con tus regalos.

Los ojos de la niña se iluminaron y cogió un enorme paquete de color violeta, con una etiqueta en forma de estrella que llevaba su nombre.

—Gracias, papá.

En un abrir y cerrar de ojos, Emma ya había destrozado el papel de regalo, dejando al descubierto una caja de colores que contenía una preciosa muñeca vestida de marinera. Emma, con los ojos llenos de ilusión y manos temblorosas, le entregó la caja a su madre para que la ayudara a liberar la muñeca de su envoltorio

Galatea, aprovechando el momento, se agachó entre el montón de regalos y buscó uno que llevaba el nombre de Kate, mientras ella la seguía con la mirada.

—Feliz Navidad.

Kate cogió la caja de un palmo de altura, envuelta con un papel dorado y adornada con un precioso lazo de raso azul.

Sus dedos deshicieron, con mucho cuidado, la lazada y, poco a poco, fue desprendiendo el papel bajo la atenta mirada de Galatea.

Finalmente, dejó al descubierto una caja de color negro.

—Espero que te guste. Lleva muchos años en mi familia.

Kate abrió lentamente la caja y observó su contenido con expectación.

Dentro, había un precioso carrusel en miniatura, tallado en madera y con todo lujo de detalles. La brillante pintura denotaba una reciente restauración del objeto, digno de un anticuario.

—Dale cuerda.

Kate, que estaba maravillada con el precioso regalo, no pudo evitar que le temblaran las manos cuando giró la ruedecilla para darle cuerda al carrusel. Sin previo aviso, una preciosa nana empezó a sonar al compás de los movimientos de los caballitos que giraban y se movían arriba y abajo.

Kate se quedó fascinada mientras observaba el regalo de Galatea, posado en su mano.

—Es precioso.

—Al compás de esta nana, se han dormido todos los bebés de mi familia. Ahora le toca al tuyo.

Cuando la música fue disminuyendo, señal de que la cuerda se estaba agotando, Kate saltó de un brinco del asiento y, sin soltar su preciado presente, se encaminó hacia el árbol en busca del regalo de Galatea.

Emma seguía correteando en busca de más regalos, captando por completo la atención de sus padres.

Kate se plantó frente a Galatea con la ilusión dibujada en cada una de sus facciones.

—Feliz Navidad.

Galatea cogió entre sus manos la pequeña caja de terciopelo azul, decorada con un lazo violeta, que Kate le entregaba. El lazo no ofreció demasiada resistencia y se deslizó suavemente entre los dedos de Galatea. Cuando la caja quedó libre de su atadura, la abrió con suma delicadeza.

Sus brillantes ojos grises reflejaron el contenido y su expresión de satisfacción.

—Es un anillo con un escarabajo egipcio. Es precioso —Se sentó junto a Galatea, mientras ella se probaba su nuevo regalo—. No es sólo un anillo. El escarabajo está hecho con un mineral muy poco común, que cambia de color dependiendo de la temperatura del portador. Te ayudará a saber cuando empiezas a estar helada.

Galatea sonrió con dulzura a Kate y la abrazó.

—Muchas gracias.

Ella le devolvió el abrazo con fuerza.

—Gracias a ti, Galatea. Por todo.

Toda la familia al completo se reunió junto con sus dos invitadas alrededor de la mesa para comer.

Como de costumbre, dejaron a Kate el honor de ocupar la cabeza de la mesa.

Iris se había esmerado en preparar un típico guiso de carne al más puro estilo campestre; evidentemente, con la carne muy poco hecha.

Emma estaba radiante de felicidad mientras les explicaba a los presentes con qué juguetes jugaría primero y qué nombre pensaba ponerle a la muñeca.

Kate tenía una maravillosa sensación de tranquilidad y paz.

El guisado estaba excepcionalmente delicioso pero, para el gusto de Kate, le faltaba una pizca de sal, así que dejó deambular su mirada por la mesa hasta dar con el precioso salerito de cristal, que estaba en la otra punta, justo frente a Iris.

—Iris, ¿serías tan amable de pasarme la sal?

Ella, sin dejar de hablar con Emma sobre los regalos de la niña, dedicó una cordial sonrisa en respuesta a la petición de Kate.

Todo sucedió muy rápido.

En un inesperado movimiento, el salero salió disparado hacia Kate, levitando un palmo sobre la mesa, para posarse con mucha delicadeza junto su mano.

Los pies de Kate se clavaron en el suelo y, haciendo gala de su nueva fuerza, empujó la silla hacia atrás, quedando apartada a más de dos metros de todos, mientras un suave rugido salía de lo más profundo de su garganta. Su posición de defensa, inclinada sobre su enorme barriga y rodeándola con los brazos, no dejaba lugar a dudas de que se había asustado y protegía a su bebé.

Emma empezó a llorar desconsoladamente, sacando a todos los presentes del shock del momento. Jean la cogió en brazos intentando consolarla, a la vez que ella se le agarraba al cuello como si le fuera la vida en ello.

Galatea se acercó a Kate con pasos lentos pero decididos.

—Cariño, no te asustes, es todo culpa mía.

La atónita Iris, no podía apartar los ojos de la ferocidad reflejada en el rostro de Kate.

—Galatea, ¿ella no sabía que soy capaz de mover objetos?

—No y, evidentemente, ha sido un gran descuido por mi parte.

Kate no había variado un ápice su posición, pero ya no rugía. Simplemente, se limitaba a respirar rápidamente, mientras miraba el salero como si fuera un arma peligrosa.

Galatea se interpuso entre ella y la mesa, arrodillándose frente a Kate.

Como de costumbre, al encontrarse las miradas de las dos amigas, el estado de ansiedad de Kate disminuyó, volviéndola en sí y sacándola de aquel trance caracterizado por un puro instinto animal.

—¿Qué ha pasado?

Galatea posó sus manos sobre el rostro de Kate y le sonrió dulcemente, mientras ella relajaba su postura.

—Ha sido culpa mía, debí explicarte que Iris es una quinética. Es capaz de mover objetos sin tocarlos.

—¿Tiene telequinesia?

Iris, que se había acercado silenciosamente a ellas, se inclinó para que su rostro quedara a la altura del de Kate.

—Sí, tengo telequinesia.

Los sollozos de la pequeña Emma llamaron la atención de las tres mujeres.

Jean se había levantado e intentaba tranquilizarla con palabras dulces mientras la acunaba.

Galatea se puso en pie y acarició la rizada melena de Kate.

—Iris, ¿qué te parece si voy con Jean para ayudarle a calmar a Emma, mientras vosotras habláis de lo sucedido?

Ella asintió con la cabeza y tendió la mano a Kate para que se pusiera en pie.

Galatea acompañó a Jean, que aún sostenía a la ansiosa Emma entre sus brazos, hasta el piso superior, mientras Iris y Kate se acomodaban en el sofá rojo del salón junto a la chimenea.

—¿Estás mejor?

—Sí, siento haber asustado a Emma. No quería ponerme así, pero en determinadas situaciones pierdo el control de mí misma.

Iris negó con la cabeza mientras sonreía.

—Emma estará bien, no te preocupes. Respecto a tus reacciones, son completamente normales. Cuando estuve en tu estado, también me asustaba por todo. Es como una especie de instinto de protección muy exagerado.

—Es todo muy raro, ¿verdad?

Iris se recostó en el respaldo del sofá mientras observaba la danza de las llamas en la chimenea, como si ellas la ayudaran a recordar su pasado.

—La verdad es que es un gran cambio y muchísima información nueva. Si no hubiera sido por Jean, no sé si lo hubiera aceptado todo tan bien.

—Sí, a mí me pasa algo parecido con Galatea. No me canso de dar las gracias por tener alguien como ella a mi lado.

Iris cargó el peso de su cuerpo sobre el hombro derecho, reclinándose para poder mirar a Kate.

—La verdad es que creo que es ella quién debería dar las gracias por tenerte a ti. Desde que la conozco, no la he visto nunca tan feliz. Siempre ha estado atormentada por su pasado y, en consecuencia, muy triste.

—¿Qué fue exactamente lo que les pasó a ella y a su familia?

Iris se aclaró la garganta.

—Discúlpame. No quiero ser descortés, pero creo que eso es algo que sólo ella te puede explicar.

Kate asintió un poco decepcionada. Aquel misterio empezaba a alimentarle la curiosidad.

—Simplemente te diré que, mientras puedas, estés cerca de ella porque, al parecer, reconfortas su vida y le devuelves la alegría.

—No creo que eso me sea difícil de cumplir. Tengo pensado instalarme en Venecia en cuanto nazca el bebé y tenga que abandonar su casa, yo tampoco quiero alejarme demasiado de ella.

En esta ocasión, fueron las dos las que dejaron que las llamas captaran su atención, dejándose cautivar por el calor y el crepitar del fuego.

—Al parecer, es bastante común tener habilidades como la tuya.

—Sí, somos muchos los que desarrollamos algún tipo de don al convertirnos en inmortales.

—¿Aparecen así, sin más?

Iris se encogió levemente de hombros, mientras se colocaba un mechón de pelo tras una oreja.

—La verdad es que no estoy del todo segura, no es una ciencia cierta. En mi caso apareció sin más, pero me consta que, a veces, estas habilidades ya existían en estado mortal y, al pasar a ser vampiros, se potencian.

—Realmente sois una raza superior, muy por encima de los humanos en muchas cosas.

Iris se reclinó hacia delante, un poco tensa.

—Ése, precisamente, es un razonamiento al que muchos de mis semejantes han llegado, volviéndoles peligrosos para vosotros y para nosotros mismos.

Kate imitó sus movimientos y se reclinó como ella.

—¿Qué quieres decir?

—Se podría asemejar al movimiento nazi. Existe un grupo que cree que el mundo debería ser dominado por los vampiros y los dhaphiros. Por suerte, son una minoría controlada.

Instintivamente, Kate se acarició la barriga, con un gran sentimiento protector.

—Eso es horrible.

Iris se limitó a asentir mientras cerraba los ojos apesadumbrada.

—Hablemos de cosas más alegres, ¿cuándo sales de cuentas?

—A finales de febrero —Su ánimo cambió por completo, sintiéndose llena de ilusión.

—Cualquier duda que tengas, ya sabes que aquí me tienes.

—Gracias, Iris.

—¿Darás el paso a nuestro mundo cuando el bebé nazca?

Kate dejó que su mirada paseara por las baldosas del suelo. Aquella pregunta aún no se la había planteado en serio.

—La verdad es que supongo que sí lo haré. Pertenecer a este mundo sin ser inmortal ha de ser frustrante.

—Sí, una se siente muy frágil entre seres tan poderosos.

Iris cogió la mano de Kate, que descansaba sobre su muslo, para apretarla con fuerza.

—No temas al cambio, Kate, no es doloroso, y lo que se gana a cambio es estupendo.

La boca de Kate se abrió para formular varias preguntas sobre lo maravilloso del cambio, pero Jean, que llevaba a una sonriente Emma en sus brazos, irrumpió en el comedor, poniendo fin a la conversación.

Los amantes

Por suerte para ellos, el clima parecía haber empeorado, y aquello les animó para hacer una pequeña ruta turística por Verona.

Emma, ataviada con un precioso abrigo verde que hacía juego con sus ojos, tiraba de Kate con fuerza hacía fuera del coche. La pequeña parecía haberle tomado mucho cariño y no se despegaba de ella en ningún momento.

Jean, como buen anfitrión, encabezaba el pequeño grupo de turistas que formaban y se encargaba de dar datos históricos de los monumentos que recorrían.

Tras visitar varios sitios de interés, llegaron a la joya de Verona. El Balcón de Julieta.

Kate no pudo evitar sentirse decepcionada al ver el diminuto balcón de piedra tallada, que sobresalía de la fachada de una antigua casa.

Galatea se le acercó disimuladamente al percibir su desencanto.

—A mi me pasó lo mismo.

—La verdad es que no sé qué esperaba encontrar, pero la historia de Romeo y Julieta es tan romántica que quizás un balcón precioso, amplio y lleno de flores, en un paradero idílico propio de un cuento de hadas, sería lo más apropiado.

Galatea hizo un gesto teatral con la mano llamando la atención de Jean y señalando a la vez a la desencantada Kate.

—Querido Jean, he aquí una soñadora romántica como tú.

—¿También esperabas algo más encantador?

Kate se limitó a asentir, mientras se ruborizaba al verse un poco en evidencia.

Iris se acercó a Galatea, con un brillo burlón bailando en sus ojos.

—Seguro que a Kate le encantaría conocer la historia de cómo nos conocimos Jean y yo.

Galatea se cubrió el rostro con las manos fingiendo un sobreactuado desespero.

—No, Jean, otra vez no. No sé si seré capaz de soportar tanta felicidad y amor empalagoso.

Jean la rodeó con su brazo mientras Kate, divertida y animada por Emma, daba pequeños saltitos de emoción.

—Vamos, Jean, cuéntame la historia.

Él dedicó una mirada de súplica a Galatea, que no podía evitar sonreír ante su cariñoso amigo.

—¿Puedo?

—Está bien.

Él asintió triunfal, mientras se adentraban en las callejuelas cargadas de historia de Verona.

—Todo empezó hace poco más de ocho años, en Edimburgo...

Edimburgo, 1980.

El olor a cerrado le golpeó como un puño en cuanto abrió la puerta de su nueva vivienda.

La casa, que había adquirido pocos días atrás, era de un tamaño muy modesto y estaba equipada con viejos muebles en perfecto estado.

Jean, tras meditarlo mucho, había escogido aquella antigua vivienda como residencia habitual para sus próximos diez años, en gran parte, por su localización. Estaba tan cerca de su nuevo lugar de trabajo que apenas se tenía que desplazar quince minutos a pie para llegar hasta él.

El puesto de profesor de historia del arte en la Universidad de Edimburgo había sido muy sencillo de conseguir, gracias a la bolsa de trabajo del Gran Consejo Escocés.

Aquella mañana, tras ordenar algunas de sus pertenencias en su nuevo hogar, cogió su destartalada bicicleta en dirección a su empleo.

La universidad estaba completamente vacía, ya que faltaban algunos días para que los alumnos abarrotaran aquellos pasillos cargados de historia.

La secretaría era uno de los lugares donde, quizás, se notaba mayor movimiento.

Jean se acercó con una sonrisa al mostrador, donde una mujer rellenita le atendió con amabilidad.

—Buenos días.

—Buenos días, soy el profesor Jean Neveu.

La mujer rebuscó entre unos papeles que había sobre su mesa y sonrió satisfecha.

—Le estábamos esperando, profesor Neveu. Lamentablemente el director no le podrá atender esta mañana, ya que se encuentra ocupado ultimando los preparativos para la fiesta de inicio del año académico de esta noche. Usted está informado del evento, ¿verdad?

—Sí, recibí la invitación la semana pasada.

La mujer sonrió de nuevo, marcándosele unos encantadores hoyuelos en sus redondeadas mejillas.

—*La fiesta de esta noche es realmente importante. Gracias a ella, los nuevos empleados y los antiguos, empezamos el año conociéndonos, evitando así la falta de comunicación entre el personal. Es una práctica realmente constructiva, hasta el punto que algunas escuelas y universidades de otros lugares nos han tomado como ejemplo —Jean se limitó a sonreír, esperando a que la mujer dejara de darle explicaciones innecesarias—. Oh, discúlpeme, supongo que querrá la llave de su despacho.*

—*Sí, por favor.*

La mujer abrió una cajonera, situada en la pared que se hallaba a su espalda, y rebuscó entre los separadores con los nombres y apellidos del personal docente.

—*Aquí está. Jean Neveu.*

Jean sonrió cuando la mujer le entregó el pequeño sobre de color marrón que contenía las llaves de su nuevo despacho.

—*¿Es tan amable de firmar en este formulario conforme las llaves le han sido entregadas?*

—*Por supuesto.*

Él, con una caligrafía envidiablemente perfecta, indicó la fecha junto a su firma y le devolvió el documento a la secretaria.

—*Gracias, profesor Neveu, y bienvenido.*

—*Gracias.*

Jean se encaminó hacia la puerta, deseoso de poner en orden sus libros y objetos personales en su nuevo despacho.

Cuando el teléfono había sonado aquella mañana, una parte de Iris, supo de inmediato que aquella llamada le traería quebraderos de cabeza.

Y así fue.

El señor McGregor había llamado a su aprendiz a primera hora de la mañana para advertirla de que, en aquella jornada laboral, se las tendría que ver ella sola con el negocio, ya que él había caído enfermo al consumir algún alimento en mal estado y se encontraba indispuesto.

Iris llevaba trabajando de aprendiz en la famosa floristería "Sunflower", situada en la Royal Mille, dos años. Sin embargo, el autoritario señor McGregor jamás la había dejado sola.

Los nervios se hacían patentes en el rostro y los movimientos de Iris. Sabía que aquel día era uno de los más importantes del año y que si metía la pata, seguramente, el dueño de la floristería la despediría.

Aquella noche, tenía lugar la famosa cena de inicio de año en la universidad, y debía entregar los elaborados centros de flores para las mesas que llevaban preparando varios días.

Intentó serenarse mientras cargaba las flores en la furgoneta y se encaminaba hacia su lugar de entrega.

No lo consiguió.

El reloj del campus marcaba las tres de la tarde cuando Iris se dispuso a hacer el primer viaje hacía el auditorio, con un gran canasto entre sus brazos cargado de llamativas flores engarzadas entre sí en unos ramilletes perfectos.

Unos pocos minutos después, la ansiedad empezó a adueñarse de su cuerpo ya que, por mucho que intentaba seguir las instrucciones, siempre terminaba perdida entre aquellos interminables pasillos.

Para colmo, el canasto con las flores cada vez le pesaba más entre los brazos.

Presa del pánico, decidió acercarse a uno de los despachos que había en aquel silencioso pasillo para pedir instrucciones y poder llegar sin percances a su destino.

Intentó estirar uno de sus entumecidos brazos, tratando de no poner en peligro la estabilidad del canasto y, así, alcanzar la puerta para poder llamar.

De repente, la puerta se abrió y un hombre alto y corpulento apareció tras ella chocando contra Iris, quien, a causa de la impresión del encuentro inesperado, dio un salto hacia atrás, cayendo en el suelo y tirando el canasto de flores por los aires.

Los ojos de él se clavaron en el bello rostro de la joven, mientras ella, en el suelo, hacía lo mismo con una expresión a caballo entre la ira y la fascinación.

Jean no pudo borrar de la memoria la imagen de Iris en el suelo, mientras montones de delicadas flores de colores le caían alrededor, como una escena idílica de uno de sus pintores preferidos.

Ella era como un ángel pintado por el mismísimo Leonardo Da Vinci.

Iris, en un primer momento, se dejó llevar por el pánico, ante el devastador destraste multicolor en el que se habían convertido los centros de mesa, pero simplemente le bastó mirar en la profundidad de los ojos de aquel misterioso hombre para sentirse embriagada por una dulce sensación que le hormigueaba por todo el cuerpo.

—¿Estás bien?

Ella se quedó mirando embobada la mano que Jean cordialmente le tendía para ayudarla a levantarse.

—Siento haberte tirado y haber destrozado estas flores.

Ella seguía mirándolo, sin ser capaz de articular ninguna palabra. No sabía el porqué, pero tenía la sensación de que ya conocía a aquel hermoso hombre.

Finalmente, consiguió ordenar las sílabas para construir algunas palabras.

—Me llamo Iris.

Los ojos de Jean se iluminaron al oír su voz. Sentía como si su mundo hubiera estado siempre incompleto y ahora, al estar frente aquella frágil joven, la pieza que le faltaba para completar su existencia hubiera aparecido y encajado a la perfección.

—Encantado, Iris, soy Jean —*Volvió a tenderle la mano y, en esta ocasión, ella no vaciló ni un instante en aceptar su ayuda.*

Al rozar sus manos, a ambos les pareció percibir una chispa azulada que nacía de la unión de sus almas al tocarse.

Jean no tuvo dudas, conocía la leyenda y sabía con todo lujo de detalles qué era lo que estaba sucediéndoles.

Ella era su alma gemela.

El resto de la tarde, Jean se ofreció amablemente a ayudar a Iris a recomponer los centros de flores y, desde aquel instante, ella supo con certeza que no podría estar más de unas horas separada de aquel hombre.

Kate no pudo evitar sentir una envidia sana que invadía todo su ser.

Ella deseaba lo mismo.

—Es una historia preciosa, Jean.

—Es una historia empalagosa.

Galatea sacó la lengua y frunció el ceño como si hubiera comido algo con mal sabor.

—Oh, vamos, Galatea, ¿quién no querría encontrar a su alma gemela? Me dais mucha envidia.

Jean cogió la mano de Iris, haciendo gala de su potente amor, y dedicó una mirada de divertido desafío a Galatea.

—Si nosotros fuimos capaces de encontrarnos, vosotras también podéis hallar a vuestra alma gemela algún día.

Kate miró soñadora hacia el sol, oculto entre la espesa capa de nubes, que empezaba a ponerse en el cielo de Verona.

El crujir de la madera en la chimenea, y la continua danza de las rojas llamas, no estaba facilitando la tarea de mantenerse despierta hasta las doce de la noche.

Emma ya había caído en un profundo sueño en los brazos de Jean, que con ternura le acariciaba el pelo.

Galatea, que estaba sentada junto a la soñolienta Kate, mantenía una animada conversación con Iris, pero Kate apenas era capaz de seguir el hilo de ésta.

La aguja se aproximó peligrosamente a las doce de la noche y Jean se removió en su asiento.

—Iris, ¿despierto a Emma?

Ella asintió rápidamente con la cabeza mientras se acercaba a su hija.

—Será lo mejor, ¿no recuerdas cómo se puso el año pasado porque se perdió las campanadas?

La expresión alarmada de Jean no dejó lugar a dudas de que recordaba la pasada nochevieja.

Galatea empezó a reír musicalmente mientras dirigía una mirada divertida hacia Kate, que parecía estar un poco más atenta y despierta.

—El año pasado, Emma riñó a sus padres, como si ella fuera su madre, porque se había perdido la entrada en el año nuevo. Fue todo un espectáculo. A pesar de su apariencia de angelito rubio, la pequeña es todo un carácter.

Kate sonrió, a la vez que miraba a Emma, que poco a poco abría los ojos mientras su madre, con palabras dulces, la despertaba. Tan sólo le bastó oír la palabra *medianoche* para que se pusiera en pie de un brinco y se situara delante del reloj, colgado sobre la chimenea, con sus enormes ojos verdes clavados en él.

Los minutos fueron pasando y, sin apenas darse cuenta, un nuevo año entró en sus vidas con el repicar de doce musicales campanadas.

Emma corrió hacia sus padres para felicitarles el año nuevo, entre brincos y gritos de alegría.

Kate se vio reflejada en los enormes ojos grises de Galatea cuando ella se le acercó para estrecharla entre sus brazos, en un abrazo cálido y lleno de ternura.

Una sensación vibrante invadió el cuerpo de Kate. Era una mezcla de alivio, amor y felicidad, que le hizo sentir, al instante, que aquel era su lugar. Que había nacido para pertenecer a ese mundo.

Para pertenecerle a ella.

El nombre

La lluvia repiqueteaba sobre el techo del coche, mientras los ojos de Kate seguían las gotas que resbalaban por los cristales.

Aquellas habían sido, sin duda, unas de las mejores navidades que había vivido.

De algún modo, el hecho de haber finalizado el año y empezado uno nuevo junto a Galatea y sus amigos, marcaba el punto de no retorno en su vida, entregándose por completo a su nuevo destino. Con el tiempo, se convertiría en una madre tan paciente y dulce como Iris y criaría a su pequeño en una sociedad de inmortales, llena de historias y particularidades fascinantes.

Ya no había vuelta atrás, pero no le importaba.

Galatea también había disfrutado de aquellas navidades. Se la veía radiante y feliz de haber compartido unos días con sus amigos.

También Kate era, en parte, culpable de esa alegría porque, aunque ellas no lo habían comentado abiertamente, sabían que algún tipo de chispa había saltado la noche de fin de año, creando entre ellas un vínculo aún más fuerte del que ya tenían.

No había sido un lazo de amor pasional, como el de Jean e Iris, lo que las había unido de por vida en aquella noche especial. Lo que ellas compartían ahora era un amor puro, platónico y sin fronteras ni limitaciones.

Eran, y se sentían, como un solo ser.

Kate se había despedido de Jean, Iris y Emma, con la absoluta certeza de que había hecho amigos para el resto de su vida, que prometía ser mucho tiempo.

Sin poder evitarlo, en la mente de Kate empezaron a flotar las palabras de Iris respecto al triste pasado de Galatea, pero se había prometido a sí misma que no preguntaría nada sobre lo sucedido, ya que lo último que quería era recordárselo y obligarla a revivir su dolor.

Fuera lo que fuera no le importaba, si ella ahora era feliz.

—¿Qué pensamientos te tienen tan absorta?

Kate le dedicó una brillante sonrisa mientras, como de costumbre, pasaba su mano delicadamente sobre su redonda barriga.

—¿Crees que en la ecografía de mañana sabremos el sexo del bebé?

Galatea posó sus ojos sobre el vientre de Kate, que parecía haber aumentado durante las vacaciones.

—Esta vez, y sabiendo que él, o ella, es consciente de lo que decimos, más le vale que esté bien visible.

—Ya has oído a tu tía, pequeño.

Kate notó un suave movimiento y empezó a reír con la alegría reflejada en cada carcajada, mientras Galatea la miraba divertida.

La oscuridad empezaba a adueñarse del cielo encapotado por las grises nubes. Tanto el clima como el ronroneo del coche, contribuyeron a que, poco a poco, los ojos de Kate se fueran cerrando, sumiéndola en un sueño lleno de los dulces recuerdos de los días pasados en Verona.

El frío gel sobre su vientre la hizo estremecerse. Pero apenas hizo caso a la sensación, ya que las ganas de ver de nuevo a su bebé en el monitor del ecógrafo, y averiguar por fin el sexo de éste, la tenían demasiado ocupada como para sentir nada más que no fuera la expectación del momento.

La mano del Dr. Ferro se movía ágil y con precisión, trazando círculos con la sonda sobre el vientre de Kate.

Galatea le sostenía la mano a su amiga mientras, con los ojos fijos sobre su barriga, musitaba palabras en un tono prácticamente inaudible.

Kate la oyó perfectamente y recitó las mismas palabras dirigidas a su bebé.

—Pórtate bien, pequeño —El bebé se estiró formando un pequeño bulto cerca de la sonda del ecógrafo y el Dr. Ferro no pudo evitar que se reflejara la sorpresa en su rostro.

—Realmente curioso.

Kate miró desconcertada al doctor, que disimuló fingiendo ajustar los niveles en el monitor.

—¿De qué se sorprende, doctor Ferro? Esto es muy normal, ¿no?

Galatea carraspeó incómoda, mientras cambiaba el peso de su cuerpo de una pierna a otra.

—En realidad, Kate, tu bebé está perfectamente de salud al igual que tú, pero tu embarazo esta siendo muy poco habitual, por no decir atípico, en todos los sentidos.

Kate buscó rápidamente la mirada de Galatea que, avergonzada por haberle ocultado aquella información, miraba hacia el suelo intentando parecer distraída.

—Galatea me dijo que los cambios de humor, la fuerza y las reacciones del bebé eran de lo más ordinario.

—No quería que te asustaras, Kate. Ya has pasado por muchos cambios y quise evitarte otro más —Sus palabras sonaron apagadas al pronunciarlas sin levantar la cabeza.

—A decir la verdad, Kate, Galatea ha hecho lo más sensato. Si te hubieras enterado de que todo esto que te sucede es algo extraordinario, y que indica que tu hijo será un dhaphiro fuera de serie, te hubiera provocado tal nivel de estrés, que te habría sido imposible relajarte y conseguir la atmósfera adecuada de felicidad y calma que un feto en desarrollo necesita.

−¿Fuera de serie?

En esta ocasión, los ojos de las dos amigas conectaron al instante. Galatea sabía que Kate comprendía los motivos de su mentira y no le guardaba rencor alguno.

−Tu bebé es excepcional, Kate, ¿verdad Carlo?

El Dr. Ferro, sintiendo de nuevo la calma en el ambiente, había vuelto a pasar la sonda sobre la barriga de Kate y miraba al monitor, esperando la ansiada visión del sexo del bebé.

−Al parecer, la unión de tu genes y los de Enzo han engendrado a un dhaphiro más poderoso y fuerte que la media −La sonda se elevó un centímetro en respuesta a una fuerte patada del bebé−. ¿Qué ha sido esa patada?

−Lo siento, Carlo. No le gusta que se mencione cierto nombre desde que Kate tuvo un enfrentamiento con él.

Kate no pudo evitar dibujar una sonrisa con un atisbo de malicia marcada en ella. Le gustaba que su hijo no mostrara simpatía por el ser egoísta que era su padre.

El doctor empezó a estudiar con detenimiento las imágenes del monitor, que empezaban a tomar formas parecidas a un ser humano en miniatura.

−El nivel de conciencia de este dhaphiro es realmente sorprendente.

De pronto, un grito ahogado de entusiasmo salió de la garganta de Galatea.

−¡Ahí esta!

Kate entrecerró los ojos para concentrarse en la imagen, buscando la causa de la reacción de Galatea.

El Dr. Ferro señaló con el dedo índice sobre el monitor lo que Kate ansiaba encontrar, y las palabras salieron de su boca acompañadas de unas dulces lágrimas que surcaron sus mejillas.

—Es un niño. Mi niño.

Las notas de la nana del carrusel que Galatea le había regalado por Navidad resonaban por toda la habitación cada vez más lentamente.

Con sus finos dedos, le volvió a dar cuerda sin necesidad de incorporarse un ápice, y volvió a poner el delicado juguete sobre la parte más alta de su redondeada barriga, como si de un alpinista que ha llegado a la cima se tratara.

Galatea irrumpió en la habitación, posando sus ojos de inmediato en Kate que, tumbada sobre la cama, canturreaba la melodía.

—He encontrado la solución a tu problema.

Kate levantó un poco la cabeza y arqueó las cejas con expectación.

Galatea, ágil como un cervatillo, saltó a la cama con suavidad y se sentó junto a ella, mostrándole con orgullo un libro de tapas amarillas que acababa de comprar.

Kate se incorporó del todo para quedar a la altura de su amiga y recitó en voz alta el título del ejemplar:

—*Nombres de bebés del mundo.*

—Estoy convencida de que alguno de los nombres será el adecuado para él.

Kate suspiró apesadumbrada. Desde que habían vuelto de la consulta del Dr. Ferro, no había hecho más que darle vueltas a decenas de nombres, que terminaban por parecerle absurdos, o demasiado comunes, para su hijo. La tarea se le había hecho todo un mundo.

Galatea abrió el libro por una página al azar, e inmediatamente empezó a leer la primera columna, de color azul, con sugerencias para nombres de varón.

—Peter, Philip, Phineas... —Sus ojos recorrieron columna tras columna con rapidez— Radley, Rafael, Rob...

Las cejas de Kate cada vez estaban más juntas, mostrando su disconformidad ante aquellos nombres.

—¿Qué tal con jota?

Galatea buscó, con un veloz movimiento, la página dedicada a los nombres con la consonante sugerida por Kate.

—Veamos. Con jota tenemos: Jack, James, Jamie, Jared, Jayden, Jeremy.

El rostro de Kate se iluminó por completo.

—¿Repite el último?

—Jeremy.

—No, ese no, el anterior.

Galatea no pudo contener una sonrisa que se dibujó en su rostro exultante, mientras con deliberada lentitud pronunciaba el nombre.

—Jayden.

—Es perfecto. Me encanta, ¿a ti que te parece?

Ella asintió, mientras con ternura acariciaba la barriga de Kate.

—Hola, Jayden.

Bajo la mano de Galatea se pudo apreciar un leve movimiento del bebé, que les arrancó una sonrisa a las dos.

—Parece que le gusta el nombre que le ha puesto su mamá.

Kate sonrió, sonrojándose un poco. Todavía le abrumaba que se refirieran a ella como *mamá*.

—Gracias, Galatea. No sé que haría sin ti.

—No tienes por qué dármelas, ahora tú y Jayden sois de mi familia y haré todo lo que esté en mi mano para cuidaros.

Sin dudarlo un instante, y guiada por sus nuevos sentimientos hacia Galatea, Kate se echó a sus brazos y ambas se abrazaron con fuerza.

—¿Qué te parece si salimos de compras? Conozco una juguetería artesanal donde hacen letras de madera pintada, para poner el nombre de Jayden en la puerta de su habitación.

—Me parece una idea estupenda. Se puso en pie con dificultad mientas buscaba sus zapatillas a tientas. Hacía ya varios meses que no se veía los pies.

Galatea, haciendo gala de su finísimo oído, se encaminó hacia la puerta para contestar a la llamada del ama de llaves, que habría sido prácticamente inaudible para un humano.

Kate empezaba a entender un poco de italiano y, sin duda, al ver correr a Galatea hacía las escaleras, supuso que tenía una llamada.

Galatea contestó risueña al teléfono. Era el efecto de Kate y su nueva perspectiva de vida, lo que la hacía sonreír.

—¿Diga?

—Hola.

La voz familiar le indicó inmediatamente de quién se trataba.

—Hola, Enzo, ¿cómo te va por Roma?

—Mejor de lo que esperaba. Simplemente llamaba para decirte que no pienso volver a casa.

Cualquier atisbo de alegría se borró del rostro de Galatea.

—Estás cambiado, Enzo. ¿Qué ha pasado?

La voz de él, más áspera y cínica de lo normal, delataba un cambio en su actitud.

Ya no era el chico sumiso que solía ser con su hermana.

—Digamos que he conocido a unos amigos nuevos, con los que actualmente comparto residencia, y que me han abierto los ojos. Llamaba para despedirme de ti.

—¿Qué clase de amigos? No te metas en líos, Enzo, ya sabes que yo no puedo estar siempre ahí para salvarte.

La respuesta fue una mezcla de carcajada y bufido.

—Ya no te necesito.

—Enzo, por favor, sigues siendo mi familia y no me gusta nada todo lo que estás diciendo.

Ella no obtuvo más respuesta que los pitidos del teléfono indicando que Enzo había colgado.

Se mordió con rabia el labio inferior, casi hasta sangrar. Siempre había sabido que su hermano no era feliz llevando el estilo de vida tranquilo que ella podía proporcionarle, incluso una pequeña parte de ella, auque siempre se había negado a escucharla, sabía que Enzo no era el ser bondadoso en el que ella se empecinaba en convertirlo.

De alguna manera, aquello no la sorprendió. Él siempre había demostrado su lado más oscuro, y Galatea había creído poder contenerlo para siempre, pero era evidente que, en el preciso momento en que Kate pasó a ser una de sus prioridades en su vida, Enzo había aprovechado para dar rienda suelta a sus instintos.

Quizás él era así por su dura infancia.

Galatea no quería hacerle responsable de nada. Si alguien tenía culpa de algo era ella misma, por no haber sabido guiarlo por el buen camino y, ahora, estaba claro que le había perdido.

Se sentó en la butaca junto al teléfono, esperando a que la desdicha se adueñara de su cuerpo y su alma.

Pero no fue así. En su lugar, un extraño sentimiento de alivio, como si se hubiera quitado de encima una gran responsabilidad, que jamás había sido suya, sustituyó cualquier rastro de tristeza.

Ahora era libre.

Siempre había estado obcecada en corregir a su hermano, viviendo cada día pendiente de él y reparando sus errores.

Era el momento de vivir su propia vida y, en el fondo, Enzo le había hecho un gran favor.

Kate asomó cuidadosa su cabeza por la puerta medio cerrada de la biblioteca.

—¿Estás bien?

La cara de Galatea se iluminó. Con Kate en la habitación, todo cobraba un nuevo sentido.

Todo era más claro.

—Ahora sí.

No tuvo la menor duda de que su destino era estar con Kate y cuidar de ella y del pequeño Jayden.

Sin duda, ellos eran su nueva familia.

Preparativos

La luz de la luna apenas se filtraba por las ventanas de la habitación de Jayden, y Kate no tuvo más remedio que guiarse por su sentido del oído para llegar hasta la cuna donde su recién nacido lloraba a pleno pulmón, desconsoladamente.

Kate cogió delicadamente al pequeño entre sus brazos y, mientras tarareaba la nana del carrusel, intentó calmar a su atormentado hijo.

Sin saber por qué, un gran sentimiento de pesar también empezó a crecer en su interior.

Como si algo muy querido le hubiera sido arrebatado.

El silencio se adueñó de la habitación en penumbra y la ansiedad se apoderó de Kate al descubrir que entre sus brazos ya no estaba Jayden.

Intentaba pedir ayuda a Galatea, pero los gritos se negaban a sonar entre sus cuerdas vocales.

Estaba completamente sola, Galatea no estaba junto a ella y se sentía desamparada.

Su propio grito la despertó.

La luz del sol se percibía tras los cortinajes de su habitación y aquello la tranquilizó momentáneamente.

Estaba en casa de Galatea, a salvo.

Sus temblorosas manos recorrieron su barriga, acariciando cada rincón, mientras en su interior se repetía una y otra vez que había tenido una pesadilla.

Sin embargo, algo en su mente no la dejaba serenarse completamente. El sentimiento de quedarse sola la aterraba.

Galatea irrumpió en la habitación, presa del pánico, con la bolsa para el hospital de Kate en una mano y las llaves de la lancha a motor en la otra.

—¿Estás de parto?

En otra situación, Kate hubiera estallado en risas al ver a la organizada Galatea alterarse de aquella manera.

—No, estoy bien, simplemente he tenido una pesadilla.

Galatea se recostó en el marco de la puerta y respiró hondo. A pesar de haber pasado otras veces por varios partos, nunca se había acostumbrado del todo a la emoción que sentía cuando llegaba el momento del alumbramiento.

Y el parto de Kate era aún más especial.

Sin motivo alguno, la respiración de Kate se aceleró y empezó a palidecer. Galatea soltó la bolsa y la llaves en el suelo y saltó hacía la cama de su amiga.

—¿Qué te pasa?

Kate no podía articular las palabras. Su pulso estaba disparado y las lágrimas empezaron a brotar de sus ojos sin previo aviso.

La ansiedad se adueñó de todo su ser y la habitación le empezó a dar vueltas.

Galatea comenzó a alarmarse de verdad, al ver el estado en el que se sumergía Kate.

—Contéstame, me estas asustando.

Los ojos de Kate perdieron su brillo habitual y, poco a poco, se fijaron en los de Galatea, que estaban abiertos de par en par, reflejando su preocupación.

—¿Qué va a ser de nosotros?

Galatea frunció el ceño. Apenas entendía sus palabras entre los sollozos ahogados.

—¿A qué te refieres, Kate?

—¿Dónde iré cuando nazca Jayden?

Galatea sonrió brevemente, mientras enjugaba las lágrimas del rostro de Kate.

—Deja que yo me encargue de todo. Confías en mí, ¿verdad?

—Confío en ti, pero... —Los sollozos aumentaron mientras luchaba por respirar entre palabra y palabra— estaremos solos.

—No lo estaréis, yo estaré contigo y con Jayden.

Con un último lamento muy agudo, Kate interrumpió su llanto desconsolado, para mirar atónita a Galatea que, con una sonrisa radiante, esperaba su reacción.

—Tú no puedes venir a vivir con nosotros, tu hermano te necesita.

El semblante de Galatea pareció volverse por unos segundos sombrío y frío para, inmediatamente, volver a dar paso de nuevo a su gentil y dulce sonrisa.

—Creo que ya va siendo hora de que mi hermano eche a volar.

Han sido muchas décadas las que ha estado bajo mi amparo, y ha llegado el momento de que cada uno tome las riendas de su vida.

Kate se sentía desorientada. Entre los cambios hormonales que la estaban preparando para el parto y su cerebro, que aún deambulaba entre el reino de los sueños y el mundo real, no acababa de comprender lo que Galatea intentaba decirle.

—¿Vamos a vivir como hasta ahora en esta casa?

—No, buscaremos una casa aquí, en Venecia, o donde tú prefieras, para instalarnos.

Poco a poco, Kate empezó a respirar normalmente. La idea de verse sola con un recién nacido iba desvaneciéndose y, por suerte, la de abandonar la compañía de Galatea también.

—Pero, yo no puedo permitirme comprar una casa, ni tan sólo creo poder sobrevivir con mis ahorros más de dos meses.

Galatea suspiró, mientras alisaba con la mano los despeinados rizos de Kate.

—Tengo 130 años. Ni te imaginas la magnitud de mis ahorros y las rentas inmobiliarias que poseo. El dinero no es problema para vosotros a partir de ahora.

—No voy a permitir que nos mantengas, quiero trabajar y poder mantener a mi propio hijo yo sola. No te ofendas.

El orgullo de Kate arrancó una sonrisa de los labios de Galatea, que parecía más fascinada que enojada.

—Hagamos un trato. Yo pongo la casa y tú pagas los gastos.

—Hecho. Pero, ¿dónde conseguiré un empleo?

La nueva preocupación de Kate pareció volver a alterarle el pulso. Todas las vivencias de los últimos meses habían hecho mella en su estado psicológico, debilitándolo hasta el punto de alterarse por un simple percance.

—A veces, los vampiros también trabajamos, ¿a qué te dedicabas?

—Era correctora en una revista de cine.

Galatea se quedó pensativa algunos segundos mientras, mentalmente, repasaba la lista infinita de sus conocidos y amigos, intentando ubicar a Kate en algún trabajo que ellos le pudieran proporcionar.

—Tengo un amigo en Siena que tiene una editorial. Podría preguntarle si necesita a alguien que corrija los ejemplares que le llegan en inglés.

Los ojos de Kate se iluminaron. De pronto, ya se veía en una preciosa casa junto a Jayden y Galatea, sintiéndose realizada aportando dinero a la economía de la familia.

La palabra *familia* resonó en su mente con un dulce eco.

—Eso estaría bien pero, ¿deberíamos vivir en Siena?

—No necesariamente, podemos pedir que nos manden los ejemplares por mensajería y podrías trabajar en casa junto a tu pequeño. ¿Dónde te gustaría vivir?

Kate entrelazó sus manos y las dejó descansar sobre su redondeado vientre.

—Me gustaría estar cerca de Iris y Jean, y creo que a Jayden le convendría tener a Emma como compañera de juegos.

—La verdad es que es una idea estupenda. Les preguntaré si saben si hay alguna casa disponible. Ahora mismo les llamo —Se levantó de un respingo, más entusiasmada que la propia Kate por la forma que iba tomando su futuro.

Kate se la quedó mirando sonriente y soltó un largo suspiro de alivio.

—Galatea, ¿puedo hacerte una pregunta?

Ella asintió risueña.

—¿A qué te dedicabas tú?

Galatea se sentó lentamente en el borde de la cama.

—¿Antes o después de ser inmortal?

—Ambas.

Kate temió, por la fría expresión de Galatea, haber tocado un tema peliagudo.

—Cuando era mortal, no tenía necesidad de trabajar. Como demuestra esta casa, que era de mis padres, formaba parte de una familia adinerada —Tomó aire, como si el hecho de hablar de su pasado la ahogara—. Cuando me convertí en vampiro, básicamente me dediqué a hacer retratos por encargo y a restaurar antigüedades. Como tu carrusel.

Instintivamente, los ojos de Kate se posaron en el juguete musical que descansaba sobre su mesilla de noche.

—¿Lo restauraste tú?

Galatea, un poco más animada, se limitó ha afirmar con un leve movimiento de cabeza.

—Eres una artista, te lo tenías muy callado.

—Nunca me habías preguntado.

El entusiasmo de Kate se apagó de golpe.

—Lo siento, llevo viviendo contigo siete meses y sólo hemos hablado de mí y de mis inquietudes por vuestro mundo, sin ni siquiera mostrar interés por lo que a ti te gusta.

—No esperaba menos. Lo que tú has asimilado, como bien sabes, ha vuelto locos a algunos de los humanos más cuerdos del mundo. Ni mucho menos esperaba que te preocuparas por mis aficiones mientras descubrías un mundo nuevo que siempre había estado ante ti.

Kate se encogió de hombros, a la vez que una sonrisa iluminaba su rostro.

—Prometo interesarme más por ti desde ahora.

—Tomo nota.

Galatea arqueó una ceja en tono desafiante, mientras contenía la risa.

—Vamos. Vístete. El desayuno te espera. Mientras, yo haré unas cuantas llamadas.

Galatea salió disparada hacia la puerta de la habitación dejando tras de sí a una risueña e ilusionada Kate.

Tan sólo faltaban algunas semanas para que Jayden naciera y, aunque a Kate le costaba mucho moverse con agilidad, había insistido a Galatea para que salieran a comprar algunas cosas necesarias para la habitación del bebé.

El frío de febrero, junto con la humedad de la ciudad, hacían que Kate no dejara de tiritar. Por ello, cuando entraron en la tienda de muebles para bebés, agradeció el alto nivel de la calefacción en el ambiente.

Galatea se giró sobre sí misma para encarar a Kate. Sus rizos negros revolotearon alrededor de su cara como millones de mariposas azabache.

—¿Por dónde empezamos?

Kate miró pensativa hacía el techo, mientras se mordía el labio inferior con delicadeza.

—Supongo que por lo más necesario, la cuna.

—Perfecto.

Galatea empezó a caminar hacia un pasillo donde tenían expuestos varios modelos de cunas.

Las había con cajones incorporados a la estructura, de madera, metálicas y todas ellas decoradas con muñecos y pintadas de colores pastel.

—Son todas muy bonitas, no sé cuál me gusta más.

Galatea arrugó la nariz mientras, con la mano, tocaba la superficie de algunas de las camitas.

—A mí no me convence ninguna. En mi época, las cunas eran de madera tallada.

Kate sonrió burlona a la nostálgica Galatea.

—No puedes pretender que hagan las cosas como antes. Si algo he aprendido es que, en tiempos pasados, las cosas se hacían mejor que ahora.

A la vez que andaban por el amplio pasillo de la tienda, Kate inspeccionaba todos los rincones en busca de la cuna perfecta.

Hacia el final del pasillo, encontró lo que necesitaba.

Era de madera rústica, con barrotes pintados de amarillo y patitos dibujados en el cabezal.

Galatea también pareció haberle echado el ojo e inspeccionaba la dureza del colchón y los acabados de la madera.

—¿Qué te parece esta?

Ella sonrió, apoyando su mano para balancear la cuna y comprobar el movimiento.

—Es perfecta. Busquemos a un dependiente para que nos la envíen a casa.

Kate sonrió y, sin darse cuenta, se apresuró en buscar el siguiente objeto necesario. El cochecito.

Nunca se habría imaginado que, el hecho de comprar los objetos imprescindibles para Jayden, sería una tarea tan divertida.

De parto

El agua espumosa de la bañera le resultó cálida al contacto con su piel. Aquel baño relajante era justo lo que necesitaba para aliviar la excitación de aquel día.

Los muebles de la habitación de Jayden habían llegado a primera hora de la mañana y Galatea había ordenado que instalaran la cuna y el cambiador en la habitación de Kate ya que, mientras no encontraran una casa, sería allí donde el pequeño pasaría sus primeros días.

Gracias a que la estancia era muy amplia, los muebles habían encajado a la perfección sin crear un ambiente demasiado recargado.

Jean había llamado aquella tarde a Galatea, en respuesta a la llamada que ella le había hecho días atrás, para informarlas de que había encontrado tres preciosas casas, muy cercanas a la suya, que se vendían por un buen precio.

Kate se había sentido muy ansiosa al saber que, en los próximos días, recibirían una carta de Jean con fotografías y características de la que podía ser su próxima vivienda.

Quizás por todo el alboroto del día, y las emocionas experimentadas por su madre, Jayden se había pasado toda la tarde dando patadas a Kate, mostrándose muy inquieto.

Con el agua cubriéndole hasta el cuello, Kate intentó relajarse, pero los continuos movimientos de Jayden no se lo ponían fácil.

Acarició su barriga sumergida en el agua, mientras tarareaba la nana del carrusel de Galatea.

Jayden no se calmó.

Kate se incorporó un poco en la bañera, apoyando los brazos en el borde de ésta. Se sentía un tanto mareada, tenía el estómago pesado y un poco de náuseas. Pensó en la segunda ración de cordero que había devorado a la hora de comer.

No había sido buena idea repetir.

Sin pensárselo dos veces, se levantó decidida a acudir a la cocina para preparase una infusión digestiva, que le hiciera más ligero el proceso de asimilar la pesada comida.

El albornoz, colgado en el calienta-toallas, absorbió parte de la humedad de la parte superior del cuerpo de Kate cuando se lo puso por encima.

Pero las gotas de agua y los restos de jabón se deslizaban por sus piernas mojando el suelo.

Sin previo aviso, una mayor cantidad de líquido pasó a engrosar el charco de agua que había formado Kate al salir de la bañera.

Se agarró al borde del mueble del baño, atemorizada y sin saber bien qué hacer.

Únicamente se le ocurrió una cosa.

−¡Galatea!

El pulso se le aceleró, mientras Jayden empezaba a ralentizar sus movimientos.

La puerta del baño se abrió de par en par, dejando al descubierto una alarmada Galatea.

Simplemente le bastó con echar una ojeada a la escena y al rostro abrumado de Kate para saber lo que estaba sucediendo.

−Tranquila, estás de parto. Has roto aguas −Los ojos de Kate se abrieron de par en par, mientras movía la cabeza negando las palabras de Galatea−. Todo saldrá bien, cariño. No tienes que estar asustada.

−No, no puede ser, aún le faltan algunos días.

Galatea la rodeó con el brazo mientras la ayudaba a salir del baño para que no resbalara.

—Ahora te ayudaré a vestirte e iremos al hospital.

—¡Galatea! —Sus ojos vidriosos, reflejaban su pánico—, tengo miedo.

Galatea la ayudó a sentarse en la cama mientras, con movimientos rápidos y precisos, la vestía con un grueso jersey y unos pantalones de cintura elástica.

—No tienes que temer nada, todo saldrá bien.

Kate asintió, pero sus ojos no dejaban lugar a dudas de que no creía con total sinceridad en su respuesta.

De pronto, mientras Galatea abría el armario para recoger la bolsa del hospital, un dolor agudo y continuo hizo gritar de pura agonía a Kate.

Galatea miró rápidamente su reloj de pulsera para controlar cada cuánto tenía las contracciones mientras, con la otra mano, sostenía la mano de su amiga.

—¿Es la primera que tienes?

Kate apenas contestó con un hilo de voz.

—Sí.

—Perfecto. Vamos, cariño.

Galatea la ayudó a incorporarse y, poco a poco, se dirigieron hacía la planta inferior.

Kate se apoyó contra la puerta de la entrada, mientras otra contracción la sumía en un dolor punzante. Galatea le sostuvo la mano hasta que ésta pasó y, rápidamente, se adentró en la biblioteca.

Kate la vio, alarmada, desaparecer tras la puerta.

—¡¿Dónde vas?!

La voz de Galatea sonó amortiguada por los montones de libros de la habitación.

—Tengo que avisar a Carlo de que estás de parto, para que nos reciba él en el hospital.

Aquello pareció tener lógica en el aturdido cerebro de Kate.

Minutos después, el viento despeinaba sus dorados rizos y secaba el sudor que le provocaba el dolor de las contracciones.

Jayden ya no se movía, y Kate se sentía un poco preocupada por ello.

Las luces de Venecia empezaban a encenderse cuando se detuvieron frente a una enorme plaza de piedra blanca, presidida por una preciosa edificación de mármol, perfectamente iluminada.

De no haberlo sabido por las explicaciones de Galatea, Kate hubiera pensado que aquel majestuoso edificio, con varios cientos de años de antigüedad, era un museo o un palacio.

Galatea ayudó a subir a tierra firme a la dolorida Kate, que experimentaba las contracciones cada vez con más frecuencia.

Las dos amigas cruzaron todo lo rápido que pudieron la enorme plaza y entraron, sin pensarlo, por la inmensa puerta del hospital.

Antes de que Galatea pudiera intercambiar ninguna palabra con la recepcionista, Kate se le adelantó alterada.

—¡Estoy de parto, avise al Dr. Carlo Ferro!

La joven se quedó confusa, y Galatea se apresuró a traducir al italiano la demanda de Kate.

Mientras la recepcionista avisaba al doctor, apareció de la nada un enfermero bajito, con una silla de ruedas, y con un simpático movimiento indicó a Kate que tomara asiento.

Justo en el momento en el que Kate experimentaba otra contracción, apareció el Dr. Ferro, acompañado de una alta enfermera de ojos extrañamente azules.

—Hola, Kate. Vamos a llevarte a tu habitación y la enfermera comprobará cuánto has dilatado.

Kate le dedicó una fugaz sonrisa mientras le cogía de la mano ansiosa.

—El bebé hace rato que no se mueve, doctor.

—Es normal. Debe estar encajado y listo para nacer.

Galatea intentó tranquilizar a Kate, pasando su mano por su pelo.

La enfermera se dispuso a tomar el control de la silla de ruedas de Kate, para llevarla hasta la habitación, pero se vio interceptada por una celosa Galatea que, sin saber por qué, experimentó un furioso sentimiento de protección hacia Kate.

La enfermera retrocedió un paso ante la feroz mirada de Galatea, que ya empezaba a empujar la silla.

—Síganme. Las llevaré hasta la planta de maternidad.

Las tres mujeres se alejaron dejando atrás a un divertido Carlo, que disfrutaba con la muestra de posesión que había demostrado Galatea sobre Kate.

Se sentía feliz de ver de nuevo a su amiga con ganas de vivir y con un nuevo objetivo en su vida.

La enfermera se había retirado unos minutos de la habitación, mientras Galatea ayudaba a Kate a ponerse su camisón y se preparaban para la primera revisión.

—¿Cómo estás, Kate?

—Sigo asustada —Su respiración acelerada confirmaba sus palabras.

—Saldrá todo bien, yo estoy contigo.

Lo ojos de Kate se llenaron de lágrimas y, sin poder contenerse, empezó a llorar silenciosamente. Galatea la acomodó con una gruesa almohada sobre la cama y secó el sudor de la frente de Kate con el dorso de la mano.

Unos rápidos golpes en la puerta, seguidos del chirriar que ésta produjo al abrirse, destruyeron la intimidad del momento.

La enfermera sonrió a Kate, a la vez que se ajustaba unos guantes de látex en las manos.

—Señorita Savage, voy a comprobar cuánto ha dilatado para saber en qué fase del parto nos encontramos.

Kate se limitó a asentir rápidamente y cerró los ojos.

La enfermera empezó a palpar durante unos minutos, bajo la atenta mirada de Galatea.

—Parece que será rápido, ya ha dilatado siete centímetros. Volveré en quince minutos para ver cómo progresa.

—Gracias.

La voz de Galatea sonó, en esta ocasión, menos amenazante, cuando la enfermera salía veloz de la habitación.

Kate volvió a sentir una nueva contracción, mientras apretaba con su mano la de su compañera.

—Pronto tendrás a Jayden entre tus brazos y todo esto habrá valido la pena.

Los ojos azules de Kate la miraron incrédula.

—¿Tú nunca has ido de parto, verdad? No sabes cuánto duele esto.

El fantasma del pasado borró el brillo alegre de la mirada de Galatea por un instante casi imperceptible.

—¿Estás cómoda?

—Sí, por lo menos todo lo cómoda que se puede estar en esta situación.

Galatea sonrió mientras volvía a reinar en ella el espíritu dichoso del momento.

—Menos mal que hoy nos han traído la cuna de Jayden, nos ha ido por un pelo.

Kate empezó a sonreír, pero una nueva contracción se encargó de borrar cualquier pizca de buen humor en un instante.

La puerta se volvió a abrir con un suave quejido e irrumpió

en la habitación el Dr. Ferro, acompañado de la enfermera de ojos azules.

—Vamos a ver como está la futura mamá.

En esta ocasión, fue el doctor quién la examinó personalmente, para alivio de Kate.

El Dr. Ferro sonrió mientras le decía algo en italiano a la enfermera.

Galatea miró a Kate, como si ella supiera qué era lo que habían dicho e inmediatamente, dándose cuenta de la situación, se apresuró a traducir.

—Te llevan al paritorio, Kate.

El pulso de Kate se aceleró, no esperaba ni mucho menos que aquello fuese a ir tan deprisa, y la sola idea de entrar en quirófano le ponía los pelos de punta.

Desde ese preciso instante, todo sucedió como a cámara rápida.

Entraron un par de enfermeros con una camilla para llevársela y, entre imágenes borrosas y contracciones, Kate se vio en una sala pintada de verde y rodeada de gente desconocida con mascarillas, hablando en un idioma del que apenas entendía algunas palabras.

El pánico se adueñó de ella.

—¿Doctor Ferro?

Un hombre se le acercó. Kate pudo reconocerle por el brillo de sus ojos.

—Tranquila, estoy aquí.

Ella sonrió sin humor y un tanto más aliviada.

La enfermera la ayudó a colocar las piernas en el potro.

—Kate, todo ha ido tan rápido que no nos es posible ponerte la epidural y que te haga efecto, así que será un parto completamente natural.

Ella asintió atemorizada mientras en su cabeza resonaban las palabras *sin anestesia*.

De pronto, una nueva contracción la hizo retorcerse de dolor.

—Empuja, Kate.

La voz del Dr. Ferro sonaba lejana, como si hablara desde la otra punta de la habitación.

Kate empujó con todas sus fuerzas.

—Ya está coronando, Kate. Será muy rápido. Con la próxima contracción quiero que vuelvas a empujar con fuerza.

—Está bien.

La voz de Kate había adquirido un punto afónico.

Una nueva contracción le indicó que era el momento de darlo todo y empujó como si la vida le fuera en ello. El dolor era tan intenso que apenas sentía algunas partes de su cuerpo.

El doctor daba indicaciones en italiano al personal que revoleteaba a su alrededor y del cual Kate apenas era consciente.

—Ya sale la cabeza, Kate, empuja de nuevo.

Sus oídos empezaron a pitarle mientras, con todas sus fuerzas, ayudaba a su hijo a nacer.

Millones de puntos de colores nublaban su vista y el pitido de sus oídos había pasado a ser un zumbido continuo.

Todo quedó a oscuras y se desmayó.

Sus oídos fueron los primeros en ser conscientes de todo lo que la rodeaba y, poco a poco, el resto de sus sentidos se despertaron.

Los párpados le pesaban como si llevara siglos durmiendo pero los fue forzando para que se abrieran.

La luz se filtró entre sus pestañas y empezó a distinguir formas que le eran vagamente familiares.

Galatea estaba sentada en el sofá que había en la habitación, con sus ojos fijos en un pequeño bulto, tapado con una diminuta manta azul, que había dentro de una cuna de plástico transparente.

—¿Galatea?

Su voz apenas fue audible, pero sonó lo suficiente como para que el fino oído de su amiga se diera cuenta de que ella ya estaba consciente.

—Kate, estás despierta.

Con un lento movimiento para no despertar a Jayden, se acercó a la cama de Kate y se sentó junto a ella.

—Llevas varias horas durmiendo. El parto te dejó tan exhausta que te desmayaste.

Kate recordó a la perfección la última sensación que había vivido en el paritorio y los síntomas corroboraron las palabras de Galatea.

De pronto, una sensación de desespero se apoderó de ella, fijando sus ojos sobre el pequeño bulto en la cuna.

—¿Jayden está bien?

Galatea se inclinó sobre él y descubrió, lentamente y con ternura, al recién nacido.

—Es la cosa más bonita y perfecta que he visto nunca.

Una personita diminuta de ojos ligeramente hinchados y piel sonrosada dormía plácidamente.

—Hola Jayden —Las lágrimas empezaron a descender por sus pómulos sin control alguno.

—¿Quieres cogerle?

Kate asintió con ansia, tendiéndole los brazos a Galatea. De haber podido, hubiera sido ella misma la que habría saltado de la cama para coger a aquel precioso ser entre sus brazos, pero se sentía sin fuerzas y demasiado dolorida para moverse.

Galatea deslizó sus manos bajo el pequeño cuerpo de Jayden, lentamente y con mucho cuidado, para dejarlo, al cabo de unos segundos, sobre los impacientes brazos de su madre.

El pequeño, al percibir el movimiento, se removió intranquilo en los brazos de Kate y empezó a llorar suavemente, sin apenas ser consciente de ello.

Ella, como si siempre hubiera tenido un bebé entre sus brazos, empezó a acunarlo, susurrando palabras dulces a Jayden que, sin oponer resistencia, volvió a quedar sumido en un profundo sueño.

Galatea y Kate se quedaron en silencio observando al pequeño que, de vez en cuando, profería algún sonido o movimiento que resultaba adorable.

El suave chirriar de la puerta las avisó de que tenían visita.

El Dr. Ferro no pudo evitar sentirse emocionado al ver la tierna escena de las dos mujeres, embobadas mirando al recién nacido mientras dormía, y se regodeó unos cuantos segundos en la visión antes de hablar.

—Hola, ¿cómo te encuentras, Kate?

Ella apenas levantó un segundo la vista para mirar al doctor, volviendo a fijar sus ojos en las facciones perfectas de su hijo.

—Me encuentro cansada y un poco aturdida —Las lágrimas seguían emergiendo de sus ojos sin cesar—, ¿por qué no puedo parar de llorar?

El doctor sonrió cariñosamente.

—Son las hormonas, es completamente normal que estés mucho más sensible e irritable por todo. Date tiempo.

Galatea le sonrió con la gratitud reflejada en sus facciones.

—Carlo, muchas gracias por todo.

—Ha sido todo un placer, Gala.

Jayden empezó a llorar de nuevo, mientras apretaba fuertemente sus puñitos.

Kate volvió a acunarle lentamente, tarareando la nana del carrusel que tanto le gustaba.

El pequeño pareció calmarse un poco.

–Llamaré a una enfermera para que te explique cómo darle el pecho. Está claro que el pequeño reclama su sustento.

Sin apenas hacer ruido alguno, el Dr. Ferro desapareció por la puerta dejando atrás a Galatea y Kate con todos sus sentidos puestos en el pequeño Jayden.

Mientras Galatea corría las cortinas para que la claridad no despertara al pequeño, Kate se apresuraba a acomodarle en su nueva cuna.

Jayden apenas se movió.

Tan sólo habían pasado tres días desde su nacimiento, pero había demostrado tener un carácter afable y ser un niño muy bueno. Apenas lloraba.

Kate se acercó a su mesita de noche y dio cuerda al carrusel, que inmediatamente empezó a tocar la nana que Jayden llevaba semanas escuchando en el vientre materno.

Unos suaves golpes en la puerta llamaron la atención de Galatea y Kate.

–Adelante.

La puerta se abrió lentamente, como si a la persona que hubiera al otro lado le diera miedo entrar en la habitación.

Una enorme cesta de color blanco y azul apareció. Apenas se veía al ama de llaves, que cargaba con ella.

Galatea corrió rápidamente hacia ella y la ayudó a dejar el regalo sobre la cama, junto a la asombrada Kate.

—*Grazie.*

El ama de llaves sonrió, mientras desaparecía por donde había venido.

Kate, con las manos temblorosas a causa de la sorpresa, leyó la tarjeta blanca con unos osos azules dibujados en ella, que había colgada en lo alto del asa de la cesta.

> *Bienvenido al mundo, Jayden.*
> *Estamos ansiosos por conocerte.*
> *Te deseamos todo lo mejor.*
>
> *Jean, Iris y Emma*

Las lágrimas empezaron a rodar de nuevo por las mejillas de Kate que, presa de la emoción, desenvolvió rápidamente el celofán que cubría la cesta para ver su contenido.

—Son un encanto. No tenían por qué haber enviado nada.

Galatea se sentó junto a ella para examinar el regalo.

—Lo han hecho porque te aprecian. Les causaste muy buena impresión en Navidad.

Kate empezó a acariciar, uno a uno, todos los elementos que componían el regalo, como si de objetos muy delicados se tratara.

Pasó sus dedos sobre un oso de peluche de color blanco con una cinta azul de raso anudada al cuello, un juego completo de baño con toallas y jabones especiales para bebés y unos patucos diminutos de color azul decorados con unas cintas blancas.

Galatea intentó animar a Kate que, desde que habían abandonado aquella tarde el hospital, no dejaba de emocionarse por cada detalle que aparecía en su vida.

—¿Qué te parece si, mientras deshaces la bolsa del hospital, yo te preparo algo para cenar?

Kate se secó las lágrimas con la palma de la mano y sorbió lentamente.

—Sería genial, la comida del hospital no era demasiado buena.

—Supongo que ya no te apetece la carne poco hecha.

La negativa de Kate se hizo patente al mover su cabeza con frenesí.

—¿Qué te parece si descongelo un poco de lasaña casera?

—Perfecto.

Con un rápido movimiento, Galatea acarició la mejilla de Kate, para después salir veloz y silenciosa por la puerta de la habitación.

Kate cogió su bolsa de lona amarilla, que había llevado con sus cosas personales al hospital y, poniéndola sobre la cama, se dispuso a vaciar su contenido.

Cuando abrió la cremallera, le llamó la atención un sobre de color blanco del tamaño de medio folio, repleto de documentos.

Lo abrió cuidadosamente y revisó uno a uno los papeles mientras los sacaba.

Entre sus manos, sostuvo la partida de nacimiento de Jayden, su libro de familia y un documento plastificado, del tamaño de una tarjeta de crédito, con un número de la Seguridad Social junto al nombre y apellido de Kate.

Sin dudarlo, conectó el intercomunicador de Jayden, lo dejó cuidadosamente junto a su cuna y salió, con el sobre cargado de documentación en una mano, en busca de Galatea.

La encontró parloteando animadamente con la cocinera, mientras bebía sangre con una pajita directamente del envase de zumo de frutas que usaban para camuflar su contenido.

—Galatea, ¿qué son estos documentos?

Ella sonrió sorprendida, mientras Kate se acercaba a la mesa de la cocina y esparcía la documentación.

—Cuando Jayden nació, le registré en el censo vampírico. Se debe registrar a cualquier nuevo miembro de nuestra comunidad, y ése también era tu caso.

—Pero yo ya tengo un número de Seguridad Social.

Galatea meneó con paciencia la cabeza.

—Kate, ese número ya no te sirve para nada. Ahora eres de nuestra sociedad y tienes otro nuevo, como cualquiera de nosotros.

La cocinera sacó del horno un plato con un trozo de deliciosa lasaña y, con cuidado, lo dejó frente a la confusa Kate.

—Pero yo aún no soy vampiro, ¿no debería seguir con mis documentos de humana?

Galatea se sentó frente a ella, mientras jugueteaba con el intercomunicador, que Kate había traído consigo.

—Eres la madre de un dhaphiro de nuestra comunidad y, como tal, miembro de ella. A efectos prácticos, eres más vampiro que humana.

El aroma de la lasaña sedujo a la hambrienta Kate que, sin darse cuenta, se sentó frente al plato y empezó a comer distraídamente.

—Sigue chocándome la idea de que vuestra, quiero decir nuestra, sociedad sea tan parecida a la humana.

Galatea se limitó a sonreír mientras repasaba el correo. Un abultado sobre de color lavanda le llamó la atención sobre el resto de la correspondencia.

—Mira, Kate, una carta de Iris.

—Las fotos de las casas, ¡ábrela!

Con un preciso movimiento, Galatea rasgó el sobre y vació su contenido.

Queridas Kate y Galatea,

Os adjunto, con la presente, varias fotografías de tres casas que nos ha parecido que os podrían gustar. Todas ellas están a pocos minutos de la nuestra.

La primera, es una casa de dos plantas, con cuatro habitaciones, dos baños completos, pero sin jardín.

La segunda opción es una casa de nueva construcción, de una sola planta con tres habitaciones, un baño y un gran jardín con piscina.

Y la última y, en mi opinión, la más bonita, es una casa antigua, perfectamente reformada, de dos plantas, cuatro habitaciones, dos baños y un jardín mediano con un manzano.

Junto a las fotografías, encontraréis una nota adhesiva con el precio y las dimensiones de cada una de ellas.

Esperamos vuestras noticias.

Muchos besos.
Jean, Emma e Iris.

Galatea cogió el montón de fotografías que pertenecían a la primera casa y las fue mirando una a una, mientras se las enseñaba a Kate.

—No sé, Galatea, es bonita, pero me gustaría que hubiera un jardín donde Jayden pudiera jugar.

—Sí, opino igual que tú. Veamos la segunda.

El procedimiento fue el mismo pero, en esta ocasión, Kate arrugó la frente al ver la fotografía de la enorme piscina que tenía la segunda casa.

—Sé lo que vas a decir, Kate, una piscina y un bebé no son la mejor combinación.

—Sí, imagínate, cuando Jayden empiece a caminar, la tendríamos que cubrir y tomar muchas medidas de seguridad.

Al mismo tiempo que asentía con la cabeza, dándole la razón a Kate, Galatea miraba con atención, una a una, las fotografías de la última casa.

Los enormes y gruesos muros de piedra gris, sumados a los

grandes ventanales de madera, le conferían un aspecto rústico, pero elegante a la vez.

—Ésta es bonita, Kate.

Ella se encogió de hombros y empezó a mirar con detenimiento las fotografías del interior y exterior de la casa.

—No está mal, pero el estilo rústico nunca me ha entusiasmado.

De pronto, sus ojos se posaron en la última fotografía que Galatea le ofrecía. En ella, un precioso jardincito con un alto y majestuoso manzano en el centro, robaron el corazón de Kate y se imaginó en él con el pequeño Jayden correteando por aquel sitio tan hermoso.

—Es perfecto.

Galatea sonrió al ver la reacción de su amiga.

—Podríamos poner un columpio en el manzano, seguro que a Jayden le gustaría.

Kate sonrió y una nueva oleada de lágrimas acudió a sus brillantes ojos, como de costumbre.

—Me tomaré tu reacción como un sí —Kate, avergonzada, se secó los ojos con la servilleta, ante la risueña mirada de Galatea—. Ahora mismo llamo al propietario para ver si mañana puedo acercarme a verla, ¿te parece bien?

—Pero estaremos solos —Su voz sonó cargada de ansiedad y Galatea se apresuró a cogerle una mano para tranquilizarla.

—Cariño, sólo serán unas horas y ni mucho menos estarás sola. Todo el servicio al completo está en la casa.

Kate asintió resignada. Ni por asomo quería actuar como una niña que coge un berrinche ante su madre porque ésta tiene que ir a hacer un recado, pero así era como se sentía.

Sin Galatea, estaba desamparada.

La luz roja del intercomunicador se encendió y, de pronto, empezó a sonar un llanto de bebé por el altavoz.

Kate, presa de su impulso maternal, se puso en pie y salió corriendo escaleras arriba al encuentro de su desconsolado pequeño.

Segundos más tarde, Galatea escuchó, satisfecha, por el altavoz del útil intercomunicador, la voz de Kate, que musitaba palabras de consuelo y calmaba a Jayden, que volvió a dormirse.

La casa

El soleado día de febrero obligó a Galatea a citarse con el propietario de la casa que les interesaba en plena noche.

Por suerte, el propietario también era vampiro, y no puso ningún reparo en quedar con ella a aquella hora intempestiva, cuando la noche hizo acto de presencia.

Kate se había quedado dormida antes de que Galatea se hubiera marchado, lo que facilitó la partida a su amiga, que se sentía igual que ella ante el dolor de la momentánea separación.

Gracias a las frecuentes visitas que Galatea había hecho a sus amigos residentes en Verona desde que se instalaran en la ciudad hacía poco más de un año, encontró la dirección de la rústica casita sin demasiados problemas.

Bajó del coche y miró a lo largo y ancho de la calle adoquinada, que estaba completamente vacía. Frente a ella, se alzaba majestuosa la fachada de piedra, al más puro estilo italiano, de la casa que había ido a visitar.

Bajo la luz de las farolas, la edificación parecía todavía más antigua y mágica que en las fotografías que Iris les había mandado.

—¿Señorita Tabone?

Galatea se giró en respuesta a la áspera voz que la reclamaba.

—¿Señor Mitola?

El hombre de cabello castaño, moteado con algunas briznas

de plata, y unos cuarenta años de edad, sonrió a Galatea mientras sacaba de su bolsillo un llavero cargado de grandes llaves.

—Es usted muy puntual.

Galatea se limitó a sonreír y siguió al hombre, que acababa de abrir la puerta principal de la casa.

Ante ella, la antigua residencia que, en su día, con toda seguridad había pertenecido a algún noble, se mostró altiva y llena de historia.

Las paredes estaban pintadas de colores cálidos, que hacían juego con la piedra canela de las arcadas de todas las puertas de madera maciza.

—Como ya le comenté por teléfono, señorita Tabone, todos los muebles están incluidos en el precio. Puede apreciar que estamos hablando de valiosos muebles de anticuario.

El experto ojo de Galatea ante las antigüedades restauradas no le dejó lugar a dudas de que el vendedor estaba siendo sincero en cuanto al contenido de la casa.

A medida que avanzaban por las amplias estancias, Galatea estaba más y más convencida de que aquél era el lugar adecuado para empezar su nueva vida junto a Kate y Jayden.

La cocina de estilo rústico y la enorme escalera de piedra con la barandilla de hierro forjado le robaron el corazón.

—El precio que acordamos es muy ajustado por la magnitud de la casa y el valor de los muebles, señor Mitola, ¿tiene prisa por vender?

Mientras el señor Mitola abría la puerta que daba al jardín con el manzano, se apresuró a contestar a la pregunta de Galatea, que se mostraba un poco ansiosa.

—En pocos meses me veo obligado a mudarme de residencia y, sinceramente, me he cansado de acumular casas por todo el mundo. Es por ese motivo que me veo obligado a malvender rápidamente esta joya. Evidentemente, resultará una ganga para usted.

—Sin duda.

La tenue luz de los faroles del jardín apenas mostraba la belleza de la vegetación y la estructura de éste, sin embargo, el manzano se alzaba imponente justo en el centro.

Galatea no tuvo ninguna duda.

El ligero movimiento de una manta sobre su frío cuerpo la despertó de inmediato. Desde el nacimiento de Jayden, sus sentidos estaban más alerta que nunca y su sueño se había convertido en algo muy ligero.

—Lo siento, no quería despertarte.

El susurro de la voz de Galatea la relajó al instante.

—Qué pronto has vuelto, ¿cómo ha ido?

Galatea se sentó junto a Kate, que se había incorporado en la cama para estar a la altura de su amiga.

—Es muchísimo más bonita que en las fotos, le he comentado al propietario que tenía que hablarlo con mi socia y que mañana por la mañana le daría una respuesta.

Kate se sintió halagada, al ver que Galatea la estaba haciendo partícipe en todas las decisiones respecto a su nueva vivienda.

—¿Cómo es?

—La entrada tiene un amplio distribuidor con una escalera de piedra con barandilla de hierro forjado, que conduce directamente a las tres habitaciones y el baño de la planta superior, todas ellas con amplios ventanales.

»Junto a la escalinata, hay una arcada de piedra, que te dirige a un gran salón con una enorme chimenea de mármol gris.

»La otra habitación, así como el baño y la cocina, están situados justo al lado de la entrada del salón y se accede a ellos a través de otro inmenso distribuidor. Pero lo mejor es que, al final de éste, hay una puerta, decorada con cristales de colores, que te conduce directamente al jardín más hermoso que te puedas imaginar.

Los ojos de Kate cada vez estaban más abiertos a causa de la expectación del momento.

−¿Cuándo nos trasladamos?

Galatea tuvo que ahogar una carcajada de júbilo para no despertar a Jayden, que dormía placidamente en su cuna.

−¿Estás segura? ¿No quieres esperar un poco a que la puedas ver por ti misma?

La negativa de Kate fue rotunda. Sus dorados rizos se alborotaban alrededor de su cara, mientras movía la cabeza.

−Está bien, mañana llamaré al propietario. Te va a encantar. Estoy convencida de que seremos muy felices allí.

Kate se lanzó efusivamente, con los brazos abiertos, al cuello de Galatea quien, sin dudarlo, le correspondió al abrazo.

−Sé que no hago más que repetírtelo, pero es que me faltan palabras para expresar lo agradecida que estoy por todo lo que estás haciendo por nosotros. Sin ti estaríamos perdidos.

La voz de Kate sonó como un leve susurro en los oídos de Galatea, que estrechó más el íntimo abrazo.

−No te haces pesada, pero te repetiré una vez más que soy yo la que debe estar agradecida por vuestra existencia, ya que tú y Jayden habéis arrojado una nueva visión del mundo para mí. Sois como una bocanada de aire fresco en mi aletargada vida.

Las lágrimas de la emocionada Kate empezaron a empapar el desnudo cuello de Galatea, mientras hundía su cabeza entre su aromático cabello.

—Te quiero.

—Yo también te quiero, Kate.

Unos suaves quejidos, que provenían de la cuna de Jayden, anunciaron que era la hora de la siguiente comida del pequeño.

Su llanto desconsolado corroboró el hecho.

Galatea y Kate mantuvieron la mirada fija la una en la otra. Jamás habían sentido un amor tan puro por otro ser sobre la faz de la tierra y aquello las llenaba de una paz tan inmensa, que sólo las hacía ser conscientes de ellas y del pequeño que tanto adoraban.

Kate se acercó a la cuna, mientras Jayden se removía en ella con sus diminutos puñitos apretados con fuerza.

Como si de un objeto a punto de romperse se tratara, Kate deslizó sus manos cuidadosamente bajo el bebé y se sentó junto a la butaca más próxima a la chimenea, que apenas tenía unas brasas, recuerdo de un poderoso fuego que había empezado a calentar la habitación a primera hora de la tarde.

Galatea se sentó frente a ellos, mientras Kate amamantaba a su hambriento hijo.

—Apenas tiene una semana, pero juraría que ya ha crecido varios centímetros.

Kate se limitó a sonreír ante el simpático comentario. No podía apartar los ojos de su precioso Jayden, que se aferraba a su seno como si le fuera la vida en ello.

Era lo más hermoso que había visto jamás.

Cuando el pequeño se hubo saciado, Kate se puso en pie, dispuesta a hacer eructar al indefenso bebé.

De pronto, un sonido gutural y cargado de reverberación salió de la diminuta boca del recién nacido.

Tanto Kate como Galatea abrieron los ojos de par en par, en cuanto el sonido llegó a sus asombrados oídos.

Kate acunó entre sus brazos, entre el estupor y lo cómico del momento, a Jayden que, distraídamente, se había aferrado a un mechón del pelo de su madre.

Sin previo aviso, Galatea rompió el silencio con una serie de sonoras carcajadas que la dejaban sin aliento y Kate no tuvo más remedio que unirse a ella.

—Pero, ¿cómo es posible que de algo tan dulce y pequeño como tú, salgan semejantes sonidos, hijo mío?

Galatea acarició las sonrosadas y redondeadas mejillas de Jayden, ajeno al revuelo que había causado.

—Es tremendo, me pregunto si era a esto a lo que se refería Carlo cuando decía que Jayden sería un dhaphiro excepcional.

Kate empezó a reír con más ganas, ante lo absurdo del comentario de Galatea.

—Bueno, espero que tenga alguna cualidad más importante que el simple hecho de poder eructar más fuerte que nadie.

Mientras las dos reían con una risilla floja que llenaba la habitación de alegría, observaban al pequeño que, de pronto, inspirado ante las sonoras carcajadas de su madre y su tía, esbozó una leve sonrisa.

—¿Lo has visto, Galatea?

El asombro sustituyó al instante el humor del momento.

—Sí, ha sonreído a su mamá.

Los ojos de Kate se anegaron de lágrimas, mientras Galatea rebuscaba en el bolsillo de su pantalón un femenino pañuelo de tela.

—De veras que estoy harta de esta facilidad mía por ponerme a llorar por todo.

Galatea cogió en brazos al pequeño Jayden y su madre se secó las lágrimas con el pañuelo.

Jayden, como de costumbre, no se opuso a que le dejaran en

173

su cuna, ya que se sentía fascinado por el móvil de patitos de madera, que su madre se había apresurado a instalar en lo alto del cabecero.

Kate suspiró, volviendo a poner bajo control sus emociones. Por suerte, parecía que, a pesar de la frecuencia de sus ataques de lágrimas, el tiempo que duraban éstos estaba disminuyendo.

Galatea ayudó a acomodar a una agotada Kate en su cálida cama mientras ella bostezaba.

—La verdad es que es más duro de lo que creía.

—¿A qué te refieres?

Kate se frotó los ojos, a la vez que se arrellanaba entre las mantas.

—Me refiero a que es agotador despertarse cada tres horas para atender a Jayden, incluso a veces es menos tiempo, ya que hay que cambiarle porque está mojado.

—Bueno, yo puedo echarte una mano en lo último.

Sin pensárselo dos veces, Galatea cogió el otro almohadón de la enorme cama de Kate y se acomodó en uno de los sillones frente a la chimenea.

—¿Qué estás haciendo?

—Como ya sabes, a mí tan sólo me basta con dormir tres horas, así que, para cuando haya que cambiar a Jayden, estaré fresca como una rosa y tú podrás descansar.

Kate se incorporó de un salto, haciendo que las mantas se arremolinaran alrededor de ella.

—Ni hablar.

Los enormes ojos grises de Galatea expresaron su decepción ante la reacción de Kate.

—No pienso dejar que duermas en un sillón mientras aquí, en la cama, hay espacio suficiente para las dos.

La expresión de Galatea se suavizó al ver por donde iban los pensamientos de Kate.

—¿Quieres que duerma contigo?

—¿Qué clase de amiga sería yo si, después de ofrecerte como canguro de Jayden, te hago dormir en un incómodo sillón?

La asombrada Galatea se acercó hacía la cama y sus ojos se convirtieron en dos finas ranuras a causa de la sonrisa que se había dibujado en su feliz rostro.

Kate, con un rápido movimiento, abrió la cama para que Galatea se acomodara en ella.

El tacto de su piel se le antojó más cálido que otras veces. No cabía duda de que el anillo que Kate le había regalado por Navidad la estaba ayudando con su pequeño problema de temperatura.

Kate se estiró para alcanzar el interruptor de la luz, no sin antes haberle dado cuerda al carrusel, para que la canción de éste los sumiera a los tres en un profundo sueño.

—Sabes, Galatea, es una lástima que no le puedas amamantar también.

Galatea le hincó el codo entre las costillas a Kate, que empezó a reír entre dientes para no despertar a Jayden que, minutos antes, se había sumido en un profundo sueño.

—Será posible, el morro que llegas a tener.

La única respuesta que obtuvo por parte de Kate fue un cálido brazo que se enroscó en su cintura y una profunda respiración que indicaba que se había dejado llevar por su agotamiento y ya se había dormido. Galatea cerró los ojos e hizo lo mismo.

La mudanza

Las semanas fueron pasando, mientras Galatea se encargaba de todo el papeleo propio de la adquisición de su nueva vivienda.

Jayden cambiaba día a día y su madre ya no tenía que preocuparse por darle el pecho, ya que el Dr. Ferro le había aconsejado que empezara con la comida preparada especial para dhaphiros, compuesta de leche en polvo y hemoglobina animal.

La casa familiar de Galatea se había quedado, con el paso de los días, cada vez más vacía y los sirvientes se habían despedido de su dueña, ya que ésta ya no requería de sus servicios por más tiempo.

La habitación de Kate, repleta de cajas con sus pertenencias y las de Jayden, fue la última que vaciaron los empleados de la empresa de mudanzas que habían contratado.

Con el pequeño perfectamente seguro en su cuna de viaje, Kate descendió una a una las escaleras de mármol blanco, fijándose en cada uno de los detalles de aquella enorme casa, como si los quisiera grabar en su retina para no olvidarlos nunca.

Ni por asomo se hubiera imaginado, un año antes, todo lo que había aprendido y descubierto entre sus muros.

Sin darse cuenta, un punto de melancolía nubló su alegría por la inminente partida hacia su nuevo hogar.

Galatea, que se encontraba frente al portal de la casa, daba las últimas instrucciones a los muchachos de la mudanza, que cargaban en una lancha, con extremo cuidado, todas las cajas y muebles que habían decidido llevarse a su nuevo hogar.

Kate echó un último vistazo a la gran entrada, que le seguía pareciendo majestuosa e imponente, para luego dar la espalda, definitivamente, a aquel lugar que había sido su hogar durante varios meses.

—Da un poco de lástima, ¿verdad?

La sonrisa achispada de Galatea brilló bajo sus alegres ojos grises.

—Quizás sí que siento algo de melancolía, pero es tanto lo que nos aguarda, que no me importa.

Kate le devolvió la sonrisa y, mientras cerraban la enorme puerta de madera, sintió como si aquello fuera una metáfora de su vida.

El ronroneo del motor del coche de Galatea parecía tener efectos sedantes sobre Jayden, que no había proferido ningún sonido desde que su madre lo hubiera colocado, con total seguridad, en el asiento trasero junto a ella.

Galatea aparcó el coche cerca de su nueva residencia y, con un rápido y ágil movimiento, abrió la puerta para ayudar a Kate a sacar el canasto con el soñoliento Jayden que, al percibir el silencio en el ambiente, se había despertado y lo observaba todo con ojos curiosos.

Ante Kate, se alzaba, como si de una casa de cuento de hadas se tratara, la propiedad que habían adquirido. Si bien era cierto que el carácter rústico de ésta no era del todo su estilo arquitectónico preferido, no pudo evitar sentirse seducida por la edificación de color crema.

Las luces de la entrada estaban encendidas y, a través de las cortinas de las ventanas de la planta baja, se atisbaban siluetas en un ir y venir constante.

Galatea se apresuró a abrir la puerta principal mientras Kate, presa de la emoción del momento, sostenía con fuerza la cuna de viaje de Jayden entre sus brazos.

La luz reflejada sobre el color cálido de las paredes, junto con los preciosos muebles de caoba de la entrada, la dejaron sin palabras, limitándose a observar maravillada cada detalle de la habitación.

Galatea la contemplaba, a la vez que ella avanzaba lentamente hacia la sala de estar.

—¿Te gusta?

Un rápido movimiento de cabeza de su compañera fue suficiente para saber que la intuición de Galatea no le había fallado y que aquel era el lugar perfecto para ellos.

En el amplio salón les estaban esperando, sonrientes, Iris, Jean y Emma.

—Bienvenidas a casa.

La sorpresa se reflejó en la cara de Kate, que no se imaginaba la calurosa bienvenida.

Sin dudarlo, le entregó la cuna con Jayden a Galatea, mientras ella se acercaba a Iris para estrecharla cordialmente entre sus brazos.

—No sé cómo os puedo agradecer las molestias que os habéis tomado con este asunto, muchísimas gracias.

—Para eso están los amigos.

Iris le devolvió el abrazo a Kate, que rápidamente pasó a abrazar a Emma y, acto seguido, a Jean.

—Los empleados de la mudanza están ahora montando los muebles de Jayden. Espero haberles indicado correctamente la habitación.

Galatea se acercó a la gran mesa redonda del salón y depositó la cuna de viaje sobre ella.

Jayden lo inspeccionaba todo con grandes ojos.

—Es la habitación que tiene vistas al jardín.

Jean sonrió, mientras se acercaba a su amiga.

—Entonces les he indicado bien, menos mal.

—No tenía duda de ello.

Al igual que Jean, poco a poco, todos se fueron acercando, curiosos, hacia donde estaba Jayden.

Emma pidió a su padre que la levantara en brazos, ya que no llegaba a ver el contenido del canasto.

Jayden les dedicó una larga mirada, como si estuviera memorizando sus caras.

—Kate, se te parece muchísimo.

Ella sonrió a Iris, que había empezado a juguetear con las manitas de Jayden.

—Es cierto, pero los ojos no dejan lugar a dudas de que tiene genes de los Tabone. Son igualitos a los de Galatea.

Galatea sonrió a Jean con una mirada de complicidad, agradecida de que no hubiera nombrado a Enzo.

Kate, que veía reflejado el deseo en el rostro de Iris, no tuvo duda alguna a la hora de complacerla.

—¿Quieres cogerle?

—¿Puedo?

Kate hizo un teatral movimiento con la mano mientras sonreía, satisfecha de ser la madre del bebé que causaba tanta admiración.

—Por supuesto.

Iris deslizó las manos lentamente bajo el cuerpecito de Jayden, mientras éste no perdía ni un solo detalle de lo que ocurría a su alrededor.

—Hola, Jayden.

El pequeño se agarró a un mechón del lacio pelo de Iris. Aquel gesto empezaba a ser algo más que una casualidad en su comportamiento.

Emma lo observaba con los ojos abiertos de par en par.

—Mamá, yo también le quiero coger.

—Cariño, eres muy pequeña para cogerle, apenas tienes fuerza.

Emma miró enfurruñada a su padre, mientras éste la miraba imitando con burla la mueca de la niña.

Uno de los operarios entró en la habitación y llamó la atención de los presentes con un ligero carraspear de garganta.

—Hemos terminado de montar los muebles y de descargar las cajas, si no nos necesitan para nada más…

Galatea se acercó al sudoroso muchacho con una amplia sonrisa, mientras rebuscaba en su bolso.

—Muchas gracias por todo.

El joven miró entusiasmado la generosa propina que Galatea le ofrecía y, tras un breve saludo, abandonó presuroso la habitación, sin duda, para ir a contar los billetes.

Emma, que parecía estar menos molesta, se removía inquieta en los brazos de su padre.

—¿Qué te pasa, Emma?

—Tengo hambre, papá.

Los ojos de Iris dejaron de vagar por las perfectas facciones de Jayden, para fijarse en el enorme reloj que había sobre un mueble de madera tallada frente a ella.

—¡Madre de Dios! Es tardísimo. Cariño, enseguida llegamos a casa y mamá te preparará la cena.

Kate cogió a Jayden de los brazos de Iris, mientras Emma lo observaba sin perderse detalle.

—Me gustaría agradeceros con una cena todo lo que habéis hecho, ¿qué tal mañana?

—No tienes por qué hacer nada especial Kate, de veras.

Ella miró a Iris con una radiante sonrisa dibujada en su rostro.

—Por favor.

—Está bien, no me mires así.

Galatea y Jean, observaban la escena divertidos.

—Entonces, mañana os espero a cenar.

—Cuenta con nosotros.

Kate sonrió, mientras entrecerraba los ojos llena de pura satisfacción.

Durante todo el día, la casa había estado llena de un ir y venir de cajas, objetos envueltos en plástico de burbujas y decisiones absurdas como la de dónde guardaban las sartenes en la inmensa cocina.

Kate y Galatea habían conseguido que la mayor parte de los objetos estuvieran ordenados y que el salón empezara a tener un aspecto normal, y no de campo de batalla, justo a tiempo para la llegada de sus invitados.

Galatea se había aprovisionado de la sangre suficiente para alimentarse una semana entera y había conseguido unos suculentos filetes, que Kate estaba preparando con cariño para la cena de las dos únicas personas que comían sólido.

Más tarde, había acostado a Jayden en su habitación, perfectamente amueblada y decorada, y se paseaba por la cocina mientras ayudaba a Kate, con el intercomunicador colgado de la cintura de los pantalones.

Sin proponérselo, se habían sincronizado de tal manera que las tareas se convertían en algo muy sencillo para ambas.

Mientras Kate se cercioraba de que el filete de Emma no estaba demasiado hecho, el timbre de la puerta anunció la llegada de los invitados.

Galatea, haciendo uso de su rapidez, se plantó frente a la puerta y les dio la bienvenida con una gran sonrisa.

−¡Qué puntuales!

Jean contestó con burla.

−Como de costumbre.

Iris saludó a Galatea, mientras Emma entraba corriendo en la casa.

−¿Dónde está Jayden?

Galatea le acarició la cabeza cariñosamente, señalando el intercomunicador.

−Está durmiendo cariño. Los bebés duermen mucho.

−Pues menudo aburrimiento.

Emma se cruzó de brazos y los adultos contuvieron las risas para no ofender a la indignada criatura.

Galatea les guió hacia el salón y les invitó a tomar asiento frente a la chimenea.

−Es increíble lo que habéis hecho en un solo día. Este salón no parece el mismo que el de ayer.

Galatea sonrió satisfecha a Iris.

−La verdad es que hemos tenido mucho trabajo −La voz de Galatea se convirtió en un susurro−. Kate tenía muchas ganas de hacer esta cena, para ella es muy importante.

Kate apareció en el salón, cargada con dos grandes platos con comida.

−No cuchichees, Galatea, te oigo perfectamente.

−Vaya, me ha pillado.

La expresión exagerada de Galatea hizo que Emma empezara a reír escandalosamente.

Kate se acercó a saludar a los recién llegados.

—Oh, ¿te estás riendo de mí, Emma?

Emma negó con la cabeza, pero su sonrisa la delataba.

Kate se agachó para estar a su altura, mientras la miraba con los ojos entrecerrados con una pizca de fingida desconfianza.

—¿Seguro? Porque, si te ríes de mí, te tendré que hacer cosquillas.

Emma estalló en carcajadas y Kate empezó a hacerle cosquillas en la cintura, provocando que la pequeña chillara de la risa.

La cena de Kate resultó ser todo un éxito y, tras una hora de sobremesa, se habían trasladado al enorme y cómodo sofá, situado frente a la chimenea.

Mientras los adultos mantenían una animada conversación, Emma, sentada en el suelo junto a ellos, se entretenía dibujando en una libreta que Kate le había regalado.

Jean examinaba cuidadosamente el intercomunicador de Jayden, repasando con sus dedos el contorno de éste.

—Realmente, es increíble la de cosas que se inventan para vigilar a los bebés. Hace siete años estas cosas no existían. Por más años que acumulo, nunca deja de sorprenderme la tecnología.

Kate sonrió satisfecha y tomó entre sus manos una taza de té caliente.

—La verdad es que es muy útil, oigo en todo momento la respiración de Jayden y eso me tranquiliza mucho.

Galatea miró a Kate con un brillo comprensivo dibujado en el gris profundo de sus ojos.

—Como buena madre primeriza, Kate necesita saber constantemente que hace Jayden. Temo el día que empiece a andar.

—Es normal que me preocupe, hasta los veintiuno no será inmortal y no quiero que le ocurra nada malo.

Iris apoyó comprensiva su mano sobre la de Kate.

—Yo te entiendo, Kate. Pero te tienes que relajar un poco, no le va a suceder nada malo. Los dhaphiros no son tan frágiles como parecen. A mí me pasó lo mismo con Emma, pero es inevitable que se caigan y se hagan daño. Debes asumirlo.

Emma, que estaba felizmente dibujando sin ningún tipo de control paterno, ya que la actividad que desempeñaba no entrañaba riesgo alguno, se levantó silenciosamente y se encaminó hacia las escaleras.

Durante todo el día le había estado rondando por la cabeza la idea de que ella era lo suficientemente mayor como para poder coger a Jayden entre sus menudos brazos y, aprovechando el descuido de sus padres, se disponía a demostrar que era capaz de acunar al bebé como lo había hecho su madre el día anterior.

El pasillo que conducía a las habitaciones tenía una lámpara encendida, que arrojaba sobre las paredes una tenue luz amarilla.

Emma no tuvo duda de cuál era la habitación del pequeño, ya que sobre la puerta estaba escrito, en letras de madera, su nombre.

Dentro, reinaba la oscuridad y el silencio, que sólo se quebraba cada pocos segundos por la acompasada respiración de Jayden. Emma encendió la luz de la habitación, que de inmediato despertó al pequeño.

Ella se acercó lentamente, pero con paso firme, hacia la cuna. Los ojos de ambos se encontraron a través de los barrotes de madera.

—Hola, Jayden, estás despierto —susuró cada una de las sílabas, mientras él la observaba con sus enormes ojos grises—. No te preocupes, ahora te cogeré en brazos y te cantaré una nana para que te vuelvas a dormir.

Emma inspeccionó atentamente la habitación hasta encontrar un taburete, que le sirvió para tener la altura suficiente para alcanzar a Jayden en su cuna.

—No tengas miedo —Se inclinó peligrosamente sobre la barandilla de la cuna, estirando sus brazos hacia Jayden.

Sus pequeñas manos apenas abarcaban la cintura del bebé.

El cuerpo de él apenas se había despegado un centímetro del colchón cuando se escurrió entre las diminutas manos de Emma.

El aterrizaje fue muy suave, pero el pequeño empezó a llorar, mientras ella, sin saber exactamente cómo calmarle, le intentaba coger de nuevo.

—No llores, Jayden.

Los ojos de los cuatro adultos se posaron en el intercomunicador, alarmados por el escándalo.

Iris reconoció la voz de Emma e inmediatamente buscó a su hija por el salón.

Sin perder un instante, los cuatro echaron a correr escaleras arriba, para intentar evitar que ninguno de los dos dhaphiros se hiciera daño.

Todo sucedió en un abrir y cerrar de ojos.

Emma había logrado coger a Jayden, que se encontraba suspendido enmedio de su cuna, mientras lloraba desconsoladamente.

Justo en el preciso momento en el que Emma intentó sacarlo de la cuna, el sonido que salió de la garganta del bebé fue tan agudo y molesto como el de millones de cuchillos rozándose sobre platos de cerámica.

Emma soltó a Jayden para taparse los oídos y, en esta ocasión el pequeño cayó desde más altura, asustándose aún más y elevando el tono de aquel inhumano sonido.

Los cristales de las ventanas se rajaron con varias grietas en un instante bajo la atenta mirada de todos y las bombillas de las lámparas de la habitación estallaron en millones de pequeños pedazos.

Por suerte, Iris estaba observando la escena y gracias a su telequinesia, pudo desviar todos los pedazos de cristal que amenazaban con cortar a Emma y Jayden.

Presa del pánico, Kate corrió hacía su hijo y lo tomó entre sus brazos, examinándolo con cuidado.

Emma, que no entendía lo ocurrido, se vio envuelta en una oleada de pánico, que hizo que estallara en un desconsolado llanto.

—Mamá, no quería hacerle daño, sólo le quería cantar una nana.

Jean cogió a Emma de un brazo y se apresuró a sacarla de la habitación.

—Te dije que eras demasiado pequeña. ¿Es que no eres consciente de que le podías haber hecho mucho daño a Jayden?

El llanto desconsolado de Emma se oía mientras descendía las escaleras junto a su padre.

Galatea rodeó con el brazo a Kate, que estaba temblando mientras acunaba a su hijo.

—Está bien, Kate. No le ha pasado nada.

Ella abrazó con fuerza a Jayden, que pareció relajarse al notar el cálido tacto del cuerpo de su madre contra su piel.

—No sé cómo disculparme. Tenía que haberle dejado claro a Emma que Jayden no es un juguete.

—No tienes por que disculparte, Iris. Si no llega a ser por tu intervención, se hubieran hecho mucho daño.

Kate empezó a sollozar, mientras su pulso se aceleraba y entraba en estado de ansiedad.

—Galatea, llévatela a su habitación, mientras yo limpio todo este caos.

Ella, obediente, condujo lentamente a Kate hacia la salida, mientras los cristales rotos crujían bajo sus pies.

–¿Qué es exactamente lo que ha pasado? ¿Ha sido Emma?

Galatea guiaba con precisión a Kate, que acunaba a un tranquilo e ileso Jayden.

–En realidad, creo que ha sido un sistema de defensa de nuestro pequeño. He oído hablar de casos similares. Cuando se ven amenazados, usan algunos de sus recursos.

Los ojos de Kate se posaron en la inocente cara de su hijo, que le devolvió la mirada.

– ¿Has sido tú?

Jayden enroscó sus deditos en un rizo de Kate y suspiró tranquilo.

Kate abrió los ojos lentamente y, poco a poco, recordó los hechos de la noche anterior.

Galatea se había quedado a dormir con ella en su inmensa cama para tranquilizarla y, entre ellas, enroscado sobre un gran almohadón, estaba el pequeño Jayden durmiendo profundamente.

Galatea llevaba varias horas despierta y los observaba con un gran instinto de protección.

–Buenos días –Su voz sonó rota a causa de la mala noche pasada.

–Buenos días, ¿cómo te encuentras?

–Aturdida por todo lo sucedido.

Kate acarició lentamente la mejilla de Jayden, que pareció esbozar una media sonrisa.

–Has pasado mala noche, te movías mucho.

–He tenido pesadillas.

Galatea se incorporó lentamente, mientras Kate la imitaba con los mismos movimientos.

—Iris se quedó hasta tarde limpiando el destrozo de la habitación de Jayden. Lo ha dejado perfecto, bueno… a pesar de los cristales quebrados de las ventanas.

Kate hundió su rostro entre sus manos.

—Fue como una pesadilla.

—Jean riñó severamente a Emma por lo ocurrido.

Los ojos de Kate recorrieron el contorno de su pequeño, a salvo entre las mantas.

—Supongo que la peor parte se la llevó ella, pero así aprenderá una valiosa lección.

—Desde luego, tuvo suerte de que Jayden se defendiera, de lo contrario...

Galatea ahogó las últimas palabras en su garganta. No quería volver a alarmar a Kate.

Un sutil sollozo llamó la atención de las dos, que volvieron a tomar su anterior postura, tumbadas junto a Jayden.

—Parece que alguien reclama su desayuno.

El buen humor de Kate retornó a su rostro cuando el pequeño le cogió el dedo con una de sus manitas. Había demostrado ser menos indefenso y frágil de lo que ella pensaba, pero todo lo ocurrido no le había hecho cambiar de opinión en cuanto a su protección, incluso se había potenciado, ya que ahora vislumbraba peligros de los que antes no era consciente.

Conversión

Las semanas fueron pasando rápidamente y, poco a poco, hicieron de la casa recién adquirida un hogar en toda regla.

Kate se había recuperado notablemente del incidente, e incluso tuvo algunos remordimientos cuando la pequeña Emma se presentó en su casa acompañada de sus padres con un gran perro de peluche para Jayden y le leyó una carta, escrita de su puño y letra, pidiéndoles disculpas por lo sucedido.

Galatea se sentía feliz ayudando a Kate en las tareas domésticas y en todo lo relacionado con el cuidado de Jayden.

Aquella mañana, Kate se sentía llena de vitalidad y optimismo, mientras jugaba con su pequeño, tumbada sobre una manta en el suelo de la habitación de la planta baja, que habían destinado a biblioteca y sala de juegos.

Galatea observaba la escena desde la puerta y reía, observando cómo el bebé se entretenía tirando los juguetes lo más lejos posible del alcance de su madre.

Kate se aproximó a una de las estanterías donde tenían la mayoría de los ejemplares de la biblioteca de la casa familiar de Galatea para recoger una rana de plástico que Jayden, muy hábilmente, había lanzado.

Al incorporarse, se golpeó contra una de las baldas de madera labrada del mueble, abriéndose un pequeño corte en la frente, del que empezó a manar sangre a borbotones.

Galatea salió corriendo hacía ella y le ofreció el pañuelo que siempre llevaba con ella en el bolsillo de sus pantalones.

–¿Estás bien? Menudo golpe más tonto.

–Sí, estoy bien. ¿Puedes cuidar de Jayden mientras me limpio esto?

Galatea la siguió con la mirada hasta la puerta mientras consolaba al pequeño Jayden, que hacía un leve puchero al ver a su madre alterada.

Tan sólo unos minutos más tarde, Kate reapareció en la habitación con una estrafalaria tirita infantil, con dibujos de dinosaurios en la frente.

Galatea contuvo una risotada al verla.

–Parece mentira que de un corte tan pequeño salga tanta sangre –Reparó en la mueca burlona de Galatea, que disimulaba jugando con Jayden–. Sí, ya lo sé, no hemos comprado tiritas para adultos.

Galatea dejó libre su sentimiento de burla y empezó a reír musicalmente.

–Si no tenemos tiritas para adultos es porque, a estas alturas, contaba con que ya fueras un vampiro.

Una extraña sensación recorrió el cuerpo de Kate al recordar aquel tema pendiente que había olvidado por completo.

–La verdad es que, desde que nació Jayden, no he pensado en el tema.

Galatea, al notar su reacción, se apresuró a quitarle importancia al asunto.

–Ya sabes que estás en tu derecho de seguir siendo mortal; gracias a Dios, nuestra sociedad ya no impone el cambio.

–No, quiero hacerlo.

Kate elevó tanto el tono de voz que Jayden se sintió inquieto en los brazos de Galatea.

—¿Estás segura?

—Por nada del mundo me gustaría envejecer y ver que tú y Jayden seguís jóvenes e inmortales.

Galatea alargó una mano y Kate se la estrechó con fuerza.

—¿Cuándo te gustaría convertirte?

—La verdad es que no sé cuál sería el mejor momento. Ahora Jayden me necesita, pero tampoco quiero esperar a que sea mayor.

Kate empezó a sopesar los pros y los contras mientras, con los dedos, calculaba fechas y situaciones memorables en la vida de Jayden.

—¿Por qué no lo hacemos ahora?

Los ojos de Kate se abrieron desmesuradamente dibujando el horror en sus facciones.

—¿Ahora?

—No me refiero a ahora mismo, sino en los próximos días. Jayden es aún muy pequeño como para darse cuenta que durante siete días su madre no estará y, si esperas más tiempo, me temo que nunca encontrarás el momento adecuado. Además, Iris estará encantada de ayudarme con todo mientras tú estás indispuesta.

—Ahora —susurraba la palabra como si fuera un sortilegio mágico que la aterraba.

—No tienes por qué decidirlo en este momento, tómatelo con calma pero, si realmente estás decidida a hacerlo, creo que no deberíamos esperar mucho.

Jayden seguía con su actividad de recoger, con sus pequeñas manitas, los juguetes esparcidos a su alrededor, lanzándolos en todas direcciones.

Un pequeño gato de trapo, cuyos ojos estaban representados por dos botones negros, golpeó en el pecho de Kate sacándola de su ensimismamiento.

—Hagámoslo entonces.

Galatea, que estaba dejando unos momentos de tranquilidad a Kate para que meditara con calma la decisión, la miró asombrada.

—¿Cómo?

—Pongamos una fecha para la transformación. O mejor aún, ¡hagámoslo hoy!

—Espera, Kate. Nos llevará al menos un día prepararlo todo. Eso sin tener en cuenta que debo avisar a Iris para que arregle sus propios asuntos antes de ayudarme.

Una oleada de coraje y alegría se apoderó de Kate en un instante.

—Lo dejo todo en tus manos, Galatea, ya sabes que confío plenamente en ti.

Ella se sintió abrumada ante tanta confianza y se levantó, mientras Kate volvía a retomar el juego con Jayden.

—Llamaré a Iris para saber si está disponible.

Kate cogió al pequeño entre sus brazos, levantándole una manita y haciendo ver que saludaba a Galatea.

—Tía Galatea —Kate imitaba perfectamente la voz de un niño—. Mamá y yo te queremos.

Ella sonrió dulcemente, para luego desaparecer por la puerta.

Con las manos entrecruzadas sobre la lisa y pulida superficie de la mesa, Kate esperaba atenta a las explicaciones de Galatea.

Iris, sentada junto a ella, se había tomado muchas molestias para poder estar pendiente de ellas durante los siete días que duraría la conversión, dejando solos a Jean y Emma.

Galatea no podía negar una fugaz chispa de nerviosismo que bailaba en sus ojos, que estaban más brillantes que de costumbre.

—Estás convencida de todo esto, ¿verdad?

Kate apretó sus manos, entrelazando con fuerza sus dedos.

—Es lo que quiero.

Iris frotó enérgicamente la espalda de Kate, para infundirle valor.

—Todo sucederá muy deprisa para ti, créeme, tengo muy vivo el recuerdo de mi transformación.

Kate le dedicó una fugaz sonrisa.

—El procedimiento será el siguiente —Los ojos de Kate se clavaron como agujas en el rostro de la aparentemente serena Galatea—. Te extraeré una parte importante de tu sangre, que metabolizaré rápidamente en mis venas. Acto seguido, me practicaré un corte por donde deberás beber tu sangre ya transformada y que te convertirá en uno de nosotros. ¿Tienes alguna duda?

—¿Has convertido a alguien más en vampiro?

Galatea bajó la mirada, dejando vagar sus dolorosos recuerdos.

—Lamentablemente, sí.

Un pensamiento que hasta entonces Kate no había contemplado tomó protagonismo en su mente.

—No quisiera que esto fuera un mal trago. No había pensado en que quizás esto no sea algo agradable para ti.

La mano de Galatea se posó sobre la de Kate en un rápido y sutil movimiento.

—Para mí, será todo un honor convertirte yo misma. Lo que hice en el pasado no tiene nada que ver con todo esto.

Una tímida sonrisa se dibujó en el rostro de Kate, a la vez que un hormigueo, fruto del nerviosismo, recorría su frágil cuerpo.

—¿Qué me pasará cuando asimile la sangre convertida?

Iris sonrió cordialmente a Kate, que cada vez mostraba más su temor.

—Cuando bebas tu sangre de Galatea, sentirás como se para tu corazón. Pero no debes temer, Kate, el cuerpo humano tiene un preciso sistema de defensa y, antes de sentir demasiado dolor, quedarás en coma el resto del proceso. No sentirás nada, es mucho peor ir de parto, y eso ya lo superaste sin problemas.

Kate sonrió sin humor, mientras en su cabeza se repetían las palabras de Iris.

Se le iba a parar el corazón.

Un suave roce en su mejilla la sacó de su trance momentáneo.

—Cariño, tómate tu tiempo. Si quieres, despídete como humana de Jayden y, cuando estés preparada, empezaremos.

—¡Jayden!

—Tranquila. Iris y yo cuidaremos bien de él.

La respiración de Kate se estaba acelerando por momentos y su pulso se disparó, retumbándole en los oídos.

Sin previo aviso, y con un brusco movimiento, se levantó de la mesa y cogió una gran bocanada de aire.

—Estoy lista. Cuanto antes mejor.

Galatea e Iris intercambiaron una rápida mirada de complicidad y se levantaron de la mesa.

—Creo que el mejor lugar para hacerlo es en su habitación.

Ella asintió a Iris, que empezó a caminar hacia la escalera con pasos firmes y decididos.

Cogió de la mano a Kate y ambas siguieron a su amiga, que ya empezaba a ascender hacía el piso superior.

Cuando cruzaron frente a la habitación de Jayden, Galatea le soltó la mano a Kate que, sin perder un instante, se adentró silenciosa a despedirse de su hijo como humana.

Jayden descansaba tranquilamente en su cuna.

—Mi amor, la próxima vez que te tenga entre mis brazos, seré un ser tan fuerte y poderoso que te podré defender de cualquier mal del mundo.

Se inclinó ligeramente sobre los barrotes de la cuna y depositó un suave beso sobre la cabecita de su hijo.

—Descansa, mi ángel.

Se acercó silenciosamente hacia la cómoda de la habitación, donde se encontraba el carrusel de madera. Con un suave movimiento, le dio cuerda y la nana empezó a sonar.

Kate sintió una ligera sensación de calma. Tal vez, aquella canción la tranquilizara más a ella que al propio Jayden.

Ajustó la puerta de la habitación de Jayden y se encaminó hacia su propio cuarto, donde la estaban esperando.

Iris había corrido las cortinas, y la habitación se había quedado en penumbra, iluminada tan sólo por la débil luz de la lámpara que había sobre la mesilla de noche.

—¿Qué tengo que hacer?

Galatea le tendió una mano, mientras con la otra le señalaba la cama, perfectamente hecha.

—Túmbate.

La cálida sensación de calma que le había proporcionado la melodía del carrusel desapareció tan rápidamente que, por un momento, dudó haberla sentido.

Kate tomó la mano que Galatea gentilmente le ofrecía, y se tumbó en la cama. Iris desenvolvió una toalla blanca, que contenía un bisturí esterilizado, a los pies de ésta.

Kate se horrorizó al verlo.

—¿Para qué es eso?

Galatea pasó la mano por los cabellos de ella, para intentar tranquilizarla.

—Hace tantos años que no muerdo a nadie que he perdido la práctica. Así que, para no dejarte una horrible cicatriz, en lugar de usar mis dientes, te practicaré una fina incisión con el bisturí en la yugular.

Kate miró a Iris mientras examinaba el pequeño y afilado cuchillo.

—Así será todo más rápido y limpio.

—De acuerdo —Las palabras de Kate tintineaban en su garganta al compás de las rápidas y nerviosas palpitaciones de su corazón.

Galatea se le acercó, inclinándose para posar sus labios sobre su mejilla hasta besarla.

—Intentaré que sea lo más rápido posible.

Kate no fue capaz de articular palabra al ver cómo Galatea cogía el bisturí entre sus finos dedos.

Sus ojos se cerraron, en respuesta al pánico que aquella imagen le provocó y el simple hecho de notar la mano de su compañera apartándole el cabello que se enroscaba en su cuello, le hizo apretar los puños con fuerza.

La afilada hoja sólo tuvo que rozar ligeramente la piel de Kate para abrirle una fina y profunda herida.

Ella no fue consciente de que la incisión ya estaba practicada hasta el momento en que notó que unas gotas de sangre recorrían su clavícula.

Eran frías.

Con un delicado y rápido movimiento, Galatea posó sus labios sobre la herida y empezó a beber de ella.

Al principio, un potente sentimiento de horror se apoderó de la indefensa Kate pero, consciente del gran esfuerzo que Galatea estaba realizando por ella, intentó evadirse todo lo que le fue posible de aquella terrible experiencia.

Por encima de todo aquello, la nana del carrusel sonaba lejana en la habitación de Jayden, pero al nivel suficiente como para que Kate pudiera recordar las notas, canturreándola en su mente para intentar evadirse y, de esa forma, no gritar con angustia.

Poco a poco, una pesada debilidad se fue apoderando de cada uno de sus miembros, sumiéndola casi en un estado de aletargamiento.

La habitación pareció estar más oscura que minutos antes y una sensación de somnolencia hizo que los párpados le pesaran.

Apenas era capaz de pensar o moverse.

Sin duda, aquella sensación le indicaba que estaba cerca de la muerte, una muerte dulce y tranquila, la clase de muerte que se desearía para un ser querido.

Pero ella no iba a morirse.

Galatea se secó la única gota de sangre que corría por la comisura de su boca y, ante la atenta mirada de la silenciosa Iris, se practicó una profunda y larga incisión en la muñeca, de la cual empezó a brotar una sangre negra como la noche.

Con un rápido movimiento, Galatea entreabrió la boca de la moribunda Kate, para depositar dentro de ella las gotas que caían por su muñeca.

El espeso y oscuro líquido contrastaba con los morados y mortecinos labios de Kate.

La sangre le empezó a descender por la garganta, dejando un gusto a óxido en su boca.

Sintió náuseas ante el primer contacto, pero se sentía demasiado débil para expresarlo.

Galatea posó directamente la herida sobre los labios de Kate.

−Tienes que beber, cariño.

Las palabras llegaban a sus oídos envueltas en un extraño eco, que las hacía parecer muy lejanas.

Luchando contra la repulsa que le provocaba, empezó a succionar la sangre que Galatea le ofrecía, con movimientos lentos y torpes.

Sólo entonces, se empezó a sentir más recuperada y cada vez con más fuerzas. La repulsión que había sentido en un primer momento, pasó a un segundo plano y, poco a poco, empezó a sentirse más animada.

La transformación ya había empezado y no había vuelta atrás.

Sin previo aviso, un frío hormigueo se fue apoderando lentamente de sus extremidades, recorriendo primero la punta de los dedos y avanzando después hasta su tronco.

Galatea retiró lentamente la muñeca de la boca de Kate, y su herida cicatrizó al instante, sin dejar rastro.

–Ya ha empezado.

Iris corrió junto a ella, presa de la tensión del momento, y la abrazó con fuerza.

Había supuesto un gran esfuerzo para Galatea llevar a cabo aquel acto, e Iris quería mostrarle todo su apoyo en aquel instante.

Kate sintió como el frío se había apoderado de todo su ser y, lentamente empezaba a sentir una sensación muy agradable, que se extendía por sus venas. Se sentía ligera como una pluma y ya no era consciente de nada de lo que la rodeaba, pero tampoco le importaba.

Su corazón latía cada vez con menos fuerza y a intervalos más largos. Sus pulmones se negaban a asimilar todo el oxígeno que era capaz de introducir en ellos. Los ojos ya no le servían, la habitación había desaparecido bajo una negra bruma, que ahora lo cubría todo, y sus oídos no daban la menor señal de vida a su alrededor.

Estaba ciega, sorda y sólo era capaz de centrarse en la sensación que la invadía, que le daba paz.

De repente, una aguda punzada atravesó su corazón, haciendo que se arqueara de dolor en la superficie de la cama.

Los gritos, atrapados en la aletargada garganta de Kate, luchaban por salir sin resultado mientras, Galatea e Iris, contaban los segundos de su agonía, suplicando que no fueran demasiados.

El dolor era insoportable, los pulmones parecían habérsele agrietado y el corazón era más una masa de hielo dentro de su pecho que un órgano humano.

Quería gritar, arrancarse la piel a arañazos para sacar de su organismo aquella sangre infecta que la estaba matando.

La agonía tan sólo duró treinta segundos, pero fueron los más largos de su vida como humana.

Después, la calma se adueñó de ellas, precedida de un largo silencio.

Kate estaba en coma y, por fin, sin experimentar el horrendo dolor que se sentía cuando el cuerpo humano se transformaba en inmortal, mientras todos los órganos se modificaban y adquirían nuevas facetas.

Galatea suspiró aliviada, viendo como la respiración de Kate aminoraba casi hasta detenerse del todo.

—Ya está, Galatea. Ahora ya no sufrirá más.

Ella se abrazó a Iris de nuevo.

—Ha sido peor de lo que recordaba.

—Suele serlo, cuando se trata de un ser querido.

Iris se acercó para recolocar los rizos de Kate, que se habían alborotado sobre su cara, debido a las convulsiones.

Galatea, sintiéndose algo culpable por el fugaz sufrimiento de Kate, salió de la habitación para estar un rato a solas y reordenar sus sentimientos.

Siete días

Los patitos de madera pintados de colores danzaban sobre su cabeza mientras luchaba por mantener los ojos abiertos y se dejaba embriagar por la fascinación del movimiento y los estímulos que le proporcionaban los colores y las formas, pero los párpados le pesaban tanto que, finalmente, se dejó vencer por un profundo y placentero sueño.

Galatea se sintió satisfecha al ver como Jayden respiraba profundamente en su cuna.

Había conseguido que el pequeño no notara, en exceso, la ausencia de su madre durante otro día.

Gracias a Iris, la ardua tarea de cuidar de un bebé de tan sólo dos meses y mantener al día una enorme casa sin sirvientes, había sido menos complicada.

Habían pasado sólo tres días pero, a Galatea, le parecía una eternidad.

Constantemente, entraba en la habitación de Kate, para comprobar su estado que, evidentemente, apenas mostraba rasgos de evolución.

Con el paso de los días, su piel se iba volviendo más pálida y su temperatura había descendido tanto que su tacto era parecido al de un bloque de hielo.

Galatea sabía perfectamente que Kate no era consciente, de ningún modo, de todo aquello que la rodeaba, pero todas las noches se tumbaba junto a ella y le explicaba los pequeños logros de Jayden o las conversaciones mantenidas con Jean e Iris.

Se sentía tan agradecida de poder contar con dos grandes amigos como ellos, que les estaba invitando a cenar cada día para, aunque fuera una manera muy pobre de expresarlo, mostrarles su más sincero agradecimiento.

Galatea se sentía en deuda, especialmente con Jean, ya que la noche que convirtió a Kate habían estado manteniendo una larga charla que ayudó mucho a que Galatea se tranquilizara.

Jean se la había encontrado en el salón, hecha un ovillo en uno de los sillones junto a la chimenea, con el rostro desencajado y la mirada perdida en el infinito.

—¿Gala, cómo te encuentras?

Ella apenas desvió su mirada unos segundos para reconocer el rostro de Jean, que se le acercaba lentamente.

—Ha sido horroroso, Jean.

—Es el precio que se ha de pagar para pasar a formar parte de nuestro mundo.

Galatea se rodeó las piernas con los brazos y se encogió un poco más.

—Iris me ha dicho que apenas han sido treinta segundos de agonía. Cuando despierte no recordará haber sufrido demasiado.

—Pero no puedo evitar pensar que he sido yo la que le ha infligido esos segundos de dolor.

Jean se sentó junto al sillón que ocupaba Galatea y apoyó los codos sobre sus rodillas.

—Ella no es Enzo. Debes tener en cuenta que Kate te pidió que la convirtieras. Es un caso muy distinto a lo ocurrido con él.

La postura de Galatea pareció relajarse un poco.

—Supongo que tienes razón. Kate no me odiará cuando despierte.

201

Jean sonrió y las sombras oscuras del pasado nublaron sus ojos sin poder evitarlo.

—Enzo no te odiaba, simplemente reaccionó como tú. Se vio convertido en algo que no había pedido ser, por cumplir una estúpida ley retrógrada pero, a diferencia de él, tú asumiste de una forma mucho más madura tu destino.

—Yo era mucho mayor.

Jean se encogió de hombros.

—Eso no es excusa para hacerte cargar con la culpa de un hecho del que, al fin y al cabo, tú eras tan víctima como él.

Galatea hundió su cabeza entre las rodillas, mientras el dolor de la reciente pérdida de su hermano la invadía por completo. No se había dado cuenta, hasta ese preciso momento, de lo que le afectaba ya que, al estar en compañía de Kate y Jayden, el resto del mundo dejaba de tener importancia para ella.

—Enzo me llamó hace unas semanas.

—¿Sigue en Roma?

Galatea negó con la cabeza y sus rizos se alborotaron sobre sus rodillas.

—No lo sé, estaba muy extraño. Me dijo que no quería volver a verme porque me odiaba.

Jean apoyó su mano sobre una de las rodillas de su amiga en un gesto cariñoso.

—No le des importancia, no es la primera vez que Enzo tiene una pataleta de ese estilo, es muy normal en los niños mimados como él.

—Esta vez fue distinto. Su voz sonaba extraña y comentó algo sobre un nuevo grupo de amistades que le estaban enseñando a vivir de otra manera.

Los ojos de Jean buscaron alarmados los de Galatea, que permanecían clavados en el suelo.

—¿Crees que lo que hemos estado temiendo todas estas décadas ha sucedido?

—Eso parece.

Un espeso y pesado silencio se cernió sobre ellos, volviendo tenso el ambiente.

—Eso es una señal inequívoca de que los rebeldes están reclutando gente y haciéndose más fuertes.

—El solo hecho de pensar que Enzo ha caído en manos de esos bárbaros hace que me den náuseas. ¿Crees que hay motivos para alarmarse?

Jean se puso en pie de un brinco con una radiante sonrisa, intentando tranquilizar el ánimo de Galatea.

—Seguramente no sea nada importante, los Consejos siempre han tenido muy a raya a estos individuos —Jean se inclinó para acariciar la mejilla de Galatea, que le miraba fijamente—. Enzo no tardará mucho en cansarse de ellos; también forma parte de su naturaleza el hecho de perder el interés rápidamente por sus aficiones.

Un atisbo de terror pasó fugaz por la mente de Galatea.

—¿Y si esta vez no es así? ¿Y si Enzo se deja llevar por los rebeldes y empieza a atacar a gente?

Jean usó todo su temple para mantener bajo control sus emociones y no asustar más a Galatea.

—No será así. En cuanto algo no le salga como espera, volverá corriendo a tus faldas como lleva haciendo toda su existencia. No quiero que te preocupes más por este tema, estamos a salvo y ahora tienes una pequeña prioridad que te reclama.

El piloto rojo del intercomunicador que se hallaba sobre la mesa de centro, frente a ellos, indicaba el inicio de un llanto de bebé hambriento, que pronto se manifestó en modo de sonido agudo a través del altavoz del útil aparato.

Sus pesados párpados se abrieron lentamente, dejando filtrar entre sus espesas pestañas la luz anaranjada que apenas iluminaba la habitación.

Una bocanada de aire, cargado de familiares fragancias, invadió sus nuevos pulmones.

Se incorporó lentamente en la cama, mientras todos sus sentidos se agudizaban al despertar de un profundo sueño.

Los olores familiares, que se paseaban hasta su nariz, parecían ser tan intensos que, prácticamente, podía ver cómo cada uno de ellos bailoteaba frente a ella con un movimiento distinto en función de su densidad y fue reconociéndolos uno a uno.

La fragancia de Galatea estaba muy presente en la estancia y en el lado de la cama que Kate no ocupaba. Sin duda, había pasado allí las noches junto a ella.

El olor de bebé era, de entre todos, el que más le llamaba la atención, y despertaba un nuevo y más potente instinto maternal, lleno de amor y fuerza protectora.

Sus oídos fueron los siguientes en reconocer todo lo que la rodeaba.

Su propio corazón, que apenas emitía un sutil y lento latido presionándose contra sus costillas cada varios minutos, invadía con una fuerte acústica sus tímpanos.

Poco a poco, empezó a percibir otro latido cercano a ella, uno más ágil y rápido, parecido al humano. Sin duda, era el latido de Jayden.

Sin darse cuenta, su concentración se hizo más firme y, sin apenas esforzarse, percibió un palpitar similar al suyo, escaso y tenue, procedente de la planta inferior.

Sonrió. Evidentemente, pertenecía a Galatea.

Volvió a llenar de aire sus pulmones, pero no lo hacía por la necesidad humana de oxigenar la sangre, sino para familiarizarse con su entorno y reconocer los olores. Inspirar el aire de la habitación era un sistema de defensa, uno muy preciso, ya que el más mínimo cambio en el conjunto de conocidos aromas le ayudaría a detectar la presencia de un extraño en su territorio.

Sus ojos veían cada detalle de la habitación, a pesar de la débil luz que arrojaba la pequeña lámpara de su mesilla. Era como si sus córneas aprovecharan cada mínimo destello de la bombilla y lo potenciaran para favorecer su visión.

Tenía ganas de llamar a viva voz a Galatea, de advertirla de que ya estaba despierta, pero sus nuevos sentidos la tenían tan absorta, que su deseo pasó a un segundo plano rápidamente.

Se deslizó hacia el borde de la cama, en un movimiento muy rápido y torpe, buscando, con sus desnudos pies, las zapatillas que siempre dejaba en el lado derecho de su cama.

Sus ojos las localizaron antes que sus aturdidos pies y se quedó fascinada.

No había reparado hasta aquel momento en la intensidad y el brillo que cobraba el color rojo bajo sus renovados ojos. El resto de tonalidades de la habitación parecían volverse grises y desvaídas ante la presencia de aquel hermoso tono que vestía sus zapatillas.

Su mente empezó a revolucionarse en busca de alguna explicación lógica ante sus nuevos sentidos.

Sin duda, era más rápida que antes, aunque al parecer también había aumentado su torpeza. Quizás le llevaría unos días acostumbrarse a ser tan ágil y veloz.

Sus sentidos eran como los de un hambriento cazador, dispuesto a atrapar a su presa en plena noche, ya que sus ojos le permitían ver en la penumbra y, si la luz no fuera su aliada, sus desarrollados sentidos del olfato y oído serían sus cómplices perfectos.

Por último, estaba el intrigante nuevo brillo del color rojo. Evidentemente, para hallar sin dificultad a una presa herida e indefensa a la que poder atacar.

Sus propias descripciones resonaban en su cabeza como si la voz de un narrador de documentales de animales salvajes las dictara.

Ella no era una asesina pero, si fuera necesario, se desenvolvería perfectamente en el duro mundo animal.

Sería el depredador más mortífero.

Un escalofrío le recorrió la espalda. A pesar de sus nuevos instintos y sentidos, seguía siendo ella.

Un nuevo olor acudió como un rayo a sus fosas nasales, adueñándose por completo de sus sentidos y de todo su ser.

Sangre.

Por la lejanía del latido del corazón de Galatea, era muy posible que estuviera en la cocina y, seguramente se disponía a cenar.

La boca de Kate se secó, mientras una sensación agónica de ardor, como si un hielo la quemara por dentro, la invadía desde la punta de su lengua hasta la boca de su estómago.

−¡Galatea! −Las palabras salieron de su boca con más fuerza de la esperada y en un tono desgarrador, demostrando el pánico que ejercía la nueva sensación en Kate.

Tan sólo bastaron unos segundos para que la veloz Galatea se personara frente a la aturdida Kate, que se hallaba de pie frente a su cama, con las manos enroscadas sobre su hambrienta garganta.

Con una rápida ojeada, Galatea tuvo bien claro qué era lo que tenía tan asustada a Kate y, con un movimiento apenas visible, le acercó el familiar envase de zumo de fruta tropical.

Las manos de Kate temblaron como hojas a punto de ser arrancadas de una rama por un furioso huracán, mientras se cerraban alrededor del que, desde aquel preciso momento, sería su único sustento.

Sus labios rodearon con un movimiento deliberadamente lento y cauto la obertura por donde manaría la sangre. Poco a poco, fue inclinando el envase y el espeso líquido fluyó rápidamente.

No sintió ningún gusto en especial, únicamente notaba cómo el cálido líquido recorría cada rincón de su boca, para luego deslizarse por su garganta, calmando su doloroso y desesperante ardor.

Sólo unos instantes le bastaron para vaciar completamente el envase.

Kate pasó la punta de su lengua por sus labios, dibujando su contorno, mientras buscaba alguna gota de sangre que hubiera pretendido escapar.

—Gracias. Qué sensación más horrible.

Galatea observó a Kate con detenimiento y ésta le devolvió la mirada.

—Te he echado de menos.

Con un rápido salto, Galatea se abrazó a su compañera que, sorprendida, se apresuró a devolverle el gesto.

—Me gustaría decirte lo mismo, pero para mí es como si no hubieran pasado los días.

Sonrió gentilmente, separándose de su amiga para observar con detenimiento como le había sentado el cambio.

—No creí que pudieras ser aún más hermosa.

—¿Soy más guapa?

Galatea señaló un espejo con la mano.

–A muchos les favorece la piel pálida.

El reflejo del espejo apenas le devolvía una imagen similar a la que ella tenía guardada en su mente de lo que un día fue.

A primer golpe de vista, cualquiera de las personas que la conocía en su apariencia humana la habría reconocido pero, en cuanto se hubiera parado a observar con detenimiento los rasgos de la nueva Kate, no habría dudado que había algo en ella muy diferente.

Sin duda, en Nueva York, más de una hubiera hecho correr el rumor de que Kate se había practicado alguna operación de estética.

Su cabello rubio ya no se hallaba hecho una maraña de rizos ingobernables. Ahora lucía con unos bucles perfectamente definidos que caían en cascada a lo largo de su esbelta espalda.

Sus ojos azules eran capaces de cambiar de tonalidad, pasando de un azul intenso, que recordaba a las cálidas y translúcidas aguas del caribe, a un azul helado y frío, definiendo su mal humor.

Su piel era de un color más claro de lo habitual, digno de una princesa de la Edad Media que jamás se ha expuesto a la luz del sol para mantener su piel tan intacta como su virtud.

Galatea, sentada a los pies de la cama, observaba a Kate mientras se retorcía frente al espejo de cuerpo entero del armario.

Era como ver a un niño que, por primera vez, ve su reflejo.

La lluvia, que apenas había empezado a caer cuando la noche hizo acto de presencia, parecía estar tomando más fuerza, y lo demostraba repiqueteando contra los cristales de las ventanas.

Kate giró sobre sus talones en un veloz movimiento y corrió hacía la ventana, atraída por el estruendo. Por desgracia, no calculó bien la distancia y se estrelló contra el cristal, que retumbó ruidosamente.

—¡Cuidado!

El dolor del golpe apenas duró unos segundos pero, sin duda, había sido uno de los dolores más intensos que había experimentado nunca.

—¡Ay!, menudo golpe.

Galatea, corrió hasta ella y le examinó la frente con la mano. Su tacto se le antojó mucho más suave que otras veces.

—Durante unos días, has de vigilar mucho. Eres un vampiro neonato y, hasta que consigas tener perfecto dominio de tu cuerpo y de tus nuevas habilidades, serás un poco patosa.

Kate se frotó la frente enérgicamente en un acto reflejo de su vida anterior.

—¿Es normal que un golpe así me duela como si me hubieran martilleado la cabeza?

Galatea ladeó la cabeza amablemente.

—En cierta ocasión, te expliqué que los vampiros sentimos mucho más el dolor que los mortales.

Kate puso los ojos en blanco, mientras recordaba las palabras de su compañera en aquella conversación mantenida con ella a las pocas horas de su llegada a Venecia.

Galatea dio un pequeño golpe en el centro de la frente de Kate y sonrió despreocupada.

—Por suerte, ya eres inmortal y cicatrizas a la velocidad del rayo —Instintivamente, la mano de Kate se posó sobre la fina cicatriz que había dejado el bisturí en su cuello, acariciándola con su dedo—. Apenas se nota. Me alegro de no haberte *hincado el diente*. Son tan feas las cicatrices que quedan después de que alguien te muerda.

Los destellos turquesa iluminaron los ojos de Kate, mostrando el indudable agradecimiento que sentía hacía ella.

—¿Sufriste mucho?

Kate se encogió de hombros.

—Apenas lo recuerdo, estaba muy nerviosa y todo sucedió demasiado deprisa.

Galatea sonrió, mientras la pesada carga de la culpabilidad desaparecía de su alma.

La lluvia empezó a captar de nuevo la atención de Kate. Las gotas resbalaban, surcando las inapreciables irregularidades de los cristales artesanos de las ventanas.

La luz de la luna se filtraba, de una manera que Kate jamás había sido capaz de apreciar, por cada una de las gotitas de lluvia, arrojando micro arco iris en todas direcciones.

Llovían cristales líquidos multicolores, como piedras preciosas.

Kate ya era un vampiro.

Vampiro

Apenas podía mantener la concentración para comprender la noticia que intentaba leer en el periódico del domingo, ya que Kate deambulaba de un lado a otro del salón con los brazos cruzados sobre el pecho, distrayéndola a cada momento con sus pasos frenéticos.

—Kate, sé que es un cambio muy drástico, pero intenta entretenerte con alguna cosa hasta que anochezca.

Los ojos de Kate no se apartaban de las tupidas cortinas, corridas frente a los ventanales.

—Quiero salir al jardín.

Galatea movió la cabeza resignada.

—Sabes que es peligroso para tu salud, te quemarías con los rayos de sol. Es mala suerte que en tu primer día como vampiro luzca un sol tan radiante, pero es lo que hay y no podemos hacerle nada.

Kate corrió con la impaciencia de un niño y se sentó junto a Galatea, quien cerró el periódico a sabiendas de que, en aquel momento, no podría enterarse de qué era lo que sucedía en el mundo.

—¿Aunque me ponga la protección solar?

—Aunque te pusieras protección solar cada diez segundos, no durarías bajo el sol ni una hora.

Kate estaba experimentando una sensación de frustración que le recordaba a su más tierna infancia.

—Tienes razón, lo siento. Sé que me estoy comportando como una niña con una rabieta, pero es como descubrir un mundo nuevo y mis instintos están tan descontrolados y ávidos por darse a conocer y demostrar de qué son capaces que me siento desbordada.

Galatea sonrió dulcemente, mientras rodeaba la espalda de Kate con su brazo.

—No tienes por qué disculparte. Yo pasé por lo mismo, todos lo hacemos. ¿Tienes hambre?

Kate se quedó inmóvil, sin respirar, escuchando las necesidades que le pedía su nuevo ser.

—No, estoy bien —Los ojos de Kate se posaron sobre el suelo—. ¿Por qué no tengo instinto asesino? Siempre pensé que el instinto natural de los vampiros se basaba en alimentase de humanos.

—¿Por qué un gato doméstico, nacido en una casa y alimentado desde el primer día con pienso, no caza ratones?

Kate frunció el ceño. No le gustaba nada cuando Galatea respondía a una de sus preguntas con otra.

—¿Quieres decir que somos vampiros domésticos y no tenemos instintos?

—Exactamente, hace tantos años que no tenemos necesidad de cazar, que hemos perdido los instintos asesinos, y las nuevas generaciones, como tú, sois exactamente como una mascota doméstica que se tiene únicamente por placer.

Las manos de Kate jugueteaban con los cordones de su pantalón de chándal.

—¿Tú has matado para alimentarte?

—No.

El tono frío de Galatea no dejó espació para la curiosidad de Kate, quién, rápidamente, comprendió que aquella pregunta había molestado a su compañera.

—Voy a ver que hace Jayden.

Galatea sonrió, mientras volvía a desplegar su ejemplar del periódico.

—No rompas nada.

Los ojos pícaros de Galatea se asomaban por encima de las hojas del periódico.

—No me riñas, aún no controlo mis movimientos. No es culpa mía.

Galatea ahogó una risilla divertida, mientras Kate intentaba controlar su fuerza y velocidad a medida que se acercaba a la escalera.

Jayden parecía haberse despertado, pero se había distraído con el oso de peluche que siempre permanecía a su lado y no había llorado para reclamar la atención de su madre.

Kate sonrió al ver como el pequeño golpeaba la panza del animal de peluche.

Ella no sabía si era fruto de su nueva visión del mundo o si simplemente era que cada día que pasaba adoraba más aquella pequeña criatura, pero no recordaba haber visto jamás a un bebé tan hermoso en su vida.

La suave mano de Kate se dejó caer lentamente en la cuna para acariciar la carita de Jayden.

—Hola, mi niño. ¿Quieres bajar a jugar con la tía Galatea?

Los enormes ojos grises de Jayden se posaron sobre los de su madre y empezó a balbucear como si quisiera explicarle algo.

Kate se aseguró de que el pañal de Jayden estuviera limpio y seco y, con su hermoso bebé en sus brazos, bajó las escaleras con más cuidado del que nunca había tenido.

❧ ❧

Los días fueron pasando lentamente, mientras Kate se acostumbraba a su nuevo yo, siendo cada hora que pasaba más consciente de sus instintos y habilidades.

Aquella tarde, un banco de espesas nubes había cubierto el cielo y pudo salir a su preciado jardín. Así, pudo poner a prueba su equilibrio y velocidad jugando con Emma.

Jean, Iris y la pequeña, se habían convertido en tres nuevos miembros de la reducida familia de Kate, y se sentía agradecida por estar rodeada de tan buenos amigos, que la cuidaban a ella y a sus dos seres más queridos, Jayden y Galatea.

Galatea no frecuentaba demasiado su habitación por las noches ya que, desde que Kate inició su conversión al mundo de los inmortales, se había acostumbrado a pasar las noches en su cama, pasando a ser algo habitual para ellas el hecho de dormir juntas.

Aquella noche, Kate había caído rendida en la cama y su inmóvil cuerpo denotaba que estaba sumida en un profundo sueño.

Galatea sostenía sobre sus rodillas un ejemplar de un viejo y desgastado libro de poesía, mientras repasaba una y otra vez sus versos favoritos.

"¿Galatea?"

Sin apenas despegar los ojos de las palabras que la entretenían, contestó rápidamente a la llamada.

−¿Dime, cariño?

El silencio fue la única respuesta que obtuvo por parte de Kate.

−¿Kate?

Galatea se inclinó lentamente sobre el hombro de su compañera, que estaba tumbada dándole la espalda, para comprobar que dormía profundamente.

No le dio mucha importancia y siguió leyendo.

Sin duda, Kate hablaba en sueños.

"¿Jayden está bien? ¿Puedes ver si está dormido?"

Galatea se sobresaltó ante las palabras claras de ella que, para estar hablando entre sueños, vocalizaba perfectamente.

Una vez más, comprobó que estaba dormida.

Intentó retomar el hilo de su lectura pero, inconscientemente, la petición de Kate se le había quedado grabada en la mente.

Saltó de la cama como un lince y, con los pies descalzos pisando las frías baldosas, se encaminó hacía la habitación del pequeño.

La puerta apenas hizo un leve crujido al abrirse.

La pequeña lamparita sobre el cambiador de Jayden dejaba en penumbra el oscuro cuarto, pero a Galatea no le hizo falta más iluminación para comprobar que el bebé estaba a salvo y durmiendo plácidamente en su cuna.

Galatea vio el carrusel sobre la cómoda, donde habitualmente estaba, y pensó en lo que haría Kate, así que le dio cuerda y la música empezó a sonar llenando la habitación del pequeño con las suaves notas de la familiar melodía.

−¿Galatea?

La voz de Kate sonaba confusa al otro lado de pasillo.

Ajustó cuidadosamente la puerta de la habitación de Jayden y se encaminó veloz y silenciosa a reunirse con ella.

−Estoy aquí. Estaba comprobando que Jayden estaba bien.

−Me has llamado, ¿él esta bien?

Galatea se sentó en la cama mientras ahuecaba su almohada distraídamente.

−Está durmiendo como un angelito.

−¿Y por qué me has llamado?

Galatea se recostó sobre su mullida almohada, mientras observaba atónita a Kate.

—No te he llamado.

Kate se inclinó hacia delante, apoyando sus codos sobre sus rodillas cubiertas por la colcha.

—Claro que lo has hecho, tan fuerte que me has despertado —Sus ojos empezaban a brillar con el frío del hielo, señal inequívoca de que su humor empezaba a estar irritado.

Galatea, con toda la calma y cariño del mundo, le cogió uno de sus nuevos y definidos rizos entre sus dedos y empezó a juguetear con él.

—Estás teniendo una noche muy movida, Kate, hace rato que hablas en sueños. Por un momento, pensé que estabas despierta y me hablabas, pero dormías tan profundamente como tu hijo.

—Yo nunca he hablado en sueños.

Galatea se inclinó imitando la postura de Kate y buscó su mirada.

—Quién sabe, a lo mejor es una de tus nuevas habilidades.

Kate no pudo evitar sonreír ante lo absurdo de la observación.

—Pues menuda birria de habilidad, ¿me estás diciendo que Iris puede mover cosas con la mente y que yo tengo el don de hablar en sueños?

Galatea estalló en risas, mientras Kate se dejaba caer sobre su almohada.

—Una habilidad muy útil, sí señor.

—Bueno, mejor tener una habilidad que no tener ninguna, como es mi caso —Galatea, que no podía dejar de sonreír, se encogió de hombros, mientras se señalaba a sí misma.

—¿Tú no tienes ninguna habilidad especial?

—No, ya sabes que esto es como una lotería.

Kate cruzó sus brazos bajo su cabeza y arrugó el entrecejo, pensativa.

—Hablar en sueños, que útil.

216

Galatea cogió su almohada y golpeó a la irónica Kate, que en el acto contraatacó.

Las almohadas empezaron a volar por toda la habitación, mientras las dos corrían a esconderse por los recovecos de la habitación que pudieran serles útiles como refugios ante otro mullido ataque.

Galatea jugaba con ventaja ya que Kate, a pesar de haber mejorado mucho sus dotes, aún no era ni la mitad de rápida y ágil de lo que su vasta experiencia la hacía a ella.

Kate aprovechó un descuido de Galatea, que se encontraba atrincherada en un lateral de la habitación junto a la cama, para lanzarse sobre ella como un tigre sobre un antílope herido.

—¡Te pillé!

—No, ten piedad de mí, seré buena, no me hables más en sueños.

Las risas se elevaron hasta tal punto, mientras las dos forcejeaban con las almohadas enemigas, que el llanto de Jayden al despertarse sobresaltado, no tardó en invadir la casa.

Las miradas de las dos quedaron unidas por un hilo invisible y ambas pensaron a la vez lo mismo.

"Jayden"

Sin apenas percibirlo, la voz de una sonó en la mente de la otra sustituyendo su propia voz mental pero, ante la premura de volver a dormir al pequeño, que estaba asustado por el ruido, ninguna de las dos hizo demasiado caso a lo extraordinario del suceso.

Kate fue la primera en entrar en la habitación de Jayden, que lloraba desconsoladamente.

Rápidamente lo acunó en sus brazos y él, al percibir el aroma y el contacto de su madre, se tranquilizó al instante.

—Lo siento, cariño, te hemos despertado.

Galatea pasó suavemente un dedo por el contorno de las mejillas de Jayden, que la miraba con curiosidad.

—Tu mamá y yo hemos tenido un ataque de espíritu adolescente y hemos hecho una guerra de almohadas.

—Y mamá ha ganado.

Los ojos de Galatea se entrecerraron formando dos finas líneas.

—¿Cómo que mamá ha ganado?

Kate empezó a caminar en círculos acunando a Jayden que, como de costumbre, se había afianzado a uno de los suaves rizos de su madre.

—Sin duda, mamá ha acorralado a tía Galatea y ha ganado la batalla —Su boca se acercó al oído de Jayden para susurrarle—. Mamá es la mejor.

Los ojos de Galatea se abrieron desorbitadamente en una mal fingida mueca de ofensa.

—La batalla no ha finalizado ni mucho menos, así que mamá no ha ganado.

Una sonrisa pícara se dibujó en el rostro de Kate, que se había parado frente a la ventana.

—Tu mamá es la mejor y te puede defender ante cualquier cosa.

Kate vio por el reflejo del cristal como Galatea se le acercaba y la rodeaba con los brazos, para después besarla en la mejilla.

—Jayden, de eso no tengo ninguna duda, tu mamá es la mejor mamá del mundo.

Kate cerró los ojos mientras apoyaba la cabeza sobre la frente de Galatea, que aún la abrazaba.

—Gracias.

Una pícara sonrisa de burla se dibujó al instante en el rostro de Galatea, sin poder evitarlo.

—Recuerda que tu mamá tiene el superpoder de hablar en sueños y eso es muy útil ante un ataque enemigo.

Kate giró sobre sus talones para encararse directamente con la divertida Galatea.

—Tenías que estropear este momento tan tierno.

Ella le sacó la lengua y Kate le gruñó.

Jayden las observaba mientras las dos empezaban a reírse de nuevo de las recientemente adquiridas habilidades de Kate.

Rutina

Las semanas fueron pasando rápidamente y la primavera dejó paso a un caluroso verano.

Sin apenas haberse dado cuenta, ya había transcurrido un año desde aquel primer día en el que, sin querer, había entrado en el mundo oculto de los inmortales.

La rutina se había instaurado en sus vidas y, a pesar de alguna salida al campo o alguna cena en casa de la familia de Jean, todos los días eran prácticamente iguales.

Cada mañana a las siete, sus ojos se abrían, como si estuvieran programados para hacerlo siempre a la misma hora. Era incapaz de dormir más de las tres horas que eran necesarias para su nuevo organismo.

Galatea, que tenía la misma rutina que ella, la acompañaba a la hora del desayuno, única comida que realizaban al día, ya que, si bien era cierto que en ocasiones especiales eran capaces de ingerir más cantidad de sangre, a causa de alguna reunión social, solamente necesitaba los treinta y tres mililitros que contenía el envase habitual de zumo tropical para saciar su apetito diario.

Tras calmar su voracidad y leer junto a Galatea el periódico, subía a la habitación de Jayden para atender a su querido hijo.

La mañana solía transcurrir divertida, entre juegos con él y algún paseo esporádico por el parque más cercano, siempre y cuando el buen clima de Verona se lo permitiera.

Normalmente, Galatea era la encargada de la compra, lo que le dejaba a Kate todo el tiempo del mundo para cuidar y alimentar a su bebé.

Cuando Jayden caía rendido por la tarde y hacía su habitual siesta, Kate solía entretenerse leyendo algún libro o repasando uno a uno los canales de la televisión italiana que, por suerte, ya empezaba a entender. No sabía si era fruto de su tiempo transcurrido en aquel país o de sus nuevas habilidades como inmortal, pero el caso era que ya era capaz de mantener una conversación en italiano.

Galatea solía pasar las tardes encerrada en una coqueta casita de madera que habían colocado en el jardín, donde había instalado un pequeño taller de restauración para objetos y muebles pequeños.

Kate había intentado compartir la rentable pasión de Galatea, pero decidió que la habilidad manual no era una de sus especialidades, cuando un día, ayudando a restaurar un viejo marco para fotos de madera, recubriéndolo de pan de oro, el ingobernable material había cubierto más sus manos que la madera.

Por las noches, ambas bañaban a Jayden y le daban de cenar. Tras leerle un cuento clásico, uno distinto cada día, Kate y Galatea bajaban al salón donde veían las noticias y mantenían largas conversaciones sobre el mundo.

Su día cundía tanto que, habitualmente, Galatea volvía a su taller mientras Kate se devanaba los sesos en busca de distracciones, hasta la hora de irse a dormir.

Los últimos días, había estado echando de menos el hecho de trabajar. A pesar de su nueva vida, que la llenaba de felicidad, aún mantenía vivo su sueño de convertirse en una buena periodista, y ello la hacía recordar su activa vida en Nueva York.

Aunque se había criado en una ciudad pequeña, siempre se había sentido muy cómoda en el ambiente bullicioso y activo de Nueva York, y una pequeña parte de su ser se sentía atrapada en el tranquilo barrio de Verona donde residía ahora.

Su espíritu le pedía un poco de acción, pero su mente racional sabía que aquello no era posible, ya que tenía prohibido volver a pisar la inmensa ciudad en varios años, por su propia seguridad. Y aunque no hubiera existido aquella prohibición, detestaba la idea de criar a Jayden en un lugar tan impersonal.

Sabía que lo mejor para él era crecer en un entorno afable y tranquilo, como Verona.

Aquella noche, rebuscando en las abarrotadas estanterías llenas de libros, encontró el ejemplar de piel con la gran *V* grabada sobre él.

Una sonrisa melancólica se dibujó en su rostro al revivir cómo había llegado a sus manos aquel libro.

Al recordar su contenido, una idea fugaz pasó por su mente. Rescribiría el manual desde un nuevo punto de vista, más atractivo para el lector y menos aterrador para un humano confuso ante el nuevo descubrimiento.

Sin dudarlo, se sentó en la mesa que había bajo la ventana de la habitación y se puso a escribir frenéticamente en una libreta, pasando rápidamente las hojas del manual.

Nada de lo que escribía le gustaba y empezó a arrancar una a una las páginas, haciendo bolas de papel, que lanzaba furiosa sobre su espalda.

La inspiración no la acompañaba aquella noche.

Eran casi las cuatro de la madrugada, hora en la que habitualmente se retiraban a dormir, cuando Galatea entró silenciosamente en la biblioteca, donde Kate estaba sentada de espaldas a la puerta lanzando bolas de papel a diestro y siniestro.

Una de ellas golpeó de lleno a la sorprendida Galatea.

—¡Cuidado!

Kate se giró sobresaltada, para ver a Galatea que había atrapado la bola de papel entre sus dedos.

—Perdona, no sabía que estabas aquí.

Galatea hizo un leve movimiento con la cabeza, quitándole importancia al asunto, mientras desplegaba la bola de papel y leía su contenido.

Apenas había unas palabras escritas.

—¿Escribes una carta?

—No, intentaba escribir una nueva versión más amena del manual.

La mano de Kate se posó sobre el libro de piel marrón.

—Por lo visto, sin demasiado éxito.

Los ojos de Galatea vagaban sobre las decenas de bolas de papel que invadían el suelo de la estancia.

—No, la verdad es que hoy no estoy demasiado inspirada, pero quería hacer algo útil, nunca lo habría dicho pero echo de menos mi antiguo empleo.

La expresión de Galatea se volvió sombría y triste a la vez.

—¿Cómo he podido ser tan egoísta? De veras que lo siento, Kate. Pensaba que te bastaba con Jayden para llenar tu vida y tu tiempo.

Kate se puso de pie y avanzó lentamente hacia ella, que miraba al suelo.

—Galatea, no es culpa tuya. Es simplemente que tengo demasiado tiempo libre y ninguna afición en especial.

—Te prometí que te pondría en contacto con mi amigo editor, para conseguirte un empleo, y no he cumplido la promesa —Sus ojos de brillaban con un gris que Kate jamás había visto.

—No es tu culpa, yo tampoco te lo había recordado.

—Si aún te interesa, puedo hablar con él.

Kate se abrazó a Galatea, intentando que no se sintiera culpable.

—Eres la mejor amiga que tengo, más que eso, eres mi creadora, mi compañera, y no te culpo de que me aburra.

Galatea sonrió levemente ante aquellas sinceras palabras.

—Aun así, te conseguiré una distracción si lo deseas.

—Claro que me gustaría volver a trabajar, aunque fuera desde casa. Además, mis ahorros empiezan a escasear y no nos irían mal unos ingresos extras como los que tú consigues con las restauraciones.

Galatea pareció más animada y brincó hacía la puerta.

—Sabes que el dinero nunca nos faltará, pero te conseguiré un empleo.

En la mente de Kate se formó una sensación cálida llena de amor y, sin decirlo, pensó en que Galatea era la segunda persona que más amaba de aquel mundo.

—Yo también te quiero.

Galatea desapareció rápidamente hacia el piso superior, dispuesta a ponerse en contacto con su amigo editor, mientras dejaba tras de sí a una confusa Kate.

¿Cómo había sabido Galatea lo que pensaba?

Por segunda vez, revisó el contenido de su bolso en busca de la crema con protección solar extrema.

La capa de nubes era más fina de lo que Kate consideraba *clima seguro* y estaba algo nerviosa. Nervios, que se sumaban a la ansiedad de su entrevista de trabajo.

Jean se había ofrecido voluntario para llevarla hasta Milán, para mantener una entrevista con Andrew Fox, propietario de una editorial y amigo de Galatea.

Kate se había sentido aliviada al saber que sería Jean el que conduciría el veloz Mini, ya que no estaba del todo segura de poder controlar sus nuevas habilidades y sus nervios al volante del coche.

Temía que, en cualquier momento, sus ganas de salir corriendo por los campos colindantes a la autopista la invadieran y no pudiera resistirse.

−¿Qué buscas con tanta ansiedad?

Kate sonrió nerviosamente.

−La protección solar.

−Tranquila, hoy no hay peligro. Recuerda que sólo los rayos directos de sol nos pueden herir.

−¿Te puedo preguntar algo?

Jean apenas la miró, mientras asentía rápidamente.

−Tú trabajas de profesor en la universidad. ¿Cómo vas a trabajar cuando hace sol?

−Es sencillo, cuando la previsión meteorológica anuncia un anticiclón, acudo a la universidad antes del amanecer. Durante el resto del día no abandono el edificio y cuando el sol se pone vuelvo a casa. En invierno, es un plan muy fácil de ejecutar.

Kate sonrió ante la facilidad que tenía Jean de resolver problemas.

−¿Y qué pasa si un día te sorprende un sol radiante?

−No te mentiré, Kate, cuando eso me sucede, finjo estar enfermo pero, por suerte, casi nunca me pilla desprevenido el tiempo.

Kate no pudo evitar reír ante la sinceridad implícita en la infantil confesión de Jean.

−Un truco muy útil es el de tener un paraguas negro en el interior del coche o en la oficina.

—¿Por qué?

Jean empezó a hacer maniobras para aparcar el coche mientras se apresuraba a resolver las dudas de Kate.

—En ocasiones, el tiempo cambia de repente y debemos desplazarnos por alguna emergencia. Es entonces cuando podemos refugiarnos bajo un paraguas que nos proyectará la sombra suficiente para no exponernos a los rayos del sol.

En las palabras de Jean se podían apreciar los múltiples años de docencia.

—Galatea nunca me ha explicado esa opción tan sencilla.

—Eso es porque a ella le parece ridículo ir andando por la calle con un paraguas cuando brilla el sol.

Kate sonrió, mientras Jean descendía del coche y se apresuraba a abrirle la puerta.

Todo un caballero de antaño.

—La oficina de la editorial está en la quinta planta de este edificio. Si no te importa, yo te esperaré aquí.

Kate bajó lentamente del coche, intentando que las piernas no le temblaran.

—Gracias, Jean.

—Para eso estamos.

Kate se alisó la blusa con la manos y se encaminó decidida hacia la puerta acristalada del edificio sin mirar atrás.

El ascensor del edificio la llevó hasta la quinta planta, donde estaba el despacho de la editorial.

Los nervios que hormigueaban bajo la piel de Kate parecían ser los más intensos que había vivido en su vida, tal vez porque, como Galatea le había apuntado en varias ocasiones, los vampiros experimentaban las sensaciones con mucha más intensidad que los mortales.

Sin dudarlo un instante, e intentando no dejarse llevar por el histerismo que sus nervios amenazaban por hacer estallar, se personó en la modesta recepción de madera de la oficina.

La recepcionista no pareció mostrarle mucha atención, ya que el teléfono la tenía un tanto absorta. Kate agradeció el poder tomarse unos segundos antes de abrir la boca.

—*Ciao*.

La recepcionista le dedicó una fugaz sonrisa, mientras colgaba el teléfono tras haber finalizado la llamada.

—*Ciao*.

—Soy Kate Savage. Tengo una entrevista con el señor Andrew Fox.

La joven pareció saber de qué se trataba inmediatamente y se puso en pie de un respingo.

El nerviosismo de los movimientos de la joven denotaba que no llevaba demasiado tiempo en aquel puesto de trabajo.

—Sígame, *per favore*.

Kate siguió a la insegura joven hasta una mal iluminada sala de reuniones.

—*Presto* la atenderán, señora.

La recepcionista sonrió nerviosamente, desapareciendo por la puerta de la habitación.

Sin duda, no estaba demasiado cómoda hablando en inglés.

Kate intentó concentrarse en un punto lejano, mirando por la ventana, para sosegar sus nervios.

Cuando casi había logrado relajarse un poco, un portazo la sacó de su estado de calma.

—Señorita Savage.

Kate clavó la mirada en el hombre de mediana edad que le sonreía tendiéndole la mano.

Se levantó de un salto con demasiada rapidez, haciéndola parecer muy ansiosa, y estrechó la mano de Andrew.

—Encantada, Sr. Fox.

Andrew tomó asiento junto a Kate y ella volvió a sentarse.

—Según me ha contado Galatea, tiene usted la carrera de periodismo y su último trabajo fue el de correctora en una revista de cine.

Kate se limitó a asentir con una sonrisa fija en su rostro.

—Nosotros nos dedicamos a la traducción y corrección de manuscritos para editoriales más grandes. En muy rara ocasión publicamos alguna cosa nosotros mismos.

—Entiendo.

La sonrisa seguía fija en el rostro de Kate, mientras parecía que sus nervios se calmaban.

—El trabajo que yo puedo ofrecerle es el de correctora. Empezaríamos por algo pequeño, actualmente tenemos una colección de libros infantiles, ¿qué le parecería?

—Perfecto.

Andrew asintió con la cabeza expresando su aprobación.

—Estupendo entonces. Le mandaremos a la dirección que nos facilite el primer manuscrito y tendrá un plazo de una semana para corregirlo. No se asuste, tan sólo se compone de cincuenta páginas.

—No es problema, estoy acostumbrada a corregir mucho más volumen de páginas en menos tiempo. Ya sabe que cuando se trabaja para una publicación semanal la rapidez está a la orden del día.

—Sí, a veces es un tanto estresante.

Kate asintió mientras se relajaba del todo.

—En cuanto al salario, el equivalente en liras será de un dólar por página completa.

—Me parece un buen precio.

Andrew se acomodó en la silla, satisfecho con el resultado

de la negociación con Kate.

—Entonces, trato hecho.

Kate asintió amablemente.

—Y ahora, pasemos a lo personal, Kate, ¿cómo está mi querida Galatea?

Ella se sintió algo confusa con el cambio de tono coloquial de Andrew.

—Está bien.

—Me alegra oír eso, me pareció notarla muchísimo más animada que de costumbre, sin duda gracias a ti —Kate no sabía que responder—. Ya iba siendo hora de que por fin fuera feliz. Me alegro mucho.

—Gracias.

Andrew se puso en pie y Kate imitó rápidamente sus movimientos.

—Siento no poder quedarme a charlar más, pero tengo una reunión importante que me reclama. Dile a Galatea que me pasaré a veros cuando me sea posible.

—Lo haré.

Andrew abrió la puerta e invitó a Kate a salir de la sala de reuniones.

—Bienvenida a la empresa.

—Gracias, Sr. Fox.

—Todo un placer.

Andrew le guiñó un ojo a Kate que, confusa, se encaminó hacia el ascensor dejando atrás a su nuevo jefe.

Vínculo especial

Su dedo índice apenas estaba rozando el interruptor del timbre de la casa, situado junto a la puerta, cuando ésta se abrió de par en par con un rápido movimiento.

El mensajero se aferró al paquete que debía entregar y, sobresaltado, dio un paso atrás.

Galatea le miró tan sorprendida como él, pero no tan atemorizada ante el inesperado encuentro.

—Buenas tardes.

El mensajero se recompuso, intentando no sentirse demasiado estúpido por su desmesurada reacción de pánico.

—Buenas tardes, traigo un paquete para la señorita Kate Savage.

Kate, que estaba justo detrás de Galatea, llevando el cochecito de Jayden y lista para dar su habitual paseo por el parque, asomó la cabeza por encima de su hombro.

—Yo soy Kate Savage.

El mensajero le entregó un sobre marrón, no demasiado grueso, junto con una hoja de entrega de mercancía.

—Si es tan amable de firmar aquí.

Kate no perdió de vista la casilla indicada por el joven y garabateó en un instante su nombre.

—Gracias.

El joven separó una de las dos copias de la hoja de entrega

y, tras devolver la copia para el cliente a Kate, salió disparado hacia la motocicleta mal aparcada, con el nombre de la empresa de mensajeros pintada sobre un gran baúl de color verde.

Galatea observó como el chico desaparecía por la calle a toda velocidad.

—Menudo susto se ha dado cuando he abierto la puerta.

Kate apenas atendió al comentario de Galatea, ya que estaba absorta en desvelar el contenido del sobre.

La lengüeta de papel no opuso resistencia, y en cuestión de segundos Kate revisaba con detenimiento unos documentos.

Galatea la miró divertida, mientras el rostro de Kate se iluminaba.

—¿Es el primer cuento que has de corregir?

Kate se limitó a asentir con la cabeza, pasando una a una las hojas leyendo por encima con rapidez.

—Me siento tan excitada como si se tratara de mi primera corrección.

Galatea sonrió, mientras se acercaba junto a Kate para repasar las hojas con ella.

—Me alegro de que te motive tu nuevo empleo.

Kate dejó el sobre con el cuento sobre la mesilla que había junto a la puerta de entrada y saltó a los brazos de Galatea.

—Muchas gracias.

—No tienes por qué dármelas.

El abrazo apenas duró unos segundos, ya que un nervioso Jayden, que veía el movimiento del mundo exterior a través de la puerta abierta de la calle, empezó a balbucear como si le quisiera dar prisa a su madre para emprender el camino hacia el parque.

Sin demorar más la partida, Kate empujó el cochecito de Jayden hasta el exterior y Galatea la siguió de cerca.

El pequeño estaba disfrutando especialmente de su primer

verano, ya que la cantidad de fauna que se había despertado con las primeras olas de calor le tenía fascinado.

En alguna ocasión, una mariposa se había posado sobre la capota de su cochecito y aquello le había hecho despertar su lado más intrépido.

Apenas había cinco minutos a pie hasta el parque infantil más cercano a su casa, pero era habitual que alguna vecina les cortara el paso y elogiara la belleza e inteligencia del despierto Jayden, retrasando así la llegada hasta quince minutos más.

Aquella tarde no fue una excepción y, tanto Kate como Galatea, no pudieron evitar chasquear la lengua de puro disgusto al atisbar a la Sra. Calamitá que, con una sonrisa enorme dibujada en sus finos labios pintados de un llamativo rojo, se les acercaba a paso rápido.

—Pero mira que tenemos aquí.

Jayden hizo saber su disgusto con un gemido cuando la anciana se abalanzó sobre él propinándole un enorme y húmedo beso en cada mejilla, donde dejó la marca de su flamante pintalabios.

—Buenas tardes, Sra. Calamitá.

—Hola.

El saludo de Kate no dejaba lugar a dudas del disgusto que le provocaba el encuentro. No soportaba ver cómo una mujer que apenas conocía manoseaba de aquella manera tan familiar a su pequeño.

—Buenas tardes. Hay que ver lo grande que se está haciendo este pequeño mozo. Juraría que crece por momentos.

Galatea y Kate se limitaron a sonreír cordialmente, con la esperanza de que, por una vez, la mujer fuera breve y las dejara marchar.

Pero no fue así.

232

—Mi nieto también esta hermosísimo. Ya ha empezado a ir a la guardería y dice la profesora que es uno de los más inteligentes de su clase. Seguro que llegará lejos en la vida. Espero poder verle convertirse en un médico o un abogado. Mi hija siempre ha sido también muy inteligente, pero me dio el disgusto de quedarse embarazada tan joven que apenas pudo terminar sus estudios en el instituto.

La mujer se acercó para pellizcar la mejilla de Jayden, mientras éste manoteaba para apartar la mano de la mujer.

Kate empezaba a ponerse inquieta.

—Sin duda, este pequeño también será alguien muy grande en la vida. Se le ve tan despierto. Quién sabe si en un futuro él y mi nieto podrían trabajar juntos en un hospital. Sería maravilloso, ¿verdad?

El parloteo constante de la mujer empezó a hacer mella en la paciencia de Kate y Galatea, que no veían el momento de que aquella incansable señora se marchara y siguiera su camino.

"¿Es que no se cansa nunca de explicarnos siempre lo mismo?"

Kate miró a Galatea confusa y con un ápice de horror brillando en sus azules ojos.

Por un momento, parecía haber oído la voz de Galatea pero, evidentemente, ella no había articulado ninguna palabra.

"Me estaré volviendo loca. Éste es el efecto que provoca esta chillona mujer a todos los que se le acercan más de un metro, sin duda"

En esta ocasión fue Galatea la que miró a Kate un tanto horrorizada y confusa.

"¿Kate?"

El mundo pareció helarse a su alrededor. Ni siquiera oía la estridente voz de la Sra. Calamitá, tan sólo la voz de Galatea resonando en su cabeza, como si fuera su conciencia.

"¿Galatea?"

La postura rígida de las dos denotaba que algo las estaba adentrando en un estado de ansiedad incontrolable.

Pero la molesta señora siguió con su discurso, sin ser consciente de nada más que no fuera ella y Jayden.

"Kate, ¿puedes oír lo que pienso?"

Ella, clavada al suelo por el pánico e intentando no salir disparada hacia la seguridad de su hogar, se limitó a asentir.

"Esto es muy extraño, al parecer tenemos telepatía"

"Eso parece"

Los nudillos de Kate empezaron a ponerse blancos, al ejercer presión sobre el tirador del carrito de Jayden.

Galatea deslizó una de sus manos sobre la de ella, para intentar tranquilizarla.

"Deberíamos hablar con el Dr. Ferro"

Galatea asintió con un movimiento prácticamente imperceptible para el ojo humano.

Una sensación de hormigueo helado recorría la espalda de Kate, que había clavado su mirada más inexpresiva sobre el rostro de la Sra. Calamitá.

−Y ya veis, así fue como mi yerno consiguió el ascenso en su nueva empresa. Madre mía, que tarde es, os dejo seguir con vuestro camino.

La anciana se inclinó sobre Jayden y aplastó sus labios sobre la frente del bebé.

−Que paséis buena tarde.

Las palabras se negaron a salir de las bocas de Kate y Galatea, que, segundos más tarde de que hubieran perdido de vista a la Sra. Calamitá, giraron sobre sus talones para deshacer el camino ya andado hasta la puerta de su casa.

En cuanto la puerta se cerró con un sordo golpe tras ellas,

Galatea corrió hacia el teléfono, mientras Kate liberaba a Jayden del cinturón de seguridad del cochecito. El pequeño, por su parte, no pareció estar muy conforme con el corto paseo y empezó a sollozar.

—Cariño, mamá y tía Galatea han de llamar al Dr. Ferro. Te prometo que mañana saldremos más rato del habitual.

Jayden se removió en los brazos de su madre, pero perdió por completo la razón de su berrinche en cuanto se vio libre en el suelo, sobre su manta y rodeado de juguetes de llamativos colores.

Sin perder de vista todos los movimientos de su hijo, Kate se acercó a la mesa del teléfono, donde una concentrada Galatea esperaba pacientemente a que su amigo respondiera a su llamada.

Tras varios tonos nadie la atendió y decidió volver a intentarlo.

Kate retorcía nerviosa sus manos, mientras su mirada estaba fija sobre el rostro de Galatea.

"Carlo, coge el teléfono, cógelo, vamos"

—Galatea, no hagas eso, por favor.

Galatea miró confusa a Kate.

—¿Que no haga qué?

"Pensar"

Una media sonrisa, que apenas duró unos segundos, apareció en el rostro de Galatea, mientras esperaba ansiosa que el Dr. Ferro contestara.

—*Pronto.*

La cara de ambas se iluminó.

—Carlo, soy Galatea.

—*Bellissima*, cómo me alegro de oírte, ¿cómo están Kate y Jayden?

Los ojos de Galatea buscaron a Jayden inconscientemente, hasta encontrarlo jugando con un cubo de tela de colores.

—Estamos todos bien, pero parece que a Kate y a mí nos sucede algo extraño.

−¿Extraño?

"Díselo, dile que tenemos telepatía"

Galatea movió una mano sobre su cabeza, como si espantara una mosca, intentando sacar la voz de Kate.

−Desde hace apenas unos minutos, Kate y yo parecemos tener algo similar a la telepatía.

−Muy interesante pero, sinceramente querida, no me sorprende.

Galatea no pudo evitar sentirse un poco ofendida ante la serena reacción de Carlo.

−¿No te sorprende?

−En absoluto, fuiste tú la que convirtió a Kate en vampiro, ¿no es cierto?

De la boca de Galatea apenas salió un sonido de afirmación.

−Entonces, sin duda, ya que vosotras ya compartíais un vínculo muy especial antes, al pasar a ser dos inmortales, dicho vínculo se ha potenciado y reafirmado tanto que sois como una sola mente.

Kate, que oía perfectamente al Dr. Ferro a través de la mente de Galatea, no pudo evitar recordar a los hermanos Stanton.

Una sola conciencia.

−¿Conoces más casos como el nuestro?

−En realidad no, pero si necesitas que investigue para que te quedes más tranquila, lo haré. Pero, evidentemente, vuestra relación se ha potenciado a otros niveles.

"Entonces, ¿no es nada malo?"

Los ojos de Galatea se posaron sobre los de Kate y sonrió algo más relajada.

"Al parecer no, es nuestro don"

−¿Gala sigues ahí?

−Disculpa Carlo, te agradecería mucho que pudieras investigar sobre este tema aunque, como de costumbre, tu sabiduría ha contribuido a sacarme de dudas. Gracias.

—De nada, Gala, cuídate.Te llamaré pronto.

Galatea colgó con movimientos deliberadamente lentos el auricular del teléfono, bajo la atenta mirada de Kate.

—Tenemos un don.

—Un lazo especial, Kate.

Kate se sentó en el suelo junto a Jayden, que apenas miró a su madre.

—Estoy un poco aturdida, parece que no pasa un día sin que algo nuevo me sorprenda.

Galatea se sentó frente a ella.

—A mí, esto también me ha pillado desprevenida. He oído casos de vampiros que pueden leer la mente, pero nunca antes había podido pensar que dos personas sin un vínculo familiar pudieran hacerlo.

"Los hermanos Stanton"

Galatea sonrió. Parecía que se estaba haciendo a la idea de oír revolotear la voz de Kate por su mente.

"Los gemelos, por naturaleza, tienen ese don. Tienes razón"

Kate cerró los ojos, mientras llenaba de aire sus pulmones, más por un hábito de su vida pasada que para respirar.

—Cuesta hacerse a la idea. Esto es muy raro, aunque interesante a la vez.

Galatea arqueó una de sus negras cejas hasta formar un arco.

—La de aplicaciones prácticas que tiene esto.

Kate sonrió un poco más relajada.

—Podemos leernos la mente pero, ¿hasta que punto?

Ella se encogió de hombros ante la pregunta de Kate.

—Supongo que, poco a poco, iremos descubriendo la magnitud de nuestro vínculo.

Kate tomó entre sus manos un pequeño perro de goma de color violeta y empezó a juguetear con él.

"Me parece muy bonito tener algo tan especial contigo"

Los ojos de Galatea se llenaron de ternura, mientras posaba una de sus manos sobre el hombro de Kate.

"Tú y yo siempre hemos tenido algo muy especial"

Kate fijó sus pupilas sobre las de Galatea y, como de costumbre, un imperceptible rayo de energía unió sus miradas.

El pasado de Galatea

Arropada bajo el negro manto de la noche, dejaba que las gotas de lluvia resbalaran sobre su fina piel, proporcionándole una sensación fresca y agradable, que invadía con armonía todos sus sentidos.

Galatea observaba, tras uno de los ventanales de la cocina, cómo Kate danzaba como una ninfa del bosque bajo la intensa lluvia de verano.

Estaba descubriendo y disfrutando cada día de sus nuevas sensaciones.

Por suerte, la monotonía que había sentido tiempo atrás se había desvanecido a causa de sus nuevas habilidades y su nuevo trabajo, que ahora llenaba todo su tiempo libre y la hacía sentirse útil y realizada.

Aquella noche, Jean, Iris y la pequeña Emma les habían hecho una de sus habituales visitas. Jean había mostrado un gran interés en la nueva habilidad de Kate y Galatea y, como si de un truco de magia se tratara, habían pasado varias horas poniendo a prueba su nuevo don adivinando imágenes que veía la otra y completando frases.

"Esto es maravilloso"

Galatea se limitó a sonreír, en respuesta a la voz de Kate que susurraba en su mente. Ya no les parecía nada extraño.

Resultaba maravillosa la facilidad con la que ambas habían aceptado su habilidad.

Kate dejó de bailotear por el jardín y, a paso muy lento, se adentró en la cocina con una gran sonrisa dibujada en su rostro, mientras la ropa empapada dejaba un reguero de diminutas perlas de agua.

—Cuando me lo has propuesto, me ha parecido una tontería enorme Galatea, pero realmente tenías razón, sentir la lluvia repiqueteando sobre mi cuerpo ha sido una experiencia que jamás había imaginado.

Galatea le ofreció una toalla para secarse, ya que bajo sus pies se empezaba a formar un pequeño charco de agua de lluvia.

—Te dije que te encantaría la sensación, por eso te lo propuse.

—¿Por qué los vampiros tenemos más a flor de piel que los mortales las sensaciones y los sentimientos?

Galatea meneó la cabeza, mientras ayudaba a Kate a secarse el empapado pelo.

—Lo cierto es que nunca me he planteado esa pregunta, supongo que simplemente forma parte de nuestra naturaleza.

"Realmente somos unos seres excepcionales"

Galatea sonrió.

—Creo que deberíamos establecer unas pautas para usar nuestra telepatía.

Kate empezó a subir por la escalera en dirección a su habitación.

—¿A qué te refieres?

—Deberíamos definir exactamente cuándo hemos de usar las palabras y cuando la mente. Creo que si no asentamos una buena base de uso de este don, terminaremos sin saber cuándo hablamos en voz alta y cuando usamos la telepatía.

Kate asintió rotundamente.

—Sin duda, será mejor que lo usemos sólo en caso de emergencia o para comunicarnos excepcionalmente en presencia de una tercera persona.

Galatea sonrió, mientras preparaba la cama para que se pudieran acostar.

—Es justo lo que yo pensaba.

Kate, completamente seca, se puso su pijama y se encaminó hacia la cama, donde Galatea la estaba esperando.

—Aún tengo una duda.

Galatea la observó detenidamente, mientras ella se acomodaba sobre los almohadones.

—¿Qué te preocupa?

—Podemos leernos la mente pero, al parecer, sólo podemos usarlo para comunicarnos; es como si tuviéramos una limitación.

Galatea negó con la cabeza mientras fruncía el entrecejo.

—¿No te entiendo?

—No soy incapaz de ver más allá de lo que tú quieres comunicarme. No puedo saber si lo que dices es verdad o mentira y ni mucho menos puedo ver tus secretos.

Galatea se incorporó apoyando sus codos sobre sus desnudas rodillas.

—Tenemos telepatía, sólo lees lo que yo quiero que leas.

—Entiendo.

La decepción se hizo patente en el delicado rostro de Kate, mientras se recostaba de lado, dándole la espalda a Galatea.

—Kate, yo nunca te miento.

—Sé que no lo haces, simplemente es que me resulta muy misterioso tu pasado.

Galatea se puso tensa y Kate percibió al momento que había tocado el tema que la solía poner nerviosa.

—Mi pasado es sólo eso, pasado.

Kate se incorporó y se inclinó sobre el rostro de Galatea, que parecía tallado en piedra maciza, marcando unas duras facciones que en otra ocasión la hubieran aterrorizado.

—No quiero que pienses de mí que soy una entrometida y que sólo me mueve la curiosidad, es simplemente que me parece que algo horrible te ocurrió y quiero saberlo para poder ser tu apoyo.

La mirada de Galatea parecía distante. Se debatía entre contarle a Kate la verdad o dejarla ajena a todo el desastre que se había desencadenado en su vida pasada.

—Tú ya eres suficiente apoyo para mí.

La mano de Kate se cernió sobre la de Galatea con fuerza, suplicante.

—Confía en mí.

La tenue luz de la lamparilla confería a las pupilas de Kate un brillo inhumano y hermoso.

—No estoy orgullosa de lo que ocurrió. No hay día en que no me lamente de haber cometido un gran error y de no haber sido lo suficientemente valiente para buscar una alternativa a los hechos que me vi obligada a sufrir y cometer.

—¿Te refieres a cuando el Consejo obligó a tus padres a convertiros a ti y a Enzo?

—No fue exactamente eso lo que ocurrió.

Los ojos de Kate se abrieron de par en par ante la revelación lenta pero segura del pasado de Galatea. Estaba ansiosa por saber qué macabros acontecimientos la habían obligado a subyugarse a las leyes extremadamente retrógradas del Consejo de Venecia, hacía ciento treinta años.

Un silencio tenso se interpuso entre ellas mientras sus miradas, unidas con un centelleo de la escasa luz de la habitación, intentaban comunicarse.

Galatea se armó de coraje para desnudar su alma ante su compañera pero, antes de que pudiera articular o pensar una sola palabra, el piloto rojo del intercomunicador de Jayden empezó a parpadear.

Kate saltó de la cama, presa de su más fuerte instinto y, sin apenas oír al pequeño, salió disparada hacía su habitación, dejando tras de sí a una aliviada Galatea.

El llanto desconsolado de Jayden no tardó en invadir toda la casa.

Kate empezó a acunar al pequeño entre sus brazos, pero Jayden no se calmaba.

Galatea, alarmada, se encaminó hacia la habitación del pequeño.

—Kate, ¿qué le pasa?

Kate revisaba minuciosamente la temperatura del pequeño con sus labios posados en su frente, mientras se aseguraba de que estaba seco con la única mano que le quedaba libre.

—No sé qué le pasa Galatea, no parece tener fiebre y está limpio y seco.

Galatea se acercó a ellos y los rodeó a ambos con los brazos, musitando palabras ininteligibles para Kate al oído del desconsolado Jayden.

Al contacto de los cuerpos de Kate y Galatea, Jayden empezó a calmarse lentamente, mientras su corazón aún resonaba alterado en los tímpanos de su sensible madre.

—Cariño, ¿has tenido una pesadilla?

Galatea acarició los rizos castaños de la coronilla de Jayden.

Poco a poco, la respiración del bebé pareció volver a su normalidad y sus diminutos ojos grises se fueron cerrando lentamente.

Mientras Kate procuraba no despertar al pequeño cuando le acostaba en su cuna, Galatea dio cuerda al carrusel, que al instante llenó la habitación con la sutil y delicada nana que tanto relajaba a Jayden.

Tras cerrar la puerta de la habitación y saber con certeza que él estaba a salvo, Kate volvió a sumergirse en el sentimiento de curiosidad y estupor que estaba despertando la historia de Galatea.

−¿Me seguirás contando tu historia?

Galatea mantenía la mirada fija en el enorme ventanal de madera, que dejaba filtrar la luz de la calle por sus finas cortinas, a la vez que en su interior se desataba una feroz lucha entre la sinceridad y el engaño.

A Kate no le hizo falta nada más para saber cuál sería la respuesta a su pregunta y entró en su habitación seguida de una distante Galatea.

−Kate, no te enfades.

Kate interrumpió a Galatea, abrazándola tiernamente.

−Galatea, jamás podría enfadarme contigo, comprendo perfectamente que viviste algo terrible y que no quieras recordarlo.

Ella se sintió liberada, como si la hubieran desprendido de una carga sobre sus hombros.

−Quiero compartirlo contigo, pero todavía no estoy preparada para que conozcas esa parte de mi vida.

Los brazos de Kate se estrecharon aún más sobre el cuerpo de Galatea, que agradeció al instante su comprensión.

−Enzo y tú tuvisteis que sufrir mucho.

La única respuesta de Galatea fue un largo y apesadumbrado suspiro.

El piloto rojo del intercomunicador de Jayden volvió a encenderse de nuevo y el llanto desconsolado del bebé se adueñó de la antigua casa otra vez.

Corrieron de nuevo hacía la habitación de Jayden, donde los llantos eran de mayor intensidad que la anterior vez.

Kate sostuvo entre sus brazos al apenado bebé, que parecía no encontrar consuelo en los arrullos de su angustiada madre.

Galatea intentaba poner en práctica la estrategia anterior de abrazar por completo a la pequeña familia que formaban Kate y Jayden pero, en esta ocasión, él estaba tan nervioso que no hubo una respuesta satisfactoria.

Kate se sentó en la mecedora de madera que había junto a la ventana y empezó a susurrar palabras dulces y llenas de ternura a su pequeño.

Tras varios minutos de arrullos, Jayden pareció tranquilizarse un poco, bajo la atenta mirada de ellas.

El pequeño cogió un rizo de su madre entre sus regordetes dedos y, mientras balbuceaba tiernos sonidos, se calmó del todo.

—¿Qué es lo que te pone tan nervioso, mi niño?

Galatea empezó a caminar lentamente y sin hacer ruido alrededor de la cuna de Jayden, esperando encontrar la causa del malestar repentino del pequeño, pero todo parecía estar en su sitio.

De repente, un fugaz recuerdo vivido varios meses atrás llenó por completo su mente.

Sin duda, aquello era un caso de emergencia en que, según las normas impuestas por ellas mismas, podía usar la telepatía con Kate.

"Ya sé qué es lo que hace poner nervioso a Jayden"

Kate se limitó a levantar la mirada del bello rostro de su hijo para dirigirla hacia Galatea.

"No repitamos en voz alta el nombre de Enzo"

De pronto, todo tomó forma en la cabeza de Kate.

Evidentemente, si pronunciar el nombre del hermano de Galatea mientras estaba embarazada de Jayden, hacía que este reaccionara, sin duda, era del todo natural que, ahora que ya estaba en este mundo, ese mismo nombre le provocara una reacción similar.

Kate abrazó fuertemente contra su pecho a Jayden, que empezaba a dormirse de nuevo.

—Mi pobre Jayden.

Galatea se arrodilló frente a ellos.

—No temas, pequeño, nosotras te protegeremos de todo aquello que quiera herirte.

Las nubes de lluvia habían desaparecido lentamente del cielo y, ahora, dejaban que la luz de una brillante luna llena se filtrara por las delicadas cortinas de la habitación.

Al igual que el viento pasa entre las hojas de los árboles del bosque, de una manera natural y mística, el tiempo pasó entre las vidas de Kate, Galatea y Jayden.

Dhaphiro adulto

Noviembre de 2003, Londres.

Kate cerró con un golpe sordo la puerta de su casa de tres plantas situada en la famosa calle de Baker Street.

—Vamos a darnos prisa, o llegaremos tarde a la fiesta de Emma.

Galatea sonrió a Jayden, con un brillo pícaro de complicidad en sus ojos.

A pesar de haber transcurrido catorce años, tanto Galatea como Kate mantenían su habitual aspecto.

Evidentemente, ellas no envejecían.

Tras haber vivido nueve años en su preciosa casita de Verona, se habían trasladado a Londres, siguiendo a Jean, Iris y Emma, ya que habían establecido unos lazos tan firmes entre las familias, que les era imposible vivir demasiado lejos unos de los otros.

Emma y Jayden se comportaban como si fueran hermanos, ya que ambos habían crecido juntos y descubrían su nuevo mundo casi al mismo tiempo.

Kate había conseguido introducirse en el mundo del periodismo y ahora publicaba cada semana una pequeña columna sobre consejos en un modesto periódico local.

Trabajaba desde casa, ya que las nuevas tecnologías así se lo permitían. Para ella, la aparición de los ordenadores portátiles fue un gran alivio, ya que odiaba su vieja máquina de escribir.

Galatea había usado la planta baja de la casa en que vivían para abrir una pequeña tienda de antigüedades, donde ella misma restauraba los objetos. En algunas ocasiones, Jean, que había dejado la enseñanza para dedicarse por completo a su pasión por el arte, le ofrecía a Galatea cuadros y pequeñas esculturas para que las vendiera en su establecimiento.

Ella estaba encantada con la obra de Jean, ya que tenía mucho talento y los beneficios de las piezas de arte engrosaban las cuentas de las dos familias.

Iris había llenado el vacío que le había dejado Emma, al convertirse en toda una mujer, ejerciendo de profesora en una pequeña guardería del barrio donde vivían.

Emma había culminado con éxito sus estudios en el instituto y ahora cursaba tercero de Derecho en la prestigiosa universidad de King's College.

En cuanto a Jayden, se había convertido en un adolescente muy tranquilo y aplicado en sus estudios.

Solía pasar desapercibido y Kate estaba encantada con el carácter nada problemático de su hijo.

La casa de la familia de Jean apenas estaba a dos manzanas de la de Kate y Galatea y, al igual que la de ellas, era una casa de tres plantas, con el típico estilo de las casas londinenses, con fachada de piedras color canela.

Kate llamó al timbre, y verificó que Galatea y Jayden la habían seguido de cerca y que él era portador del regalo para Emma.

Kate había asumido con toda naturalidad el papel de madre en su pequeña familia, mientras que Galatea solía desempeñar más el papel de cómplice de Jayden, dejándole más libertad y consintiéndole en cosas que Kate jamás habría permitido.

Cierto era que, cuando Jayden cometía alguna trastada y Galatea lo creía conveniente, también le regañaba y castigaba tanto o más que su propia madre.

El equilibrio era perfecto en su hogar.

Iris abrió la puerta y les hizo un rápido gesto con la mano para que se adentraran en la casa.

La cantidad de personas que cuchicheaban en la entrada sobrecogió a Jayden. No estaba acostumbrado a una vida social tan concurrida como la que tenía Emma y aquella fiesta denotaba la cantidad de amistades de la joven.

Galatea había advertido a Jayden que la fiesta sorpresa de Emma iba a ser una más mortal que inmortal, ya que la mayoría de los invitados eran amigos de la universidad de Emma y, evidentemente, humanos.

Únicamente uno de ellos era vampiro, el profesor de humanidades de Emma, con el que Jean había entablado una gran amistad.

—Esconderos por donde podáis, ya veis que no quedan muchos huecos libres.

Kate y Galatea sonrieron cordialmente a Iris, que colocó con delicadeza sobre la mesa el regalo que le ofrecía el intimidado Jayden.

—Qué popular es Emma, ¿verdad, Jayden?

El joven se limitó a asentir mientras con sus grandes ojos grises, recorría toda la estancia.

—¿Cuándo llegarán?

Iris sonrió cordialmente a Kate, a la vez que meneaba su teléfono móvil con impaciencia.

—Jean ha ido a buscarla. En cuanto estén cerca me hará una llamada perdida.

Kate sonrió.

Jayden empezó a balancearse inquieto sobre sus pies. Hubiera preferido haber pasado el cumpleaños de Emma como solían hacerlo, ellos seis solos, en una fiesta tranquila y familiar.

El bullicio de la multitud agolpada en la habitación le ponía tenso, pero aguantó la incomodidad del momento porque adoraba a Emma.

Ella le había enseñado a pintar sin salirse de las líneas, le leía cuentos y, cuando tuvo la edad suficiente, le había hecho de canguro cuando sus padres salían alguna noche a cenar sin la responsabilidad de cargar con sus hijos.

De pronto, una melódica sintonía sonó del móvil de Iris, que corrió a apagar la luz, mientras todos los presentes se apresuraron a guardar silencio en la penumbra.

Las voces de una dulce Emma y un divertido Jean sonaron amortiguadas al otro lado de la puerta.

El leve gruñido de las bisagras de ésta alertaron a los presentes de que era el momento preciso de salir de sus escondites.

Emma, que apenas había encendido la luz de la entrada de la casa, se vio rodeada de caras familiares que gritaban a su alrededor felicitándola por sus veintiún años.

La fiesta trascurrió con la habitual entrega de regalos, tarta de cumpleaños, música y halagos para la homenajeada.

Todos habían revoloteado alrededor de Emma, excepto el tímido Jayden, que se había buscado un pequeño escondrijo en un tranquilo rincón del salón, en una de las viejas butacas de Jean.

Allí, seguro y ajeno a todo lo que le rodeaba, se había dejado llevar por las palabras del libro que sostenía entre sus manos.

Fue el sonido de unos ligeros pies sobre las baldosas del suelo el que le sacó de su lectura.

Emma se plantó frente a él, sonriente y con su larga y lisa cabellera dorada cayéndole como una cascada sobre los hombros.

—Sabía que te habrías escondido por aquí.

—Hola, Em.

Ella se inclinó para besar su mejilla.

—¿Es que no piensas felicitarme?

Las mejillas de Jayden se tiñeron al instante de un profundo rojo.

—Felices veintiuno.

Emma se sentó frente a él y, de un tirón, le arrebató el libro de sus manos.

—Gracias, Jay ¿Qué te mantiene apartado del mundo real? —Los ojos de Emma se posaron sobre la portada del libro—. ¿La metamorfosis, de Kafka? ¿No deberías estar leyendo cómics o algo por el estilo?

Jayden se encogió de hombros mientras, con una pizca de vergüenza, recuperaba su libro.

—¿Cómo te va en el instituto?

—Igual.

Emma suspiró mientras se dejaba caer sobre el respaldo de la butaca.

—Te juro que el día menos pensado me planto allí y le daré a ese imbécil de Brian su merecido. ¡Qué ganas tengo de que desarrolles la fuerza habitual de los dhaphiros para que le puedas dar una paliza a ese matón de patio de colegio!

—Yo también pero, al parecer, sigo siendo un chaval de lo más mediocre. ¿Me pasará algo? Tú, a mi edad, ya corrías como el viento.

Emma apoyó sus codos sobre sus rodillas dejando descansar su cara entre sus finas y blancas manos.

—Cariño, ya te lo hemos dicho todos, cada dhaphiro es un mundo. Eres completamente normal.

Jayden bajó la mirada hasta la portada del libro que sostenía entre sus manos. Deseaba con tanta fuerza desarrollar sus características, que cada día que despertaba y comprobaba ser el mismo de siempre se deprimía más.

—Jayden, serás un dhaphiro veloz, fuerte y muy guapo. Sólo date tiempo.

—Yo no soy guapo.

Emma deslizó una de sus manos bajo la barbilla de él para obligarlo a fijar sus ojos en los suyos.

—Si me hicieras caso sólo por una vez y entablaras amistad con alguno de los grupos de amigos de tu instituto, te llevarías a todas las chicas de calle, pero tú prefieres encerrarte en la biblioteca y evadirte del mundo. Eso no es sano.

La respuesta de Jayden no fue otra que volver a bajar la mirada y encogerse de hombros, como si su destino no pudiera cambiar.

Emma suspiró, mientras observaba al joven en el que se estaba convirtiendo.

Su cabello se había oscurecido, dejando de tener el color castaño que solía tener cuando era niño, para pasar a ser un cabello negro con alguna atractiva ondulación.

Sus ojos brillantes habían heredado, sin duda, la genética de Enzo y Galatea, y destellaban entre unos tonos plateados y turquesas.

—¿Has notado algo diferente?

Emma ladeó la cabeza con una mueca divertida en su bello rostro.

—¿Por cumplir los veintiuno?

—Sí, ya eres un dhaphiro adulto.

—Supongo que no es algo que suceda de la noche a la mañana. Me siento como siempre, no he notado nada especial.

Los ojos grises de Jayden revelaron su espíritu soñador, mientras se paseaban por el techo de la habitación.

—Sería genial que fueras una quinética como tu madre.

Emma asintió.

—Lástima que no sea hereditario. ¿Quién sabe? Puede que no desarrolle nada especial; mi padre no tiene ninguna habilidad.

El rostro de Jayden se volvió sombrío y triste.

—Yo, a este paso, sí que no desarrollaré nada especial, a veces incluso creo que soy un humano.

Emma se puso en pie y, cogiendo de la mano a Jayden, le obligó a hacer lo mismo.

—Estoy cansada de tus lloriqueos Jay, ya va siendo hora de que aprendas otras cosas que son muy importantes en la vida, se acabó eso de esperar sentado a que se te desarrolle la velocidad y la fuerza.

Jayden miró perplejo a Emma, que empezó a tirar de él, mientras abandonaban la habitación para dirigirse hacía la multitud del comedor.

Emma se pasó el resto de la noche corriendo de un lado a otro de la fiesta presentando a Jayden a todos sus amigos e intentando que él participara en alguna de las conversaciones.

Fue una de las peores noches de Jayden.

Inseguridad

Los ojos se le abrieron lenta y pesadamente, mientras una ligera luz blanquecina se filtraba entre las pestañas. Un dolor agudo se extendía sobre toda la superficie de su cabeza y se sentía adormecida y mareada.

Apenas era capaz de enfocar con eficiencia las imágenes que empezaban a formarse en su retina, pero tenía la certeza de estar en un lugar caliente y cómodo.

Sin duda, una cama.

—Hola.

Hizo un gran esfuerzo para inclinar la cabeza hacia donde procedía la delicada voz femenina.

—Hola.

La joven intentó hacer caso omiso de las señales de su cuerpo, que se apresuraban por indicarle que no estaba en condiciones de hacer movimientos bruscos, y se sentó en la cama. Inmediatamente, un dolor agudo le recorrió el cerebro y sintió nauseas.

—No te muevas muy deprisa, el efecto de las drogas se te pasará en unas horas y dejarás de estar aturdida.

La espesa niebla que habitaba en su cerebro, y no le dejaba ver las cosas con la habitual claridad, le estaba impidiendo que el pánico y el horror de haber sido secuestrada se adueñaran de ella.

—¿Dónde estoy?

La imagen de la diminuta y delgada joven que la miraba con ojos asustados empezaba a tomar forma.

—No sé dónde estamos, tan sólo llevo aquí un par de días.

—Nos han secuestrado, ¿verdad?

—Creo que sí.

Los recuerdos difusos se agolpaban en la mente de la joven, mientras repasaba lo que le había sucedido, intentando que las drogas no mermaran demasiado su conciencia.

—¿Cómo te llamas?

Los ojos asustados de la pequeña joven parecieron iluminarse fugazmente ante una brizna de compañerismo en aquel terreno tan hostil y aterrador.

—Me llamo Julia.

—Yo me llamo Elena.

Ella le tendió la mano a la tímida Julia, mientras ahogaba el dolor que le provocaba cualquier movimiento brusco.

—¿Dónde te cogieron?

Elena se frotó las sienes con la punta de sus dedos formando diminutos círculos concéntricos.

—Salía de mi clase de economía, creo.

—A mí me atacaron en casa.

Un escalofrío recorrió la espina dorsal de Julia al recordar el hecho. Elena se sintió aliviada por un segundo de no sentir gran cosa gracias a las drogas.

—¿Tienes idea de quién pudo ser?

—No, sólo sé que aparecen una vez al día para traer una bandeja con comida y que, en ocasiones, se oyen gritos de otras chicas.

Instintivamente, Julia se aovilló en su cama y empezó a frotarse los brazos nerviosamente.

Poco a poco, el corazón de Elena empezó a despertar de su

profundo letargo, acelerando su ritmo cardíaco.

La habitación en la que estaban, sin ventanas, con dos únicas camas y un retrete en la esquina más lejana a éstas, recordaba con todo lujo de detalles a una celda de prisión, exceptuando el hecho de que los barrotes habían sido sustituidos por una maciza puerta de metal.

De repente, unos gritos desgarradores se filtraron por debajo de la puerta y las dos chicas intercambiaron una mirada de terror.

Como todas las mañanas, Jayden se levantó temprano, desayunó un tazón de cereales y corrió hasta la parada del autobús que le llevaba al instituto.

Sabía perfectamente que Emma tenía razón, en cuanto a lo de hacer nuevos amigos e intentar tener una vida social normal, pero cuando se había crecido en un ambiente de vampiros cuyos dones eran tan impresionantes, uno tenía tendencia a menospreciarse como persona, y estaba seguro de que sólo le quedaba esperar a desarrollar sus habilidades para estar a la par de sus familiares y seres queridos.

Por ese motivo, también tenía tendencia a creerse más débil que el resto de los alumnos que iban con él a clase y, sin darse cuenta, él mismo había creado un muro invisible entre ellos.

Evidentemente, el resto de los compañeros había aceptado con naturalidad su marginación y Jayden se había convertido en el blanco perfecto de burlas y bromas.

Tras varios meses de curso, no podía arreglar la situación ya que, por mucho que intentara evitarlo, se había convertido en el hazmerreír de la clase. En consecuencia, se había volcado tanto en sus estudios, que sus notas le habían forjado el título de mejor alumno del instituto, alimentando las burlas de sus compañeros aún más, ya que no sólo era el bicho raro de la clase, sino también el mayor empollón.

Aquella mañana, era el inicio de los exámenes del primer trimestre y, para desánimo de los estudiantes de primer curso, la primera asignatura de la que se examinaban era la de la profesora Everet. Literatura inglesa.

Jayden observaba, tras la mal fingida seguridad que le proporcionaba su libro de literatura, el bullicio de alumnos que se agolpaban expectantes y nerviosos ante la puerta del aula, a la espera de que la profesora hiciera acto de presencia.

La mayoría de ellos repasaban nerviosos sus apuntes, mientras que una minoría, encabezada por Brian Hawes, se apresuraba a confeccionar unas diminutas chuletas cargadas de información vital para el examen.

Desde el inicio del curso, Brian se había encargado de hacer saber a todos los alumnos de primer año que él era quien mandaba allí, sembrando el pánico entre los estudiantes más aplicados como Jayden, entre amenazas y robos del dinero para el almuerzo.

Era el matón de primer curso.

Jayden sabía de sobras que el fenómeno del matón de instituto era algo habitual en su cultura y que cada curso tenía la desgracia de contar con uno propio.

Por suerte, la característica principal de esta clase de individuos, a parte de su habitual violencia y abuso de los más débiles, solía ser la incapacidad de aprender cualquier cosa escrita en un libro o explicada en un aula por el personal docente, por lo que, en los dos últimos cursos, si bien habían habido excepciones con anterioridad, el matón de instituto se solía extinguir por méritos propios.

Jayden, con su apariencia frágil y sus impresionantes notas, sin duda era su presa favorita, por lo que en aquel estresante día de inicio de exámenes los ojos de Brian se posaron sobre él.

Cuánto habría deseado Jayden desarrollar una nueva habilidad en aquellos precisos momentos y volverse invisible.

—¡Empollón!

La parte de sangre humana que corría por sus venas se heló en un instante, mientras Brian, acompañado de sus dos secuaces, se le acercaba.

—¿Dónde te sientas?

Jayden se limitó a mirarle por encima del lomo de su libro, como si la conversación no fuera con él.

Brian, encolerizado por la falta de respeto de Jayden, le propinó un manotazo al libro que sostenía frente a su pálido rostro, lanzándolo por los aires y haciéndolo aterrizar con un sordo golpe en el suelo.

—¡Te hablo a ti, lechoso! ¡Despierta!

En ese preciso instante, las voces del resto de alumnos que los rodeaban pasaron a ser murmullos apagados, mientras se reunían en grupillos para comentar la escena.

—En la segunda silla de la primera fila.

—Eso no me va bien, te sentarás en la penúltima, justo delante de mí. Necesito aprobar este examen y tú me vas a poner las cosas fáciles.

La mano de Brian se cerró fuertemente alrededor del delgado brazo de Jayden, no dejando lugar a la negativa.

Él simplemente asintió, mientras la impotencia se adueñaba de su frágil ser.

El musical ruido de los tacones de la profesora de literatura alertó a los alumnos que ya había llegado la hora.

Minutos después, todos ellos se encontraban sentados en los

pupitres con un ejemplar del examen sobre la mesa.

Jayden se apresuró a poner su nombre y la fecha en el espacio reservado para ese fin. Sentía la respiración de Brian en su nuca.

Sabía con certeza que si se negaba a prestarle ayuda, las represalias podían ser devastadoras. Sin embargo, tenía muy presente la pena que imponía la profesora a los alumnos a los que pillaba copiando.

Jayden leyó tres veces el enunciado de la primera pregunta, antes de que los nervios se sosegaran un poco y pudiera comprender su significado. Luego, con letra clara y un tanto más grande de lo habitual, se dedicó a responder con todo lujo de detalles.

Resultaba difícil concentrarse en realizar un examen digno del esfuerzo de sus semanas de estudio mientras Brian profería exigencias en un tono prácticamente inaudible tras de sí. Jayden obedecía a cada una de ellas, inclinándose para que él pudiera leer las respuestas o agrandando el tamaño de su pulcra caligrafía.

La profesora deambulaba por el pasillo que formaban los pupitres, llenando el aula de sus acompasados taconazos.

Aquello contribuía a aumentar el estrés del joven Jayden, que empezaba a ser presa del pánico.

Minutos antes de que el reloj marcara el final de la clase, y por lo tanto del examen, justo en el medio de una maniobra de lo más arriesgada, formada por una exagerada inclinación de Jayden en su asiento para que el corto de vista de Brian pudiera leer por completo el texto de su respuesta a la última pregunta, la cálida mano de la profesora se posó sobre su hombro.

—Señor Savage, Señor Hawes, suspendidos por copiar.

La clase al completo se giró para mirar el rostro desencajado de Jayden, mientras las súplicas de Brian llenaban el aula.

El sonido de la campana inundó la clase, y una rigidez fría y dolorosa se adueñó del débil cuerpo de Jayden que, inmóvil, vio como, uno a uno, sus compañeros entregaban el examen y abandonaban el aula.

La Profesora Everet se acercó con paso lento y seguro a Jayden que, aturdido por lo sucedido, recogía sus cosas con una exagerada lentitud.

−Llamaré a tu madre para comentarle lo sucedido. Me has decepcionado mucho.

Aquellas palabras se le clavaron en lo más profundo de su alma y, sin saber qué decir a la profesora, abandonó el aula con la ira quemándole en sus entrañas.

Tan sólo había conseguido avanzar unos metros por el pasillo del instituto cuando una fuerza inesperada le empotró contra la pared más cercana.

−Eres un inútil, Savage. No me sirves ni para copiar.

Jayden pataleaba, mientras Brian le sostenía del cuello con una de sus enormes manos, elevándolo un palmo del suelo.

−Date por muerto, empollón.

La mano de Brian se abrió de golpe y un asustado Jayden cayó al suelo con un gran estruendo. Tanto él como sus dos amigos se alejaron rápidamente entre risas y burlas, al oír como algunos alumnos se acercaban a ellos.

Su respiración se aceleró mientras las amenazas de Brian se le grababan a fuego en su memoria.

Aquel estaba siendo un mal día.

Para intentar sosegar sus alterados nervios, Jayden había decidido ir caminando desde el instituto a casa. El frío que invadía las calles parecía aclarar sus ideas y, poco a poco, pareció ver las cosas desde otro punto de vista más objetivo.

El resto de los exámenes del día parecían haber pasado a un plano completamente banal, comparándolos con la inevitable tormenta de riñas y reproches que, sin duda, le esperaban en casa.

Su madre solía ser muy dulce, excepto en contadas ocasiones en las que se enfadaba como una fiera salvaje.

Sabía que tenía por delante una hora de camino para plantearse las posibles réplicas a los comentarios de su madre, pero sólo invadían su mente las palabras sabias de Emma. Sin duda, ella tenía mucha razón en cuanto a la vida social inexistente de Jayden. Si él fuera un chico popular o divertido, nada de todo aquello habría sucedido.

Sin pensarlo un momento, sacó de su mochila el móvil y llamó a Emma.

—Hola, Jay.

Un fugaz alivio recorrió el angustiado ser de Jayden al oír la alegre voz de su amiga.

—Hola, Em, ¿te pillo en mal momento?

—No, que va, estoy estudiando y me va de maravilla oír una voz amiga, ¿estás bien?

Jayden suspiró. Emma tenía la particularidad de adivinar, con apenas unas palabras suyas, su estado emocional en todo momento.

—Me han suspendido lite por copiar.

—¡¿Qué te han qué?!

La voz estridente de Emma hizo que Jayden apartara el teléfono de su oído con una mueca de dolor.

—Tú jamás has copiado.

—Lo sé, era Brian el que me copiaba.

—Jay, te lo tengo dicho, plántale cara a ese imbécil de Brian.

Los pies de Jayden se clavaron en el suelo como dos rocas

pesadas.

—¿Qué ha pasado exactamente?

—Brian me amenazó para que le dejara copiar mi examen y se ve que no soy nada bueno disimulando.

—Os pilló y os ha suspendido a los dos.

Jayden reanudó la marcha, arrastrando los pies como si llevara dos bolas de preso anilladas a los tobillos.

—Cariño, tienes que hacer algo con ese idiota de Brian o te arruinará la vida.

—Lo sé.

—¿Tu madre ya lo sabe?

—Nop.

Un largo y sostenido suspiró sustituyó a la voz de Emma.

—Puedo estar en tu casa en una hora, supongo que si yo estoy allí te podré ayudar a capear el temporal.

—¿Em?

—¿Sí?

Jayden tragó saliva mientras intentaba decir las palabras que recorrían su mente. A pesar de tener mucha confianza con Emma, su timidez no le ayudaba a expresar sus sentimientos.

—Eres la mejor.

—Lo sé, y tienes suerte de que te adore. Te veo en un rato.

—Vale.

Jayden volvió a guardar el móvil en su mochila. Las expectativas de soporte moral de Emma, calmaban un poco sus nervios.

☙ ❧

Las manecillas del reloj parecían haberse detenido desde que Kate empezara a dar paseos frenéticos ante Jayden, mientras éste se sentía cada vez más y más pequeño sentado en el sofá del salón.

Galatea miraba la escena desde un segundo plano, sentada en uno de los sillones junto a la chimenea, donde la madera crepitaba al compás de los pasos nerviosos y alterados de Kate.

Emma había llamado segundos antes de que Jayden entrara en su casa advirtiendo que se retrasaría un poco pero, para entonces, Kate ya había percibido la presencia de su hijo en la puerta y el caos se le echó encima.

—Es que no lo entiendo. De verdad, Jayden, ¿cómo has podido dejar que un muchacho te amedrente de esa manera?

Él no respondió. Sabía de sobras que las preguntas de su madre eran retóricas.

—¿Sabes lo que me ha costado convencer a la profesora Everet para que te deje repetir el examen mañana? Tienes suerte de que tu madre tenga grandes dotes de persuasión.

Kate se paró frente a Jayden con los brazos en jarras y con la furia reflejada en sus ojos azules como el hielo.

—Vuélveme a contar por qué no te negaste a prestarle ayuda a ese bribón de Brian.

Jayden apenas despegó la mirada del suelo, mientras llenaba los pulmones con el suficiente aire para reunir el valor necesario y volver a contarle la historia a su madre.

—Brian me amenazó, mamá.

—Pero es sólo un chaval de catorce años como tú, Jayden, ¿no te podías negar? Dime, ¿es que no puedes decir que no? ¿O es que a caso ya no te importan tus notas?

El tono agudo de la voz de Kate empezó a alterar al mermado Jayden que, sin saber de dónde, sacó el valor necesario para replicar a su madre.

—No mamá, no me puedo negar. Si te niegas, Brian te da una paliza.

De un tirón arrancó la bufanda de su cuello, dejando a la vista de su madre las marcas que la mano de Brian le habían dejado aquella misma mañana.

Kate se llevó las manos a la boca mientras sus ojos repasaban uno a uno los pequeños moratones alargados que mancillaban la blanca piel de su hijo.

Galatea se acercó a ellos tan estupefacta como Kate.

—Jayden, ¿esto te lo ha hecho ese chico?

Ella hablaba por boca de Kate, ya que ésta no podía hacer nada más que pasar sus manos sobre el cuello de su hijo.

—Sí, me lo ha hecho esta mañana cuando nos han suspendido a los dos.

—Hijo mío, ¿cuánto hace que te pasa esto?

Jayden miró a su madre, arrodillada frente a él, con su rostro maravillosamente transformado de la más feroz de las bestias poseídas por la ira, a la más dulce y amante madre del mundo.

—Prácticamente desde que empecé el instituto.

—Esto es indignante, ahora mismo voy a pedir cita con el director y los padres de Brian para poner fin a este abuso.

Kate se puso en pie, decidida a llevar a acabo su plan, cuando la mano de Galatea frenó su marcha, cogiéndola del brazo.

—No creo que eso sea buena idea, Kate. Probablemente le generemos más problemas a Jayden.

—Ella tiene razón, mamá. Los empollones como yo no están bien vistos. Y menos aún los empollones acusicas.

Kate miró indignada el frente en común que estaban construyendo Galatea y Jayden, y se cruzó de brazos.

—Entonces, ¿no debemos hacer nada ante semejante injusticia? ¿Debo dejar que le den palizas a mi hijo?

Kate se sentó junto a Jayden y le rodeó con los bazos, presa de un terrible sentimiento protector.

–Quizás deberíamos apuntarte a unas clases de autodefensa.

–Qué buena idea, Galatea, potenciar el peligro para que me venga más herido a casa. ¿Es que no recuerdas que aún es mortal?

Galatea arqueó las cejas ante la irónica negativa de Kate, mientras ésta seguía estrujando contra ella a su hijo.

–Mamá, yo creo que no sería mala idea, sabes que no lo usaría para meterme en problemas, sino para intentar salir de ellos con menos daños.

–Además, aumentaría su seguridad en sí mismo y su autoestima.

Tanto los ojos de Galatea como los de Jayden se posaron suplicantes sobre el rostro de Kate.

–Está bien, lo pensaré, pero dejad de mirarme así.

En ese preciso momento el timbre de la puerta sonó, sacando a Galatea y Jayden de su estado de ruego.

Jayden saltó de un brinco del sofá para dirigirse a la puerta con una gran sonrisa en los labios.

–¿Has llamado a Emma?

Él hizo una mueca al notar los ojos de su madre clavados en su nuca.

–Algún día tendrás que aprender a superar los percances sin su ayuda.

Kate sonrió a Galatea. A pesar de la pequeña reprimenda, estaba feliz de que Jayden contara con alguien como Emma para los momentos difíciles de su existencia.

Tras la puerta, apareció una estresada Emma, que de inmediato revisó la escena para comprender en qué punto del sermón se encontraban.

Todas las señales le indicaron que lo peor ya había pasado.

—Hola, Em.

—Ya ha pasado, ¿verdad?

Jayden asintió ante las palabras en voz baja de su amiga.

—Hola, Emma.

Ella entró en el salón seguida de cerca de un aliviado Jayden.

—¿Cómo estáis?

—Muy bien, cariño.

Kate sonrió dulcemente a Emma, mientras ésta tomaba asiento junto a Galatea.

—Dime, ¿cómo te sientes siendo toda una dhaphiro?

—La verdad es que muy bien, Galatea. Parece que, desde que soy adulta, la gente es más amable conmigo.

—Estupendo.

Galatea guiñó un ojo a Emma, y ésta se puso en pie y se acercó a Jayden.

—Mamá, ¿podemos ir a mi cuarto a hablar un rato?

—¿Cosas de adolescentes?

Jayden se sonrojó y Emma empezó a reír ante el tono burlón de Kate.

—Anda, iros a hablar tranquilos.

—Prometemos no espiar.

La mirada pícara de Galatea, poniéndose la mano en el pecho para hacer en firme el juramento, hizo que Emma estallara en carcajadas, mientras seguía a Jayden hasta la planta superior.

La habitación de Jayden era una de las más luminosas de la casa. La tenía decorada con posters de actrices famosas y coches de lujo, al típico estilo adolescente.

En el centro, una gran cama medio desecha presidía la estancia rodeada de estanterías con libros y un escritorio con su propio ordenador.

Emma alisó las sábanas con la mano antes de sentarse a los pies de la cama y entrecruzar las piernas como un indio.

Jayden acercó la silla con ruedas del escritorio y la puso frente a ella. Desde que él había cumplido los doce años y había empezado a percibir el sexo femenino como algo más que compañeras de juego, se sentía violento sentado en su propia cama junto a una belleza de tal calibre como Emma.

—Y bien, ¿qué ha pasado?

—Mamá se ha puesto hecha una fiera pero, por suerte, ha convencido a la profesora Everet de que mañana me deje repetir el examen.

Emma sonrió aliviada ante las buenas noticias.

—¿Y cuál ha sido el castigo impuesto?

—Ninguno.

—¿Ninguno?

Jayden sonrió satisfecho ante el asombro de Emma.

—Creo que no se ha acordado de castigarme por esto.

Él señaló las marcas violáceas de su cuello, haciendo que el rostro de Emma se desfigurara por momentos, mostrando su sentimiento de pavor.

—¿Kate te ha pegado?

—No, no, me lo ha hecho Brian.

Emma negaba con la cabeza, mientras arrugaba el entrecejo, confusa.

—Después de que la profe nos suspendiera, me encontré con Brian por el pasillo y me agarró del cuello, levantándome del suelo y amenazando con matarme.

—Jayden, ¡eso es horrible!

Él se encogió de hombros y ella se le acercó para examinar las marcas con detalle.

—Tienes que tener cuidado con estas cosas. Aún eres mortal.

268

—Lo sé, mi madre me lo recuerda a diario.

—Te juro que me dan ganas de ir a darle una buena paliza a ese abusador.

Jayden negó rápidamente con la cabeza, mientras Emma volvía a sentarse en la cama.

—No puedes hacer eso, Em. Imagínate como quedaría yo después de que una chica me vengara.

—Tienes razón, tenemos que pensar en algo que podamos hacer para escarmentar a ese crío.

—Galatea ha propuesto que me apunte a clases de autodefensa.

Emma enterró la cabeza entre sus manos para poder pensar mejor.

—Eso no dará resultado. No con un chico que es capaz de levantar a otro agarrándolo del cuello, además tú no eres muy fuerte, Jay. No te ofendas, pero tardarías meses en coger un buen tono muscular y la fuerza necesaria.

Jayden miró por un momento sus delgados brazos y suspiró impotente.

—Si tuviera aunque sólo fuera una pequeña muestra de mis habilidades.

—Ya lo tengo.

El rostro de Emma se había iluminado como una bombilla ante su nueva idea.

—¿Has oído hablar de la sangre tabú?

—Sí, pero está prohibida.

Emma se levantó de un respingo de la cama para, con una velocidad prácticamente imperceptible para el ojo humano, llegar hasta la puerta y cerrarla lenta y silenciosamente.

—Jay, lo que te voy a contar ahora no puede salir de estas cuatro paredes, me has de prometer que jamás, y repito jamás, se lo contarás a nadie, ¿entendido?

Él asintió rápidamente, mientras la curiosidad se apoderaba de todo su cuerpo.

—En las últimas fiestas de universidad a las que me han invitado, un tío llamado Al nos ha proporcionado, a mí y a un par más de dhaphiros de mi facultad, algunos tipos de sangre tabú.

—Pero eso es ilegal, Emma.

Emma se puso el dedo índice sobre los labios pidiéndole silencio.

—La mayoría de sangre con la que trafica no es tan peligrosa como la de tigre o cocodrilo, suele vender pequeñas cantidades de sangre de avestruz.

—¿Avestruz?

—Sí, la sangre de avestruz es un alucinógeno muy potente; te aseguro que bastan un par de gotas en una copa de vino blanco para pasar la noche más divertida de tu vida.

De pronto, una nueva visión de Emma apareció frente a los ojos de Jayden. Al parecer, ella no era la chica formal que aparentaba ser.

—¡Oh! ¡Vamos, Jay! No pongas esa cara, no lo tomo siempre. Es posible que ahora no me comprendas muy bien pero, cuando llegues a mi edad, querrás experimentar cierto tipo de cosas que no son del todo bien vistas por nuestros padres. Siempre y cuando conozcas tus límites y seas responsable, te puedes desfasar un poco de vez en cuando sin peligro.

—En realidad, creo que me das envidia.

Emma estalló en carcajadas ante el inesperado comentario de su joven amigo.

—A lo que quiero llegar explicándote todo esto es a que puedo conseguirte un poco de sangre de algún animal que te proporcione un poco de fuerza y, así, poder plantarle cara a ese Brian.

—¿Sangre de tigre?

—No, no quiero que le mates. Tal vez sangre de canguro.

La decepción se hizo visible dibujada en las perfectas facciones de Jayden.

—¿Canguro? ¿Qué quieres, que le dé una coz?

—No menosprecies la sangre de canguro, otorga rapidez y fuerza en las extremidades.

Él no pareció del todo convencido, pero levantó una ceja y asintió.

—De canguro, entonces.

—Creo que en un par de días la podré conseguir. Hasta entonces, no te metas en más líos.

—Lo intentaré.

Emma enredó sus dedos en la espesa cabellera de Jayden, mientras reía ante el encanto adolescente de quien era prácticamente su hermanito.

Feromonas

Los pasillos atestados por los alumnos de la universidad apuntaban a la entrega de notas ya que, en el ambiente, se podía oler la mezcla de nervios y expectación por parte de todos ellos.

Junto al despacho de cada profesor, había un pequeño tablón de anuncios donde colgaban los resultados de los exámenes de sus asignaturas.

Emma intentaba abrirse paso, junto a varios compañeros de clase, para verificar su nota. Estaba especialmente orgullosa de su examen y su trabajo de investigación, y no tenía la menor duda de que hallaría una buena calificación.

Sus ojos siguieron una a una las líneas que parecían interminables con las clases y los nombres de los alumnos, para por fin hallar el suyo.

La decepción no le dejó contener sus pensamientos.

—¡¿Un aprobado?!

Sin ni si quiera pensárselo, y dejando atrás a sus atónitos compañeros de clase con las preguntas a punto de aflorar de sus labios, una enfadadísima y temperamental Emma se adentró sin llamar en el despacho del profesor.

Un hombre de avanzada edad y pelo cano asomó sus ojillos negros y diminutos por encima de unas clásicas gafas bifocales.

—Señorita Neveu, hoy no recibo visitas.

Emma hizo caso omiso al profesor, que empezaba a presentar

un tono rojizo por la intrusión en sus dominios, y se sentó en una silla frente a la mesa.

—Profesor Hathaway, esto es una emergencia, solicito una revisión de la nota global de mi trabajo y mi examen.

—La semana próxima será el momento de presentar sus quejas, señorita. Hoy, no.

Emma clavó sus ojos verdes sobre el rostro impasible del profesor, dejando atrás su tono hostil, para intentarlo con uno mucho más dulce.

—Profesor, sabe que soy una buena alumna y no creo que sea correcta su evaluación sobre mi investigación.

Los ojos de Emma parpadearon deliberadamente lentos, mientras sus espesas pestañas enmarcaban el azul de su iris.

El profesor Hathaway dudó por unos instantes para, sin darse cuenta, dejarse seducir por la belleza del rostro de ella, que le observaba con dulzura.

—Está bien, he de reconocer que es usted una de mis mejores alumnas y, si insiste, revisaré ahora mismo el trabajo.

Emma pareció perpleja ante la noticia. Estaba dispuesta a suplicar un buen rato más, a sabiendas de que el profesor era un hombre duro de roer y muy obstinado.

—Gracias.

—En una hora volveré a publicar su nota.

Sin asumir del todo lo sucedido, Emma salió del despacho para reunirse con sus compañeros.

—Emma, ¿estás loca?, ¿cómo se te ocurre entrar así en el despacho del profesor?

Ella se limitó a mirar a Mary, que hacía aspavientos con las manos mientras revivía lo sucedido.

—Tranquila, Mary, me va a revisar la nota y tendré el resultado en una hora.

Tanto Mary como otros compañeros de la popular Emma se quedaron absortos ante la noticia.

—¿Te va a revisar la nota?

Ella simplemente asintió.

—Menuda suerte tienes.

El estupor de Emma se convirtió en júbilo por su repentino e inesperado triunfo.

—Hoy brilla mi estrella de la fortuna.

Ralph se acercó a las dos chicas y sonrió pícaramente.

—Puesto que parece ser tu gran día, Em, propongo que, mientras esperamos la revisión del viejo Hathaway, nos invites a algo en la cafetería a Mary y a mí, ya que parece que nosotros no somos tan afortunados.

Emma sonrió, tomando a cada uno de sus amigos por los brazos.

—Quién sabe, quizás esté Will en la cafetería y me invite a mí a tomar algo.

Los tres empezaron a reír animadamente y emprendieron el camino hacia la cafetería.

—Eso sí sería mucha suerte, Emma.

—No, Mary, eso sería un milagro. William Thomson no sabe ni que existo.

La cafetería, habitualmente llena de alumnos ocupando todas las mesas disponibles, presentaba un estado completamente diferente. Apenas tres grupos formados por pocos estudiantes llenaban la estancia. Algunos de ellos mostraban sus notas con orgullo, mientras que otros preferían hablar de sus planes para las vacaciones de Navidad ya que, evidentemente, eran más interesantes que sus resultados académicos.

Mary y Ralph tomaron asiento en una de las mesas más alejadas de los escasos grupos de personas, a la vez que Emma se dirigía a pagar tres refrescos en lata que había adquirido para sus vivos amigos.

Sin apenas darse cuenta de ello, y a pesar de los gestos de advertencia que le hacían sus amigos, Emma, mientras revisaba la vuelta del cambio, chocó contra un firme y robusto torso masculino.

Las monedas volaron por todas partes pero, con los reflejos habituales de un dhaphiro adulto, siempre controlándose para no llamar demasiado la atención, consiguió que los tres refrescos no se estrellaran en el suelo.

Sus ojos verdes se alzaron rápidamente, pero sin perder detalle del cuerpo contra el que había chocado, a sabiendas de quién era aquel individuo.

Su olor era inconfundible para ella.

William se agachó amablemente para recoger las monedas, frente a una ruborizada Emma que imitó su gesto.

Una oleada de calor invadió todo su cuerpo y sus manos temblorosas intentaban no chocar contra las de él mientras recuperaban los céntimos.

−¿Te has hecho daño?

Emma se limitó a sonreír amablemente, guardándose las monedas que él le entregaba en el bolsillo del pantalón vaquero y poniéndose en pie.

−¿Te conozco?

Los encantos de Emma afloraron de una manera tan natural que apenas fueron perceptibles para ella.

Todo lo contrario de lo que le ocurrió a William.

−Soy Emma Neveu, estoy en tu clase de Historia del Derecho.

−Encantado, Emma, yo soy Will.

Los ojos de Emma empezaron a pestañear de nuevo lentamente y con un aire seductor del que William no fue capaz de escapar.

—Mañana doy una fiesta de Navidad con unos colegas en mi casa de la montaña, ¿quieres venir?

Emma repasó mentalmente los planes para los próximos días y maldijo en silencio las reuniones familiares.

—Me encantaría, Will, pero tengo planes con mi familia.

William le dedicó una sonrisa tan brillante que por un momento se le nubló la vista.

—Qué bonito pasar las navidades rodeada de la familia, pero no te librarás así como así. A partir de ahora estaré atento por los pasillos y en cuanto te vuelva a ver te propondré otro plan, y esta vez no admitiré una negativa como respuesta.

La risilla infantil e histérica que se escapó de los labios de Emma no era propia de su carácter, y se avergonzó de sí misma por comportarse como una colegiala de instituto.

—Lo esperaré impaciente.

—Feliz navidad, Emma.

—Feliz navidad, Will.

William desapareció tan rápido como había llegado y ella corrió como el viento a reunirse con sus amigos, que cuchicheaban entre dientes lo ocurrido.

Junto al periódico había una taza de sangre humeante, que Iris había preparado para Jean. Él tenía la costumbre de levantarse pronto y encerrarse en su estudio a pintar, hasta que el hambre y la curiosidad por saber qué había ocurrido en el mundo le rompían su concentración artística. Normalmente, solía ser sobre las once de la mañana cuando su espíritu bohemio se rendía a lo más cotidiano, e Iris, que ya conocía perfectamente los nuevos hábitos de su marido, se apresuraba a prepararle el desayuno y el periódico del día.

Jean apareció, como de costumbre, con su raído peto salpicado de varios tonos de pintura y sus ojos de soñador brillando en su bello rostro.

—Hola, cariño.

Iris sonrió a Jean cuando éste se sentó en la mesa y repasó rápidamente los titulares del periódico.

—¿Has pintado mucho?

Jean asintió rápidamente, mientras la noticia de mayor importancia captaba por completo su atención.

"Nueva oleada de secuestros en el Reino Unido"

—¿Qué le pasa a la gente? Han vuelto a secuestrar a chicas.

Iris se acercó a Jean, dejando frente a él su ración diaria de sangre caliente.

—Sí, parece que esta vez han sido dos chicas de Londres.

—El mundo se está volviendo loco. Pobres niñas.

El sonido de la puerta de la entrada al cerrarse los sacó de su conversación. Una radiante Emma apareció por la puerta de la cocina y saludó animada a sus padres.

—Hola, Emma, ¿ya tienes las notas?

—Sí, y me complace deciros que he sido una de las mejores de la clase.

Jean sonrió orgulloso a su hija, mientras ésta le tendía un papel con las calificaciones anotadas.

—No esperábamos menos de ti, cariño.

Emma sonrió satisfecha.

Iris echó una ojeada rápida a las notas de Emma y, tras felicitarla con un fuerte abrazo, se disculpó, para luego retirarse al piso superior con el fin de aprovechar el alto en el trabajo de

Jean, y así poder ordenar un poco el caótico estudio de trabajo de su marido.

—Emma, estas notas son estupendas. Si sigues así, serás la primera de tu promoción y todos los bufetes de Londres te querrán en plantilla.

—Gracias, papá.

—En especial, tu nota de investigación es excepcionalmente buena.

Emma pareció perder parte de su entusiasmo inicial al hablar concretamente de aquella asignatura.

—A decir verdad, papá, no sé si me merezco la nota de esa asignatura en concreto.

—¿A qué te refieres, cariño?

Emma repiqueteó nerviosa las uñas contra la mesa de madera de la cocina y tomó una gran bocanada de aire.

—Esta mañana, al comprobar las notas, vi que el profesor Hathaway me había puesto un aprobado y, sin pensármelo, fui a su despacho y le exigí una revisión, ya que yo creía ser merecedora de una mejor calificación.

—¿Qué tiene de malo que hagas valer tus derechos de estudiante, Emma?

—No es exactamente eso. No sé que ha pasado porque, la verdad, nunca me había sucedido. Tras ponerme un poco, como lo diría, coqueta con el profesor, accedió rápidamente a revisarme el trabajo para, finalmente, ponerme un sobresaliente.

Jean se debatió por un instante entre el asombro de los actos de su hija y el orgullo de cómo su hermosa Emma sabía sacar partido a sus armas de mujer.

—Bueno, si sólo fue un ligero coqueteo, no creo que tenga importancia Emma. ¿El profesor Hathaway no es aquel que tiene esa fama de viejo cascarrabias?

—Sí, por ese motivo me he asombrado tanto cuando ha accedido sin problemas a revisarme la nota en cuanto he cambiado mi tono de voz por uno un poco más dulce.

Jean ahogó una carcajada.

—Emma, eres una mujer preciosa y no dudo que una sonrisa tuya, o una mirada de súplica, puedan conseguir todo lo que deseas. Esa es una de las armas más poderosas que tenéis las mujeres.

—Papá, gracias por tu consejo, pero esta vez no ha sido la única vez que he echado mano de mis encantos femeninos para conseguir cosas. Soy muy consciente de mi aspecto, pero nunca me había funcionado con tantísima efectividad.

—El viejo profesor es una presa fácil, al parecer.

Emma se empezaba a poner nerviosa. No sabía como expresar su preocupación ante su padre.

—La verdad es que no sólo el profesor Hathaway ha caído hoy presa de mis encantos.

—¿Qué quieres decir?

Emma agradeció tener la costumbre de hablar con su padre desde muy temprana edad de los temas típicos que se suelen comentar con una madre.

—Hay un chico. William. Hace muchos meses que intento que se fije en mí, pero no ha sido hasta hoy, en la cafetería, que ha reparado en mi presencia.

—Será que hoy estás excepcionalmente hermosa. Te sientan bien los veintiuno.

—No creo que sea eso, papá. Me siento diferente.

Como si la solución hubiera estado frente a él desde el principio, todo empezó a tomar forma.

—¿Crees que has desarrollado una característica especial?

Emma asintió ante las palabras de su padre, que ella misma no era capaz de pronunciar.

—Claro, ¿cómo no lo hemos visto antes? Ya eres adulta.

—¿Qué crees que soy capaz de hacer?

Jean recapacitó unos segundos repasando todas las habilidades de vampiros y dhaphiros que conocía.

—¿Hipnosis?

—No lo creo, no les ordené nada en voz alta. Simplemente, me mostré encantadora.

—Feromonas.

Emma frunció el ceño, confusa.

—¿Feromonas?

—Sí, hace años leí el caso de una inmortal que controlaba sus feromonas y era capaz de hacer que hombres y mujeres hicieran lo que quisieran a su antojo.

—Vaya.

Jean se levantó entusiasmado de la silla, con su desayuno por terminar y se asomó silenciosamente por el hueco de la escalera.

—¿Iris?

La cabeza de su mujer no tardó en asomarse.

—Dime, cariño.

—Tengo que salir a comprar un par de pinceles nuevos, ¿necesitas algo?

—No, gracias.

Jean sonrió triunfal.

—Me llevo a Emma.

—Perfecto, id con cuidado. Os quiero.

Emma, que ya estaba en pie junto a su padre con el abrigo puesto, sonrió a su madre.

—Te queremos, mamá.

Jean salió disparado de la casa, seguido de cerca de Emma, que seguía fiel a su padre sin saber que planes tenía.

—¿Qué te propones, papá?

—Es evidente, cariño. Vamos a poner a prueba tu don. El joven dependiente de la tienda de bellas artes será un conejillo de indias perfecto.

Una pequeña parte de Emma se sintió reticente a usar su don simplemente por diversión, pero la curiosidad que sentía era tan grande que terminó por ocupar toda su mente.

La tienda de bellas artes olía a trementina y lienzo nuevo. Era uno de los lugares favoritos de Jean, y el dependiente no tardó en reconocerle.

—Bienvenido, señor Neveu.

—Hola, Thomas. Ésta es mi hija Emma.

Emma sonrió amablemente al joven de cabello largo y enmarañado, recogido en una coleta al mas puro estilo de los pintores franceses.

—Encantado, Emma.

—Igualmente.

Jean le dedicó una mirada pícara a Emma, mientras el sentimiento de culpabilidad afloraba en ella.

—Thomas, ¿aún no me quieres mostrar qué es lo que haces en la trastienda?

—Ya sabe, señor Neveu, que le mostraré mi obra cuando esté terminada. No tardaré mucho, se lo prometo.

Jean hizo una señal prácticamente imperceptible a Emma para que pusiera en práctica sus nuevas habilidades. Ella llenó de aire sus pulmones, sin saber exactamente como activar sus feromonas.

—Thomas, me encantaría ver tu obra.

El chico pareció sonrojarse ante el cálido tono de voz de Emma, mientras ella le dedicaba una dulce sonrisa acompañada de un ligero pestañeo. Jean disfrutaba de la escena y apreciaba la belleza de su hija desde otro punto de vista. Le parecía más hermosa que nunca y sentía deseos de consentirla en todo lo que ella quisiera. Sin duda, las feromonas de Emma estaban en el ambiente y, aunque en menos medida, él también estaba bajo su influjo.

−Estaría encantado de mostrártela, Emma.

Algo se despertó en su interior; una mezcla de alegría por el triunfo y placer por poder dominar a su antojo a otro ser.

−¿Sería posible que también lo viera mi padre?

−Sí.

Thomas empezó a caminar seguido de cerca de una radiante Emma y un atolondrado Jean.

La trastienda se había convertido en un modesto estudio, donde varios lienzos llenos de color adornaban la estancia.

Jean se deshizo en halagos hacia la obra del joven, mientras Emma disfrutaba de su nuevo poder y evaluaba su alcance y su duración.

Tras haber pasado una larguísima hora en la tienda, decidieron volver a casa.

−Has estado fantástica.

−Gracias, la verdad es que es muy fácil. Incluso podría hacerlo sin darme cuenta.

Jean se paró en seco en mitad de la calle y Emma, que había avanzado un par de pasos más que él, tuvo que retroceder para ponerse a la altura de su padre.

−¿Qué sucede, papá?

−Emma, en la tienda, yo también me he visto algo influenciado por ti de una manera indirecta. He sentido como si debiera hacer todo lo que tú quisieras. Tenía un deseo irrefrenable de colmarte de regalos.

−Vaya, lo siento. Supongo que no se puede canalizar hacia una sola persona.

Jean cogió la mano de Emma entre las suyas.

—Quiero que me prometas que jamás usarás esta habilidad conmigo ni con tu madre.

—Jamás se me ocurriría usar esto contra vosotros, o para conseguir cosas de manera indiscriminada. Parece ser algo muy poderoso y sólo lo usaré en caso de emergencia.

Jean sonrió, satisfecho ante el carácter leal de su hija. Estaba orgulloso de la maravillosa mujer en que se había convertido su pequeña niñita.

—No esperaba menos de ti, cariño.

Emma sonrió y, sin soltar la mano de su padre, retomaron la vuelta a casa.

Sangre de canguro

La luz de la luna se reflejaba sobre la lisa y brillante superficie medio helada del lago.

La fría brisa de la noche congeló en un instante los pequeños pedazos de piel que no había cubierto con su abrigo y su grueso gorro de lana.

—Sarah, ¿estás segura de que tienes que marcharte?

La joven sonrió apesadumbrada por su responsabilidad y asintió, mientras lanzaba una fugaz mirada por la ventana a la fiesta que había en el interior de la cálida cabaña de madera en mitad del denso bosque.

—Eric, si mañana no me presento en la comida de Navidad de mi abuela, toda mi familia al completo dejará de hablarme.

—En algunas familias eso es una bendición.

—No todas son un desastre como la tuya.

Eric sonrió sin ganas y se acercó para rodear con los brazos a su novia, que había empezado a temblar sin control.

—¿Prometes llamarme en cuanto llegues a casa?

—Te lo prometo.

Los labios de Eric se posaron sobre los de ella dejándola, por unos instantes, con una plácida sensación cálida que atenuó el frío.

—Sé prudente al volante.

—Dalo por hecho.

Sarah guiñó un ojo a Eric, mientras se dirigía a su viejo coche de segunda mano.

Tras un par de intentos, el motor se encendió y, lenta y cautelosamente, la joven Sarah se encaminó hacia la oscura carretera.

Su valentía inicial de volver a casa sola en mitad de una fría noche se fue desvaneciendo a medida que recorría los cien kilómetros que la separaban de la calidez y seguridad de su hogar.

Sus ojos se desviaron tan sólo un segundo de la carretera y su miedo infundado y la repentina soledad hallaron consuelo en la flamante radio que su novio le había regalado por Navidad aquella misma mañana.

Su delicada mano buscó una emisora de radio acorde a sus gustos y, en sólo unos minutos, se encontró animada al volante de su coche cantando a todo pulmón una de sus canciones favoritas.

Apenas había recorrido un tercio del camino entre los densos árboles del bosque cuando un animal de gran envergadura saltó en medio de la carretera y, deslumbrado por los focos, se estrelló contra el coche de una abrumada Sarah que, en una fracción de segundo, pisó el freno con fuerza.

—¡Ay, Dios mío!, ¡he matado a un ciervo! —Su respiración empezó a acelerarse. Se debatía entre la posibilidad de esquivar el animal y seguir su camino, o hacer caso a su conciencia y ver si el animal podía ser socorrido y salvado.

Su parte más sentimental y humana tomó el control de sus acciones y, sin pensárselo, bajó del coche. Sus piernas apenas la sostenían a causa del nerviosismo del accidente pero, con pasos lentos, consiguió acercarse a la parte delantera del vehículo.

Ante ella, una enorme sombra, aovillada frente a una gran abolladura de su capó, temblaba con fuertes espasmos.

A pesar de los faros de su coche, Sarah no era capaz de distinguir qué animal era al que había malherido y, sin pensar en que se podría tratar de una bestia peligrosa, se inclinó sobre él para verificar con más exactitud su procedencia.

Tras un grito desgarrador, acompañado de unos grandes ojos amarillos, el animal se puso en pie, definiendo su verdadera forma humana y apresando a una aterrorizada Sarah, mientras sus gritos se perdían en la inmensidad de un bosque dormido.

Los restos de un gran pavo de Navidad muy poco hecho reposaban sobre el centro de la mesa, donde las dos familias se habían reunido, como era habitual, para celebrar las fiestas. En las copas de los que eran vampiros, aún quedaban restos de sangre de cerdo, mientras que en los platos de Emma y Jayden apenas había algunos restos del pavo que Iris les había preparado con todo cariño.

Los ojos de Galatea se posaron sobre el desnudo árbol, que ya no lucía los paquetes de colores bajo sus ramas.

—Este año ha sido el que más hemos comido y menor número de regalos hemos tenido.

—Hemos de empezar a acostumbrarnos a que los pequeños ya no lo son y, por lo tanto, entre los regalos ya no hay tantos juguetes.

Los cuatro adultos miraron melancólicamente a Emma y Jayden, mientras unos suspiros ahogados se escapaban de las bocas de sus respectivas madres.

—Si nos vais a mirar así y a empezar a recordar batallitas de cuando éramos críos, casi mejor que nos vamos a mi habitación, a jugar con la Playstation que le habéis regalado a Jayden.

Emma se puso en pie, aprovechando la excusa y, arrastrando a Jayden de la mano, sonrió.

—Si nos disculpáis…

—Vamos, Emma, no me digas que os aburren las batallitas de vuestros padres.

—No es aburrimiento, papá. Es que me las sé de memoria.

Jayden siguió a una risueña Emma, que abandonó el comedor dejando atrás a unos divertidos padres, que entablaban una animada conversación.

La habitación de Emma no tenía nada que ver con la de Jayden. Decorada con tonos violetas y cortinas azules, rezumaba feminidad por todos sus objetos. Bajo la enorme ventana, había una delicada cama de hierro forjado, con un edredón de tonos azules y dorados, perfectamente hecha y adornada con varios almohadones de los mismos colores. Frente a ésta, un escritorio con estanterías llenas de libros y un enorme cuadro abstracto, sin duda pintado por su padre, definían su espacio preferido para estudiar.

Emma se sentó en la alfombra del centro de la habitación y Jayden hizo lo propio frente a ella.

—Tengo que contarte algo, Jay.

Las cejas de él se arquearon curiosas.

—Desde hace unos días, he desarrollado una habilidad especial.

—Jo, ¿tú también?

La culpabilidad se adueñó de la voz de Emma.

—Lo siento, Jay. No pretendo restregártelo. Si lo prefieres no te cuento nada.

—Perdona, Em, no es eso, ya sabes que me siento un bicho raro entre vosotros.

Ella posó su fina mano sobre la de Jayden y sonrió dulcemente.

—Algún día tu serás un ser excepcional. Es más, ya lo eres, sólo tienes que creértelo un poco más, lo que me recuerda... —

Emma se estiró sobre el suelo para alargar sus brazos bajo su cama y sacar una caja metálica de galletas de mantequilla—. Aún tengo otro regalo para ti.

Los ojos de Jayden se iluminaron, destellando brillos grises como la plata recién pulida.

—Pero, primero cuéntame lo de tu habilidad nueva.

—Sí, claro. Verás, he descubierto que controlo mis feromonas.

—¿Tus feromonas?

Emma sonrió dulcemente, mientras tamborileaba con sus uñas, perfectamente pintadas, sobre la superficie de la caja de galletas que tenía en el hueco que formaban sus piernas.

—Gracias a mi emisión controlada de feromonas, puedo seducir a cualquiera para que haga lo que yo desee.

—¡Qué guay!

—Lo sé, pero tengo que vigilar mucho porque a veces lo activo sin saberlo y luego me siento fatal.

Jayden se dejó caer hacía un lado, derrumbándose por completo en la calidez de la alfombra.

—Qué envidia. ¿Crees que yo también tendré algo así?

—Sinceramente, no lo sé, pero es posible.

Los ojos de Jayden se cerraron mientras, con un largo bufido, se sumía en su propia desgracia.

Emma abrió la caja de galletas y carraspeó para llamar su atención.

—Seguro que mi regalo te anima.

Jayden se incorporó de un respingo y se sentó frente a Emma, que rebuscaba algo muy pequeño entre diminutas bolsas de papel y fotografías viejas.

—¿Qué son esas bolsas?

—Son recuerdos, entradas de cine, canicas, las tengo catalogadas por años.

Los ojos de Jayden se posaron de inmediato en un pequeño recipiente de cristal tapado con un corcho.

Su contenido era rojo como la sangre.

—¡La sangre de canguro!

—¡Shhh!, baja la voz. ¿Quieres meterme en un lío?

Jayden se tapó la boca con las dos manos y negó con la cabeza. Sus ojos no perdían de vista el botecito de cristal.

—Escúchame bien. Tienes que seguir estas instrucciones al pie de la letra. Verterás tres gotas de esta sangre en un azucarillo y lo dejarás preparado para cuando llegue el momento preciso de usarla. Ni una más, ni una menos.

Jayden asintió, sin dudar, ante las palabras de Emma.

—Sólo lo harás una única vez al día, ya que estas cosas son adictivas y, evidentemente, sólo la usarás para el fin que nos hemos propuesto.

—Plantarle cara a Brian.

—Exacto.

Emma alargó su mano hasta Jayden y éste, lentamente, cogió el botecito y se lo acercó para examinar de cerca su contenido.

—Jay, confío mucho en ti, pero recuerda que si esto se sabe me puedes meter en un buen lío.

—Lo sé, Em. Puedes confiar en mí, guardaré el secreto —Saltó a los brazos de su amiga y la estrechó entre los suyos—. Eres la mejor.

Emma rió, devolviéndole el efusivo abrazo.

—Lo sé, soy la mejor amiga del mundo, y ahora será mejor probar esos juegos que te han regalado para no despertar sospechas.

—¿Para no despertar sospechas?, yo creo que es más bien que te mueres de ganas por probarlos.

Emma se apartó un mechón de pelo del hombro y sonrió.

—Está bien, lo reconozco, adoro la Playstation.

Ambos empezaron a reír escandalosamente llenando la habitación con sus cálidas y sinceras carcajadas.

Como si tuviera vida propia y le llamara entre susurros, el botecito con la sangre de canguro, perfectamente escondido entre sus calcetines de deporte, ocupaba la mente de Jayden continuamente pero, fiel a su promesa, estaba decido a no probar ni una sola gota de aquel poderoso líquido hasta que llegara el momento oportuno de hacer frente a Brian. Por muchas ganas que tuviera de experimentar la fuerza y la velocidad que la sangre de canguro le otorgaría a su débil cuerpo adolescente, pesaban más en su mente las palabras de Emma.

Las horas pasaban lentamente y nada era capaz de distraerle en su habitación. Cada pocos minutos, se descubría a sí mismo cerca del cajón de los calcetines, o mirando su contenido con ansiedad sin saber bien cómo había llegado hasta allí.

Estaba cediendo.

Sin dudarlo un instante, para intentar evitar la gran tentación, cogió el libro que descansaba sobre su mesilla de noche y bajó corriendo las escaleras hacía la biblioteca, donde se encontraba Kate.

—Mamá, si no me necesitas quisiera ir a leer al parque.

Kate levantó la vista de su portátil por un segundo y sonrió a su hijo.

—Claro, cariño. Disfruta de tus vacaciones, pero abrígate y ponte la crema solar, hoy hace un sol radiante.

Jayden asintió a su sobre-protectora madre, mientras cogía su abrigo y su bufanda del colgador que había junto la puerta de la calle.

Como le había advertido su madre, la calle estaba bañada por un amarillento sol de diciembre, que apenas caldeaba el frío ambiente.

Abrigado y bien protegido con su crema solar de factor extremo, que siempre aplicaba después de su ducha matutina cuando la previsión del tiempo anunciaba un día soleado, empezó a caminar hacia su lugar favorito de Londres: Regent's Park.

El lago de la entrada del parque presentaba un aspecto helado con algunas placas de hielo flotando en su cristalina superficie. A Jayden le gustaba observar cómo las gaviotas perdían el equilibrio y resbalaban al intentar aterrizar sobre la superficie escarchada.

Pero, aquella mañana, su propósito era otro. Se dirigió al sendero, plagado de bancos y rodeado de una hermosa vegetación de tonos verde oscuro y marrones rojizos que tanto le gustaba, para sumergirse en la lectura de su libro.

Habitualmente, aquel paseo estaba lleno de gente que alimentaba a los patos y a las ardillas, en especial a estas últimas, ya que su carácter curioso y amistoso solía llamar más la atención.

A Jayden le hubiera gustado poder alimentar a estas adorables criaturas pero, por norma general, todos los animales intuían que Jayden era un depredador en potencia y ningún animal se le acercaba lo más mínimo.

El banco que escogió, estaba bañado por un precioso sol invernal y no tardó mucho en dejarse llevar por la trama de la novela que llevaba consigo. Únicamente la risa cristalina de una niña le sacó de su concentración. Era una niña de unos doce años, de cabello rojo como el fuego. Tenía un brazo en cabestrillo, pero aquello no mitigaba su alegría. La acompañaba una mujer mayor que, sin duda, era su abuela, ya que en su cabellera blanca aún quedaban rastros de algunos mechones rojos como los de la pequeña.

Jayden no pudo evitar quedar fascinado con la escena que representaban la pequeña y su abuela. Ambas estaban siendo literalmente acechadas por varias ardillas, de una manera tan divertida que la niña reía a grandes carcajadas. Uno de los divertidos roedores estaba subido en el gorro de lana de la abuela, mientras ésta le ofrecía frutos secos.

Jamás había visto comportarse así a las ardillas. Habitualmente se acercaban curiosas y para conseguir comida, pero huían al obtener su objeto de deseo tan rápido como habían aparecido. Aquellos animalillos peludos parecían sentir un aprecio especial por ellas y no mostraban ningún tipo de temor subiéndose por sus piernas y trepando hasta sus hombros.

Sin saber por qué, Jayden era incapaz de apartar la vista de la niña. Tal vez fuera su brillante cabellera pelirroja, o quizás lo que ella representaba, una despreocupada felicidad infantil que él casi ya no recordaba.

La abuela sacó una cámara de fotos de su bolso, del cual se balanceaba una atrevida ardilla, y solicitó a una pareja de jóvenes, que paseaban cogidos de la mano, que les hiciera una fotografía a ella y a su nieta. Sin dudarlo, el hombre de la pareja se ofreció amablemente. Jayden no podía apartar la vista del lugar donde estaban ellas, incluso cuando calculó la distancia y la posición de la cámara y no tuvo la menor duda de que su rostro quedaría grabado para siempre en aquella instantánea de las dos desconocidas no pudo dejar de mirarlas.

La espera

Tan sólo necesitó oír el primer pitido de su despertador para, de un golpe preciso y seco, pararlo e incorporarse en la cama.

Era el primer día de clase después de sus bien merecidas vacaciones de Navidad y, por fin, el final de una interminable espera, que le había obligado a inventarse todo tipo de distracciones para no incumplir el pacto con Emma.

Por fin, Jayden tendría la oportunidad de usar la sangre de canguro.

Saltó hacia el cuarto de baño contiguo a su habitación y, tras una rápida ducha y su habitual vistazo al cielo de Londres para verificar la necesidad exacta de crema solar, salió disparado hacía su habitación. En apenas dos minutos, se había vestido y se hallaba sentado frente a su escritorio con un terrón de azúcar en sus dedos y la botellita de cristal envuelta en los calcetines de deporte a su lado.

Tras una breve mirada a la puerta entornada de su habitación, liberó la botellita de su escondite y, con sumo cuidado, vertió tres gotas sobre el inmaculado terrón de azúcar que, ávido de líquido, absorbió en un instante la sangre, tornándose de un rojo apagado.

Un suspiro cargado de esperanza salió de su boca.

Cogió una esquina de un folio, medio garabateado con notas e ideas, y envolvió el terrón de azúcar cargado con el arma más poderosa para un dhaphiro indefenso. Se detuvo a observarlo un momento, esperanzado, justo antes de guardarlo como un gran tesoro en el bolsillo de sus vaqueros.

El final del reinado de Brian estaba cerca.

En la cocina, unas animadas Kate y Galatea discutían sobre los cambios que se proponían hacer en la tienda de antigüedades, ya que las ventas habían aumentado mucho desde que Jean vendía sus cuadros en ella.

Sobre la mesa, un gran tazón de cereales esperaba a Jayden.

—Buenos días.

Las dos mujeres repararon en la presencia de Jayden y le dedicaron dos sonrisas llenas de orgullo.

—Hola, Jayden.

—Buenos días, cariño. Se nos ha terminado el zumo de naranja, ¿quieres un vaso de sangre?

Jayden arrugó la nariz a su madre. A pesar de que adoraba comer carne medio cruda y su metabolismo toleraba la comida humana y la sangre, no soportaba el rojo líquido recalentado en el microondas. Prefería mil veces un vaso de leche.

—Lo siento, cielo.

—No te preocupes, mamá, con los cereales me basta.

Kate sonrió a Jayden, que ya había atacado su bol del desayuno, y siguió discutiendo con Galatea sobre los nuevos planes de futuro de su negocio.

Sin demorarse demasiado, Jayden terminó su desayuno y depositó los platos en el fregadero.

—Nos vemos luego.

Apenas había avanzado unos pasos cuando su madre le llamó la atención:

—¿No te olvidas de algo, jovencito?

Un fugaz rubor corrió por las mejillas de Jayden.

294

—Lo siento, mamá.

Con pasos lentos y pesados, se acercó a su madre para despedirse de ella con un sonoro beso.

Galatea, que no escondía la mueca de burla dibujada en su cara, se limitó a despeinar la cabellera azabache del joven demasiado mayor para besar a su madre siempre que se iba o llegaba a casa.

El puntual autobús llevó a Jayden a su destino, donde montones de alumnos se agolpaban por todos los rincones, comentando sus vacaciones de Navidad y comparando sus regalos.

Los ojos de Jayden recorrían, frenéticos, los rostros de todos los jóvenes que tenía cerca en busca de su objetivo, a sabiendas de que no sería difícil provocarle para plantarle cara de una vez por todas y terminar con el acoso.

Pero Brian no aparecía por ningún lado.

La frustración se hizo presente en el pulso acelerado de Jayden, que empezó a ver desbaratados sus planes de venganza.

Cuando la campana sonó, todos los alumnos llenaron sus respectivas aulas y la primera clase del año dio inicio.

Jayden miró con un mal fingido disimulo hacia el último pupitre de la clase, que estaba situado junto a la ventana y del que Brian se proclamaba dueño absoluto.

Pero él no estaba allí.

Como si Jayden hubiera rogado a los dioses que desvelaran el paradero de su objetivo, su anhelo fue respondido por el profesor.

—¿Alguien sabe dónde está Brian?

Adam, uno de los secuaces, se apresuró a contestar al profesor que, bolígrafo en mano, se dedicaba a pasar lista.

—Está enfermo de gripe.

—Vaya, parece que este año el virus nos ha pillado a todos desprevenidos.

Sin darle más importancia, el profesor garabateó algo en su libreta y empezó a dar la clase.

Jayden no pudo evitar echarse la mano al bolsillo y apretar con fuerza el terrón de azúcar envuelto en papel que deseaba ser liberado.

Se obligó a respirar lentamente para calmar su frustración y se repitió a sí mismo: "La venganza es un plato que se sirve frío".

La semana había pasado lentamente, entre ataques de desesperación por parte de Jayden al no ver a Brian de vuelta al instituto y delirios con gran imaginación sobre lo que la sangre de canguro sería capaz de otorgar a su frágil cuerpo.

Aquel viernes, el ambiente era distendido y animado, como solían ser los días precedentes a uno de fiesta. Jayden había aban-donado toda esperanza de encontrarse con Brian aquella semana, ya que se rumoreaba que aún tenía una fiebre muy alta, y su experiencia con humanos le decía que una gripe tardaba entre siete y diez días en ser vencida por los anticuerpos.

Por lo menos, todo aquel asunto le alegraba. Su condición de dhaphiro adolescente, a pesar de ser aún mortal, le alejaba de cualquier enfermedad, ya que sus células parecían ser inmunes a ellas.

Mientras caminaba animado, con la seguridad de que aquellos días el peligro era nulo entre los muros del instituto, y se encaminaba hacia la siguiente clase, sus ojos se cruzaron fugazmente con un rostro terriblemente familiar.

Brian había vuelto.

El corazón le dio un vuelco, debatiéndose entre el temor de haber perdido la paz de un instituto sin peligros para él y la nueva posibilidad de darle una paliza.

Instintivamente, su mano se deslizó dentro del bolsillo de su pantalón para acariciar el maltrecho terrón, que había acudido con él a cada una de las clases de aquella semana.

Quizás había llegado ya el gran momento. Tendría que hacer acopio de un gran valor ya que, por sí sola, la sangre de canguro no le plantaría cara a su enemigo.

Brian, que tenía la particularidad, al igual que los perros, de oler el miedo, no tardó en fijar sus feroces ojos en el rostro de Jayden, desfigurado por la ansiedad.

Una fría sonrisa se dibujó en su rostro y, sin perder un segundo, fue esquivando los alumnos del pasillo, que se encaminaban a sus respectivas aulas, para hallar a su presa favorita.

Los hábiles dedos de Jayden ya habían liberado parte del papel al terrón de azúcar, todavía oculto en su bolsillo.

Tan sólo unos metros separaban al león de su presa, cuando una silueta femenina rompió todo contacto visual.

—¡Brian!, ya estás de vuelta.

Los ojos de él brillaron con una intensidad diferente, mientras abrazaba a la chica que había ido a su encuentro.

—Ya estoy mejor, nena.

—Si te beso, ¿me contagiaré?

Sin dudarlo un segundo, Brian besó con furia a la joven que se había interpuesto entre ellos, frustrando el plan de venganza de Jayden.

No sabía si alegrarse o enfurecerse ante la repentina interrupción y, mientras se desataba una lucha en lo más profundo de su alma, entró en su siguiente clase, seguido de cerca de Brian y su nueva novia.

El sol apenas había hecho acto de presencia cuando los alumnos llenaron por completo el patio del instituto a la hora del recreo. Apenas tenían veinte minutos, pero los jóvenes sabían sacar partido de ellos hablando de sus cosas, jugando partidos de básquet en el patio central o buscando algún rincón oscuro entre los árboles del jardín, para dar rienda suelta a sus hormonas, al igual que lo hacía Brian con su nueva novia.

Jayden, sentado en un muro de piedra a unos cincuenta metros del incansable matón de instituto y su fogosa pareja, era incapaz de apartar la mirada de la escena. No era porque sintiera algún tipo de curiosidad en el intercambio de fluidos que ellos realizaban con gran efectividad, sino porque no podía dejar de clavar sus ojos en su objeto de venganza y deseo.

Brian.

Entre beso y beso, se separaba de la joven atolondrada de cabello castaño y enmarañado por la hierba, para tomar una bocanada de aire fresco. Fue entonces, en una de esas escasas pausas, cuando se percató de la punzante mirada de Jayden sobre ellos.

Al ver cómo su rostro cambió repentinamente, supo que, indudablemente, iría a su encuentro por la falta de respeto.

Tras dedicar apenas un par de palabras de disculpa a la chica que se había incorporado y se alisaba el cabello con la mano, Brian se puso en pie y, con paso firme y seguro, fue al encuentro de Jayden. Él, que esta vez ya no estaba amedrentado por el factor sorpresa que le había sobrevenido aquella mañana, echó mano a su escaso valor, para saltar de un brinco de la seguridad de su muro y quedarse de pie esperando su momento de gloria.

Su mano ya había liberado el preciado terrón de azúcar del papel que lo envolvía y ahora se deshacía poco a poco en contacto con la calidez de las yermas de sus dedos.

Brian ya estaba muy cerca.

—¿Qué crees que miras, atontao?

Apenas faltaban cinco metros para que Brian le alcanzara y el azucarillo sentía el aire fresco por primera vez en varios días.

—¡Te hablo a ti, imbécil!

Cuando ya sólo restaba un leve movimiento de muñeca para el mayor logro de Jayden, una voz femenina interrumpió la escena.

—Brian Hawes, tendremos que lavarle la boca con jabón. ¿Qué se supone que son esas palabras malsonantes? Al despacho de la directora ahora mismo.

Brian dedicó una fugaz mirada de odio a Jayden, mientras la profesora encargada de velar por la seguridad de los alumnos en el recreo cumplía a la perfección con su cometido y le acompañaba a ver al director.

Jayden no podía creérselo. Era como si todas las veces que hubiera pedido ayuda al cielo para que alguien le salvara de algún altercado con Brian, tuvieran respuesta y se estuvieran cumpliendo aquel mismo día.

Aquello no podía estar pasándole a él.

Con una fugaz mirada, observó el estado deplorable que presentaba lo que un día fue un perfecto y cuadrado terrón de azúcar.

Apenas parecía sólido.

Para intentar enmendar el desaguisado con un poco de intimidad, se dirigió hacía los baños más cercanos a su posición para, en la soledad del retrete, poder manipular a sus anchas lo que quedaba del azucarillo.

En el baño de chicos, como era de esperar, no había ni un alma.

Jayden entró en el primer cubículo que encontró en un estado más o menos higiénico y, tras cerrar la puerta con el pestillo, se sentó sobre la tapa del inodoro y observó triste los restos del terrón.

—Inservible.

Por suerte, su madre le había enseñado desde muy temprana edad que siempre se tiene que ser precavido. En el bolsillo interior de su mochila, envuelto en unos calcetines viejos que, en caso de hurto hubieran desviado la atención, ya que nadie hubiera querido hurgar en ellos, tenía escondido, para un caso de emergencia, el frasquito con el resto de sangre y un nuevo terrón.

Con una improvisada superficie de trabajo que creó con su carpeta sobre sus rodillas, cogió el nuevo azucarillo y vertió de nuevo tres gotas de sangre sobre él.

La puerta del baño se cerró de golpe y se oyeron unos amortiguados pasos en el suelo, indicando que alguien había entrado.

—Como enganche a ese desgraciado de Savage se va a enterar.

La voz susurrante de Brian hablando para sí mismo llegó a los oídos de Jayden y, sin poder controlar su agitación, el resto del contenido de la botellita se vació sobre el terrón de azúcar sin poder impedirlo.

—Maldición —Instintivamente, Jayden se tapó la boca con las manos dejando de respirar.

—¿Quién anda ahí?

Jayden secó con papel higiénico las gotas de sangre que habían salpicado el forro de su carpeta y se puso en pie, sosteniendo con cuidado el empapado terrón y calculando mentalmente cuantas gotas de más habrían caído.

Quizás nueve, el tarro estaba vacío.

Brian, encolerizado por el castigo impuesto por el director, empezó a golpear con la mano la única puerta que estaba cerrada.

—¡¿Quién eres?!

Jayden tragó saliva y, con la respiración entrecortada, se dispuso a plantarle cara.

300

—Soy Jayden.

—Hombre, a ti quería yo decir unas cosillas.

Ya era tarde para echarse atrás, era el momento oportuno. O lo hacía en ese momento o jamás tendría una oportunidad como aquella. Sin dudarlo, se metió el azucarillo en su boca y al instante pasó de ser sólido a convertirse en una masa dulzona y casi líquida en contacto con su lengua.

No tenía un sabor especial.

Sus dedos se deslizaron seguros sobre el pestillo de la puerta, concentrándose en todo lo que oía y a sabiendas de que tendría que ser muy rápido.

En cuanto el pestillo liberó la puerta, ésta se abrió con un fuerte golpe, mientras la mano de Brian se apoyaba en ella.

—¿A que estás jugando, niñato?

—Estoy harto de ti, Brian.

En cuanto sus propias palabras resonaron en su mente, notó como la sangre de canguro que recorría su cuerpo le llenaba de valor y una poderosa fuerza marcada por la ira de tanta injusticia reprimida afloraba.

—Soy yo el que esta harto de ti, lechoso. No haces más que meterme en problemas.

Sin apenas pensarlo, Brian cogió a Jayden por el cuello de su jersey, levantándolo y empujándolo contra la pared lateral del cubículo.

Aquello desbordó su nueva fuerza que empezó a fluir por sus músculos como un hormigueo frío y electrizante.

—Ya no me asustas.

Los ojos de Brian mostraron, por unas milésimas de segundo, el asombro del desafío.

—¿Que no te asusto?, ésa si es buena. ¡Ahora sí que te vas a enterar!

301

Brian elevó la mano que le quedaba libre y, cerrando su puño con furia, se preparó para propinar un puñetazo a la hermosa cara de Jayden.

La imagen había cobrado una mayor nitidez para él, lo observaba todo como a cámara lenta. Fue tan fácil que sintió que aquello era lo más natural del mundo para él.

En un abrir y cerrar de ojos, su mano bloqueó el puño de su agresor a pocos centímetros de su cara.

Brian no cabía en sí del asombro.

—Se acabó abusar de los débiles.

Sin saber exactamente cómo tenía que efectuar cada uno de los movimientos, se liberó velozmente de la mano que aferraba su jersey para colocarse todo lo cerca que pudo de él y, con una cínica sonrisa en los labios, fue Jayden quien, esta vez, le cogió por el cuello y le levantó a medio metro del suelo.

—¿Ahora quién es el pringao?

Brian pataleaba mientras, con las manos, hacía intentos imposibles para liberarse de aquellas fuertes manos que le privaban del aire.

Con un ágil y rápido movimiento, Jayden lo lanzó por los aires, estampándolo contra la puerta metálica de la entrada.

Brian permaneció unos segundos con los ojos cerrados, cogiéndose la garganta con las dos manos, mientras Jayden disfrutaba de la enorme abolladura que había causado su cuerpo en la puerta.

—Savage, estás loco.

La voz de Brian apenas era un leve susurro ronco.

Jayden se acercó despacio a su presa que, temerosa por primera vez en su vida, se puso en pie con dificultad e intentó abrir la puerta para huir de su nuevo agresor, pero la fuerza del impacto la había deformado tanto que estaba atascada.

—Jamás vuelvas a molestarme a mí o a cualquier otra persona por el simple hecho de divertirte o, de lo contrario, lo que te ha pasado hoy será una anécdota divertida en comparación con lo que te haré. Y pobre de ti que cuentes lo que te he hecho —Una carcajada cínica salió de lo más profundo de su alma—. Espera, aunque lo contaras, nadie te iba a creer.

Con un veloz movimiento de muñeca, tiró de la maneta de la puerta y la abrió.

Como si huyera del mismísimo Lucifer, Brian se perdió por los pasillos, corriendo con el rabo entre las piernas.

Las tornas por fin habían cambiado.

Jayden se llevó las manos a la cabeza y corrió hacía los espejos sobre las pilas del baño para comprobar que seguía siendo el mismo.

No podía dar crédito a lo que acababa de hacer. Realmente, la sangre de canguro era algo maravilloso. Sin duda, jamás saldaría la deuda con Emma por haberle proporcionado lo que había cambiado su vida para siempre.

Unos aplausos lejanos le sacaron de su alegre estado.

—Bravo, ha sido muy divertido —Jayden se giró para ver una sombra que salía del último baño. Al parecer no estaban solos—. Llevo meses esperando que esto ocurriera. Eres un caso único, Jayden.

La luz que se filtraba por la ventana rectangular del baño desveló el rostro de aquel misterioso personaje.

Era Robert James, profesor de química del último año.

—No me mires así, jovencito. No contaré nada de lo ocurrido aquí, pero quiero que vengas un día a verme a mi despacho; tengo un club de dhaphiros, donde encajarías a la perfección.

—No sé de qué me está hablando —Su pulso se aceleró de nuevo.

El miedo y la inseguridad volvieron a adueñarse de él.

La sangre de canguro había dejado de hacer efecto.

—Es muy loable por tu parte que intentes mantener nuestro secreto pero, tranquilo, sé qué eres —Con un rápido movimiento, propio de un vampiro, se plantó justo frente al aturdido Jayden.

—¿Sabe que soy un dhaphiro?

—Sí, como ya te he dicho tienes un talento excepcional y, aunque no te conociera, el olor dulzón de los dhaphiros os hace inconfundibles entre tanto mortal.

Las preguntas se agolparon en su mente pero, antes de que pudiera formularlas, el extraño desconocido se encaminó hacia la maltrecha puerta de salida.

—Esperaré impaciente tu visita.

Sin apenas poder reaccionar, el profesor James abandonó el baño de chicos, dejando tras de sí a un aturdido y confuso Jayden.

Decepción

Los minutos de aquella última clase se habían hecho interminables. Parecía como si las agujas del reloj no quisieran avanzar.

Jayden se había estado debatiendo entre la sensación de triunfo de haber plantado cara por fin a Brian y el extraño encuentro con el profesor James en el baño. Jamás se había planteado el hecho de que algunos de los profesores pudieran ser de su especie o incluso algunos alumnos.

Al fin y al cabo, los inmortales tenían el mismo derecho a la enseñanza que los humanos.

A pesar de lo extraño y misterioso del encuentro con el profesor, hacia el final de la clase, la visión del posible rostro de Emma satisfecha por su hazaña, hizo que la batalla con Brian tomara protagonismo en sus pensamientos.

Cuando el timbre sonó, Jayden fue de los primeros en salir por la puerta, dispuesto a tomar el autobús de regreso a casa con rapidez.

Tras haberse pasado todo el viaje relatándose a sí mismo la historia tal y como se la contaría a Emma, se encontró en la calle que, en función de la dirección tomada, le llevaría a su casa o a casa de su amiga.

Con un ágil movimiento, sacó de su bolsillo el teléfono móvil y llamó a su madre.

—Hola, cariño, ¿ya vienes?

—Hola, mamá. Me preguntaba si puedo pasarme a ver un rato a Emma.

Al otro lado del teléfono, una tranquila Kate, que compartía un momento de relax junto a Galatea y la cálida chimenea de piedra, frunció el ceño.

—Jayden, Emma estará estudiando mucho, ya la verás mañana.

De sus labios sólo salió un bufido de decepción.

Los ojos de Galatea se posaron sobre los de Kate.

"Déjale ir, está bien que tenga una buena confidente como Emma, recuerda que es adolescente y es una época muy difícil"

Kate suspiró.

"Le tienes consentido, Galatea. Está bien."

Jayden, que escuchaba el silencio a través del móvil carraspeó.

—Está bien, puedes ir, pero sólo un rato.

—¡Lo habéis vuelto a hacer!

La voz de Jayden sonaba alterada.

—¿El qué?

—Comunicaros telepáticamente delante mío. Mamá, sabes que no soporto que lo hagáis cuando yo estoy presente.

Galatea, que oía con su fino oído las palabras de Jayden a través del móvil de Kate, miró al cielo resignada.

—Lo siento, cariño, no me he dado cuenta.

—Te veo luego, mamá.

—Ve con cuidado.

Jayden colgó el teléfono, triunfal ante la buena noticia, y se apresuró a llegar hasta la casa de Emma.

Como de costumbre, fue la sonriente Iris quien acudió a la llamada de la puerta.

—Hola, Jayden, pasa.

—Hola, tía Iris, ¿está Emma en casa?

Iris sonrió con ternura.

Adoraba a Jayden desde que pasó cuidándole junto a Galatea los siete largos días que duró la transformación de Kate y sentía que aquel joven era parte de su familia.

—Tienes suerte, acaba de llegar de la biblioteca. Se alegrará de verte, está muy estresada este trimestre, y eso que acaba de empezar.

—¿Puedo subir?

—Claro, cariño, ¿quieres tomar algo?

—No, gracias, tía Iris.

Jayden se encaminó hacía el piso superior a toda prisa, bajo la atenta mirada de la orgullosa Iris.

La puerta de la habitación de Emma estaba entornada y de ella salía una luz anaranjada de lo más cálida. Con un leve golpe con los nudillos llamó a la puerta.

No hubo respuesta.

—Estará con el ipod, Jayden, pasa.

La voz grave y masculina crispó los nervios del desprevenido Jayden.

—Hola, tío Jean.

—Hola, chaval. Me alegro de verte.

Jean se limitó a despeinar el brillante pelo de Jayden con su mano libre, mientras en la otra sostenía varios pinceles sucios.

Siguiendo el consejo del padre de Emma, Jayden abrió lentamente la puerta de la habitación.

Ella estaba sentada en su escritorio, tal y como había predicho Jean, con los auriculares de su ipod en los oídos y moviendo a un lado y a otro con ritmo una larga y brillante cola de caballo dorada.

Por un momento, Jayden se dejó llevar por su parte más traviesa y se encaminó lentamente hacia Emma, que le daba la espalda, dispuesto a asustarla.

Sus manos apenas estaban a unos pocos centímetros de los hombros de ella y luchaba por contener una carcajada.

—Hola, Jay.

Él saltó hacia atrás, llevándose la mano al pecho para contener las palpitaciones aceleradas de su corazón.

Emma se giró mostrando una brillante sonrisa pícara en sus labios.

—Te he arruinado el susto.

Jayden la miró con un mal fingido recelo.

—No es justo, tú me hueles a metros de distancia.

Ella se encogió de hombros, envolviendo su rostro con un aura de lo más angelical.

—Es lo que tiene ser adulta.

Jayden decidió ignorar la ironía de las palabras de Emma y se sentó, como siempre solía hacer, en su rincón favorito de la gran alfombra central.

—Como eres adulta, no te interesará saber qué ha pasado hoy en el instituto, ¿verdad?

Sin apenas ser un movimiento visible para los ojos acostumbrados de Jayden, Emma cerró la puerta y se acurrucó en la alfombra frente a él.

—¿La has usado?

—Eres rapidísima. Cada día más.

Emma sonrió orgullosa mientras, con las manos apoyadas en el suelo, inclinaba su rostro hacía el de Jayden.

—Cuéntamelo.

Él disfrutó unos segundos haciéndose de rogar. Era poco habitual que fuera el centro de tanta expectación.

—Ya sabes que esta semana se suponía que Brian no vendría a clase.

Emma asintió.

—Resulta que hoy ha aparecido.

—Llevabas encima la... —Emma abrió sus grandes ojos verdes—. Ya sabes.

—Sí, la he llevado encima conmigo todos estos días.

Emma se removió nerviosa sobre la alfombra, mientras Jayden le explicaba con todo lujo de detalles cómo había tenido varias falsas alarmas con Brian y cómo, tras haber derrochado el primer terrón, había conseguido plantarle cara.

—Emma, derramé más gotas de las que me dijiste en el terrón. No fue voluntario, es que me asusté al oír a Brian en el baño.

Jayden entrecerró los ojos a la espera de una reprimenda por parte de ella, al haberse saltado uno de los pasos de sus indicaciones, pero no era capaz de omitirle aquel detalle, estaba demasiado acostumbrado a ser muy sincero con ella y guardarle un secreto era impensable para él.

—No pasa nada, Jayden. Tú estás bien.

Él la miró un tanto sorprendido.

—Y dime, ¿qué has sentido?

—La verdad es que, al principio, no sentí nada especial, pero cuando Brian intentó atacarme, todo se volvió más claro. Era como si hubiera tenido un problema de visión y me hubiera puesto gafas.

Emma sonrió viendo como Jayden revivía el momento.

—La fuerza que sentí correr por mis brazos fue una sensación bestial. Muchas gracias, sé que te has jugado mucho con esto.

El rostro de ella se volvió serio y una nube negra empañó sus habituales ojos risueños.

—Jay, sabes que te quiero como a un hermano, ¿verdad?

Él asintió, un tanto aturdido, mientras Emma cogía una de sus manos entre las suyas y sus ojos, incapaces de mirarle a la cara, deambulaban por el suelo.

—No corrías un peligro real hoy al tomarte más sangre de la indicada.

—¿Por qué?

Emma apretó la mano de Jayden, a la vez que sus ojos se asomaban por el marco que formaban sus espesas pestañas.

—Era sangre de mentira, comprada en una tienda de disfraces. Me inventé la historia de la sangre de canguro para que, a modo de placebo, vieras que por ti mismo, si crees en ello, eres capaz de sacar tu lado salvaje. Siento haberte mentido, pero ha funcionado bien, ¿verdad?

Los labios de Emma dibujaron una tímida sonrisa, que se desdibujó al instante al ver la traición dibujada en los ojos de Jayden, que, de un brusco movimiento, liberó su mano de las de ella.

—¿Era mentira?

—Jay, lo siento. Tan sólo quería demostrarte que, si crees en ti, eres capaz de todo.

Jayden se puso en pie. Se sentía mareado.

—¿Sangre falsa? ¿Me estás diciendo que Brian me podía haber dado la paliza de mi vida?

Emma también se puso en pie con un grácil movimiento, que apenas hizo que su coleta se moviera un ápice.

— Sabía que eso no pasaría, Jay. Eres un dhaphiro. La ferocidad es parte de tu carácter y, sobretodo, se libera cuando estás amenazado. Sólo necesitabas saber cómo liberarla.

Él empezó a caminar en círculos pasándose las manos por el pelo.

—Yo he sido incapaz de ocultarte el hecho de que había derramado más sangre de la que me dijiste y tú te inventas toda una historia llena de mentiras.

Emma intentó cogerle del brazo para que le mirara a los ojos y así poder mostrarle mejor su arrepentimiento, pero Jayden se liberó con un rápido movimiento, casi tan veloz como los que ella era capaz de llevar a cabo.

—No quería herirte. Ni por un momento pensaba que te pondrías así, simplemente quería ayudarte con tu problema.

Jayden miró por fin a Emma, pero su mirada, desprovista de amor, paralizó el lento latir del corazón de ella.

—No quiero saber nada más de ti, eres una mentirosa.

Sin que ella tuviera tiempo de volver a excusarse, un decepcionado y herido Jayden abandonó rápidamente la habitación y la casa sin despedirse de nadie y dejando tras de sí una atónita Emma.

Jean entró en la habitación de su hija, alarmado por los gritos de los dos jóvenes.

Ella estaba sentada en su cama con la cara enterrada entre sus manos y sollozando.

—Emma, ¿qué ha pasado?

—Le di a Jayden sangre artificial y le dije que era sangre de canguro para que tuviera fuerzas para plantarle cara a un chico de su instituto, que hace meses que le estaba aterrorizando.

Jean se sentó junto a su hija que intentaba, sin lograrlo, derramar una sola lágrima.

—¿No ha sabido defenderse?

—Todo lo contrario, ha sido espectacular según él. Ha liberado todo su potencial pero, cuando le he dicho que era un placebo, se ha enfadado conmigo.

Jean rodeó con su brazo la espalda de su triste hija, mientras ella seguía sollozando.

—No te preocupes, cariño. Tú no has hecho nada más que ayudarle, seguro que se dará cuenta de que no debe estar enfadado contigo. Es sólo un niño, ya recapacitará.

Emma miró a su padre con un puchero dibujado en su rostro de alabastro.

—Ya no puedo llorar.

Se abalanzó desesperada a los brazos protectores de su padre.

—Es uno de los inconvenientes de hacerse adulta, mi vida.

—¿Me perdonará?

Jean apretó contra su pecho el aparentemente frágil cuerpo de su hija.

—Sin duda.

Aquella noche, Jayden apenas había querido cenar. Se excusó diciendo que Iris le había dado de merendar y que ya no tenía hambre.

Las palabras de Emma se le habían clavado como dagas en lo más profundo de su corazón. No entendía cómo ella había sido capaz de mentirle de aquella manera tan natural, sin sentirse culpable por un momento y asumiendo que él lo entendería sólo porque había sido por su propio bien.

Cierto era que las cosas habían salido a pedir de boca, y que ahora Jayden sabía de lo que era capaz y, de algún modo, su complejo de inferioridad ante su familia había desaparecido, pero no podía perdonar a Emma la forma en que se lo había mostrado.

Los amigos nuca se mentían.

Para él, lo que ella había hecho abría una gran brecha de desconfianza entre ellos y, a pesar del dolor que le provocaba imaginarse una vida sin su mejor amiga, no quería volver a verla.

Enfado

El sonido del segundero del reloj parecía resonar con más fuerza de lo habitual en la mente de Jayden, enmarañada de sentimientos e ideas contradictorias. A pesar de sentirse decepcionado y muy enfadado con Emma, aquel sábado, sin sus habituales conversaciones, le había resultado de lo más extraño.

La echaba de menos.

En un remoto rincón de su alma, comprendía y excusaba a Emma por todo lo sucedido, si bien era cierto, ella jamás le había hecho daño y su plan había salido a la perfección. Pero, los sentimientos de decepción y engaño nublaban ese recóndito rincón y aquella sensata conclusión no llegaba nunca a fraguar en sus pensamientos.

Sin poder evitarlo, volvió a retorcerse entre las sábanas de su cama y se acomodó mirando al techo con los brazos bajo su cabeza.

Todos aquellos sentimientos acumulados no le dejaban dormir.

Mientras intentaba hacer un esfuerzo y evadirse de la angustia que le provocaba recordar a Emma, de pronto, una imagen clara del profesor James en el baño del instituto captó todos sus sentidos.

Había dejado aquel tema bastante apartado en sus prioridades, pero ahora podía dedicarle todo el tiempo del mundo, ya que no le apetecía pensar en nada más.

Tal vez era una buena idea ingresar en un club formado por otros como él aunque, teniendo en cuenta la inferioridad física en la que seguro se encontraría frente al resto de componentes de dicho club, no parecía una buena idea. Lo que menos le apetecía ahora, que ya no tenía que preocuparse por Brian, era entrar en un grupo donde unos poderosos dhaphiros adolescentes le tomaran como blanco para sus burlas y peleas.

Quizás era algo que tenía que preguntarle a Emma.

Sin poder evitarlo se tapó la cara con las manos y se sentó en el borde de su cama. Era incapaz de plantearse un aspecto de su vida sin contar con el apoyo de ella. Emma formaba una parte tan importante de su vida, que siempre estaba presente en sus pensamientos.

Sumido en el vórtice de sentimientos enfrentados y arropado por la oscuridad en la que estaba sumergida su habitación en plena madrugada, empezó a llorar hasta que le escocieron los ojos.

Necesitaba a Emma.

El repiqueteo de las teclas del ordenador portátil advirtió a Galatea de que el salón ya estaba ocupado por una trabajadora Kate que, a pesar de ser domingo, se volcaba por completo en sus tareas como redactora.

—Hola, Kate.

Ella apenas despegó los ojos de la pantalla.

—Hola.

—¿Te importa si veo las noticias?

Los rizos dorados de Kate siguieron el movimiento de su cabeza mientras hacía un gesto de negación.

Galatea tomó asiento en el mullido sofá junto a su compañera y se dispuso a ver las noticias del mediodía.

Acababan de empezar y anunciaban los titulares.

—Parece que he llegado a tiempo.

Galatea no obtuvo respuesta. Cuando se sumergía en su trabajo nada la distraía.

Aquello la hizo sonreír dulcemente. A pesar del paso de los años, aún adoraba a Kate como el primer día.

El apuesto presentador de las noticias empezó a comentar uno a uno los incidentes locales y mundiales ocurridos en las últimas veinticuatro horas, pero Galatea apenas prestaba atención, absorta en los movimientos de las manos de Kate encima de su portátil, perfectamente colocado sobre sus rodillas, y en los pequeños ruidos de aprobación o disgusto que ella emitía al finalizar un párrafo de su nuevo artículo. La atención de Galatea sólo se volcó por completo en el televisor cuando anunciaron la alarma general que los abundantes secuestros sucedidos en Londres y cercanías despertaba en los ciudadanos.

Kate también levantó la mirada.

—Empieza a preocuparme este asunto.

—A mí también, pero supongo que no tiene nada que ver con los nuestros. Si así fuera, el Consejo nos habría informado.

Los ojos de Kate buscaron los de Galatea.

—¿Alguna vez ha sucedido algo así en nuestra sociedad?

—Sí, pero no te preocupes, estamos muy bien organizados y si un grupo rebelde se intenta manifestar, los Consejos les detienen de inmediato sin que causen demasiado daño.

Galatea le dedicó una cálida sonrisa y ella volvió al trabajo, sin prestar mucha importancia al resto de las noticias que describía con todo lujo de detalles el presentador.

El sonido de las deportivas de Jayden anunció su entrada en la habitación.

−Mamá, ¿has visto mi ipod?

Kate se limitó a negar con la cabeza, mientras le dedicaba una fugaz mirada a su hijo.

Galatea sonrió a Jayden para disculpar a su ocupada madre.

−¿Cuándo lo viste por última vez?

Él miró hacia el cielo intentando rebuscar entre sus recuerdos.

−Creo que cuando fui a casa de Emma a... −Las palabras salieron de su boca sin poder contenerse−. ¡Mierda!, lo tiene ella.

−¡Jayden!

Sus manos cubrieron de inmediato su boca, bajo la sorprendida mirada de su madre.

−¡Jovencito!, ¿qué son esas palabras?

Galatea miró hacía el suelo dejando caer sus cabellos sobre su rostro para tratar de encubrir una sonrisa pícara que se le había dibujado en sus labios.

−Lo siento, mamá. Se me ha escapado.

Como si le fuera la vida en ello, Jayden salió disparado de la habitación, huyendo de una posible reprimenda más severa.

Galatea soltó aliviada una sonora carcajada.

−Galatea, no te rías así.

−Vamos, tarde o temprano todos aprendemos a decir palabrotas y las usamos.

−Se nos hace mayor.

Una breve chispa de nostalgia pasó inadvertida por el azul de los ojos de Kate.

"¿Le ha pasado algo con Emma?"

Galatea la miró sorprendida. No solía usar la telepatía a no ser que el tema de la conversación fuera muy importante o necesitara un secretismo especial.

"Viendo su reacción de ahora, me atrevería a decir que sí. Algo les ha pasado. Emma no ha venido a verle como suele hacer

316

y ayer Jayden estuvo llorando un buen rato durante la noche".

"No le oí"

Galatea sonrió.

—Estabas escribiendo y cuando escribes no sueles oír lo que sucede a tu alrededor.

Ella hizo una mueca burlona, antes de dar paso a la preocupación propia de una buena madre.

—Debería preguntarle si ha sucedido algo.

Galatea asintió.

Kate cerró con un suave movimiento su portátil y, tras depositarlo sobre el espacio del sofá donde estaba sentada, se encaminó hacia la habitación de Jayden que, resignado al no disponer de su ipod, había puesto la música en su ordenador a un volumen un poco más alto de lo permitido por su madre.

Kate no llamó a la puerta medio cerrada, a sabiendas de que él no la oiría con la música tan alta. Simplemente entró.

Él estaba sobre su cama borrando mensajes de Emma de su móvil con la ansiedad y la furia marcada en sus bruscos movimientos.

—¿Jayden?

Al ver a su madre, saltó de la cama y, con una velocidad impropia de él, se plantó frente a su escritorio bajando el volumen de los altavoces de su ordenador.

Kate le observaba atónita.

—Cariño, ¿desde cuándo eres tan rápido?

Jayden le miró extrañado. No se había dado cuenta de la rapidez de sus movimientos.

—¿Me he movido deprisa?

—Casi como un dhaphiro adulto.

Una sonrisa fugaz se dibujo en su taciturno rostro.

—¡Caray! Ahora que lo dices, sí que me he sentido algo distinto.

—Inténtalo de nuevo.

Jayden corrió a sentarse sobre su cama, pero esta vez sus movimientos fueron de lo más ordinarios.

—Ahora no lo he conseguido, ¿verdad?

Kate se sentó junto a su confuso hijo y le acarició su mata de cabellos azabache.

—Si lo has hecho una vez, volverás a hacerlo y cada vez te sucederá más a menudo y tendrás mayor control sobre tus habilidades. Es así como sucede. Lo importante es que ya has despertado tus instintos y ahora no harán nada más que crecer y desarrollarse, hasta convertirte en un dhaphiro maravilloso. Felicidades, cariño.

Kate observó un brillo tintineante en los ojos grises de su hijo, que interpretó como pura emoción por haber conseguido lo que llevaba anhelando tantos años cuando se comparaba con ella y con todos los vampiros y dhaphiros que le rodeaban.

Una lágrima rodó por la mejilla de Jayden que, avergonzado por llorar ante su madre, escondió su rostro entre sus manos.

—¿Te importa dejarme solo?

Su voz rota no indicaba alegría ni emoción por el momento, sino amargura y tristeza, detalle que no pasó desapercibido al desarrollado instinto maternal de Kate.

—Sí, me importa, ¿qué te pasa cariño?

—Nada, mamá. Por favor, vete.

Kate se arrodillo frente a él y, con una mano, le obligó a levantar el rostro hasta que sus ojos conectaron.

—Cariño, estás muy triste. Soy tu madre y sabes que puedes confiar en mí.

Confianza era una palabra que ya no significaba demasiado en el vocabulario de Jayden.

—¿Qué te pasa, cielo?

Jayden negó con la cabeza, mientras un mar de lágrimas silenciosas surcaban sus pálidas mejillas.

—Es por Brian, ¿ha pasado algo más en el instituto?

—No.

Las palabras apenas resonaron en la garganta de Jayden.

—¿Te ha pasado algo con Emma?

Sus ojos se abrieron de par en par. ¿Cómo había llegado tan rápido su madre al meollo de la cuestión?

—¿Es por ella? ¿Os habéis peleado?

—Sí.

Kate pasó su suave mano por el rostro de su hijo, secándole algunas lágrimas.

—Me lo puedes contar, para eso estoy.

Por un segundo, Jayden se vio a través de los ojos de su madre y, haciendo a un lado el sentimiento de vergüenza que le evocaba llorar frente a ella, mostrándose vulnerable, dejó emerger al triste niño que necesitaba el consuelo de su amante progenitora.

Jayden se lanzó en un fuerte abrazo contra su madre, que le recibió dispuesta a consolarle, y dio rienda suelta a sus sentimientos empezando a sollozar tan fuerte que Galatea, que estaba en el piso inferior, acudió a su encuentro alarmada por la situación.

"¿Qué le pasa a nuestro pequeño?"

Kate, sin dejar de abrazar a su desconsolado hijo, miró a Galatea, que entraba por la puerta de la habitación de Jayden y se arrodillaba junto a ellos.

"Creo que se trata de Emma, pero aún no lo sé. Nunca le había visto así, tan triste"

La mano de Galatea acarició la de Kate para después, con un movimiento preciso, posarla sobre la espalda temblorosa de Jayden.

—¿Qué te pasa?

Sus ojos rojos y vidriosos apenas pudieron enfocar la imagen de Galatea.

—Me he peleado con Emma.

Apenas se entendían sus palabras entre los sollozos.

—¿Por qué?

Él se sentó en el suelo frente a las dos que, entre caricias y miradas compasivas, intentaban reconfortar su maltrecho humor.

Durante unos minutos, el silencio se apoderó de la habitación, mientras Jayden intentaba recomponerse para poder explicarles lo sucedido.

Galatea le tendió un pañuelo de papel y él se sonó con fuerza.

—Emma me mintió. Me contó una estúpida historia sobre la sangre de canguro... —Tragó saliva, ya que las palabras se entrecortaban en su ronca garganta—. Me dijo que si tomaba un poco, me aumentaría la fuerza y podría plantarle cara a Brian en el instituto, y así me dejaría en paz. Pero me dio sangre de mentira —Un brillo de frustración pasó por sus ojos—. Y yo, creyéndome que me había tomado algo que aumentaba mi fuerza, me enfrenté a él el viernes.

Los ojos de Kate se abrieron de par en par, asustada por lo sucedido.

—¿Brian te volvió a pegar?

—No, le empujé contra la puerta del baño y le tiré al suelo con una fuerza que jamás había experimentado, obligándole a jurarme que nunca volvería a molestarme.

Kate y Galatea intercambiaron una fugaz mirada.

—Como estabas confiado, dejaste a un lado tu sentimiento de menosprecio y salió a la luz tu verdadero yo y, con él, tus dotes de dhaphiro.

Jayden miró a la animada Galatea, que sonreía ante el triunfo de su pequeño.

—Es normal que te sientas defraudado con Emma porque, al fin y al cabo, te mintió un poco. Pero, ¿crees que merece que te enfades tanto con ella?

Él miró a su madre, y la culpabilidad recorrió su espina dorsal.

—Soy consciente de que lo hizo por mi bien, ella misma me lo argumentó. Pero me engañó. ¿Y si hubiera sido como siempre, sin fuerza ni velocidad?

De pronto, los ojos de Kate se volvieron del frío azul que Galatea y Jayden tanto temían.

—Hijo, te quiero mucho, pero te juro que si no dejas de pensar que no eres más que un dhaphiro inútil y que jamás tendrás habilidades como las que posee Emma o cualquier otro dhaphiro adulto, te echo de casa.

La aguda voz de Kate resonó durante varios segundos por todos los rincones de la habitación y Jayden no pudo evitar un leve puchero.

—Tu madre tiene mucha razón, no hay más culpable que tú en eso. Si tú eres el primero que no cree en sí mismo, no llegarás a nada. Piensa. ¿Por qué le pudiste plantar cara a Brian?

—Porque estaba convencido de que tendría fuerza y velocidad.

—¿Y qué pasó?

Jayden miró avergonzado a suelo, mientras jugueteaba con el pañuelo de papel entre sus manos.

—Tuve fuerza y velocidad.

—Y como era mentira lo de la sangre de canguro, esa fuerza y velocidad salieron de ti. ¿Entiendes lo que te digo?

Él miró de soslayo a Galatea.

—Lo sé, he de confiar en que puedo hacerlo.

Kate acarició el rostro de su hijo.

—Ya sé que llevabas años esperando ser tan fuerte y rápido como nosotros cariño, pero eras muy joven, no te podías comparar.

—Y esperaste tanto, que al final te convenciste a ti mismo de que no eras un dhaphiro normal, que eras casi humano, por eso tus habilidades no se manifestaban.

Jayden miraba absorto las explicaciones de Kate y Galatea, que se completaban las frases como si fueran un solo ser.

—He metido mucho la pata, ¿verdad, mamá?

Kate no pudo reprimir las ganas de abrazar a su noble hijo entre sus brazos.

—Cariño, no has metido la pata, has aprendido una lección muy importante y, por lo que he podido ver hace apenas unos minutos, ya empiezas a ser más inmortal que mortal.

Jayden intentó librarse del apasionado abrazo de su madre sin éxito.

—No me refería a mis habilidades, me refería a Emma. Me enfadé mucho con ella y le grité.

Aquellas palabras hicieron que Kate liberara a su hijo.

—Supongo que debe estar pasándolo mal. Te quiere con locura.

Galatea se puso en pie y recogió el móvil de Jayden, que estaba tirado sobre la cama.

—¿Por qué no la llamas?

—Me siento muy avergonzado.

Kate se puso en pie y le dedicó una dulce y cálida sonrisa.

—Esto es algo de lo que también debes aprender cariño. Ser humilde y saber disculparse es muy importante.

Jayden cogió el móvil que le ofrecía Galatea y, tras ver como éstas desaparecían por la puerta de su habitación para dejarle espacio e intimidad, marcó el teléfono de la que esperaba continuara siendo su amiga.

Las palabras apenas llegaban a calar en sus profundos pensamientos, limitándose a sonreír a sus amigos, que parloteaban animados en la cafetería donde solían reunirse los domingos por la tarde.

—¿Qué opinas, Emma?

—Perdona, ¿que me decías, Mary?

Mary y Ralph fruncieron el ceño casi al mismo tiempo, lanzando una furiosa mirada a la distraída Emma.

—Oh, vamos. Esta tarde parece que estás en otro universo. Mary y yo te proponemos un plan estupendo para el fin de semana y tú estás desconectada, ¿qué te pasa, nena?

—Perdonad chicos, el viernes Jayden y yo discutimos por un asunto un poco tonto y no me habla desde entonces.

—Seguro que se arregla, Em. Jayden es un adolescente y aún no ve las cosas claras. Se le pasará.

Ralph hizo un gesto un tanto afeminado con la mano para apartar un mechón de pelo de la cara de Emma.

—Los hombres, cuando somos adolescentes, somos muy tontos. Las hormonas no nos dejan pensar con claridad.

—Perdona, Ralphy, pero algunos adultos siguen sin pensar con claridad.

Emma empezó a reír, librándose por unos segundos del malestar que le provocaba haber herido sin querer a Jayden.

—Sí que piensan con claridad, Mary, pero no con la cabeza.

Emma estaba a punto de entrar a la greña con sus dos amigos en una gran batalla de insultos creativos e irónicos contra el género masculino, cuando su móvil empezó a vibrar en el bolsillo de su chaqueta.

Las manos le empezaron a temblar cuando vio el nombre que aparecía en la pantalla del teléfono.

—Disculpadme chicos, es Jayden.

De un brinco, se levantó de la mesa y salió a la calle, donde la música de la cafetería no la molestaría para hablar.

—¿Sí?

Un silencio se interpuso entre los dos durante unos segundos.

—Hola, Em.

—Hola, Jay.

Su voz sonaba casi suplicante.

—Emma, lo siento.

—Jay, soy yo quien lo siente, tienes motivos para estar enfadado. La cosa podía haber salido mal y tú terminar herido.

Las palabras de ella sonaban rotas, pero no había lágrimas en sus ojos.

—Pero no pasó nada, y no te tenía que haber gritado. Tú sólo querías ayudarme.

—¿Estás en casa?

—Sí.

—¿Puedo ir a verte?

—Por favor.

Únicamente le faltaron esas dos palabras y, tras hacer un rápido gesto a sus amigos, que la observaban por la gran cristalera de la cafetería, indicándoles que tenía que irse, arrancó a correr hacía casa de Jayden.

Cuando llegó, él la estaba esperando sentado en el suelo a los pies de su cama, justo donde había tenido lugar la conversación con su madre y Galatea.

Los ojos de Emma se iluminaron al ver el rostro de su amigo.

—Hola, enano.

—Hola, fea.

Emma se sentó muy despacio frente a él y le cogió una mano entre las suyas.

—¿Me perdonas?

—Sólo si tú también lo haces.

La brillante sonrisa de Jayden borró por completo cualquier rastro de tristeza del corazón de Emma.

—Te quiero, Jay y sólo quiero lo mejor para ti.

Él miró hacia el suelo un tanto avergonzado. Aquel día estaba resultando demasiado intenso en cuanto a revelar sentimientos.

—Yo también te quiero.

Las palabras apenas fueron audibles, aunque Emma sabía perfectamente qué era lo que él había dicho.

—¿Qué has dicho?

—Vamos, Emma. Ya lo has oído.

—No, no he entendido lo que decías.

Él le sacó la lengua, mientras un rubor intenso cubría sus mejillas.

—¿Si te doy un abrazo, te sentirás más avergonzado?

Jayden asintió rápidamente con la cabeza y Emma, sin pensárselo, saltó sobre él, estrechándolo contra su pecho.

—Siento avergonzarte más, pero necesitaba esto.

Él bufó resignado mientras le devolvía el abrazo.

—Nunca más, ¿de acuerdo? No nos enfademos nunca más.

—Jamás, Emma.

La sinceridad y la madurez de aquellas palabras hicieron que el abrazo de Emma se prolongara más de lo que Jayden hubiera deseado.

El club

A pesar de las densas nubes que enmarañaban el cielo matutino de Londres, Jayden estaba lleno de felicidad y alegría en aquella mañana de lunes.

El haberse reconciliado con Emma, había sido una de las cosas más difíciles que había hecho en su vida, ya que el hecho de mostrarse herido y más vulnerable que de costumbre ante su madre y Galatea le había supuesto un gran esfuerzo. Sin em-bargo, la alegría y el posterior bienestar de saber que todo había vuelto a su lugar le hacían ver y sentir el mundo como un lugar mejor.

En el instituto, nada le hizo cambiar su buen humor y su sonrisa, que se negaba a desaparecer de su alegre rostro. Todo contribuía a aumentar su dicha, sobretodo por que Brian ya no suponía una amenaza para él. Se había centrado más en su nueva novia. Apenas se oían sus gritos y amenazas por los pasillos, y la mayoría de alumnos disfrutaba del nuevo ambiente.

Tras el recreo, Jayden se dispuso a disfrutar de una de sus asignaturas preferidas, matemáticas.

Aquel día, el profesor Stone tenía preparado para sus alumnos un examen sorpresa ya que, tras el decepcionante número de aprobados del pasado trimestre, quería espabilar a sus estudiantes para que no volvieran a suspender.

—Tenéis que responder cinco de los diez problemas que aparecen en la hoja. ¿Alguna pregunta?

Jayden cogió una copia del examen que le ofrecía la chica morena que se sentaba detrás de él.

—Eres Jayden, ¿verdad?

Él no pudo evitar sonrojarse al oír la aterciopelada y susurrante voz de la chica.

—Sí.

—Soy Rachel.

Jayden se limitó a sonreír tímidamente, ya que sabía de sobra su nombre. ¿Cómo no iba a saberse el nombre de una de las chicas más guapas de la clase?

—¿Me puedes dejar un lápiz?, no encuentro el mío.

Él se giró rápidamente y, tras rebuscar en su estuche, le entregó a Rachel un lápiz perfectamente afilado.

—Gracias.

—De nada.

Sin duda, aquel estaba siendo un buen día para él. Hasta las chicas de su clase empezaban a percatarse de su existencia, aunque sólo fuera para pedirle un favor.

En un intento de calmar su entusiasmo y concentrarse para el inesperado examen, decidió mirar por la diminuta ventana de la puerta de la clase y centrarse en la calma del pasillo.

De pronto, un rostro familiar de expresivos ojos de color miel se asomó y fijó su mirada sobre él.

El corazón de Jayden dio un vuelco, cambiando por completo su estado de ánimo.

El profesor James entró en el aula portando un sobre con documentos, que entregó al profesor Stone tras una breve disculpa por irrumpir en su clase.

Jayden estaba bloqueado y no podía apartar sus ojos de él. Sólo en el momento en que el profesor James le dedicó una fugaz sonrisa antes de salir, bajó la cabeza.

Con una breve mirada, aquel hombre podía helar la sangre de cualquiera. Sin duda, esa era una de las habilidades que Jayden quería aprender y, por ese motivo, se hizo prometer a sí mismo que, en cuanto terminaran las clases, lo primero que haría sería ir al despacho del profesor y apuntarse a su misterioso club de dhaphiros adolescentes.

La llamada de sus nudillos sobre la madera de la puerta no surgió efecto ninguno. Sin duda, el profesor James había salido de su despacho. Resignado, Jayden se apoyó contra la puerta y suspiró.

—¿Buscas al profesor?

Jayden recuperó la compostura inmediatamente y fijó sus grises ojos sobre el rostro de aquel desconocido muchacho.

—Sí, ¿sabes si ya se ha marchado? —Sintió como el joven escrutaba su rostro y sus facciones al mismo tiempo que él hacía lo propio con aquel desconocido.

—No, aún esta aquí.

—¿Dónde puedo encontrarle?

—¿Para qué le buscas?

La tensión se reflejaba en las palabras de ambos. Ninguno de los dos estaba dispuesto a decir una palabra de más.

—Tengo entendido que el profesor tiene un grupo de estudio.

El desconocido arqueó sus cejas, mientras un bufido se escapaba de entre sus labios.

—El profesor da clase al último curso, tú debes ser de primero.

—Soy un erudito en química, ¿vas a decirme dónde le puedo encontrar o vas a seguir con el interrogatorio?

Al joven pareció gustarle la recientemente adquirida osadía

que demostraba tener Jayden y, tras dar un paso hacía él, y con gran disimulo, le olió discretamente el cabello. De manera automática, Jayden retrocedió ante la invasión de su espacio vital.

—Qué delgaducho eres para ser un dhaphiro.

Las palabras apenas fueron audibles, pero por suerte sus sentidos cada día estaban más desarrollados.

—Me llamo Steve, soy de tercero.

Los ojos de Jayden miraron desconfiados el rostro del desconocido, que se había transformado de hostil a amistoso en segundos.

—Soy Jayden.

—¿Vienes a apuntarte al...?, ¿cómo lo has llamado?, ah sí, *grupo de estudio*.

Jayden desconfiaba de aquel joven de cabello cobrizo que apenas acababa de conocer.

—Por eso busco al profesor.

—Robert esta en el Aula de Música, yo me disponía a ir para allá, ¿vienes?

Los ojos verdosos de Steve brillaban con algo que inquietaba en lo más profundo a Jayden.

Aquel chico tenía algo que no le gustaba.

—Te lo agradezco, pero esperaré a mañana.

—¿Seguro?

Jayden empezó a caminar y sonrió por puro compromiso a Steve por encima del hombro, mientras aceleraba su marcha.

—Seguro, gracias.

Steve musitó algo que él no pudo entender y se marchó en dirección opuesta.

No entendía qué había sido. Tal vez habían sido imaginaciones suyas, pero aquel chico no le había dado buenas vibraciones. Algo en aquellos ojos verdes le había ahuyentado.

Tal vez no fuera buena idea apuntarse al club del profesor James.

El ruido de la puerta de la calle al cerrase hizo que tanto Emma como Kate detuvieran su acalorada discusión.

—¿Jayden?

—Hola, mamá.

Jayden colgó su abrigo en la percha de la entrada y, justo cuando se disponía a subir el primer peldaño de las escaleras, su madre reclamó su presencia:

—Jayden, ¿puedes venir?

Él se encaminó tranquilo hasta el salón, donde una angustiada Emma y una furiosa Kate le esperaban.

Aquello no era buena señal.

—Hola, Em. ¿Qué pasa, mamá?

—Toma asiento, jovencito.

El tono severo y la fría mirada de su madre, le indicaron que nada bueno podía surgir de aquel encuentro y, con un acto reflejo, buscó a Galatea, ya que ella era siempre su tabla de salvación ante las riñas de su madre.

—Ella no está. Hoy hay mucho trabajo en la tienda.

Jayden bajó la mirada, avergonzado. Odiaba cuando su madre parecía saber todo lo que se le pasaba por la cabeza.

—Ahora que os habéis reconciliado y volvéis a ser amigos, quiero haceros saber lo decepcionada que estoy con ambos con el tema de la sangre tabú. Es un asunto muy serio y está prohibida por nuestra ley.

—Kate, ya te he explicado que yo no tengo acceso a sangre tabú, fue tan sólo un cuento que me inventé para convencer a Jayden.

Kate empezó a pasearse delante de ellos como solía hacer cuando algo le preocupaba.

—Pero Jayden decidió tomarla. ¿Quién me dice a mí que, en un futuro, un traficante no se le acercará para venderle una sustancia prohibida y él aceptará?

—Mamá, yo nunca consumiría sangre tabú.

Los ojos de Kate destellearon como el hielo bajo el sol.

—Ya lo has hecho. Cuando te tomaste la sangre falsa pensabas que era verdadera y no dudaste ni un segundo.

Emma cogió discretamente la mano de Jayden para ayudarle a pasar el mal trago.

—Kate, fui yo quien le convenció. En un principio, Jayden se negaba.

—Mamá, sé lo peligroso que es y nunca tomaré sangre tabú. Te lo prometo.

Kate bajó sus defensas ante la mirada dulce e inocente de su hijo.

—Cariño, ahí fuera hay todo un mundo lleno de peligros y trampas para alguien tan joven como tú y sólo quiero asegurarme de que la educación que te he dado es suficientemente buena como para saber dónde están los límites de lo correcto y lo incorrecto.

—Lo sé, mamá. Te aseguro que no caeré en nada malo.

Kate sonrió dulcemente a Emma, mientras pasaba la mano por el rostro de Jayden en una tierna caricia.

—Eso era lo que quería oír. Sé que sois buenos chicos, pero debía asegurarme de que teníais las cosas claras. Ayer me quedé preocupada por todo este asunto de la sangre tabú.

Emma dedicó una mirada furiosa a Kate.

—¿Hace media hora que te estoy argumentando que yo jamás he consumido sustancias ilegales y tú, a pesar de saberlo y confiar en mí, me has estado interrogando y echándome la bronca?

—Lo siento, cariño. Era la única manera de obtener una respuesta sincera y de recordaros lo que es correcto.

Emma miró al cielo resignada.

—Tía Kate, bastaba con preguntarlo.

Jayden se acercó disimuladamente a Emma para susurrarle al oído:

—Es que disfruta riñéndonos.

—Jayden, te he oído.

—Mamá, es verdad.

Kate se inclinó sobre la cabeza de su hijo para besar su frente.

—Bueno, tal vez un poco, lo siento.

—Si sirve de algo, tía Kate, siento que te hayas preocupado por pensar que tenía acceso a ese tipo de sangre.

Kate sonrió amablemente.

—Tenemos suerte de tener unos hijos como vosotros.

De pronto, un portazo y unos pasos acelerados llamaron la atención de los tres, distrayéndolos de su conversación.

Galatea apareció en escena con el rostro un tanto alarmado y sosteniendo una carta entre sus manos.

—¿Qué pasa, Galatea?

—Un mensajero del Consejo nos ha remitido este aviso.

Bajo la inquieta mirada de Emma y Jayden, Galatea releía junto a Kate la carta que sostenía firmemente con las manos.

—Esto es muy serio.

—Sin duda, Kate —Su voz estaba llena de conmoción.

—¿Que pasa, mamá?

—El Consejo advierte a nuestra comunidad que los secuestros que se han llevado a cabo en Londres incumben también a nuestros jóvenes, ya que han desaparecido varios dhaphiros.

—¿Estamos en peligro?

La voz de Emma mostraba una calma aparente a pesar de la exaltación que recorría su interior.

—Únicamente es una advertencia pero, por el momento, será mejor que no deambuléis solos por ahí.

—¿Las chicas que han secuestrado eran dhaphiros?

Galatea tendió el comunicado a Jayden.

—De momento, no dan demasiadas explicaciones.

Kate y Galatea se miraron alarmadas.

"Esto empieza a ser grave".

"Por ahora, es sólo una advertencia, Kate. No te preocupes, seguro que en un par de días nos remiten otra carta explicando que la situación está bajó control".

Kate tomó de la mano a Galatea, mientras se aseguraba de que Emma y Jayden estaban distraídos con el comunicado y no podían percibir la preocupación en ellas.

"¿Y si no se soluciona?"

"Protegeremos a Jayden y no le pasará nada malo, como hemos hecho siempre, no te asustes"

La cabeza de Kate se recostó sobre el hombro de Galatea en un gesto de intimidad.

"No se que haría sin ti. Te quiero".

Galatea posó sus labios sobre la frente de Kate y la besó suavemente.

"Yo también te quiero".

Para cuando Emma y Jayden habían terminado de leer y releer el comunicado del Consejo, ellas habían adoptado una expresión de lo más despreocupada para que los más jóvenes no temieran por nada.

—Emma, será mejor que vayas para casa. Si tus padres han recibido ya esta carta estarán deseando tenerte bajo su techo, sana y salva.

Emma se levantó obediente y, tras despedirse silenciosamente, abandonó la casa.

Kate recuperó la carta del Consejo sin mostrar signos de preocupación y empezó a entablar una conversación de lo más trivial con Galatea, para que Jayden no se asustara.

Y surgió efecto.

Al no saber como encajar la noticia, él se dejó llevar por el buen humor que flotaba en el ambiente y se encerró en su habitación para hacer sus deberes, sin más preocupaciones que las propias de un adolescente de catorce años.

La nueva alumna

La tenue luz de la luna, prácticamente inexistente aquella noche, no alumbraba lo suficiente como para que Sarah pudiera guiarse entre la frondosidad del bosque.

La humedad se filtraba en sus huesos y tan sólo la acompañaba el sonido de sus pisadas al avanzar por la maleza.

De pronto, un llanto desconsolado de un bebé le llamo la atención y, desesperada, empezó a correr, a sabiendas de que las ramas desgarraban trozos de su ropa y arañaban su piel, pero el llanto del niño era tan desconsolado que se veía empujada a llegar hasta él y consolarlo.

Tras haber corrido varios minutos guiada por el sonido del llanto, se halló delante una oscura cueva de poca profundidad. Frente a ésta, una maraña de ropa se movía levemente.

Sin duda, era el bebé, pero ya no lloraba.

Sarah se inclinó para recoger al niño del suelo y acunarlo en sus brazos, pero él apenas se movía.

Asustada ante la posible muerte del pequeño, se deshizo de todo aquel montón de ropa que lo envolvía, para dejar a la vista una criatura hermosa e indefensa.

Ella lo estrechó contra su pecho hasta que el niño reaccionó con un leve llanto.

—No llores pequeño, saldremos de aquí, ahora estás conmigo y no te pasará nada.

El bebé enroscó su manita alrededor de uno de los dedos de Sarah y abrió sus hinchados ojos.

Unos ojos amarillos que la aterrorizaron.

—¡Sarah despierta, despierta!

Sus ojos se abrieron de par en par en respuesta a los zarandeos de Nadine.

En cuanto supo dónde se encontraba, se abrazó a su compañera de celda y dejó de tiritar progresivamente.

—¿Otra vez la misma pesadilla?

—Sí, pero esta vez los ojos amarillos eran de un bebé.

Nadine secó con la palma de su mano el sudor que perlaba la frente de su compañera.

—Me has dado un buen susto. Menudo grito.

Sarah se sentó en el borde de su cama junto a ella e intentó reconocerla en la penumbra en la que se hallaban sumidas.

—Lo siento, Nadine. Esta situación me está volviendo loca.

—Hemos de ser valientes. No sé qué quieren de nostras, ni siquiera sé si esto es un secuestro. De lo que estoy segura es de que sólo nos tenemos la una a la otra y hemos de intentar mantener la cabeza en su sitio.

Sarah buscó a tientas la mano de Nadine y se la estrechó con fuerza.

—Gracias.

—No tienes por qué dármelas.

Las dos compañeras de celda permanecieron juntas y en silencio, mirando la luz que se filtraba por debajo de la robusta puerta que las separaba de su libertad.

Un escalofrío recorrió la espina dorsal de Sarah.

—¿Estás bien?

—Sí, es que aún resuena en mi mente el llanto del bebé que aparecía en mi sueño.

—Bueno, de una cosa podemos estar seguras, sea donde sea que nos encontremos, dudo mucho que haya bebés. Es un sitio demasiado lúgubre.

Sarah soltó una leve risita desprovista de humor, mientras se volvía a tumbar en su cama y Nadine hacía lo mismo en la suya.

Unos minutos más tarde, las dos chicas disfrutaban de su recobrada tranquilidad y sus respiraciones se acompasaron mientras, poco a poco, se sumían en un ligero sueño.

Fue entonces cuando unas pisadas frente a su puerta y el llanto desconsolado de un bebé hicieron que el corazón de Sarah y Nadine se salieran de su pecho.

Era real.

El bullicio de los alumnos mientras tomaban sus asientos en la primera clase de aquella lluviosa mañana no ayudaba demasiado a la profesora Everet, quien, con muy poco éxito, intentaba calmar a los chicos, para poder presentar a la joven que se encontraba junto a ella.

Jayden reparó en ella en cuanto puso un pie en la clase. Era una chica delgaducha, de aspecto frágil y piel tan blanca como la de él. Tenía un ligero aspecto enfermizo y una larga cabellera castaña, recogida en una lacia cola de caballo.

Sin duda, estaba aterrada ante la idea de empezar en un nuevo instituto en mitad del trimestre, tal y como mostraban sus huesudas manos, que se aferraban a su carpeta como si la vida le fuera en ello. Sus enormes y desproporcionados ojos verdes apenas osaban mirar a su alrededor y se ocultaban bajo unas espesas pestañas.

Jayden sonrió para sus adentros, mientras una parte de él

mismo se veía reflejado en aquella chica.

—Chicos, silencio por favor. Quiero presentaros a Andrea Falls, espero que le deis una calurosa bienvenida a nuestra clase.

Andrea corrió a sentarse en el único pupitre que quedaba libre, al final de la clase, a la vez que una marabunta de saludos y comentarios típicamente adolescentes sobre ella y su aspecto le caían encima como una torrencial lluvia.

El día siguió su transcurso con su habitual familiaridad, a excepción de la atención que Jayden estaba dedicando a Andrea. Por algún extraño motivo, se sentía vinculado a ella, como si sólo él pudiera mejorar su día.

Justo antes de la última clase, ella apareció con su caminar silencioso, cargada con varios libros.

Jayden, apoyado contra la pared esperando a que sonara el timbre para iniciar su adorada clase de matemáticas, no dejaba de observar los movimientos de la recién llegada.

De pronto, y a pesar de lo gráciles que parecían sus pasos, tropezó y los libros volaron por todas partes. Sin nisiquiera meditarlo un segundo, corrió a su lado y empezó a ayudarla a recogerlos.

—Andy, eres estúpida. Sólo te faltaba esto en tu primer día —Sus palabras apenas fueron un leve susurró, pero Jayden las oyó a la perfección.

—No seas tan dura contigo misma, siempre es difícil el comienzo en un nuevo instituto.

Los ojos de Andrea se clavaron en Jayden con una mezcla de asombro y desafío.

Él intentó suavizar el momento, dedicándole una amable sonrisa ladeada, pero ella pareció ponerse más nerviosa aún, arrebatándole a Jayden los libros que había recogido del suelo y poniéndose de pie de un salto.

—Me llamo Jayden. Tú eres Andrea, ¿verdad?

Ella contuvo su instinto de salir corriendo y esconderse de aquel chico tan guapo que le estaba dirigiendo la palabra ante varios alumnos que observaban la escena mientras esperaban la hora de entrar en clase.

—Andy —susurró con un hilo de voz tan delicado como su propio aspecto.

—Encantado, Andy. Deja que te ayude.

Sin ser capaz de controlar su nueva faceta extrovertida, Jayden le arrebató la mayoría de libros de sus brazos y se encaminó hacía la hilera de taquillas.

Ella le siguió silenciosa, incrédula ante lo que estaba sucediendo.

—¿Dónde estudiabas antes?

Andy abrió su taquilla y fue metiendo uno a uno los libros que ella llevaba.

—Vivíamos en Bournemouth, pero a mi padre le han ofrecido un trabajo aquí, en Londres, y nos hemos mudado.

—Vaya, tiene que ser muy duro dejar tu casa y tus amigos.

—Sólo por la casa —La amargura se reflejó en sus palabras y una oleada de compasión invadió el corazón de Jayden.

—Bueno, aquí ya tienes un amigo, por lo tanto Londres no es tan malo de momento, ¿no?

Una fugaz y tímida sonrisa se reflejó en el rostro de alabastro de Andy.

Jayden le fue pasando uno a uno los libros que sostenía, mientras repasaba los títulos.

—¿Cómo es que tienes tantos libros de matemáticas?

—No te rías, pero me encantan. A veces resuelvo problemas por pura diversión —Sus enormes ojos se clavaron en los de él a la espera de una respuesta burlona.

—¿Me tomas el pelo? Yo también suelo hacer eso.

—No sé por qué la gente odia tanto las matemáticas, son divertidísimas. Para mí, resolver problemas es como hacer crucigramas.

Andy cerró su taquilla y empezó a caminar junto a Jayden hacia su próxima clase, con un nuevo entusiasmo marcado en sus palabras.

—Estoy completamente de acuerdo contigo.

El timbre acalló el sonoro mar de murmullos de los pasillos para dar paso a un montón de obedientes alumnos que se adentraban en sus respectivas clases.

Jayden y Andy entraron en el aula de matemáticas.

—El pupitre que hay a mi derecha está vacío, ¿quieres sentarte aquí?

Ella sonrió, mientras se acomodaba junto a su nuevo amigo.

—Podemos jugar a ver quién resuelve antes los problemas que ponga el profesor.

—Reto aceptado.

Jayden le tendió la mano y ella, por un segundo, dudo en estrecharla. Pero finalmente sus manos se unieron en un suave apretón.

Algo tembló en el interior de Jayden al notar el tacto suave y cálido de las manos de ella.

La clase transcurrió rápidamente, entre problemas resueltos con éxito por parte de los nuevos amigos y un contador mental de quién resolvía más rápido los ejercicios.

Andy cada vez estaba más tranquila y, poco a poco, afloró a la superficie el carácter amable y simpático de la joven de ojos verdes.

Cuando el timbre indicó el final de la clase, y con ella el final de un día de instituto, Jayden y Andy habían confirmado su afinidad como amigos y había desaparecido la tensión inicial entre ellos.

−Me has ganado por muy poco, Jayden.

−Apenas unos segundos de diferencia. Me has dejado sorprendido, no creí que resolvieras tan rápidamente los problemas. Creo que me ha salido una competidora.

Ella sonrió dulcemente, mostrando una hilera de dientes blancos y perfectos.

−¿Te vas ya para casa?

Jayden maldijo en silencio el nuevo toque de queda impuesto por el Consejo.

−Sí, tengo cosas que hacer y me vienen a buscar.

−Lástima, esperaba poder seguir esta batalla durante un rato más en la biblioteca.

Él volvió a maldecir.

−Lo siento, tal vez mañana pueda quedarme un poco más.

−Bien, hasta mañana entonces.

−Hasta mañana.

Andy le sonrió y él le devolvió la sonrisa. Segundos después, ella empezaba a caminar con sus pasos de gato en dirección opuesta a la de Jayden, mientras éste se encaminaba hacia la salida, donde su protectora madre le estaría esperando para ponerle a salvo del mundo.

Para cuando llegó hasta el nuevo Mini Cooper azul que Galatea había adquirido recientemente, la sonrisa aún le duraba.

−Hola.

Jayden sonrió, al ver a Galatea al volante en lugar de su madre.

−¿Pensaba que vendría mamá a buscarme?

−Tiene trabajo, está tan enganchada a su portátil que ni siquiera se ha dado cuenta cuando he salido de casa.

Jayden tomó posesión de su asiento y se abrochó el cinturón.

−Parece que has tenido un buen día.

−¿Por qué lo dices?

Galatea empezó a reír, mientras bajaba el parasol frente el asiento del acompañante y le señalaba el espejito incrustado en él.

Un rubor intenso acudió a sus mejillas cuando vio la sonrisa bobalicona que tenía grabada en su cara.

−Nunca te he visto sonreír así, ¿cómo se llama ella?

−¡¿Qué?!

Jayden odiaba el sexto sentido de Galatea y su habilidad para saber qué le pasaba por la cabeza en cada momento. En ocasiones, creía que también era capaz de leer su mente como hacía con su madre.

−Esa carita y ese brillo en tus ojos sólo pueden significar que has conocido a alguien.

−No es lo que crees, Galatea. Hoy ha venido una alumna nueva a clase y nos hemos hecho amigos −Ella emitió un sonido de afirmación pero con un tono sarcástico implícito en él−. En serio, sólo somos amigos. Es verdad que es una chica muy guapa, con esos enormes ojos verdes y su manera de caminar, pero no me gusta.

−¿Seguro?

Jayden empezó a removerse en su asiento, ansioso ante el interrogatorio.

−No es que sea imposible que me fije en ella, es imposible no hacerlo con ese pelo tan liso y brillante. Pero sólo somos amigos. No quiero tener novia.

−La semana que viene ya cumples los quince, no estaría fuera de lugar una chica en tu vida.

La bufanda parecía haberse enroscado ella sola con más fuerza alrededor del cuello de Jayden y le asfixiaba.

—Sólo es mi amiga —Su tono ansioso y tajante dejó las cosas claras para Galatea.

—Cariño, no te enfades, sólo bromeaba. Pero deberías escuchar cómo hablas de ella.

Jayden le dedicó una fría mirada y Galatea cambió de tema radicalmente para calmarle.

Aquella noche, Andy ocupó por completo sus sueños.

Andy

Tras engullir velozmente el tazón de cereales, se levantó de la mesa y se echó un último vistazo en el espejo del baño para comprobar el estado de su pelo.

Estaba nervioso. Ansioso, sin motivo aparente, por llegar al instituto, y las imágenes de Andy, que habían invadido sin permiso sus sueños, no hacían más que revolotear por su adormecido cerebro sin ayudar a calmarlo demasiado.

La culpa era de Galatea.

Sin duda, ella era la responsable de haber sembrado aquella semilla de posibilidades absurdas en la mente de Jayden. Hasta ahora, jamás se había planteado el hecho de tener novia. Ni siquiera se había fijado en el sexo femenino más allá de su familia.

Las palmas de las manos le empezaron a sudar y los mechones de pelo negro parecían no querer colaborar para ofrecer un mejor aspecto al inquieto Jayden.

—Esto es una estupidez.

Las palabras rebotaban contra el espejo y chocaban contra su pecho, como si la persona reflejada no fuera él, calando en el interior de su alma con sus fulminantes ojos grises y escrutando sus sentimientos reales, y no los infundados por Galatea.

—Sólo somos amigos.

Se dedicó una brillante sonrisa llena de falsa confianza y,

tras dar por perdida la batalla contra su rebelde pelo, se dispuso a ir en busca de su madre para que le llevara al instituto ya que, gracias al toque de queda, su libertad se había reducido a asistir a clase y a su propia casa o la de Emma.

Las risas que se oían en la cocina no le dieron buena espina. Con prisas, recogió su mochila y su abrigo.

—Buenos días, Jay —Emma le dedicó una dulce sonrisa.

—Hola, Em. ¿Qué haces aquí?

—Oh, nada —Dedicó un mirada de complicidad a Galatea—. Hoy me uno a vosotros como escolta, no tengo clase y bueno... quería conocer a tu novia.

Galatea contuvo una risa nerviosa.

—Pero que malas que sois, dejad a mi pobre niño.

Jayden quiso fundirse y volverse líquido para poder desaparecer entre las rendijas del parquet, ante las tres mujeres que parecían disfrutar de su nueva vida amorosa.

—Me da igual lo que os haya contado Galatea. Andy es sólo una amiga.

Emma pareció arrepentida ante el crispado tono de voz de su amigo y Kate se acercó para consolar a su hijo.

—Discúlpalas, cariño. Sólo bromeaban.

—Lo siento, Jay.

Galatea enarcó las cejas, mientras clavaba sus ojos en los de Jayden.

—Yo siento habérselo contado a todos, pero sigo diciendo que a ti esa chica te gusta. Ya lo comprobarás por ti mismo hoy, cuando la veas.

Las palabras de Galatea se filtraron en la imaginación de Jayden que, automáticamente, recreó la expresión de Andy cuando se encontraran aquella mañana.

El corazón le dio un vuelco y su piel se volvió carmesí.

–Jayden, no hay nada de malo en que te guste una chica –La mirada de Galatea se había vuelto dulce y tranquilizadora.

–Si, Jay. Además, cuentas con tres mujeres, a las que les puedes preguntar cualquier cosa sobre chicas. Juegas con ventaja.

Él buscó desesperado el rostro de la única persona que no le forzaba a hablar del tema y ella le sonrió.

–Chicas, ya está bien. Le estáis acosando. Cuando él necesite ayuda, ya nos buscará.

–Gracias, mamá.

Kate le guiñó un ojo a su pequeño, que parecía estar haciéndose adulto por momentos y, tras coger las llaves del coche, les dedicó una amenazadora mirada a Emma y Galatea.

–Podéis venir, si sois buenas.

–Y si os estáis calladitas –La voz de Jayden sonó más grave e intimidatoria que de costumbre.

Galatea y Emma asintieron y todos abandonaron la casa.

Sin proponérselo siquiera, su desentrenado e inconstante oído empezó a percibir y analizar, de manera bastante eficaz, todos y cada uno de los sonidos que se producían en los pasillos del instituto, en busca de unas pisadas familiares. Fue por ello que, cuando una respiración silenciosa se le posó en la nuca, no reaccionó de manera exagerada ante el íntimo acercamiento.

–Llegas tarde, empollón de las mates –La aterciopelada voz de Andy hizo que los músculos se le tensaran y se viniera abajo su falsa fachada de amistad hacia ella.

–Hola.

Andy sonrió y sus ojos pasaron a ser dos finas líneas negras.

–¿Preparado para ser desbancado de tu trono?

—Qué va —Las frías palabras de Jayden hicieron que Andy se callara y se limitara a seguirlo hacia la primera clase del día, preguntándose qué era lo que había hecho mal.

Para cuando llegó la hora del patio, Andy se había convencido a sí misma de que Jayden estaba enfadado con ella y se limitó a seguirle hasta el muro de piedra donde él solía almorzar en solitario.

El silencio era muy incómodo y Jayden se centró en comer su bocadillo.

—¿Estás enfadado conmigo?

Jayden miró a Andy, que no osaba levantar la vista del suelo, mientras su lacia coleta castaña le caía por un lateral cubriéndole el rostro y amortiguando su voz.

—No, claro que no.

—Parece todo lo contrario. Si he hecho algo que te molestara me gustaría saberlo.

El último trozo de bocadillo se le atragantó en la garganta al oír el pesar de las palabras de ella.

—No es eso, Andy. Es que he estado dándole vueltas a algo que me ha dicho esta mañana mi tía Galatea.

Andy pareció recobrar un poco su habitual entusiasmo y le miró tímidamente de soslayo.

—Si me lo cuentas, quizás pueda ayudarte.

—No, es una tontería. Siento haber estado raro.

—Estabas preocupado, no pasa nada.

El silencio se volvió a interponer entre ellos y Jayden empezó a sentirse culpable.

—Si quieres, puedo preguntar si hoy me puedo quedar un rato en la biblioteca.

—Y para compensar que has estado raro, ¿me darás un minuto de ventaja?

Jayden asintió animado, mientras sacaba el móvil del bolsillo trasero de su pantalón.

Kate respondió enseguida a la llamada de su hijo.

—Cariño, ¿estás bien?

—Sí, mamá. Sólo quería pedirte si puedo quedarme un rato después de las clases a repasar unos deberes con una compañera en la biblioteca.

Kate meditó unos instantes.

—¿No saldrás del recinto del instituto?

—No.

Jayden sonrió a Andy, incómodo pero agradecido de que ella no pudiera oír la otra parte de la conversación.

—¿A esas horas aún hay profesores rondando por ahí, verdad?

—Sí.

—¿Son muy importantes esos deberes? ¿Seguro que no los puedes hacer en casa?

Jayden suspiró.

—Seguro, mamá. Por favor.

—Una hora, ni un minuto más, ni uno menos, ¿de acuerdo?

—Gracias, mamá —Colgó y se volvió a guardar el móvil, bajo la atenta mirada de Andy—. Solucionado, dispongo de una hora para ver quién es el que más sabe de mates.

Andy sonrió divertida.

—Antes, cuando has hablado de tu tía, he pensado que vivías con ella.

—Bueno, en realidad vivo con mi tía y mi madre.

—¿Son hermanas?

Jayden miró hacia el suelo un poco avergonzado, mientras la palabra *amantes* sustituía en su mente a *hermanas*.

—En realidad, Galatea no es mi tía. Es la compañera de mi madre y me han criado juntas. Si te soy sincero, ella es como mi otra madre.

348

—Vaya, entiendo —Se acercó a Jayden hasta que su mejilla rozó el hombro de él, y susurró—: ¿Son amantes?

Jayden intentó controlar el escalofrío que la proximidad del cuerpo de Andy le causaba.

—Exactamente, sé que es un poco raro.

Andy volvió a su posición original mientras, con un movimiento gracioso, hacía bailar su coleta.

—Hoy en día, esas cosas son de lo más habituales. Si ellas son felices y tú estás bien con la situación no creo que deba preocuparte lo que piensen los demás.

—Vaya, gracias, eres la primera persona a la que se lo cuento.

Sus enormes ojos verdes se regodearon en la tierna mirada de Jayden.

—Entonces, gracias también a ti.

Por un momento, los dos se quedaron paralizados, cada uno perdido en los ojos del otro, sin sentir ni oír nada más que no fueran sus propias respiraciones.

El timbre se encargó de devolverlos a la realidad.

—¿Qué clase nos toca ahora, Jayden? —Empezó a enroscar la punta de su coleta entre sus dedos, un tanto nerviosa.

—Química —Le sonrió, mostrando también su nerviosismo.

Ambos se encaminaron hacia el laboratorio en silencio, preguntándose qué era lo que había sucedido entre ellos durante aquellos maravillosos instantes de silencio.

Durante el resto de clases que les quedaban hasta poder reunirse en la biblioteca, se dedicaron a echarse miradas furtivas y cargadas de tensión el uno al otro, cosa que contribuyó a alimentar el sentimiento de querer estar juntos.

Las sabias palabras de Galatea se confirmaban y Jayden la maldecía en silencio por acertar en todas sus conclusiones.

Para cuando la deseada hora de reunirse en la biblioteca llegó, ambos estaban tan confusos y nerviosos que apenas se dirigieron la palabra hasta que empezaron a plantearse la respuesta al primer problema del libro de matemáticas avanzadas de Jayden.

El sonido de la mina del lápiz al rozar el papel y los cálculos mentales parecieron relajar la tensión y pocos minutos después volvían a ser los de siempre.

—Listo, ya he resuelto el primero.

Andy dejó caer su lápiz sobre el cuaderno.

—No puede ser, si yo he empezado con ventaja. Déjamelo ver. Seguro que has cometido algún error con las prisas de querer ganarme de nuevo —Con un gentil movimiento de mano, Jayden le ofreció su cuaderno a su incrédula amiga—. Es imposible, está bien.

—Soy el mejor.

Andy rebuscó entre las páginas del libro un problema con mayor grado de dificultad.

—Que hayas ganado una batalla no te proclama vencedor de la guerra, amigo mío. Vamos a por el siguiente.

Jayden levantó una ceja y aceptó el reto de buen grado.

Sólo le llevó cinco minutos resolver el problema.

—Terminado.

El lápiz de Andrea esta vez sonó con más fuerza al rebotar contra el cuaderno.

—¿Estarás de broma, no?

—Son muchos problemas resueltos.

Andy se reclinó en su asiento y miró a su alrededor fingiendo estar ofendida.

A pesar de la inmensidad de la biblioteca, estaban solos, ya que la falta de exámenes y desinterés de los alumnos contribuía a ello.

—Venga, Andy, el próximo lo terminarás tu primera.

—Estás haciendo que me aburran la mates.

Jayden perdió de golpe su entusiasmo.

—Parece que hoy no hago más que meter la pata contigo.

Andrea dejó de lado su farsa para centrar toda su atención en él.

—No, Jayden, estaba de broma —Su mano se posó sobre el antebrazo de él como una frágil mariposa—. Perdona, hoy has empezado mal el día y ahora yo te tomo el pelo.

El calor de la piel de Andy se filtraba a través de la camiseta de Jayden, alterando su ritmo cardíaco.

—No tienes culpa de nada.

Andy sonrió ladeando un poco la cabeza, gesto que hizo que su coleta se moviera sutilmente, pero lo suficiente como para que los descontrolados sentidos de él captaran un característico aroma que le dejó sin palabras.

De pronto, los ojos de Andrea resplandecían con más intensidad, refulgiendo como brillantes hojas recién nacidas en la copa de un árbol y bañadas por el sol del atardecer, y sus labios de un rosado intenso le llamaban a gritos.

La idea de besarla pareció acomodarse en su mente pero, como en un problema matemático, había acciones que podrían no llevar a un resultado correcto y estropear su reciente amistad.

El miedo al fracaso se acomodó junto a su deseo de besarla y lo apresó para que no se hiciera realidad.

—¿Te encuentras bien?

—Sí, sí.

—Volvías a estar raro.

Jayden meneó la cabeza y, con mucho cuidado para que Andy no se sintiera ofendida, se deshizo de su mano, que aún seguía posada en su brazo, alejándose del turbador calor que le proporcionaba.

La manga de la camiseta se quedó impregnada de su dulce olor.

—Perdona, Andrea.

—No pasa nada, ¿te apetece que dejemos esto para otro día y vayamos a tomar algo a la cafetería?

Jayden estaba a punto de contestar con un efusivo ¡sí!, cuando su móvil reclamó su atención. Instintivamente, clavó su mirada en el reloj colgado de la pared. Había pasado más de un cuarto de hora del tiempo que su madre le había cedido.

Contestó a la llamada.

—Enseguida salgo, mamá.

Sin esperar respuesta por miedo a represalias, colgó el teléfono y recogió sus cosas velozmente.

—Vaya, sí que se toma en serio tu madre los horarios.

—Ni te lo imaginas.

El estrés se apoderó de Jayden y, tras repasar la mesa y comprobar que todo lo que quedaba sobre ella pertenecía a Andy, se puso el abrigo, recogió la mochila y, en un acto reflejo, la besó en la mejilla.

Ambos se quedaron inmóviles por un segundo.

Jayden la miró un instante, sorprendido ante su gesto, pero no tenía tiempo de arrepentirse o dar explicaciones, así que salió disparado hacia la salida, dejando atrás a una sorprendida pero feliz Andy.

Gracias a la intervención de Galatea, Jayden se había librado de una buena reprimenda por parte de su madre por hacerla esperar más de quince minutos en el coche, sin una llamada por parte de él explicando por qué se demoraba y si estaba a salvo.

El toque de queda y las malas noticias constantes sobre los

secuestros en Londres estaban minando la paciencia y la confianza de Kate, que se había vuelto más controladora y protectora.

Por desgracia para Jayden, la falta de una reprimenda le había dejado más tiempo para pensar y revivir el beso que le había dado a Andrea en la mejilla. Fue un acto reflejo y no sabía por qué lo había hecho.

Hasta que el sueño le venció aquella noche, estuvo dándole vueltas al asunto y a las posibles opciones que tenía para explicarle a Andy a la mañana siguiente lo que le había llevado a cometer semejante estupidez.

El pasillo pareció hacerse estrecho y más oscuro cuando Jayden vio a Andrea sonriente junto a su taquilla esperando para darle los buenos días. Apenas sabía como enfocar el tema del beso del día anterior, ni cómo le explicaría por qué lo había hecho, pero se armó de valor y se acercó a ella.

Aún no había abierto la boca para darle los buenos días cuando ella se inclinó y, al igual que el había hecho él el día anterior, le besó en la mejilla.

—Buenos días, Jayden.

Él se llevó la mano a la cara, justo donde había recibido la caricia de aquellos delicados labios, un tanto confuso.

—Hola.

—Me gusta mucho esta manera de saludarnos. ¿Sabes que los franceses se dan tres besos?

Todos los temores de Jayden se esfumaron.

—Sí, lo sabía.

Andrea cerró de golpe su taquilla y se enfrentó a su amigo.

—Jayden Savage, ¿hay algo que tú no sepas? Eres un empollón.

Él se encogió de hombros.

—Eso también lo sé.

Andrea no pudo hacer nada más que echarse a reír.

Quince

El cláxon del coche hizo que Jayden se apresurara a recoger los libros de la mesa y corriera hacía la calle.

Aquella mañana, Galatea había ido primero a buscar a Emma, ya que Jean había aceptado gustoso que escoltaran también a su hija hasta la universidad. Esto sacaba de sus casillas a la temperamental joven, ya que ella era adulta y no corría peligro alguno contando con su extraordinario control de las feromonas. Cualquier delincuente que se le acercara con malas intenciones sería reducido a un amante complaciente en cuestión de dos pestañeos por parte de ella.

Jayden pasó a toda prisa por la cocina para recoger el bocadillo perfectamente envuelto que le ofrecía su madre y, sin pararse a besarla, se despidió de ella, para luego desaparecer por la puerta.

Con un ágil movimiento, se metió en la parte trasera del Mini de Galatea y saludó a las dos mujeres.

—Hola.

—Hola, Jay. ¡Uf!, menudo bocadillo llevas, es norme.

Galatea soltó una risilla.

—Emma, si alguna vez invitas a cenar a Jayden prepárate para pagar una cuenta astronómica. Come como una lima.

—Eso no hace falta que lo jures, el bocadillo habla por sí solo.

Él dejó su almuerzo sobre el asiento colindante y se cruzó de brazos indignado.

–Vamos a ver, es que siempre os tenéis que terminar metiendo conmigo.

–Lo siento –Las voces de Galatea y Emma se unieron en una sola para disculparse.

–Bueno, Jay, mañana es tu fiesta de cumpleaños. ¿Vas a invitar a alguien de tu clase, o será la típica fiesta familiar de todos los años?

De pronto, la posibilidad de poder invitar a Andy a su fiesta de cumpleaños le alegró el día, pero la sensación sólo duró un instante, ya que las consecuencias de semejante acto podrían ser devastadoras para él. Galatea y Emma hablando a todas horas de las virtudes y los defectos de la recién llegada no era una idea que le agradase demasiado.

–Será la típica fiesta familiar.

–¿Podrías invitar a tu nueva amiga?

Los ojos de Galatea, reflejados en el retrovisor interior, no mostraban malicia ninguna.

–Prefiero una fiesta con vosotros.

Galatea se encogió de hombros.

–Como prefieras pero, si cambias de opinión, ya sabes que la puedes invitar.

El flamante Mini se paró frente a la entrada del instituto y Jayden, deseoso de terminar con el tema de las invitaciones, se despidió y bajó de coche tan rápido como se había subido.

Galatea y Emma le vieron alejarse entre la multitud.

–Pobrecillo, entre las hormonas, su evolución y las chicas… No está siendo una época fácil para él.

Emma asintió ante las palabras de Galatea, mientras se giraba para dejar su bolso sobre los asientos traseros.

–¡Vaya, el súper-bocadillo!

–¿Qué dices?

Emma se estiró y cogió el bocadillo de Jayden.

—Voy a llevárselo.

—Está bien, pero date prisa o llegarás tarde.

Antes de que Galatea hubiera terminado la frase, pudo ver a la grácil Emma desaparecer entre la multitud de alumnos que se agolpaba a la entrada del centro.

Jayden apenas había avanzado unos metros, pero Andy ya le había reconocido entre la gente y le esperaba en la puerta con su habitual sonrisa.

Él no la vio.

—¡Jay!

La voz de Emma hizo que se girara y la viera correr hacía él con su cabellera dorada ondulando al viento, cosa que llamó la atención a más de uno de los chicos del patio.

—Em, ¿qué pasa?

Ella no tuvo más que levantar su mano y mostrar el envoltorio de papel de plata.

—Ibas a pasar un poco de hambre hoy.

Lo ojos de él parecieron salirse de sus órbitas al darse cuenta de la posible desgracia.

—Vaya, gracias.

—De nada. Oye, Jay... —Entrelazó sus manos detrás de la espalda y se inclinó de forma muy lenta hacia él—. Hace tiempo que no me cuentas nada.

—¿Qué quieres decir?

—Quiero decir que desde que esa chica está en tu vida ya no me llamas, y debes saber que todas las bromas que hacemos Galatea y yo no son más que eso, bromas, y que en mí tienes a la persona de confianza de siempre.

Jayden bajó la mirada al suelo un tanto avergonzado, y Emma deslizó su mano bajo la barbilla de él para que sus ojos conectaran.

—Sé por todo lo que estas pasando y que es muy confuso, pero llámame si quieres hablar de cualquier cosa.

Las mejillas de él se tiñeron de rojo y agradeció que el bullicio del gentío amortiguara las palabras de Emma hasta tal punto que sólo ellos dos oían la conversación.

—Gracias, Em.

Ella se inclinó y le besó suavemente en la mejilla, haciendo que más de un grupo de alumnos se preguntara quién era aquella bella mujer que estaba besándole.

Entre ellos, Andy.

Tras una rápida despedida, Jayden siguió su camino y al fijar sus ojos sobre la puerta de la entrada la vio. No estaba tan sonriente como antes.

—Buenos días —Su corazón palpitó de golpe al esperar el beso de cada mañana por parte de ella.

Pero, esta vez, no se lo dio.

—Hola —Su voz mostraba cierto punto de amargura.

De pronto, un chico de cabello rubio y piel morena se interpuso en su camino.

—Oye, Savage, ¿quién es esa belleza rubia?

—No está a tu alcance, Ken.

La animada expresión del chico pasó a la sorpresa y después al enfado.

—¿Qué pasa, es tu novia o algo así?

—No te importa.

Ken le miró un tanto sorprendido. Tanta valentía era poco común en Jayden.

Él y Andy se adentraron en los pasillos del instituto.

Ella caminaba con la cabeza enterrada en su carpeta.

—¿Esa chica es tu novia?

Su voz reveló los sentimientos de Andy.

—No, es la hija de unos amigos de mi madre. Es como mi hermana mayor.

—Ah.

Jayden miró de soslayo a Andy, que pareció recobrar por segundos su habitual buen humor.

Quizás eran imaginaciones suyas, pero parecía que ella se había puesto un tanto celosa de Emma.

Una chispa se encendió en su interior y se armó de valor.

—Si quieres conocerla, vendrá mañana a mi fiesta de cumpleaños —Se mordió el labio al oír sus propias palabras.

Había sido la peor invitación a una fiesta jamás formulada.

—¿Me estás invitando a tu fiesta o a ser su amiga?

—No, no. Te invito a mi fiesta. Si quieres venir, claro.

Andy suspiró.

—La verdad es que mañana viene mi abuela. Hace semanas que no la veo y me será imposible.

La decepción se hizo visible en el rostro de Jayden.

—No pasa nada, será una fiesta muy aburrida con la familia.

—Bueno, como no te veré mañana, será mejor que te felicite ahora.

Andrea se acercó cautelosa a Jayden y se puso de puntillas. Para no perder el equilibrio, apoyó su mano sobre el firme pecho de él y le plantó un suave y prolongado beso en la mejilla opuesta a la que Emma le había besado aquella mañana.

Un calor intenso recorrió todo el cuerpo de él desde la punta de sus pies hasta la punta de sus orejas.

—Feliz cumpleaños.

—Gracias.

Ambos seguían aún muy cerca el uno del otro pero Ken, que les estaba rondando, se encargó de desvanecer todo el romanticismo en tan sólo un segundo.

—¡Vaya, Savage! ¿Qué colonia usas, tío?

Andrea saltó hacia atrás y se ocultó tras la puerta de su taquilla, mientras él fulminaba a Ken con sus ojos grises.

El resto del día transcurrió con su habitual rutina de clases, mientras se lamentaba de no poder contar con la presencia de Andy en su fiesta de cumpleaños.

Cuando el timbre sonó, indicando el final de la última clase, él se encaminó hacia su taquilla para guardar sus cosas.

—Espero que te regalen muchas cosas por tu cumpleaños.

—Gracias, Andy.

Ella permanecía de pie junto a él, inmóvil, como si esperara alguna cosa. Jayden cerró la taquilla lentamente como si aquello pudiera ralentizar el tiempo y así demorar su partida.

—Bueno, nos veremos el lunes.

—Sí.

Los ojos expectantes de Andy estaban clavados en suyos, pero Jayden no sabía qué era exactamente lo que ella quería.

Tal vez, también detestaba los días que no le veía, al igual que le pasaba a él.

Andy sonrió fugazmente.

—Que pases un buen fin de semana. Y diviértete en tu fiesta.

—Gracias, Andy. Igualmente.

Sin apenas esperarlo, Andy dio un grácil respingo y, tras despedirse con la mano, se marchó hacía su taquilla dispuesta a irse a casa.

Justo en el momento en el que él se cuestionaba el comportamiento un tanto extraño de ella, apareció andando con paso firme y elegante el profesor James.

—Jayden, me alegro de verte.

El joven se sintió incómodo.

—Hola, profesor.

—Sigo esperando ansioso tu visita.

—Lo sé. Es que he estado un tanto liado.

El profesor James sonrió sin humor.

—De veras que espero verte pronto. Tu presencia nos hará muy bien en el club.

Jayden asintió rápidamente con la cabeza, mientras una apremiante sensación de huir lejos de aquel hombre se apoderaba de él.

—Buen fin de semana, profesor.

—Igualmente.

Cargó su mochila al hombro y, sin mirar atrás, emprendió una rápida huida por el pasillo.

Emma se dejó caer en el sofá junto a un aburrido Jayden, que no le hacía demasiado caso a la película de adolescentes que emitían aquella tarde en televisión.

—¿Qué ves?

—Animadora en el campus, o algo así.

Emma dejó caer su cabeza sobre el hombro de su amigo y éste aspiró profundamente el aroma de sus cabellos.

Olían bien, pero no tanto como los de Andy.

—El año que viene, te prometo que te organizaré una fiesta como esa.

La mano de Emma señaló la pantalla del televisor, donde varios jóvenes bailaban alrededor de una piscina en bañador y saltaban de alegría.

—Por las fiestas no, pero si me gustaría vivir en Estados Unidos porque así, el año que viene, podríais regalarme un coche.

—Oye, que los regalos de este año no han estado tan mal.

Él desvió su mirada hacia su muñeca que lucía un precioso

reloj que le había regalado su madre.

—¿Los mayores aún están en el salón?

—Sí, ¿por qué crees que he huido de allí? Estaba harta de oírles hablar de lo feas que se están poniendo las cosas y del toque de queda —Jayden suspiró—. Oye, Jay, ¿menudo asco de fiesta de cumpleaños, no?

Él se incorporó un poco para poder mirar a Emma a los ojos.

—No ha sido un asco de fiesta, lo he celebrado con la gente a la que quiero.

—Venga, todo eso es muy típico y tópico. No me digas que no te hubiera gustado una buena juerga con tus amigos.

Él se encogió de hombros.

—Ya sabes que mis amigos, ahora mismo, suman la gran cifra de dos.

Emma le pasó la mano por el cabello, despeinándolo.

—De verdad, creo que tienes que ampliar tu círculos de amigos Jay, no sé, apúntate a algún extraescolar en el instituto.

El club de dhaphiros del profesor James apareció de inmediato en su mente.

Emma aprovechó el silencio para cogerle desprevenido.

—¿Por qué no ha venido ella?

—¿Quién? —Sus palabras intentaban mentir, pero el tono rosáceo en aumento en sus mejillas no dejaba lugar a dudas de que él sabía a quién se refería Emma.

—¿Cómo se llama?

—Se llama Andy —Su voz apenas era un leve susurro.

—¿No la invitaste a venir?

—Sí, sí lo hice, pero no podía. Creo que se enfadó cuando te vio besarme ayer.

Emma cruzó las piernas y se inclinó nerviosa hacía adelante ante la noticia.

—No me digas que se puso celosa de mí.

—Creo que sí.

—Felicidades, eso es muy buena señal. Puedo decirte, casi al cien por cien, que le gustas a esa chica.

Jayden miró hacia el suelo, intentando controlar las palpitaciones de su corazón.

Emma, orgullosa de la vida sentimental de su amigo, le acarició la espalda frenéticamente para calmarle y demostrarle su apoyo.

—Así que… organicé un buen revuelo en el instituto, ¿eh?

Él agradeció el cambio drástico de conversación.

—Sí, varios me pidieron tu número de teléfono y otros creyeron que eras mi novia.

Emma se echó a reír escandalosamente.

—Les dirías que yo era como tu hermana, supongo.

—Algo así.

—Se me ocurre que un día podemos entretenernos mucho con eso.

Justo antes de que Emma empezara a tramar uno de sus descabellados y divertidos planes, Iris y Jean entraron en la salita.

—Jayden, cariño, se hace tarde y tenemos que volver a casa.

Él se levantó del sofá para despedirse de Iris, no sin antes leer en los labios de Emma: *odio el toque de queda.*

—Gracias por venir, tía Iris, y por la mochila nueva.

Iris besó la mejilla de Jayden, que aún conservaba el calor de su rubor por haberse acordado de Andy.

—Cuídate y no crezcas tan deprisa.

Jayden sonrió amablemente a Jean.

Emma le abrazó.

—Que acabes de pasar un buen día de cumpleaños, Jay.

—Gracias, Em.

Galatea apareció en escena junto a Kate, que llevaba un par de paraguas.

—Acaba de ponerse a llover, será mejor que os llevéis estos paraguas o llegaréis empapados a casa.

Jean los cogió y, tras una breve despedida de las anfitrionas, los tres se marcharon.

Kate y Galatea se sentaron una a cada lado de Jayden. Aquello le olió a encerrona.

—Tenemos otro regalo para ti.

Él miró sorprendido a Galatea.

—Es algo muy especial, y queríamos dártelo en privado.

La curiosidad empezaba a adueñarse de él cuando su madre sacó un enorme paquete rectangular de una bolsa de papel azul. Sin dudarlo un instante, rasgó rápidamente el papel de regalo dejando al descubierto un álbum de fotos enorme.

—Como sabes, he podido hacer millones de fotos en mis ciento cuarenta y cinco años de vida.

Jayden abrió el álbum, y las imágenes de más de cien años reclamaron su atención.

—Galatea y yo hemos recopilado varias fotos antiguas y modernas. Con ellas, hemos intentado explicarte nuestra historia hasta el día de hoy.

Él no daba crédito a lo que veían sus ojos. Imágenes de una Galatea vestida de época con su aspecto físico actual evolucionaban en el tiempo hasta mezclarse con las imágenes de Kate y él mismo en la actualidad.

—Hemos pensado que te gustaría seguir añadiendo imágenes de tu propia historia y evolución.

—Vaya, no sé que deciros, es impresionante. Me encanta.

Jayden no pudo contener su euforia, y se abrazó efusivamente primero a su madre y después a Galatea.

—¿Quieres que te explique de qué época es cada una?

Él asintió excitado, mientras posaba cuidadosamente el álbum sobre la mesita frente al sofá y lo abría por la primera página repleta de fotografías del siglo XIX.

En la primera imagen, envejecida por el paso del tiempo, se apreciaba a una seria Galatea, con un vestido blanco con volantes y un severo recogido con la raya en medio.

—Ésta es la única fotografía que conservo de cuando aún era mortal. Fue en la primavera de mil ochocientos cincuenta y ocho, y yo tenía veintiséis años. Tan sólo unas semanas después me convirtieron en vampiro.

—¿Quién te convirtió?

La expresión de Galatea se tornó sombría al recordar su pasado, como en todas las ocasiones anteriores en las que Kate le había preguntado por el asunto.

—Fue... mi padre.

Kate sintió una punzada en el corazón.

"No tienes por qué contarle nada que no quieras"

Galatea levantó lentamente la cabeza y dedicó una radiante sonrisa a su compañera, que la observaba preocupada.

"Sois mi familia y no debería guardar más este secreto con vosotros, no es justo"

Jayden, ajeno por completo a la conversación mental, se había distraído con otra de las fotografías donde Galatea sostenía a un bebé sentada en una mecedora junto a una mujer mayor.

—¿Esta señora es tu madre?

—Sí, en esta fotografía ambas éramos ya inmortales.

—Os parecéis mucho.

"¿No tienes curiosidad por saber quién es el niño?"

Kate estaba aturdida ante el cambio de actitud de su compañera referente a su pasado.

"Tu hermano"

Galatea negó despacio con la cabeza, tan lentamente que Jayden apenas percibió el movimiento.

Curiosamente, él prestaba más atención a los cambios en el tiempo de Galatea que a las personas que aparecían junto a ella en las instantáneas. Sin duda, y gracias a la educación que había recibido, las consideraba como sus únicos familiares vivos, y todas las personas ajenas a ellas pasaban desapercibidas ante sus ojos, ya que hacía muchos años que había dejado de hacerse preguntas sobre quién era su padre o si tenía abuelos.

Para él sólo existían sus madres.

Kate estaba inmóvil, dudando de lo que sus ojos habían visto.

"¿Quién es el bebé?"

—¡Galatea, que coche más guapo!

Ella apenas miró de soslayo la imagen a la que Jayden se refería.

—Es de mil novecientos trece, es uno de los primeros vehículos que tuve. Eran carísimos, pero yo venía de buena familia.

—Qué guay.

"Lo que tengo que explicarte es algo que posiblemente derrumbe parte de tu mundo, creo que ahora no es el momento. No delante de Jayden"

Los ojos de Kate brillaron como el hielo, pero pronto recobro la sensatez y sonrió a su hijo, que preguntaba por otra instantánea.

Galatea

Cerró la puerta tras de sí, con un brillo de temor marcado en sus ojos grises.

Había llegado el momento de la revelación.

Jayden hacía una hora que descansaba, sumido en un profundo sueño, en la seguridad de su confortable dormitorio. Había caído exhausto después de preguntar durante dos horas sobre todas y cada una de las fotografías del álbum.

Kate la esperaba sentada en el borde de la cama con las manos entrelazadas sobre su regazo y la mente llena de cuestiones confusas.

"Creo que para esta conversación en especial deberíamos usar nuestra telepatía"

Kate simplemente asintió, mientras con la mirada seguía a Galatea, que tomó asiento junto a ella.

"No sé ni por dónde comenzar. Hace años que te debería haber contado la verdad, pero no me siento especialmente orgullosa de todo lo que sucedió. Supongo que si no te lo he contado antes ha sido por temor a que me vieras con otros ojos y dejaras de quererme."

Kate tomó la mano de Galatea entre las suyas.

−Tu pasado no me importa, te quiero por la persona que eres y por cómo haces que me sienta a tu lado. El resto, para mí, no tiene importancia.

Galatea sonrió ante las palabras de Kate. Sin duda las había formulado en voz alta para confirmar con más fuerza su significado para ella.

"Galatea, no necesito saber qué pasó."

"Pero yo quiero que lo sepas, hace años que debí compartirlo contigo y ya ha llegado la hora."

Galatea apretó con fuerza la mano de Kate, que la observaba con ojos llenos de comprensión.

"Yo tenía veintiséis años recién cumplidos y por aquella época ya era toda una mujer adulta. Vivía con mi marido y mi madre. Apenas hacía un año que mi padre había fallecido de pulmonía y vivíamos todos en la gran casa de la familia."

Febrero de 1858, Venecia.

Los ropajes de colores y las máscaras con plumas invadían los escaparates de Venecia, pero la joven Galatea no sentía interés alguno por los llamativos disfraces típicos de la isla.

Aquel año, el carnaval no era uno de sus primordiales intereses, ya que el recuerdo de la pérdida de su padre minaba cualquier atisbo de alegría en su corazón.

Una fina lluvia empezó a caer, justo en el preciso instante en el que cerró el pórtico de madera que daba la entraba a la gran casa donde residían.

—Pensaba que ya tenía que mandar a alguien en tu busca, has tardado una eternidad en traerme el perfume que te encargué.

—Perdóneme. madre. Las calles están imposibles estos días.

Todo el mundo quiere adquirir un precioso disfraz para la fiesta que dan los Domenico en su palacete.

Simonetta, la madre de Galatea, le dedicó una mirada inquisidora.

—Supongo que no estarás pensando en abandonar tu luto e ir a una de esas fiestas con tu marido.

Galatea siguió a su madre hasta la sala de costura donde, en un rincón, había una cuna de madera. En su interior, un recién nacido emitía un leve sonido al respirar.

—Ni siquiera se me había ocurrido la idea, madre.

La amargura era notable en cada una de las sílabas que pronunciaba la apesadumbrada Galatea.

Simonetta se sentó en una mecedora cerca del bebé y comenzó una nueva labor de bordado.

—Hablando de tu marido, ¿dónde está?

—Ni tengo conocimiento de su paradero ni me interesa saberlo, madre.

Simonetta emitió un bufido de desaprobación.

—Una buena esposa siempre sabe dónde está su marido.

Galatea tuvo que morderse la lengua para reprimir la réplica.

No era ningún secreto que ella se había visto obligada a desposarse con uno de los jóvenes casaderos más ricos de Venecia, tras la muerte de su padre. Gracias a aquella unión, su familia pudo mantener su posición de familia adinerada.

Por desgracia, desde el primer instante en que Galatea vio a Fabio, sintió hacia él un rechazo instantáneo que iba empeorando con el paso de los meses.

Por fortuna para ella, el deber conyugal en el lecho desapareció al engendrar a su único hijo varón, heredero de la fortuna familiar.

La respiración del bebé empezó a agitarse, dando paso a un llanto que fue aumentando por segundos hasta que Simonetta empezó a mecer la cuna con la mano.

—¿Es que no piensas ir a ver qué le sucede a tu hijo?

Galatea se levantó con pocas ganas de su butaca y se encaminó despacio a la cuna de madera.

La cara del bebé estaba enrojecida por el llanto y presentaba un aspecto de lo más frágil. Pero no sentía ningún tipo de instinto maternal hacia él.

Aquella criatura era el recordatorio constante de las relaciones asiduas que Fabio le había obligado a mantener en la cama contra su voluntad.

—Llamaré a la cuidadora.

Simonetta agarró por la muñeca a su hija para frenar su huida.

—Es tu hijo, Galatea. Pórtate como una mujer y hazle de madre.

La presión y la desdicha fueron demasiado para ella, que estalló en llantos, más agudos y sonoros que los del propio bebé y, soltándose de un tirón del brazo de su madre, fue dando pasos lentos y titubeantes hacia atrás, alejándose de la escena que la había hecho desbordarse.

Su espalda tocó contra la pared de la habitación.

—Galatea, ¡¿qué demonios te sucede?! Estás reaccionando como una mujerzuela histérica.

Simonetta se puso en pie y empezó a caminar hacia ella.

—No te me acerques.

El bebé seguía llorando, y aquello no contribuía a calmar los crispados y deshechos nervios de Galatea.

—No tiene idea de lo que estoy viviendo, madre. Usted se limita a preocuparse del qué dirán, sin ni siquiera averiguar si su propia hija es feliz.

—¿Cómo no ibas a ser feliz? Estás casada con un hombre de buena posición social y tienes un precioso vástago.

Galatea emitió una risotada sin humor.

—¿Feliz? ¿Se supone que he de ser feliz con un hombre que no duerme en mi cama, porque prefiere pasar la noche en el lecho de otras, mientras yo me hago cargo de un hijo engendrado por la violencia y la violación?

Los ojos de Simonetta reflejaron por un instante una profunda compasión y amor por su hija, pero una mujer como ella no podía permitir que un escándalo así manchara el nombre de su familia.

—Galatea, tienes que comportarte como una buena esposa y dejar que Fabio haga lo que le plazca. No está en la naturaleza de los hombres sernos fieles. Y en cuanto a tu hijo, él no tiene culpa de tus desdichas, mírale —La mano de Simonetta apuntó directamente a la cuna del desolado bebé—. ¿Vas a culpar a una criatura indefensa de tu infelicidad, en lugar de encargarte de que él no lo sea?

Algún tipo de resorte saltó en la mente de Galatea, comprendiendo a la perfección el razonamiento sobre el bebé que había hecho su madre.

En aquello, la vieja Simonetta tenía razón. Si bien no era feliz como esposa, sí podía lograr serlo como madre.

El llanto del bebé perforó la coraza insensible de Galatea y un nuevo sentimiento protector afloró en ella.

Aquella noche, Galatea compartió su cama con el único varón que realmente amaba.

Su hijo Enzo.

ఏ ఏ

La luna apenas había hecho acto de presencia en aquella tranquila noche.

Como de costumbre, Galatea, invadida por su nuevo amor hacia Enzo, le había acostado en su cuna junto a su propia cama.

Habían pasado varias semanas desde que tuvo el enfrentamiento con su madre y, por suerte, la relación entre ellas se había suavizado.

Simonetta se mostraba más comprensiva con ella y, en ocasiones, le había hecho saber a Fabio, de una manera muy respetuosa, que no le gustaba la actitud que tenía con su hija y su nieto. Todo ello contribuía a que Galatea disfrutara de un profundo y reparador sueño aquella noche. Por ese motivo, no se dio cuenta de lo que estaba sucediendo en su casa, hasta que fue demasiado tarde.

El llanto de Enzo al ser arrebatado de la suavidad de su cuna fue lo que terminó de despertarla pero, antes de que pudiera ver el rostro de los intrusos que habían irrumpido en su casa, le pusieron una mordaza para acallar sus gritos y un saco negro en la cabeza, lo cual terminó por desorientarla del todo.

Cualquier intento de fuga por su parte fue frustrado por unos brazos poderosamente fuertes que la aferraban de los hombros, mientras la obligaban a salir de su casa y a subirse a una barca.

Ella y su familia estaban siendo secuestrados.

Tras lo que le pareció una eternidad, la bajaron de la embarcación para adentrarla en un edificio que olía a humedad.

El silencio era aterrador.

El hombre que la sostenía la hizo bajar por unos escalones de piedra. Al llegar al final, la empujó bruscamente en el interior de una celda y cerró la puerta con barrotes de un sonoro golpe.

En cuanto se sintió liberada de su secuestrador, se arrancó de un tirón el saco que cubría su rostro y la mordaza.

—¡¿Dónde está mi hijo?!

El hombre apenas le prestó atención mientras ascendía las escaleras.

—Está a salvo.

—¡No, no se vaya!

Sus gritos no sirvieron de nada.

—Galatea.

La voz familiar de Simonetta abrió un claro de esperanza en su negro porvenir.

—Madre, ¿por qué nos han raptado?

Simonetta, sentada en la celda contigua a la de Galatea, estaba tan confusa como ella.

—No lo sé, hija mía, apenas llevo un par de minutos más que tú encerrada en estas mazmorras.

Las manos de madre e hija se estrecharon entre los barrotes que separaban las dos celdas.

—Mi pobre Enzo.

Un quejido sordo llamó la atención de las dos mujeres. Alguien, encadenado en la otra punta de la oscura celda donde se encontraba Galatea, profería unos sonidos impropios de aquel mundo.

Ella entrecerró los ojos para intentar ver de quién se trataba.

Sin pensarlo dos veces, empezó a andar hacia la silueta desconocida.

—¡Hija, no te acerques!

Ella hizo caso omiso de las advertencias de su madre y se arrodilló frente al hombre que cubrían las sombras.

—¿Fabio? —El marido de Galatea mostraba un aspecto demacrado y pálido—. ¿Qué te han hecho?

Las manos de Fabio estaban sujetas por gruesos grilletes y anchas cadenas de hierro que impedían sus movimientos.

Galatea se apiadó instintivamente de su marido, a pesar del odio que le inspiraba.

Simonetta, atónita, observaba la escena desde la otra punta, con las manos firmemente agarradas a los barrotes que la separaban de su hija.

—¡Fabio, responde!

Los ojos de él se clavaron en los de Galatea y, automáticamente, empezó a respirar con fuerza. Sus aletas nasales se movían dilatándose y contrayéndose aspirando el aroma de sangre fresca que corría por las venas de su esposa.

—¿Qué te ocurre?

Una diabólica sonrisa se esbozó en los labios de él y, sin que Galatea pudiera verle venir, se abalanzó sobre ella con un veloz movimiento, que hizo que las cadenas que le apresaban se elevaran más de un metro del suelo profiriendo un ensordecedor estruendo metálico.

—¡Hija mía!

Por suerte, los jóvenes reflejos de Galatea hicieron que saltara hacia atrás, quedando tumbada sobre el suelo, con un hambriento Fabio a pocos centímetros de ella.

—¡Apártate, Galatea!

Rodó sobre sí misma y gateó a toda prisa hasta los barrotes desde los que su madre la llamaba desesperada.

Fabio, frustrado por la pérdida de su presa, se dejó caer de nuevo en el suelo, pero con sus ojos firmemente fijos en su esposa.

—Hija, ¿estás bien?

Galatea se limitó a asentir, mientras se ponía en pie con la ayuda de su madre.

Las piernas le temblaban.

—Se ha vuelto loco.

Simonetta se santiguó al comprender qué era lo que estaba ocurriendo.

—¿Qué sucede, madre?

—El párroco de San Giovanni nos advirtió que estos demonios estaban invadiendo nuestra isla.

Galatea miró confusa a su madre.

—¿Qué demonios?

—Aquellos que rondan en la noche en busca de presas para beber su sangre —Fabio profirió algo parecido a una risotada desde el fondo de la celda y a Galatea se le heló la sangre—. Hija mía, el párroco me contó que últimamente habían profanado algunas tumbas en el cementerio.

—Madre, eso son leyendas, no puede ser cierto.

Simonetta miró detenidamente a Fabio, que no apartaba sus fieros ojos de su hija.

—Mira, ahí tienes la prueba de lo que es.

Galatea siguió con la mirada hacia el punto exacto al que señalaba la mano de Simonetta.

Automáticamente, se santiguó.

En el cuello pálido de Fabio había una mordedura reciente de dos afilados colmillos.

—¡Es un vampiro!

Galatea empezó a temblar y su madre intentó consolarla a través del estrecho espacio de los barrotes de hierro.

—¡Nos van a matar! ¡Oh, dios mío! ¡Tienen a Enzo!

—Tranquila, hija, los tres llevamos nuestros crucifijos colgados del cuello y nos protegerán.

Ambas tocaron instintivamente el colgante de sus respectivos cuellos.

—Dudo que eso les sirva de mucho, señoras —Los ojos de los tres presos se posaron sobre el bello hombre de larga cabellera rubia que había descendido silenciosamente por las escaleras de piedra y les observaba—. Las cruces no nos hacen ningún mal.

Las manos de Galatea y Simonetta se unieron con fuerza, mientras ahogaban los gritos de terror.

—No, no se asusten señoras, no tenemos intención... —Esbozó una cínica sonrisa— de servirlas como cena.

La respiración nerviosa de las mujeres fue la única respuesta que obtuvo el recién llegado.

—Héctor —Un joven alto y fuerte bajó, a una velocidad casi imperceptible para el ojo humano, y se plantó frente a la puerta de la celda de Galatea—. Sube al condenado a la sala principal.

—Sí, señor.

Sin que apenas pudieran darse cuenta, el joven abrió la puerta de la celda y apresó con fuerza a Fabio, que no trató de resistirse, ya que sabía que, de entrar en una lucha contra el robusto joven, saldría perdiendo.

Se sentía demasiado débil, a causa de su hambre de vampiro recién nacido.

Galatea y Simonetta observaron atónitas como se llevaban a Fabio, sin osar preguntar qué era lo que estaba sucediendo.

El vampiro rubio abrió la celda de Simonetta con deliberada lentitud.

—Ruego a las señoras que tengan la voluntad de seguirme —El gesto teatral que dibujó con la mano indicando las escaleras, sumado a su voz aterciopelada, contribuyó, de una manera mágica, a calmar los nervios de las dos mujeres que, sin mediar palabra entre ellas, siguieron al hombre escaleras arriba.

En el piso superior, apareció ante ellas una sala sin ventanas, repleta de vampiros sentados en bancos circulares de madera noble, frente a un trono forrado de terciopelo rojo y molduras de madera recubiertas con pan de oro.

Las acompañó hasta dos modestas sillas que había en el centro del círculo que formaban los bancos y las invitó a tomar asiento. Junto a ellas, de pie, estaban Fabio y una esbelta mujer de cabello cobrizo y tez pálida, ambos encadenados con gruesas cadenas que les rodeaban el cuello y los brazos.

El efecto de la voz tranquilizadora del vampiro rubio empezó a pasarse y Galatea buscó la mano de su madre para intentar sacar fuerzas de donde no las había y enfrentarse a lo que aquella sala, llena de inmortales, les deparaba.

De pronto, el leve murmullo de los presentes en la sala se silenció bruscamente y una mujer de cabello negro, ataviada con una capa de color azul cobalto y un vestido a juego, se sentó en el trono.

—Gracias a todos por asistir a este precipitado juicio. Araldo, exponga los cargos, por favor.

El vampiro rubio se acercó a la mujer e hizo una breve reverencia.

—Su señoría, comparecen ante vos Elisea Massima, Fabio Leonardo Scaglioni y la familia al completo de éste último —La mujer sentada al trono lanzó una mirada de desaprobación a los acusados—. En la noche de ayer, se encontró, gracias a un confidente, a Elisea Massima quebrantando la ley de transformaciones, convirtiendo ella misma a Fabio Leonardo Scaglioni, su amante, en un vampiro.

La joven del cabello cobrizo agachó la cabeza avergonzada, cuando los ojos de la jueza se clavaron en ella.

—Señorita Massima, ¿ni tan sólo por un momento se le ocurrió pensar en que el hombre al que convertía tenía familia?

—No, señora.

—Conocía usted nuestras leyes sobre transformaciones, supongo.

—Si, señora —La jueza levantó una mano lentamente, invitando a la joven a recitarlas—. Jamás se convertirá a un mortal cuyas relaciones humanas pongan en peligro nuestro secreto y existencia.

—¿Por qué ha desobedecido usted esta ley?

La joven tembló.

—Por amor. Fabio me prometió que dejaría todo cuanto conocía de su antiguo mundo.

Galatea apretaba la mano de su madre con más y más fuerza intentando reprimir su angustia.

—Las promesas no sirven de nada, señorita Máxima. Aquí, lo que cuentan son las leyes y, como bien sabe, ha puesto en peligro a nuestra especie. Puesto que conoce la ley, conocerá también el castigo por quebrantarla —El cuerpo de la joven empezó a temblar—. Adelante, recítela, señorita Massima.

—Muerte por decapitación... —Soltó un sonoro sollozo— para el vampiro que quebrante la ley, y muerte por inanición para el vampiro neonato.

Justo cuando terminó de pronunciar la última palabra, y obedeciendo a un gesto de la jueza, dos fornidos guardias se llevaron rápidamente a la joven y a Fabio de la sala entre gritos aterradores que hicieron que Galatea y Simonetta se taparan los oídos, para intentar mitigar el desgarrador pánico que expresaban.

Un llanto de bebé se mezcló con los alaridos.

—Enzo.

Galatea empezó a buscar con la mirada a su hijo en aquella enorme sala.

La ansiedad apenas la dejaba respirar. Si habían condenado a uno de los suyos con tanta ligereza, ¿qué le harían a ella y a lo que quedaba de su familia?

Araldo, anticipándose al inminente ataque de ansiedad de ella, le entregó a Enzo, en perfecto estado.

—Todo saldrá bien —Su voz sonó como un melódico silbido en los oídos de las asustadas Galatea y Simonetta.

Galatea apretó a Enzo contra su pecho.

—Araldo, ¿ésta es toda la familia del condenado?

—Son la esposa, la suegra y su hijo, mi señora. Son toda la familia viva que le quedaba.

Un escalofrío recorrió la espina dorsal de Galatea. No habían pasado más que unos minutos de la condena de Fabio y ya se referían a él en pasado.

—Que venga Elisa.

De pronto, una anciana bajita, con una melena blanca ondulándose en su encorvada espalda, se acercó a Galatea y Simonetta.

—¿Qué opinas?

La arrugada mano de Elisa se posó sobre el hombro de Galatea y, tras unos segundos, hizo lo mismo con Simonetta, que estaba horrorizada ante aquella viejísima mujer.

—No veo maldad en sus corazones, mi señora, es posible darles una alternativa.

—Perfecto, puedes retirarte.

Elisa hizo una ágil reverencia, impropia de su edad, y desapareció tan misteriosamente como había aparecido.

Araldo sonrió a Galatea.

—Araldo, ¿cuáles son los nombres de las mujeres y que relación tienen?

—Simonetta y Galatea, son madre e hija, mi señora.

—Y el niño, intuyo que era el hijo del condenado —Él asintió majestuosamente—. Ponlas al corriente de sus opciones y procede con el protocolo. Evidentemente, espero que vengas personalmente a informarme de su decisión.

—Por supuesto, mi señora.

La mujer se levantó del trono y abandonó la sala seguida de dos lacayos.

Araldo se inclinó sobre Galatea y Simonetta con una gran sonrisa.

—Acompáñenme, señoras.

El murmullo de los presentes volvió a su volumen normal y, poco a poco, fueron desalojando la gran sala.

De nuevo, la voz de Araldo calmó a las dos mujeres y al inquieto Enzo.

Tras recorrer un angosto y oscuro pasillo, llegaron a un modesto despacho repleto de libros y tapices.

—Señoras, tomen asiento.

Ellas se sentaron en unos acogedores sillones, frente un escritorio de brillante caoba, desde donde Araldo las observaba, sentado en su butacón de piel marrón.

—Sé perfectamente que todo lo sucedido ha sido un shock para ustedes y lamento la pérdida de su esposo y yerno.

Galatea y Simonetta intercambiaron una rápida mirada. Apenas sentían la desaparición de Fabio como una desgracia en sus vidas.

—En realidad, no lo lamento —Galatea empezaba a dudar de sus dotes como buena cristiana y persona.

—No se alarme señora, mi voz posee ciertas cualidades sosegadoras. En cuanto nos despidamos aflorarán todos los sentimientos.

Simonetta frunció el entrecejo.

—Entonces, quizás no debamos despedirnos.

Araldo sonrió divertido.

—Soy el encargado de estas cuestiones precisamente por mi cualidad. Imagínense tratar estos temas con mortales asustados y desconcertados por la revelación de la existencia certera de vampiros.

Galatea asintió con la cabeza mientras acariciaba a Enzo, que empezaba a dormirse en la seguridad de los brazos de su madre.

—La mujer de la capa ha dicho que teníamos varias opciones. ¿A qué se refería?

Araldo sonrió ante la pregunta de Simonetta.

—Verán, llegados a este punto, no podemos permitir que ustedes vuelvan a su rutina habitual. No, sabiendo lo que saben. Por suerte, Elisa, nuestra vidente, ha percibido que son nobles de corazón y que podrán convivir en paz con nosotros. Por ello, se les otorga una alternativa a la pena de muerte.

—¿Qué alternativa?

Los ojos de las dos mujeres se clavaron en Araldo.

—Les ofrecemos la oportunidad de entrar a formar parte de nuestro mundo.

—¡Nos quieren vampirizar! —Él asintió calmado—. Pero, si accedemos a ser vampiros, ¿que pasará con Enzo? —Acarició la manita de su nieto.

—No puedo dejar a mi hijo huérfano.

—Tranquilas, este es un caso algo excepcional, pero no único. Procederemos de la siguiente manera. Les daremos un plazo de veinticuatro horas para que mediten con calma su decisión.

—No pienso volver a la celda.

Araldo rió disimuladamente ante el temperamento de Galatea.

–*Evidentemente que no, ahora son nuestras invitadas y estarán en unas de las habitaciones más lujosas de este palacete, custodiadas por nuestros guardias, por su seguridad y la nuestra.*

–*Si decidimos convertirnos, ¿qué pasará con mi nieto?*

–*Es muy sencillo, quedará bajo su custodia hasta que tenga la edad legal para ser convertido, entonces usted* –Señaló grácilmente a Galatea– *deberá convertirlo.*

Ella tragó saliva. No le apetecía condenar a su hijo a una vida de asesinos perseguidos por la iglesia.

–*¿No tengo alternativa?*

–*Darlo en adopción ahora mismo o negarse a ser convertidos y por lo tanto...*

–*Pena de muerte.*

Araldo miró con un punto de angustia a Galatea, que mecía lentamente a su bebé.

–*Lo siento.*

–*Yo también.*

Kate se llevó las manos a la cabeza y empezó a enredar sus dedos entre sus rizos.

"Galatea, no sé que decir".

"Siento haberte mentido durante tanto tiempo. Comprendo que estés enfadada".

Kate la abrazó.

"No estoy enfadada, estoy algo aturdida por saber que Enzo es tu hijo, pero de alguna manera es como si ya lo supiera".

Kate se separó de Galatea y se quedó un instante pensativa.

"Quizás, en algún momento, entré en tu mente y me lo contaste, tal vez en sueños, pero no me sorprende la noticia".

Galatea sonrió aliviada.

"No sabes cuánto me alegra oír eso".

"Sin embargo, me apena saber que llevas tanto tiempo ocultando esta historia tan trágica de tu pasado. Tuvo que ser horrible convertir a Enzo".

"Una de las dos veces que más me he odiado en mi existencia"

Kate apoyó su cabeza sobre el hombro de Galatea.

"La segunda fue cuando me convertiste a mí".

Galatea asintió con la tristeza del recuerdo nublando su alegría.

"No deberías odiarte por convertirme, yo te adoro por ello".

La mano de Kate se deslizó lentamente por la mejilla de su compañera.

"Araldo me lo explicó en su día".

"¿Qué te explicó?"

"Que algún día comprendería que convertir a alguien a quien se quiere es un acto de amor".

Kate se sentó curiosa en la cama y apoyó su cabeza sobre las palmas de sus manos.

"¿Fue Araldo quien te convirtió?"

"Sí, se encariñó mucho conmigo y gracias a él mi madre y yo aprendimos muchas cosas. Fue como un padre para mí".

La idea de que una persona tan buena y amable como parecía ser Araldo hubiera servido de guía a Galatea agradó a Kate.

"¿Aún mantienes contacto con él?"

"Hace muchos años que no conozco su paradero. Cuando mi madre murió, se volvió un tanto huraño y se alejó de toda la civilización"

La expresión de Kate cambió por completo.

"¿Tu madre murió?"

"Sí, fue víctima de sus propias creencias. Un grupo de cristianos la decapitó una noche mientras se alimentaba de un vagabundo"

Kate se tapó la boca con las manos horrorizada.

"Cariño, lo siento muchísimo"

Galatea sonrió dulcemente, mientras acariciaba el cabello alborotado de Kate.

"Hace tantas décadas que pasó que apenas me causa dolor acordarme de ello".

"Es curioso, vivimos tranquilos nuestra vida de vampiros civilizados, ajenos a las desgracias que causan las enfermedades y los accidentes, pero no somos inmunes del todo a la muerte".

Galatea se puso en pie y se miró al espejo para peinar sus rizos azabaches.

"Siempre he dicho que el término *inmortal* no es demasiado preciso para nosotros"

Unos golpecitos llamaron la atención de las dos.

–Adelante.

Un recién levantado Jayden, con el pelo despeinado, apareció tras la puerta.

–Mamá, es casi la hora de ir al instituto.

–Ahora mismo bajo, cariño. Ve desayunado.

Galatea sonrió a Kate, que se levantó de un respingo de la cama.

–Nos hemos pasado toda la noche hablando.

–Eso parece.

Se abrazó a Galatea y le besó en la mejilla.

–Gracias por compartir tu secreto conmigo.

–Gracias a ti por comprenderme.

Kate le guiñó un ojo, mientras se cambiaba el jersey.

–Me temo que el no dormir nada esta noche me pasará factura. Va a ser un día muy largo.

La invitación

Tras oír el ruido de la puerta del coche al cerrarse, un flash cegador dejó un halo de luz molesto grabado en las retinas de Emma durante unos segundos.

—¿Se puede saber que haces, Jay?

Jayden empezó a reírse, mientras Kate meneaba la cabeza.

—Recopilo fotos de mi vida para el álbum que me regalaron ayer mamá y Galatea.

—¿Un álbum? ¡Qué buena idea!, pero me podías haber avisado, seguro que he salido horrible.

Jayden le sacó la lengua a Emma, mientras revisaba la cantidad de instantáneas que le quedaban al carrete.

—Jayden, no hagas demasiadas fotos, ya sabes que revelarlas sale carísimo.

—Jo, mamá, es que no entiendo por qué no tengo una de esas cámaras digitales tan chulas.

Kate meneó la cabeza, mientras se acercaban al instituto.

—Tú sigue sacando esas excelentes notas y puede que pronto te regale una.

—Entonces, ve comprándola.

Emma se inclinó para mirar hacía el asiento trasero.

—¡Serás repelente!

Él empezó a reír y Emma y Kate no tardaron en hacer lo mismo.

−Ya hemos llegado. Que pases un buen día, cariño.

−Igualmente, mamá. Hasta luego, Em.

−Sé bueno, Jay.

Tras ver como el Mini se alejaba en dirección a la universidad de Emma, se encaminó hacia la puerta de entrada a las aulas. Allí, como de costumbre, una radiante Andy le estaba esperando.

−Buenos días.

−Hola, Andy.

Los suaves labios de ella se posaron sobre la mejilla de Jayden. Por suerte, el habitual ritual de saludo entre ellos ya no le alteraba tanto los nervios.

−¿Por qué llevas una cámara de fotos?

Jayden sonrió animado, mientras se encaminaban hacia las taquillas del pasillo.

−Mi madre me ha regalado un álbum de fotos para que lo llene con mi historia. Ha puesto fotos de cuando ella era joven y de cuando yo era un bebé.

−¡Qué bonito! Me encantaría verlo, tenías que ser un bebé monísimo.

Jayden se limitó a sonreír, mientras Andy cogía las cosas de su taquilla. Sabía perfectamente que jamás podría enseñarle el álbum a su amiga, ya que se alarmaría al ver a Galatea con el mismo aspecto durante más de cien años.

−¿Te puedo hacer una foto?

Andy corrió a ocultarse tras su carpeta.

−No, por favor, siempre salgo horrible.

Ella empezó a caminar hacia la taquilla de Jayden, que estaba un poco alejada de la suya.

−Eres muy guapa, no puedes salir mal en las fotos. Venga, sólo una.

−No, por favor.

La súplica, que brillaba en los enormes ojos de Andy, desmontó su insistencia.

—Está bien, pero me gustaría que estuvieras en el álbum.

—¿Te sirve si traigo una foto que tenga por casa? —Él asintió, mientras empezaba a buscar sus libros en la taquilla—. ¿Crees que soy guapa?

Las manos de él reflejaron el sobresalto de la pregunta de Andy y varios libros se le cayeron al suelo.

Ella no pudo evitar una risilla nerviosa, mientras le ayudaba a recogerlos.

—Yo creo que sí lo eres.

—Gracias.

Los ojos de ambos intentaban no cruzarse, para ocultar el rubor en sus respectivos rostros.

—Toma, también se te ha caído este sobre.

Jayden observó el sobre cuadrado de color hueso que sostenían los dedos de Andy.

—No es mío.

—Estaba debajo de tu libro de mates.

Él se puso en pie y se dispuso a revisar el contenido del misterioso sobre.

Dentro, una invitación, escrita de puño y letra del profesor James, le convocaba a una reunión de dhaphiros para la tarde del día siguiente.

—¿Y bien?

—¿Qué? —Su voz sonó algo aguda.

—¿Es tuyo?

—Eh… Sí, sí, es una invitación.

Jayden se mordió la lengua, había dado demasiada información, pero le costaba guardar un secreto a su amiga.

Pero debía hacerlo.

—Una invitación, ¿a una fiesta?

La mente de Jayden se aceleró buscando una mentira verosímil.

—No, es para unirme a un club de estudio avanzado de matemáticas.

Ambos empezaron a caminar hacía el aula.

—Vaya, debe de ser muy selecto si mandan invitaciones de este tipo, es un sobre muy elegante.

—Sí, sólo aceptan a una minoría.

Andy se apoyó contra la pared. Aún faltaban unos minutos para que el timbre indicara la entrada a las clases.

—Debe de ser un honor para ti, te lo mereces, eres muy buen estudiante.

Jayden se sonrojó.

—No voy a asistir.

—¿Por qué?

—Me parece un club para snobs.

Andy ladeó la cabeza confusa y su coleta siguió harmoniosa el movimiento de ésta.

—A mí me parece que sería genial que fueras el mejor de un club. Eso te daría muy buenos puntos académicos y las universidades se te rifarían.

Él rió abrumado.

—No creo que llegara a tanto.

—Apúntate.

Jayden cogió aire, mientras con la puntera de su zapatilla deportiva daba pequeños golpecitos al suelo.

—Me lo pensaré.

Andy posó su mano sobre el hombro de Jayden y éste la miró ansioso a los ojos.

—Yo estaría muy orgullosa de ti.

Él tragó saliva.

Antes de que pudiera contestar, el timbre rompió el intenso momento y los dos se adentraron en el aula, junto con varios alumnos más.

Los ojos de Jayden prestaron más atención a los movimientos de Andy el resto del día que a las explicaciones de los profesores. Jamás había sentido algo tan fuerte hacía una persona y en su mente se dibujaban diferentes versiones de lo que podía llegar a ser un primer beso con ella.

La sola idea de besarla hacía que le sudaran las palmas de las manos y se le acelerara el corazón.

Como de costumbre, al final de la jornada, se acercaron primero a la taquilla de Jayden para que él dejara sus cosas, para luego ir directos a la de Andy.

Últimamente, sólo se separaban en el instituto para ir al baño.

—Mi abuela se ha pasado el fin de semana cocinando y hablando, ha sido agotador. Imagínate, me he dedicado a oír las batallitas de siempre y a ser atiborrada por potajes de octogenaria.

Jayden se rió con una carcajada melódica, encandilando a la inocente Andy, que quedó cautivada por su bello rostro de dhaphiro adolescente.

Por un segundo, ambos parecieron quedar petrificados por sus sentimientos.

Ella carraspeó, mientras se abrochaba la chaqueta y sacaba con un rápido movimiento su coleta, que había quedado atrapada por la capucha.

Un fino mechón se resistió a ser liberado y Jayden, con un suave movimiento, le ayudó.

Los ojos de Andy parpadearon rápidamente ante la íntima proximidad de él.

—Tenías un mechón...

Andy asintió nerviosa.

El silencio de los pasillos, casi vacíos a causa de la estampida de alumnos al llegar la hora de la salida, ayudó a que ambos se armaran de valor.

—Gracias.

—De... nada.

Los rostros de ambos cada vez estaban a menos distancia el uno del otro y Jayden podía oír su corazón palpitando a un ritmo vertiginoso en sus tímpanos.

Andrea cerró los ojos y contuvo la respiración.

Presa de su instinto más fuerte, Jayden posó lentamente sus labios sobre los de ella.

Un hormigueo recorrió su cuerpo, mientras Andy, segura de sí misma, le rodeaba el cuello con sus brazos.

La humedad, que indicó a Jayden que el beso se tornaba más profundo e íntimo, hizo que se le acelerara el pulso, mientras la intensidad del momento le hacía perder el control de sí mismo.

Tan sólo duró unos segundos, pero él se sentía desorientado cuando abrió los ojos y la vio mirándole con admiración.

—Vaya —Se separó un poco de ella, con una sonrisa bobalicona dibujada en sus labios.

—Sí, vaya —Ella sonrió, mientras cerraba su taquilla de un golpe—. Me gusta más esta manera de despedirnos.

—Sí, a mí también.

Jayden se mordió el labio inferior, mientras se volvía a acercar peligrosamente a Andy para volver a experimentar de nuevo la intimidad de aquel primer beso.

Un carraspeo interrumpió el dulce momento.

—Señor Savage, ¿ha recibido mi nota?

Los ojos de Jayden se abrieron como platos al ver al profesor James de pie junto a ellos.

Ni siquiera le había oído llegar.

—Sí, profesor.

—¿Cuento con su asistencia?

Jayden desvió un momento la mirada hacía Andy, que asentía con un leve movimiento de cabeza y una chispa de orgullo en sus ojos.

—Sí, señor. Allí estaré.

Ella sonrió orgullosa.

—Perfecto —Sin mediar más palabras, el profesor James desapareció por el silencioso pasillo, dejando de nuevo a solas a los dos jóvenes.

—Estoy orgullosa de ti, vas a ser el mejor del club.

Jayden se limitó a sonreír. Se sentía un poco extraño al haber aceptado la invitación al club de dhaphiros únicamente para agradarle más a ella.

Su móvil empezó a sonar.

—Mi madre me espera.

Andy sonrió.

—Te veo mañana.

—Claro.

Lentamente Andy se le acercó y, tras acariciar su negra cabellera, posó sus labios sobre los de él, haciendo que se olvidara de todo por un segundo.

—Adiós.

—Hasta mañana —Su voz no fue más que un murmullo, mientras veía a Andy alejarse por el pasillo con la agilidad de una bailarina de danza clásica.

Besos

El estropajo facilitó su labor de eliminar los restos de sangre reseca en el plato que había usado para cenar.

Había disfrutado sobremanera con el filete que Galatea le había preparado aquella noche.

−¿Mamá?

Kate apenas levantó la cabeza, mientras reponía más provisiones en el frigorífico.

−¿Sí?

−¿Mañana me puedo quedar a estudiar un par de horas en la biblioteca del instituto?

Kate emitió un rugido de desaprobación.

−Por favor…

−Jayden, el Consejo cada día nos da menos información sobre lo que está ocurriendo en Londres, y me temo que se deba a que realmente las cosas están poniéndose feas. No me hace gracia tenerte por ahí sin vigilancia.

Jayden secó el plato que había dejado reluciente y lo guardó en el armario.

−El profesor James es el encargado de vigilarnos en la biblioteca.

−Cariño, un mortal no te puede proteger.

Jayden se acercó a su madre un tanto dubitativo. No comprendía por qué no era capaz de explicarle la verdad.

—Es uno de los nuestros, ya sabes que hay profesores que lo son.

Kate miró a su hijo. Los enormes ojos grises que tanto le recordaban a Galatea destrozaron su coraza de madre protectora.

—Está bien, pero llámame si sales antes y, sobre todo, no abandones el centro solo.

—Claro, mamá. Si te vas a quedar más tranquila puedes hablar directamente con el profesor Robert James —Se quedó petrificado. La mentira estaba llegando demasiado lejos.

—No hace falta, cariño. Sabes que confío en ti.

Aquellas palabras fueron una mezcla de alivio y sensación de traición hacía su madre.

¿Por qué no le podía explicar que en realidad se estaba apuntando a un club de dhaphiros?

Jayden abandonó la cocina con la culpabilidad aferrada en su alma.

Mientras esperaba a Andy en la puerta del instituto, se dedicó a sacar fotografías del patio repleto de alumnos. Al fin y al cabo, aquello formaba parte de su historia.

Al ver que Andy no llegaba y los minutos pasaban deprisa, se encaminó hacia su taquilla en solitario y siguió con su rutina habitual sin ella, no sin preguntarse qué era lo que había impedido que Andy no apareciera en clase.

Las gotas de lluvia rebotaban contra los primeros brotes de los arbustos del patio del instituto, señal inequívoca de que la primavera estaba empezando a hacer acto de presencia.

Jayden, sentado en su lugar habitual, sentía por primera vez en semanas la angustia de la soledad.

—Buenos días.

La voz de Andy abrió un claro de radiante luz en el pozo de aislamiento en el que empezaba a sumergirse Jayden.

—Hola, ¿dónde estabas?

Andy se sentó junto a él y apoyó su hombro contra el suyo.

—Tenía que ir al médico por una revisión rutinaria.

—¿Estás bien?

Ella inclinó su cabeza apoyándola sobre el hombro de Jayden.

—Sana como un roble.

Él se dejó embriagar por el aroma dulzón que desprendía el cabello de Andy.

Nadie olía tan bien como ella.

—He caído en la cuenta de que no tengo tu número de móvil.

—Es que no tengo móvil.

Jayden se movió para mirarla directamente a los ojos.

—¿No tienes móvil?

—No, me niego a ser esclava de esos aparatitos que te hacen localizable estés donde estés.

Él suspiró. Sufría en su propio ser las consecuencias de estar localizable siempre por su madre.

—Pero, ¿y si un día quiero llamarte?

—Bueno, si es una urgencia puedes llamarme a casa, pero sólo si es una urgencia.

—¿Por qué?

Andy se acercó a Jayden hasta que sus frentes prácticamente se tocaron.

—Mi padre tiene una política muy estricta sobre mis relaciones extraescolares, sobretodo con chicos. Ya me entiendes.

—Vaya.

Una sonrisa pícara se dibujó en el rostro de Andy.

—Pero prometo llamarte yo cuando me quede sola en casa.

Jayden le devolvió la sonrisa y ella le dio un rápido beso en los labios.

Notó como el patio le daba vueltas. El efecto de Andy sobre él era devastador.

A medida que fueron pasando las horas, Jayden se sentía más nervioso por su encuentro con el club de dhaphiros.

Un grupo de sentimientos enfrentados se agolpaba en su interior, sin estar seguro de ninguno de ellos.

No entendía por qué había tenido la necesidad de mentir a su madre, ni las enormes ganas de complacer a Andy apuntándose al club sin meditarlo demasiado.

Realmente, ser adolescente significaba no comprender nada de lo que se pensaba o hacía.

Andy se plantó frente a él, con el abrigo perfectamente abrochado, y le sonrió orgullosa.

—Bueno, yo ya me voy para casa, pero espero que te lo pases bien en tu club de mates avanzadas.

Jayden sonrió sin muchas ganas.

—Gracias.

—Ojalá también me hubieran invitado a mí para poder pasar más horas juntos al día.

El rubor acudió inmediatamente a las mejillas de Jayden. La sinceridad y la seguridad de Andy eran arrolladoras.

—Enséñales lo que es bueno, Jay.

El diminutivo que siempre usaba Emma con él sonó extraño viniendo de los labios de Andy y, por un momento, echó de menos haberle contado a su mejor amiga todo lo que le había sucedido aquellos días.

Andy notó un atisbo de preocupación en los ojos de Jayden y, sin pensarlo dos veces, intentó animarlo de la manera que mejor sabía.

Besándole.

Las manos de él reaccionaron, presas de sus nuevas emociones, y se aferraron con fuerza a la delicada cintura de Andy, mientras ella clavaba ligeramente sus dedos en los hombros de él, a medida que el beso se volvía más profundo y adulto.

Jayden empezaba a perder el control.

Andy fue la primera en alejarse mientras, bajo sus manos, notaba el cuerpo de Jayden temblando levemente.

—Parece que esto se nos da cada vez mejor.

—Sí.

Andy saltó de un respingo al comprobar la hora en su reloj de pulsera.

—Vas a llegar tarde.

Él intentó recomponerse a pesar de que sus piernas parecían no querer colaborar.

—Te veo mañana.

—Claro, y espero que me cuentes con todo lujo de detalles cómo te ha ido.

Jayden asintió sin demasiadas ganas. No le gustaba mentirle.

Andy le sonrió y se encaminó hacia la salida, dejando atrás a un alterado Jayden.

Con manos temblorosas, buscó en el bolsillo de sus pantalones la nota del profesor James para releerla y verificar el punto de encuentro.

El Aula de Música.

Tras caminar varios minutos por los casi desiertos pasillos del instituto, llegó a las estrechas escaleras que conducían al sótano del edificio, que albergaba las estancias menos concurridas.

El Aula de Música era la última de aquel mal iluminado pasadizo.

Dudó unos segundos ante la puerta. Barajaba la posibilidad de llamar a su madre e irse derecho a casa, pero en su mente se empezó a dibujar el rostro de Andy, lleno de ilusión por su admisión en un club de expertos en matemáticas, y el temor a decepcionarla le armó de un nuevo valor.

Tras la puerta, un grupo de tres jóvenes, no mayores que Jayden, estaban jugueteando con los diferentes instrumentos.

Enseguida repararon en la presencia del recién llegado.

—¿Te has perdido?

Jayden miró directamente a los ojos marrones del chico, que le escrutaba con un punto de desconfianza.

—Creo que no, me ha citado el profesor James.

Un chico bajito y regordete se le acercó y le olisqueó, sin importarle invadir el espacio vital del recién llegado.

Jayden frunció el ceño indicando su desagrado.

—Es dhaphiro, tranquilos.

El chico de los ojos marrones resopló.

—Odio que aún no se me haya desarrollado el olfato, perdona tío.

Jayden entró en el aula y cerró la puerta tras de sí.

—Me llamo Derek.

—Hola, yo soy Jayden.

Derek se acercó al nuevo miembro del club y le palmeó en el hombro, dándole la bienvenida.

—Estos son Corey y Ethan.

El chico gordito se acercó a Jayden y le sonrió.

—Disculpa a Ethan, no le gusta conocer a gente nueva, es algo... introvertido.

Jayden no pudo evitar mirar detenidamente al solitario chico que, sentado junto al piano, se dedicaba a juguetear con la cremallera de su sudadera sin importarle todo lo que sucedía a su alrededor. Su cabello negro y sus espesas pestañas le daban un aspecto un tanto tosco y temible.

—El profesor James llega tarde.

Derek se sentó en una silla y sonrió amablemente a Jayden.

—Hoy no vendrá.

Corey le imitó, mientras buscaba una chocolatina en el bolsillo de su pantalón.

—Nunca viene cuando aparece uno nuevo.

Ethan resopló desde su posición y, haciendo gala de su rapidez de dhaphiro, recogió sus cosas y desapareció del aula dando un fuerte portazo.

—Menudo temperamento.

Derek y Corey rieron ante el comentario de Jayden.

—Está aquí porque le obliga a venir su padre.

—Derek, eso no es excusa para su manera de actuar, a mí también me obligaron a apuntarme y no soy un borde rematado.

Jayden, que empezaba a estar cómodo entre aquellos jóvenes dhaphiros, tomó asiento junto a ellos.

—¿Así que el profesor James no vendrá hoy?

—No, es como una especie de ritual de iniciación. Cada vez que uno de nosotros se ha añadido al grupo, no ha aparecido. Así se asegura de que hablamos entre nosotros y empezamos a formar vínculos de amistad.

Derek asintió conforme con las palabras de Corey.

—Así que lo que quiere el profesor James que haga hoy es conoceros y que me presente.

Ambos chicos asintieron.

—Está bien. Me llamo Jayden, tengo quince años y vivo en Londres desde que tenía nueve.

—Bienvenido, Jayden.

Derek y Corey hablaron al unísono. Aquello le recordó peligrosamente a un grupo de autoayuda.

—Vivo con mi madre y mi tía y, a parte de una amiga, sois los primeros dhaphiros con los que entablo alguna relación.

Corey sonrió, mientras se acomodaba en su silla.

—Yo tengo dieciséis, hace cinco años que estoy aquí y vivo con mis padres.

—Que suerte tenéis, aún os faltan años para mudaros —Jayden y Corey miraron a Derek que se lamentaba mirando al cielo—. Nosotros recibimos la semana pasada una carta del Consejo, recordándonos que nos teníamos que marchar en seis meses. Prácticamente, Londres es lo único que recuerdo de toda mi vida.

—Mi tía dice que te acabas acostumbrando a la ley de los diez años. Y, por lo menos, ves mundo.

Corey suspiró.

—Sí, pero pierdes amistades. Lo siento tío, te echaremos de menos.

Derek chocó el puño contra el de Corey.

—Y yo a vosotros, colega.

Los minutos fueron pasando y Jayden se sentía cada vez más a gusto con los de su misma especie.

Aquella noche se sintió completo. No podía pedirle nada más a su vida. Tenía una chica guapísima que se interesaba por él y había hecho nuevos amigos con los que podía compartir sus inquietudes de dhaphiro adolescente.

Era feliz.

Añoranza

El caótico desorden sobre su mesa indicaba, claramente, que Emma estaba en una de sus intensas jornadas de estudio.

Durante los tres años que llevaba cursando derecho en la universidad de Londres, sus notas no habían dejado de reflejar su gran esfuerzo, por lo que sus padres estaban muy orgullosos.

Emma no atravesaba un buen momento cuando Jean se decidió a entrar en su habitación aquella mañana.

—Emma, ¿quieres que te traiga algo de beber?

Ella apenas apartó la mirada de sus apuntes, mientras repiqueteaba con las uñas sobre un grueso libro de derecho.

—No papá —Su tono fue tosco.

—¿Te puedo ayudar en algo?

—No, a no ser que entiendas estas estúpidas leyes que me tengo que aprender. No se por qué no me apunté a bellas artes, allí no te piden que seas listo y tengas memoria para empollar estas estupideces.

Jean se sintió un poco aludido con el comentario de su hija sobre los artistas, pero lo pasó por alto sin importarle demasiado.

—Cariño, tú eres muy inteligente y conseguirás todo lo que te propongas.

Emma le miró con los ojos llenos de furia, mientras se le formaban unas pequeñas arrugas alrededor de su boca, que le dieron un aspecto salvaje.

—Sinceramente, papá, si piensas quedarte aquí soltándome tópicos absurdos, más vale que te vayas por donde has venido.

Jean frunció el ceño, completamente en desacuerdo con la actitud de su hija, pero los veintiún años que había pasado junto a ella eran suficientes para saber que ella no decía todo aquello de corazón. Comprendió al instante que algo la atormentaba y decidió darle espacio hasta que volviera a ser la de siempre.

Sin mediar más palabras y bajo la indiferencia de ella, abandonó la habitación cerrando la puerta de un suave golpe.

Emma se sumió de nuevo en su tediosa lectura sin un ápice de culpabilidad por sus venenosas palabras hacia su amado padre.

El Aula de Música se había convertido en una de sus favoritas. No porque allí aprendiera a tocar el piano o algún otro instrumento exótico, sino porque en aquella solitaria habitación, escondida y olvidada en el sótano del gran instituto, se llevaban a cabo experimentos y ejercicios que ayudaban a los jóvenes dhaphiros a desarrollar sus aún adormecidos sentidos.

Jayden, que tras varias semanas asistiendo al club secreto, ya había cogido confianza con sus tres compañeros y con el profesor James, se había enterado de que ellos eran los últimos en añadirse a un grupo mucho mayor de dhaphiros adolescentes, entre ellos Steve, el frío dhaphiro de ojos verdes que Jayden se encontró en una ocasión en el despacho del profesor. Por fortuna para él, Steve ya había superado su aprendizaje y ahora iba a otro centro con dhaphiros mayores para terminar de perfeccionar todas sus cualidades para estar al cien por cien.

Con el paso de los días, la culpabilidad de mentir a su madre los tres días por semana que acudía al club, fue sustituida por las ganas de aprender más sobre lo que era capaz de hacer y las técnicas que el profesor les explicaba para despertar antes sus más feroces instintos.

Derek había resultado ser un buen amigo para Jayden, y su vida se vio transformada pasando a ser la de un chico normal, con amigos y novia. Lo que siempre había deseado.

Pero, por desgracia, sus nuevas amistades y labores le habían tenido tan ocupado que se había olvidado de la única persona que siempre le había sido fiel a su amistad.

Emma.

Aquella tarde, el profesor James llegó cargado con diferentes frutas agolpándose en sus brazos y amenazando con caerse de un momento al otro.

—Buenas tardes, mis jóvenes dhaphiros.

—Buenas tardes, profesor —Los cuatro jóvenes saludaron obedientes.

—Hoy nos dedicaremos al rastreo.

Ethan levantó la mano con su habitual mirada de desdén.

—¿Qué sucede?

—Profesor, yo hace tiempo que tengo en activo mi olfato, ¿puedo saltarme la clase de hoy?

El profesor James dejó las frutas sobre el piano de cola y se acercó al joven.

—Sabes de sobra que tu padre quiere que finalices tu aprendizaje conmigo, y es mi responsabilidad que estés en todas las clases.

Ethan resopló, mientras se sentaba en uno de los desgastados pupitres.

Jayden se había enterado por boca de sus nuevos compañeros de que Ethan era el hijo de un miembro del Consejo de Londres. Por esa razón, todos los profesores que conocían su condición de dhaphiro presionaban al joven para que fuera el mejor en todo, ya que así lo había solicitado su poderoso padre.

—Bien chicos, os voy a pedir que salgáis al pasillo para que pueda esconder las diferentes piezas de fruta por el aula. Luego, uno a uno, tendréis que encontrar una en concreto.

Como obedientes cachorritos, los cuatro jóvenes abandonaron el aula y esperaron pacientes el aviso del profesor para regresar a ella.

El lúgubre pasillo era algo tan familiar para ellos que apenas le daban importancia a la falta de luz y al olor a humedad.

—Derek, ¿qué es eso que tienes ahí?

Una grave risa se escapó de los labios de Derek, mientras se tapaba con la mano la parte baja de su cuello.

Corey le señaló a Jayden la clavícula de su amigo.

—¡Mira tío!, ¿ves eso?

Jayden observó con detenimiento.

—¡Menudo chupetón! —Su voz sonó tan alta que hasta el indiferente Ethan miró el cuello de Derek.

—Marie se emocionó un poco ayer por la tarde en casa de sus padres, mientras ellos estaban de compras.

Los tres chicos empezaron a reír.

—Menuda fiera.

—No te pases, Corey, que estás hablando de mi novia.

Jayden sonrió y automáticamente pensó en que él y Andy, a pesar de lo íntimo de sus besos, jamás habían jugueteado de aquella manera ni en el instituto, ni fuera de él, ya que nunca se habían visto fuera del recinto.

Odiaba que los padres de ella fueran tan conservadores y que apenas la dejaran salir de casa.

—Vamos, chicos. A dentro.

La puerta del aula se abrió y los cuatro dhaphiros entraron.

—Hoy comenzaremos por Jayden.

El aludido dio un paso a delante y sonrió. Había descubierto que se le daban muy bien aquellos ejercicios que les hacía hacer el profesor James y cada día estaba más seguro de sí mismo.

—Bien, mi joven portento, tú me encontrarás la naranja.

Jayden bajó un poco la cabeza. Odiaba que el profesor se refiriera a él como algo extraordinario ante el resto de chicos. En varias ocasiones, el profesor James le había dicho que él era alguien especial, mejor que el resto de dhaphiros presentes, pero nunca aparecía la oportunidad para preguntarle a solas a qué se refería con la excepcionalidad de su ser.

Tal y como les había enseñado el profesor, Jayden cerró los ojos y concentró toda su atención en los olores que le envolvían.

Las notas de todos los aromas que inundaban la sala fueron entrando una a una en su pituitaria, definiéndose como formas en su cerebro.

Las frutas eran tan frescas y dulces, que los rastros habían quedado muy claros en la estancia, pero los toques cítricos de la naranja y el limón que también había ocultado el profesor James, se confundían.

Jayden avanzó con pasos lentos pero seguros hacia donde le guiaban las notas ácidas.

Sus compañeros le observaban en silencio.

Por una fracción de segundo, el aroma dulzón de un melocotón captó toda su atención y tuvo que hacer verdaderos esfuerzos por evitar seguir aquel rastro.

Abrió lentamente los ojos para localizar de dónde procedía el olor a melocotón, y así descartar aquel escondite, pero al abrirlos, algo que jamás le había sucedido cuando había rastreado antes, le sorprendió.

Los olores estaban tan claros y nítidos en sus sentidos que prácticamente podía ver las formas de éstos dibujadas en el ambiente.

Algo le desconcertó.

—Ya la tengo.

El profesor James sonrió orgulloso de su alumno.

—¿Estás seguro?

—Sí, aunque usted no ha jugado muy limpio poniendo la naranja junto a una fruta tan olorosa como el melocotón, profesor.

El profesor James empezó a aplaudir.

—Bravo. No esperaba menos de ti.

Jayden abrió uno de los armarios donde se acumulaban varias partituras y sacó la naranja, que efectivamente estaba junto a un jugoso melocotón.

El techo sobre su cabeza parecía que quería derrumbarse, y su incapacidad para derramar una sola lágrima de frustración o tristeza no la ayudaba a recomponer su maltrecho ánimo.

Sin saber cómo, las duras palabras que le había dicho a su padre aquella mañana volvieron a su mente y la golpearon como bolas de hierro.

Sabía perfectamente dónde encontrarle y su condición, siempre firme, de buena hija, la hizo levantarse e ir en su busca.

El estudio de Jean olía a trementina.

—¿Papá?

Jean dejó la paleta cargada de tonos tierra y se acercó a su hija.

—¿Qué te pasa, Emma?

Ella bajó la cabeza. Su padre siempre conocía cual era su estado de ánimo.

—Siento haber estado tan estúpida antes contigo, no te merecías que me pusiera así.

Jean le sonrió mientras le acariciaba una mejilla con un solo dedo.

—Vamos abajo a beber algo. Luego te sentirás mejor.

Emma siguió a Jean hasta la cocina, donde Iris se concentraba en un libro para mejorar sus recetas para mortales y dhaphiros.

—Hola, Emma. Me alegro de que hayas hecho un descanso de tu jornada de estudio para comer algo. Mira, estaba aprendiendo cómo hacer pastel de carne.

Iris sonaba muy convincente, pero Emma sabía perfectamente que estaba fingiendo. Sin duda, ella y Jean habían comentado su arranque de mal humor.

Se alegró de tener unos padres tan comprensivos con ella.

—Siento haberos tenido preocupados.

Iris sonrió, mientras le calentaba una taza de sangre en el microondas.

—¿Se te resiste alguna materia en la universidad? —Jean se sentó y Emma imitó sus movimientos en la silla contigua.

—No papá, no es eso.

Iris posó su mano sobre el hombro de su hija y le dejó la humeante taza delante.

Olía maravillosamente.

—Es Jayden.

Emma miró a su madre sorprendida.

—No me mires así, Kate y yo solemos hablar mucho de vosotros, y ambas hemos notado que él está muy ocupado últimamente para llamarte o venir a verte —Ocupó la tercera silla que rodeaba la mesa de la cocina y le dedicó una sonrisa llena de ternura.

—No sé por qué me sorprendo, las madres siempre lo sabéis todo, ¿verdad? —Jean asintió animado—. Sé perfectamente que

Jayden está tonteando con esa chica en el instituto y no soy nadie para reclamarle más atención. Es simplemente que le echo de menos y, la verdad, el hecho de no poder salir de casa por el estúpido toque de queda también me está volviendo loca.

Iris acercó la taza a Emma, animándola a beber.

—El toque de queda es más importante de lo que crees, cariño —El rostro de Jean dejó de ser amable, convirtiéndose en frío y preocupado—. Tengo un conocido en la administración del Consejo. Las cosas en Londres se están poniendo feas. Algo se está preparando, pero no me ha dado mucha información. Solamente sé que, además de mujeres jóvenes, también están secuestrando a dhaphiros. No queríamos contarte nada para no alarmarte.

Emma tragó con cuidado un sorbo de la sangre, que empezaba a enfriarse en su taza.

—Hay rumores incluso de que el Consejo está preparando a un grupo especializado de inmortales para atacar en caso de una revuelta —La voz de Iris sonaba excepcionalmente seria.

—No pensé que la cosa fuera tan grave.

—Seguro que es otra falsa alarma. Llevamos décadas oyendo noticias como esa.

Iris sonrió a Emma, pero la fugaz mirada que intercambió con Jean no dejó lugar a dudas de que el tema era aún más serio de lo que le habían explicado.

El Mini azul de Galatea brillaba bajo las luces de la calle. Jayden corrió hacia él, mientras su madre le saludaba con la mano desde dentro del vehículo.

—Hola, cariño. ¿Has estudiado mucho?

Él sonrió ampliamente, enseñando una hilera de dientes blancos.

—Si, muchísimo.

—Estupendo —Puso en marcha el motor del coche y en pocos segundos ya se encontraban camino a casa.

El nuevo sentido del olfato de Jayden captó una mezcla de olor que provenía del cabello y la ropa de su madre.

—Me apetece pollo.

Kate sonrió sorprendida.

—Qué casualidad, he dejado a Galatea en casa cocinando un estofado para ti.

Él olisqueó de nuevo los aromas del ambiente.

—Lo sé, lo huelo en tu pelo.

Ella se olió disimuladamente el cabello en busca del rastro que Jayden le mencionaba.

Apenas era perceptible para ella.

—Madre mía, parece que estás desarrollándote por momentos.

Él sonrió satisfecho.

Cuando uno de sus sentidos empezaba a desarrollarse, bien de manera natural o a causa de los ejercicios del profesor James, no paraba de evolucionar hasta que llegaba a su madurez, y su agudo olfato lo estaba haciendo a pasos de gigante y con gran efectividad.

Pocos minutos después, se encontraron en la calidez de su hogar y Jayden fue el primero en entrar para comprobar la calidad de la exquisita cena que Galatea le estaba preparando.

—Hola.

—Hola, Jayden —Se apartó de manera teatral de la cacerola que hervía a fuego lento, para que él se maravillara de su obra culinaria.

—Hoy te has superado, Galatea.

—Gracias.

Kate apareció en la cocina.

—Jayden, ve a cambiarte y cenaremos juntos.

Él sonrió, pero antes de salir corriendo a deshacerse de su mochila y su abrigo, le entregó un pequeño objeto a Galatea.

—¿Otro más, Jayden?

—Sí.

Kate frunció el ceño intentando ver qué era lo que le había dado.

—¡Otro carrete de fotos para revelar!

Él se encogió de hombros.

—Lo siento, mamá, pero es que todo me parece interesante para guardarlo como recuerdo.

—Empiezo a pensar que creamos un pequeño monstruo regalándote ese álbum —Miró a Galatea y ésta enarcó las cejas.

—Te revelaré este carrete y otro más, pero gasta tus últimas fotos con cuidado porque ya no te revelaremos más carretes hasta el año que viene.

Jayden resopló.

—Galatea, eso no es justo. ¿Me estás diciendo que puedo hacer tan solo treinta y seis fotos en lo que queda de año?

Kate sonrió ante la mano firme de Galatea, sin darse cuenta de que ésta había guiñado un ojo a Jayden.

—Venga, ve a lavarte para la cena.

Cuando los pasos en el piso superior indicaron que él ya no estaba cerca, Galatea se sentó frente a Kate.

—Creo que va siendo hora de comprarle la cámara digital.

—La verdad es que sí, al ritmo que va, la amortizará en una semana —Miró orgullosa al techo donde se oían las pisadas de su hijo—. Además está estudiando mucho.

Galatea sonrió satisfecha, mientras jugueteaba con el carrete de fotos entre sus hábiles dedos.

La luz del flexo alumbraba a la perfección el libro que descansaba en su escritorio.

Tras la copiosa y deliciosa cena que Galatea le había preparado, se había centrado en terminar un ejercicio de literatura.

Un ligero zumbido le desconcentró, sacándole de su lectura.

Rápidamente, rebuscó en el bolsillo de su mochila donde estaba su móvil, mientras en su mente sólo le ocurría una persona que quisiera llamarlo a aquellas horas.

Emma.

Hasta aquel preciso instante, no se había dado cuenta de que hacía varios días que no hablaba con ella ni se veían a mitad de semana como solían hacer, y una repentina alegría se apoderó de su alma.

Miró la pantalla del móvil para verificar de quién era la llamada y la decepción usurpó el lugar a la dicha.

El número era desconocido para él.

—¿Hola?

—Hola, Jayden.

Al instante reconoció la voz.

—¿Andy?

—Sí, soy yo.

Jayden se dejó caer sobre el respaldo de su silla, poniéndose cómodo para, lo que seguramente sería, una agradable conversación telefónica con su novia.

—Vaya, tenía ganas de hablar contigo alguna vez por teléfono. ¿Cómo estás?

—No estoy bien —Su frío tono de voz empezó a poner nervioso a Jayden.

—¿Qué te pasa?

—No te volveré a ver más.

Aquellas palabras cayeron sobre él como una losa de puro hormigón.

—¿De qué hablas?

—Mañana a primera hora, me voy con mi madre de vuelta a Bournemouth.

Jayden no podía respirar.

—¿Por qué?

Andy resopló al otro lado del teléfono.

—Mis padres me acaban de decir que se divorcian y mi madre y yo volvemos a casa.

—¿No...? —El aire no le entraba en los pulmones— ¿no te puedes ir más tarde?

—No.

La habitación empezó a darle vueltas.

—Me has llamado para despedirte, ¿verdad?

—Sí —Sus palabras distantes no ayudaban demasiado al deshecho Jayden—. ¿Estás ahí? —Él emitió un leve sonido—. Tengo que dejarte, por aquí las cosas se están poniendo muy feas. Adiós Jayden.

—¡Andy, espera!

No obtuvo respuesta.

La voz de Andy despidiéndose resonaba en su cabeza con un eco que calaba y hería cada vez más a su atormentada alma, mientras sus ojos miraban atentos la pantalla del móvil deseando que ella volviera a llamarle y le dijera que todo había sido una broma pesada.

Pero los segundos pasaban y ella no llamaba.

Su garganta se secó y un escalofrío helado le recorrió la espalda. Las lágrimas más amargas que jamás había experimentado se amontonaban en sus ojos, esperando el momento oportuno para ser liberadas.

Dejó caer la cabeza sobre sus brazos y empezó a llorar con la amarga sensación de que le habían roto el corazón por primera vez.

Apatía

Un persistente ruido le sacó de su profundo sueño. Sus ojos llenos de lágrimas secas le escocían tras una larga noche llorando.

Alargó la mano y apretó el botón de su despertador digital, pero el molesto ruido no cesaba.

Tan sólo le bastaron unos segundos para reconocer el sonido.

Alguien llamaba a su puerta.

—¿Qué pasa?

—Jay, soy Emma, ¿puedo pasar?

Jayden se incorporó en la cama con movimientos lentos.

—Pasa.

Ella entró en el sombrío cuarto y entrecerró sus ojos hasta que estos se acostumbraron a la falta de luz.

—Buenos días, hace una mañana de sábado preciosa.

Jayden se frotó sus maltrechos ojos.

—¿Qué quieres, Emma?

—Kate y Galatea están preocupadas por ti, me han dicho que te han oído llorar esta noche y que no las has dejado entrar —Él se limitó a encogerse de hombros—. ¿Te has peleado con alguien?

—No quiero hablar del tema.

Emma se dirigió a la ventana y se dispuso a correr las cortinas para que la claridad del sol invadiera la estancia.

—Vete.

Ella se giró lentamente, asombrada por la brusquedad de las palabras de Jayden.

—Ánimo, sea lo que sea lo que te ha hecho ponerte tan triste se solucionará. Cuéntamelo y seguro que le encontramos una solución.

La escasa luz de la habitación se reflejaba en los vacíos ojos de él.

—No hay nada que contar. Márchate.

Emma dio un paso atrás. Aquella persona se parecía a Jayden, pero no era él.

—Está bien, me marcho, pero si cambias de idea pasaré aquí el día por si quieres hablar.

Él apenas le hizo caso y se volvió a meter en la cama, cubriéndose con la manta hasta la cabeza.

Aquella mañana, Jayden apareció en la cocina perfectamente vestido para ir al instituto, como era habitual, pero su característico entusiasmo ya no le acompañaba.

Durante todo el fin de semana, no había querido hablar con nadie y se limitó a salir de su cuarto para picar alguna cosa de comer. Cualquier intento de animarle o intentar averiguar qué era lo que le había hecho entristecer había sido en vano.

—Buenos días, cariño.

—Buenos días.

Kate observó cómo su hijo se preparaba el desayuno y lo engullía rápidamente.

Sus ojos ya no presentaban rastros de lágrimas.

Galatea percibió el dolor de Kate en su propio ser, mientras observaba a Jayden comportarse con una frialdad impropia de él.

El pupitre vacío junto al suyo en la clase de matemáticas no hizo más que reafirmar su nueva actitud, fría y distante con todo aquél que se interesaba por él.

Cuando las clases se terminaron y Jayden se encontró en la familiar Aula de Música, algo parecido a su carácter entrañable, surgió de entre las sombras donde Andy lo había sepultado.

—¿Qué tienes ahí? —Corey rebuscaba en la abultada mochila de Jayden.

—¿Qué haces?

—¿Una cámara de fotos? ¡Colega, qué trasto más viejo!

Jayden se encogió de hombros.

—Es lo que hay. Ahora devuélvemela, Corey.

—Vamos tío, déjame hacerte una foto, o mejor, ¿por qué no ponemos el automático y nos hacemos una foto los tres?

—No me parece mala idea. Derek, ven.

Derek, que estaba ojeando un cuaderno con anotaciones se acercó decidido.

Los tres chicos empezaron a posar haciendo el tonto frente a la cámara, mientras Ethan les observaba, un tanto incómodo, desde su rincón habitual del aula.

La cámara profirió un ligero zumbido.

—Jayden, creo que nos hemos fundido el carrete.

—¿Qué dices? Eran mis últimas fotos del año —Corey y Derek se miraron extrañados—. Mi madre tiene una absurda política sobre el exceso de revelado de carretes.

Derek sonrió.

—Colega, cómprate una cámara digital.

Jayden estaba a punto de hablar, cuando el profesor James entró en el aula.

—Buenas tardes.

—Buenas tardes, profesor —Como de costumbre, todos contestaron uniendo sus voces en una.

—Hoy no haremos ningún ejercicio práctico. Hoy, reforzaremos vuestras autoestimas.

Los chicos se miraron entre ellos.

—He observado que muchos de vosotros no sois conscientes de lo mucho que valéis y lo poderosos que podéis llegar a ser. Por ello, hoy nos dedicaremos a exaltar vuestras virtudes comparándolas con las de un mortal de vuestra edad.

El profesor James se sentó en el borde del escritorio que presidía el aula y miró curioso a sus alumnos.

—Corey, ¿qué cualidades tiene un dhaphiro que un mortal no posee?

—Los dhaphiros somos inmunes a las enfermedades —El profesor sonrió, animándolo a que continuara—. También dejamos de ser mortales a los veintiún años.

—Perfecto, pero no comparemos a un dhaphiro cualquiera; comparaos vosotros con vuestros compañeros de clase humanos. Continúa tu Ethan.

—Soy más rápido y fuerte que ellos.

Jayden asimilaba cada una de las palabras de sus compañeros y, de alguna extraña forma, aquello empezó a reconfortarle.

—¿Creéis que sois superiores a ellos?

Los jóvenes intercambiaron unas prudentes miradas entre ellos, pero fue Jayden el que rompió el silencio.

—Sin lugar a dudas, somos una especie prácticamente indestructible. Ellos no son más que pobres mortales —Su rencor hacía Andy, que había florecido en tan sólo dos días en su interior, hablaba por su boca.

La odiaba a ella y odiaba todo lo que representaba.

Una malévola sonrisa de dibujó en el rostro del profesor James, mientras sus ojos amarillos se clavaban en Jayden.

—¿Alguien más opina como él?

—Yo también creo que somos mejores —Las palabras de Ethan sonaron llenas de confianza.

—No sólo sois mejores que los mortales, sois incluso mejores que nosotros, los vampiros —La afirmación dejó sin palabras a los cuatro jóvenes—. Pensadlo bien, un dhaphiro, aún sin haber alcanzado su madurez, puede exponerse a niveles de luz solar que matarían a un vampiro. Vuestra fuerza y habilidades suelen ser más potentes que la de cualquiera de nosotros. Sois el futuro. La evolución perfecta de nuestra especie.

—Yo soy más fuerte que mi padre.

El profesor James hizo un gesto con la mano hacia donde se sentaba Derek.

—Ahí lo tenéis, sois la especie más poderosa del planeta.

Ethan sonrió.

—¿Un solo dhaphiro podría terminar con varios vampiros?

—Si es un dhaphiro adulto, no me cabe la menor duda.

Un silencio abrumador invadió el aula, mientras todas aquellas afirmaciones calaban en las mentes de los chicos.

—Nunca me había planteado que era algo tan excepcional.

El profesor James sonrió ampliamente al pensativo Corey.

—Como veo que ya estáis listos, mañana os tengo preparada una gran sorpresa —Los ojos de los curiosos dhaphiros se clavaron en el profesor—. Iremos de excursión.

La excitación de los jóvenes organizó un buen revuelo en el aula.

Por un momento, las palabras de su madre invadieron la mente de Jayden.

Él no podía abandonar el centro.

Dejando atrás a sus emocionados compañeros, se acercó al profesor James.

—Profesor, me temo que me será imposible asistir a esa excursión; mi madre se toma muy en serio el toque de queda.

—Precisamente tú no me puedes fallar, eres la joya de la corona.

Jayden se sintió incómodo.

—Profesor James, ¿por qué insiste siempre en hacer de mí un dhaphiro mejor de lo que soy? ¿A qué vienen todos esos halagos?

El profesor se inclinó ligeramente sobre él.

—Despídete rápido de tus compañeros cuando termine la clase y ven a verme a mi despacho. En cuanto a tu madre, no te preocupes, estarás aquí a tiempo para que ella te venga a buscar, como siempre, sin que sepa dónde has estado.

Por un momento, Jayden quiso rehusar la oferta de mentir a su madre, pero su nuevo lado rebelde afloró.

Nada malo le podía suceder bajo la protección de un vampiro poderoso como era el profesor Robert James.

—Bien chicos, esto me resulta divertido. Hagamos más comparaciones sobre los indefensos humanos y vosotros, ¿quién quiere empezar?

Los cuatro chicos levantaron la mano.

Tras una breve despedida de sus compañeros, Jayden se presentó en el despacho del profesor James.

La puerta estaba abierta.

—Hola, Jayden. Pasa y siéntate.

—Gracias, profesor.

—Iré rápido, porque supongo que tu madre no tardará en ponerse nerviosa y llamarte al móvil. Tienes una madre muy protectora.

Jayden asintió un tanto incómodo. Desconocía que el profesor supiera tanto sobre él.

—Corey, Derek, Ethan y tú no sois los únicos dhaphiros de menos de diecisiete años en el instituto, pero sí sois los únicos que habéis sido seleccionados para entrar en el club —Jayden frunció el entrecejo—. Para pasar a formar parte de nuestra élite, os seleccionamos en función de vuestra genética y habilidades, así nos aseguramos de que sólo reclutamos a los mejores.

—Yo nunca destaqué por mis habilidades hasta que usted me enseñó a desarrollarlas.

El profesor James se reclinó en el respaldo de su silla y sonrió orgulloso.

—Eso no es cierto amigo mío, tenemos informes médicos de ti que dicen todo lo contrario. Cuando no eras más que un diminuto feto, le provocaste unos extraordinarios efectos secundarios a tu madre.

—¡¿Hice daño a mi madre cuando estaba embarazada de mí?!

—No, tu madre desarrolló una gran fuerza.

Jayden se levantó de un respingo de su silla y empezó a caminar indignado por la habitación.

—¿De qué va todo esto? ¿Me han estudiado?

—Cálmate, Jayden. Necesitamos hacerlo, porque no podemos malgastar nuestros esfuerzos en desarrollar a dhaphiros mediocres.

—Pero, ¿para qué nos quieren desarrollar antes?

El profesor James salió de detrás de su escritorio con pasos lentos y seguros hasta que sus ojos conectaron con los de él.

—Tan sólo concédeme unas horas. Mañana te lo aclararé todo

−La desconfianza empezó a germinar en el interior del joven−. Confía en mí −Las palabras serenas del profesor acallaron la voz en el interior de Jayden que le sugería peligro.

Al fin y al cabo, el profesor era un buen hombre y siempre le había ayudado.

−Está bien.

−Eres un buen chico. Ahora corre con tu madre, se hace tarde.

Jayden sonrió y salió a toda prisa del despacho, sin ver los brillantes destellos de victoria en los ojos amarillos del profesor James.

Los túneles secretos

El taxi paró frente la entrada principal del instituto, bajo la atenta mirada de los cuatro jóvenes dhaphiros.

Jayden estaba agradecido de no volver todavía a casa, ya que la situación se estaba volviendo cada vez más incomoda a causa de los interrogatorios y preguntas sobre lo que le había hecho cambiar su afable carácter.

El profesor James abrió la puerta del taxi y obedientemente todos tomaron asiento.

—A la calle Kingsway, por favor.

El taxista arrancó el motor sin emitir ningún tipo de sonido.

—¿Dónde vamos, profesor?

—Paciencia, Corey —Se dedicó a mirar por la ventana, mientras los cuatro dhaphiros se esforzaban por parecer lo más humanos posibles.

Tan sólo les llevó quince minutos llegar hasta su destino.

Frente a ellos, se alzaba la señal que indicaba el acceso del metro.

Tras ver partir el taxi y comprobar que estaban solos en la calle, el profesor James empezó a descender por las escaleras.

—Como habréis podido observar, ésta es la estación de metro de Holborn —Los cuatro chicos le seguían con impaciencia—. Esta estación entraña un gran secreto.

Junto a una de las máquinas expendedoras de billetes, medio

camuflada por varios anuncios pegados sobre ella, se alzaba una vieja puerta de metal.

Una mujer joven pasó cerca del grupo y el profesor disimuló mientras hacía ver que intentaba sacar un billete.

Tras cerciorarse de que no llamaban demasiado la atención entre las pocas personas que frecuentaban el hall de la estación, sacó velozmente una llave del bolsillo de su elegante chaqueta y abrió la puerta.

—Vamos chicos. Entrad —La puerta se cerró tras de sí con un fuerte golpe, dejándolos encerrados en un pequeño distribuidor muy mal iluminado—. Bien, ha llegado el momento de explicaros dónde vamos.

Los jóvenes abrieron los ojos de par en par, presas de la más feroz expectativa.

—Estamos a punto de entrar en los túneles secretos de Londres ¿Alguno de vosotros ha oído hablar de ellos? —Nadie contestó—. En Octubre de mil novecientos cuarenta, durante la Segunda Guerra Mundial, el gobierno británico decidió construir una serie de refugios subterráneos para albergar a la población en caso de bombardeo. Estos túneles están vinculados a las antiguas estaciones de metro, como habéis podido comprobar.

—¿Para qué se usan ahora? —La voz de Derek sonó aguda a causa de la excitación que le provocaba el misterio.

—En mil novecientos noventa y seis, salieron a la venta y nuestra organización se encargó de adquirirlos para usar sus grandes instalaciones como cuartel general y laboratorio.

—¿Laboratorio? —Corey parecía un tanto asustado.

—Más vale una imagen que mil palabras chicos —El profesor James se encaminó hacia una vieja puerta de ascensor y apretó el oxidado botón.

—Tenías que haber traído la cámara —Jayden miró sorprendido

a Ethan. Era la primera vez que le hablaba.

El ascensor, viejo y oxidado, no daba demasiada seguridad pero todos entraron y el profesor pulsó el único botón que había en el panel.

—Bajaremos cien pies —El ascensor se balanceó y los chicos se miraron entre ellos—. Tranquilos, es viejo, pero resistente.

El sonido ambiental se filtraba a través de la puerta del ascensor. El profesor James la abrió y fueron saliendo uno a uno.

Jayden fue el último en salir.

Ante ellos, se abrió una enorme habitación de paredes curvadas y decorada como una recepción de hotel.

La luz blanca de los fluorescentes era cegadora y su forma cilíndrica le confería un aspecto de lo más inusual.

—Ésta es la entrada.

Los chicos se limitaron a estudiar la sala.

Un hombre de aspecto rudo y con un uniforme parecido al de un militar se acercó a ellos.

—Cabo Gray, a su servicio.

El saludo militar impresionó a los chicos.

—Descanse, Cabo.

El profesor James parecía un habitual en aquel lugar, y estaba muy cómodo con el entorno.

—¿Os apetece ver las instalaciones?

Los cuatro jóvenes asintieron sin dejar de estar un tanto conmocionados.

—Sigamos al Cabo.

El oficial se acercó a una puerta circular y, tras pasar una tarjeta magnética por un simple lector, se abrió ante ellos un corredor redondeado de varios metros de longitud.

Con cada paso que daban los cuatro dhaphiros, el entusiasmo vencía a la desconfianza que les producía aquel lugar, mientras sus rostros se reflejaban en las paredes de metal pulido.

—Esto es una pasada —Derek estaba alucinado.

—¿Qué hacen exactamente aquí?

—Buena pregunta, Jayden. Cabo Grey, ¿sería tan amble de explicarles a nuestros jóvenes invitados a qué nos dedicamos en la organización?

El Cabo se cuadró frente a una puerta lateral.

—¡Señor! ¡Sí, señor!

Los chicos quedaron perplejos. Al parecer, el profesor James tenía cierta autoridad allí abajo.

—Las instalaciones de Kingsway se usan en la actualidad como base militar y científica para la mejora de la especie, señor.

El profesor abrió la puerta y se adentraron en una enorme sala cilíndrica de paredes blancas y llena de material de laboratorio.

—No toquéis nada, chicos.

Varios científicos se paseaban con muestras en probetas, mientras que otros observaban y manipulaban microscopios y placas de petri.

El cerebro de Jayden no daba abasto para procesar toda la información que veían sus ojos.

—¿Qué hacen, clonan dhaphiros?

—No exactamente, Ethan. Preparan una mezcla genética de varios inmortales extraordinarios e implantan ese súper ADN en un zigoto, que posteriormente se gesta en una mujer.

—¿En una mortal? —La voz de Jayden se quebró.

—Evidentemente. Son las únicas que pueden desarrollar un feto, ya sabéis que los dhaphiros sois estériles y sería inútil implantar un embrión en una dhaphiro.

En ese preciso momento, pasó cerca de ellos una camilla de hospital con una mujer embarazada de varios meses.

Estaba inconsciente.

—¿Saben qué somos?

Tanto el profesor como el Cabo empezaron a reír.

—No seas absurdo, Derek. Ellas creen que son voluntarias para un programa de fertilización. Les estamos pagando una gran suma de dinero para que nos dejen usar sus úteros.

Los chicos se unieron a las risas del profesor y el Cabo.

Todos, a excepción de Jayden.

Algo en su interior empezaba a tomar forma. Parecía una idea un tanto absurda, pero con el paso de los minutos le pareció factible.

Empezó a temblar.

—¿Seguro que son voluntarias?

El semblante del profesor cambió.

—Seguro —Sus ojos brillaron con furia—. Cabo Grey, lleve a los chicos a la *nursery* para que puedan ver a los dhaphiros recién nacidos. Nosotros nos reuniremos con ustedes en unos minutos, parece que el señor Savage está sufriendo un ataque de ansiedad por estar a tantos metros bajo tierra.

Los compañeros de Jayden intentaron ver su rostro, pero el profesor James se había puesto frente a él para impedirles cualquier tipo de contacto visual.

—Jayden, ¿estás bien?

—Compórtate o les haremos daño —La voz del profesor sonó como un gruñido silencioso.

Un escalofrío recorrió la espalda de Jayden al oírlo.

—Tranquilo, Derek. Se me pasará enseguida —Su voz no sonó demasiado convincente, pero bastó para que sus compañeros se fueran sin ninguna sospecha.

—Sígueme. Si veo que intentas hacer alguna maniobra extraña, lanzaré sobre ti a todos los vampiros de este recinto.

Jayden le miró de reojo y le siguió con la cabeza baja.

Tras seguir el camino totalmente opuesto al que sus amigos habían tomado, llegaron a unos túneles más oscuros y tétricos que los anteriores.

—Están secuestrando humanas para experimentar con ellas.

El profesor James se paró frente a una vieja y oxidada puerta de hierro macizo.

La humedad se calaba en los huesos de Jayden.

—Algo en mi interior me decía que esto pasaría. Eres un joven muy listo. Tu padre estará orgulloso de ver en lo que te has convertido.

—Yo no tengo padre —Le miró con furia, mientras el profesor abría la puerta y le hacía pasar a un estrecho pasillo lleno de puertas metálicas.

—Sí, claro.

Al percibir el sonido de pasos, algunas voces femeninas, lamentándose y suplicando, empezaron a llenar el silencioso túnel, creando un eco horripilante.

—¿Las oyes?

Jayden tragó saliva.

—¿Qué quiere de mí?

El profesor se encaminó decidido hacia una celda vacía.

—¿No es obvio?, quiero tu ADN.

La poderosa mano del profesor empujó a Jayden dentro de la celda.

Un olor familiar embriagó a Jayden.

—Empezaba a estar aburrida.

Entre las sombras de la celda, apareció una figura femenina. Era una mujer sofisticada de cabellera chocolate y grandes ojos.

Andy.

—Hola, mi amor.

Jayden estaba petrificado.

Andy se acercó al profesor y, mientras él la rodeaba por la cintura, ella le besó con fiereza animal.

—¿Qué...?

Andy se acercó al perplejo chico y, de un suave empujón, le hizo sentarse en una silla que había en medio de la oscura celda.

—Pobrecito Jayden —Ella deslizó su mano por el rostro de él.

—Andy, ¿por qué vas vestida así? Pareces... mayor.

Las palabras vibraban en su garganta acompañando a sus alterados nervios.

Sin casi darse cuenta, el profesor James empezó a atarle a la silla con una gruesa soga.

—En realidad, Jayden, prefiero que me llamen Andrea.

—Vamos chico, discurre. Eres muy inteligente, seguro que a estas alturas ya lo has comprendido todo.

Jayden dejó caer la cabeza sobre su pecho, presionado por la soga.

—¿Ha sido todo un montaje?

—Que perspicaz, cariño —Andrea sonrió con malicia—. Mi labor ha sido únicamente convencerte para que vinieras aquí y poder usar tu maravilloso ADN.

—Sus besos convencen a cualquiera, ¿verdad, Jay?

El profesor James besó con violencia a Andrea.

—¡Soltadme!

Los músculos de Jayden se tensaron haciendo crujir levemente la cuerda.

Andrea se acercó hasta que su aliento acarició las mejillas de él.

—Eres muy débil aún para escaparte de aquí —Sus labios se posaron sobre la mejilla de Jayden y éste emitió un leve rugido—. No te enfades conmigo, Jay. En realidad, nunca quise herir-te, pero Robert me advirtió de que tu olfato había mejorado mucho y tuve que desaparecer precipitadamente para que no identificaras mi olor de vampiro.

—Eres una hija de... —Ella poso su mano sobre la boca de él.

—No malgastes energías, cielo —Se incorporó, haciendo vo-lar con armonía su larga cabellera y, junto el profesor James, abandonó la celda.

El corazón de Jayden empezó a palpitar con fuerza contra sus costillas en cuanto la oscuridad de la hermética prisión se cernió sobre él.

—¡Soltadme!

La única respuesta que obtuvo fue el eco de sus propios gritos.

La búsqueda

El reloj digital del salpicadero del Mini marcó las siete y cinco. Kate intentaba ser tolerante y conceder unos minutos extra a Jayden. Su confianza en él le decía que el chico bien se merecía un poco de margen ya que, al fin y al cabo, ¿qué era lo que le podía pasar en el instituto rodeado de profesores, algunos de los cuales eran inmortales?

Trascurrieron cinco minutos más.

Los ojos de Kate se entretuvieron viendo patinar las gotas de la fina lluvia por el parabrisas.

Las siete y cuarto.

La mano de Kate rebuscó en su bolso y sacó el móvil para llamar a su hijo.

Nadie respondió.

Una extraña sensación empezó a apoderarse de su cuerpo. Era una mezcla de mal presentimiento y ansiedad.

Volvió a llamarle, pero el resultado fue el mismo.

Guiada por su mal pálpito, salió del coche a toda prisa y se adentró en el instituto. Allí, el vigilante nocturno le dedicó una mirada de sorpresa.

—¿Puedo ayudarla en algo?

—Sí, estoy buscando a mi hijo, Jayden Savage. Supongo que se habrá entretenido con su grupo de estudio en la biblioteca.

El vigilante enarcó las cejas, sorprendido.

—Lo siento, señora, pero acabo de hacer mi ronda habitual y ya no queda nadie en el centro. Es muy probable que su hijo se haya marchado sin usted a casa.

El suelo pareció temblar bajo los pies de Kate, mientras la habitación era invadida por una neblina que enturbió su precisa vista.

—¡Eso es imposible!

—Créame, señora. No será ni el primero ni el último chico al que se le olvida que sus padres le venían a recoger. Tranquilícese.

Kate intentó serenarse, para no rugir de pura agitación.

—Mi hijo no se ha podido olvidar. ¿Le importaría que lo comprobara por mí misma?

El guardia negó con la cabeza.

—Va contra las normas. Llame a casa. Seguro que está allí.

Kate cerró los puños conteniendo su fiera interior. Si no lo hacía, seguramente terminaría dándole una paliza a aquel hombre que no parecía darle importancia al asunto de la desaparición de Jayden.

Sin mediar una sola palabra, sacó el móvil de su bolso y, mientras se encaminaba hacia el exterior, llamó a Galatea.

No transcurrió ni un segundo hasta que ella contestó al teléfono asustada.

—Sabía que me ibas a llamar, ¿qué es lo que va mal?

La voz de Galatea pareció calmar un poco a Kate.

—Jayden no está en el instituto. Por lo menos, eso es lo que me dice el guardia de seguridad. No me deja comprobarlo por mí misma.

Todos los temores y conclusiones formulados en la mente de Kate, se dibujaron claros como un espejo en la mente de Galatea.

—Ven a casa, hemos de denunciar su desaparición en las oficinas del Consejo.

Kate agradeció su fuerte vínculo con Galatea, ya que no se veía con fuerzas de decir en alto sus sospechas.

Jayden había desaparecido y temía que hubiera sido secuestrado.

Las oficinas del Consejo hacían las veces de comisaría de policía para los inmortales. Por desgracia, sus similitudes con las humanas eran demasiadas ya que, si bien el cuerpo de la ley formado por vampiros y dhaphiros era mucho más poderoso que el cuerpo de policía, no lo era en la rapidez de solución de problemas. Fue por ese motivo que Emma encabezaba al grupo que formaban sus padres, Kate y Galatea.

La mujer de la recepción la miró por encima de un montón de carpetas.

—¿Qué desea?

—Quiero denunciar la desaparición de mi amigo Jayden Savage.

La mujer alargó el brazo por encima de la montaña de documentos y le entregó varios formularios.

—Rellene estos papeles con los datos del desaparecido y llévelos a la mesa cinco.

Galatea cogió a Kate por la cintura, impidiendo que ésta hiciera realidad sus pensamientos destructivos hacia la tranquila mujer.

"Tranquilízate, ya verás como Emma consigue acelerar el proceso de búsqueda de Jayden"

Kate se limitó a forcejear un poco para zafarse de Galatea.

Jean, haciendo gala de su habilidad con los pinceles y los lápices, rellenó con un par de movimientos rápidos los formularios y se los entregó a Emma, que ya había empezado a usar su eficiente habilidad con el guardia de la mesa cinco.

Los ligeros pasos de Emma indicaron que su juego estaba empezando.

Iris hizo un gesto al resto y salieron de las oficinas para que Emma no les influenciara demasiado.

—Hola —Sus espesas pestañas revolotearon alrededor de sus brillantes ojos verdes, mientras entregaba los formularios al hombre.

—Hola —El guardia apenas coordinaba los movimientos.

—Vengo a denunciar una desaparición. Le ruego que dedique especial atención a este caso, es urgente que encuentren a este dhaphiro. *Es muy importante para mí* —La última frase sonó como un trino de pájaro exótico y varios guardias se acercaron a Emma embelesados.

La mujer de la recepción tampoco podía quitarle los ojos de encima.

—¿Dónde le viste por última vez?

—Esta mañana, cuando le dejamos en el instituto.

Cada vez más gente acudía a ver de dónde procedía aquella voz propia de una bella sirena.

—¿Estás segura que no está por ahí con sus amigos?

—Sí. Es un dhaphiro muy responsable. Les ruego empiecen a buscarle lo antes posible.

Emma se puso en pie, luciendo su escultural cuerpo.

—Inmediatamente. Pasaremos un comunicado a las altas esferas del Consejo para que lo consideren un caso prioritario y yo mismo me encargaré de patrullar por el instituto y alrededores en busca de pistas.

Ella se apartó un brillante mechón de la cara y sonrió.

—Es usted un encanto —Sin mirar hacia atrás y conteniendo una sonrisa de triunfo, Emma salió de las oficinas del Consejo.

Kate fue la primera en abordarla en cuanto la tuvo cerca.

—¿Cómo ha ido?

La sirena de un coche patrulla que salió derrapando de garaje respondió a la pregunta.

—Ahí va el resultado de un trabajo bien hecho.

Jean sonrió orgulloso a su hija.

—Vamos, Kate, será mejor ir a casa a esperar noticias de la policía.

Kate miró angustiada a Iris.

—No creo que pueda. Preferiría emprender mi propia búsqueda.

—De eso nos encargaremos nosotros. Tú y Galatea debéis estar en casa para atender al teléfono.

Galatea sonrió a Jean, que mantenía el control de la situación con su usual temple, ya que no se atrevía a hablar, para que no se notara en su voz lo atemorizada que estaba.

Cogió a Kate de la mano y la encaminó hacía el coche.

"Todo saldrá bien"

Emma, Jean e Iris las vieron partir a toda velocidad hacia su casa, albergando en lo más profundo de su corazón el deseo de que Jayden se encontrara en ella.

Las horas pasaban con la lentitud de un velero navegando sin viento. Kate rellamaba cada pocos minutos al móvil de Jayden a la espera de oír su dulce voz.

Pero su anhelo no se realizaba.

—¿Sabemos algo de Jean?

Galatea se sentó frente a la ansiosa Kate y le acercó una taza de humeante sangre.

—No desde que llamaron hace una hora.

Kate dejó caer su cabeza entre sus manos, ocultando su rostro de la mirada de Galatea.

"Seguro que está bien. Teniendo en cuenta su actitud de estos últimos días, quizás se haya escapado en plena rabieta adolescente"

"Si así fuera, no tendría esta sensación de alarma en mi interior"

Galatea tragó saliva angustiada. Su intento de hacer sentir mejor a Kate no había resultado y la misma sensación de peligro que sentía su compañera se instauró en su corazón.

Preso

La gruesa soga que presionaba su cuerpo contra el respaldo de la silla había contribuido a entumecerle los brazos.

Tras haber intentado, sin éxito, sacar su furia interior para liberarse, se había sumido en la desolación. Andy había jugado con él como si de una marioneta se tratara, pero lo que más le había herido era el hecho de haber entregado su cariño a alguien que no le había correspondido ni por un solo instante. Por ello, la angustia de su malherido corazón le atormentaba más que sus doloridos músculos y el hecho de estar encarcelado.

No era consciente del tiempo que llevaba encerrado en aquella húmeda celda, ni de qué era exactamente lo que pretendían hacer con él.

La oscuridad y el agotamiento hicieron que se sumiera en un inquieto sueño.

Los tacones de sus zapatos anunciaron su entrada en el laboratorio de forma cilíndrica.

—Vanesa, ¿tenemos los resultados de la última mutación?

La científica le alargó una carpeta con documentación a Andrea y siguió observando por su microscopio.

—Sí, Comandante. Parece que la composición de ADN del sujeto tres cientos cuarenta y siete ha reaccionado favorablemente a la enzima del crecimiento.

—¿Cuánto ha durado la gestación?

Vanesa sonrió ampliamente.

—Tan sólo seis semanas.

—El Coronel estará muy satisfecho con estos resultados.

Andrea dejó la carpeta sobre la mesa de la atareada científica y se encaminó hacia los despachos de los oficiales situados en el túnel contiguo.

La puerta se cerró tras ella. Sus pisadas sonaron amortiguadas por la elegante moqueta roja que cubría aquel pasillo. A diferencia de los demás, éste estaba decorado con obras de arte de batallas, armaduras y armas antiguas. Tenía el aspecto de una casa de un millonario enamorado de las obras de arte bélicas.

Andrea golpeó suavemente una puerta de madera noble.

—Adelante.

La estancia que la recibió estaba decorada como cualquier despacho de un gobernante. Un gran escritorio con molduras presidía el centro de ésta. De las curvas paredes colgaban diferentes mapas e ilustraciones del mundo.

Andrea sonrió al ver a Robert sentado frente al despacho del Coronel Tabone.

Enzo Tabone.

—Pareces animada, Andrea.

—Así es, Coronel. Acabo de comprobar por mí misma la evolución de nuestras investigaciones.

Robert se levantó y, con un elegante gesto propio de tiempos pasados, le ofreció uno de los dos asientos que había frente al escritorio de Enzo.

—Siéntate, querida.

Andrea sonrió con un punto de lujuria a su amante.

—El sujeto tres cientos cuarenta y siete se ha gestado en el tiempo récord de *seis semanas*.

Enzo entrelazó sus manos sobre la mesa y sonrió satisfecho.

—Eso es una grata noticia, Comandante. Si crece tan rápido fuera como lo ha hecho dentro del vientre materno, eso quiere decir que en tres años y medio tendremos a un dhaphiro adulto.

Robert miró a Andrea con un brillo de curiosidad implícito en sus ojos.

—¿La mutación cuarenta no es la que tiene sintetizada una muestra de mis genes?

Andrea le dedicó una sonrisa ladeada.

—Entre otros ADN de dhaphiros y vampiros poderosos.

Enzo decidió pasar por alto las miradas lascivas que intercambiaban los presentes y se puso en pie.

—Puesto que ya hemos alcanzado nuestro objetivo de desarrollo, es hora de concentrarnos en sintetizar un ADN tan poderoso que sea capaz de crear un dhaphiro invencible.

Andrea y Robert se pusieron en pie. A pesar de lo familiares que solían ser las reuniones con Enzo, no debían olvidar nunca que estaban ante la presencia del Coronel de la *Milicia para la Subyugación de la Especie Humana* y, por lo tanto, ante su superior.

—Ha llegado el momento de sintetizar el ADN del pequeño bastardo.

Andrea levantó una ceja con malicia.

Sus dedos se enredaron en la maraña de rizos azabache en un desesperado intento por calmar su estado de ansiedad.

Kate seguía sumida en la pesadilla que había compartido con Galatea.

En ocasiones, su vínculo mental las sumía en un mismo sueño.

"Kate, despierta. Es sólo una pesadilla".

Ella abrió los ojos con una expresión que indicaba el horror de su inconsciente.

—Estaba soñando que Jayden estaba...

—Lo sé, yo estaba soñando lo mismo —Se abrazó con fuerza a la ansiosa Kate, y le acarició la espalda para infundirle algo de calma.

Habían pasado la noche acurrucadas la una junto a la otra en el sofá de la sala de estar, a la espera de alguna noticia por parte de la policía.

Jean, Iris y Emma, tras una agotadora búsqueda por los alrededores del instituto, se marcharon a casa, viendo frustradas sus esperanzas de encontrar a Jayden.

La desesperación y la angustia se cernían sobre todos ellos.

El chirriar de la puerta metálica al abrirse despertó al desorientado Jayden.

Cuando sus ojos se acostumbraron a la luz que se filtraba por la puerta, pudo distinguir tres siluetas que le observaban con detenimiento.

Andrea accionó un interruptor y una luz blanca y cegadora hizo que Jayden cerrara los ojos con fuerza.

—Hola —La voz de Enzo sonaba ronca y amenazadora.

—¿Qué vais a hacer conmigo?

Robert y Andrea observaban la escena desde la puerta, mientras Enzo se acercaba al aturdido Jayden.

—Primero comprobaremos si las habilidades que te han dado tu fama son ciertas y, posteriormente, sintetizaremos tu ADN para mezclarlo con otros también excepcionales, y así crear una especie de dhaphiro más poderosa e indestructible.

Por primera vez, Jayden se encaró a Enzo, desafiándole con una fría mirada.

Sus ojos le parecieron de lo más familiares.

—Sea lo que sea lo que estáis tramando, no pienso colaborar.

Robert soltó una carcajada irónica.

—Tiene agallas.

Enzo cogió una silla que había apoyada en la pared de la celda y se sentó en ella con el respaldo frente a su pecho.

—¿No quieres colaborar en el movimiento que revolucionará nuestra existencia? Somos un ejército muy poderoso.

—Tengo poca información de lo que estáis haciendo aquí abajo, pero me basta para saber que no puede ser nada bueno, sobretodo conociendo la naturaleza con pocos escrúpulos de algunos miembros de vuestro ejército.

Andrea sonrió cínicamente, mientras dejaba caer el peso de su cuerpo sobre el hombro de Robert.

—Vaya, me siento aludida.

Enzo clavó sus ojos en los de Jayden.

—Quizás no me he expresado bien, mi pequeño bastardo —Su voz sonó como un ronroneo feroz—. Quieres colaborar en el movimiento que revolucionará nuestra especie, y para ello te vas a someter a una prueba que demostrará que tienes más potencial que el resto de dhaphiros de tu edad.

Jayden se sintió aturdido.

—Sí, claro que colaboraré.

Enzo sonrió satisfecho.

—Llevadlo a la sala del áspid.

La prueba

Sin saber por qué, unos nuevos sentimientos se habían instaurado en su interior. Ya no se sentía dolido con Andrea, ni tenía miedo de estar encerrado en unos túneles subterráneos que, al parecer, pertenecían a una milicia de rebeldes que pretendían someter a los humanos. Tenía deseos de colaborar con ellos y la idea de dominar a la especie humana le parecía estupenda.

Caminaba a pasos ligeros junto a Enzo, sin ser consciente de que él era su padre.

Tras haber recorrido varios túneles, se adentraron en el laboratorio de pruebas, donde los científicos analizaban muestras y llevaban a cabo sus experimentos genéticos. En el fondo, una puerta doble de cristal daba paso a una sala llena de artilugios sofisticados llenos de botones, que Jayden no había visto jamás. Frente a ellos, varios hombres se preparaban para la prueba.

Andrea se acercó a una mesa con material médico y recopiló varias bolsitas de lo que parecían ser electrodos.

—Con tu permiso.

Bajo la estupefacta mirada de Jayden, Andrea le cortó de un sólo y veloz movimiento la camiseta y empezó a situar los electrodos en varios puntos estratégicos de su torso.

Los ojos de ella no pudieron evitar fijarse en los músculos de Jayden que empezaban a tomar forma adulta.

—¿Por qué me pones estos chismes?

Ella sonrió, mientras conectaba los cables a una petaca que

fijó en el cinturón de los pantalones de él.

—Servirán para medir tus constantes y tu tensión muscular durante la prueba.

Enzo se acercó a una enorme cristalera que había tras los aparatos de medición y control.

—Sargento Appelgate, encienda las luces de la cámara.

—Sí, Coronel Tabone.

El joven Sargento accionó varios interruptores en un complejo panel y tras la cristalera se iluminó una gigantesca sala de color blanco. Rodeando todo el perímetro del techo, había una barra metálica. En el centro, una gruesa soga colgaba del techo. Pero lo que más llamó la atención a Jayden fueron las diferentes cajas de madera de varias medidas que había estratégicamente colocadas por toda la habitación. Parecía una sala donde un grupo de jóvenes se divertiría jugando al *paintball*, atrincherándose en los diferentes escondites que aquellas estructuras proporcionaban.

—Te presento *la prueba* —Jayden frunció su ceño intrigado, mientras Enzo sonreía satisfecho de su creación—. Aquí será donde pondrás a prueba tus habilidades.

Andrea se sentó junto a Robert, que había empezado a monitorizar las constantes vitales de Jayden.

Su corazón latía a un ritmo un poco acelerado.

—¿Qué tengo que hacer?

—Es sencillo. Te encerraremos en esta sala con un áspid. Si sobrevives habrás pasado la prueba.

El pulso de Jayden se disparó.

—Soy mortal y no tengo desarrollados aún todos mis sentidos, si la serpiente me muerde puedo morir.

Robert profirió una carcajada.

—Sé que sabes de sobra usar tus habilidades y, créeme, lo harás en cuanto te sientas amenazado.

Jayden dio un paso hacia atrás. Aquello le superaba.

—No pienso entrar.

El monitor indicó al instante su elevado nivel de ansiedad.

—Entra —Los ojos de Enzo se habían vuelto a clavar sobre los suyos y, sin poder ponerle remedio, entró en la aterradora habitación.

Cuando la puerta se cerró tras de sí, notó como si hubieran hecho el vacío a la sala.

Sólo se oía su propia respiración.

Frente a él, se alzaba la soga y las cajas parecían más grandes de lo que en un principio había visto. Un escalofrío le recorrió el cuerpo.

—Sargento Applegate, suelte el áspid.

—Sí, Comandante.

El Sargento accionó un interruptor e inmediatamente una pequeña trampilla se abrió en el suelo de la sala, dando paso a una serpiente de no más de un metro de longitud y un aterrador color gris oscuro, adornado con rayas negras.

Jayden vio horrorizado cómo se acercaba sinuosamente hacía él.

—¡Que empiece el espectáculo!

El Sargento entendió la frase de Enzo como una orden y se apresuró a apagar las luces de la sala, dejando a Jayden completamente a oscuras con el áspid.

El pánico se apoderó de él.

—¡Encended las luces!

Enzo y los demás espectadores veían a Jayden a través de unos monitores de luz infrarroja.

Su pulso se disparó al notar algo que le rozaba la punta del zapato. Sin pensarlo dos veces y rogando para que sus instintos no le fallaran saltó a la cuerda que había en el centro de la sala.

Trepó tan alto y rápido como le fue posible.

—Potencia muscular al ciento diez por ciento, Coronel.

Enzo sonrió satisfecho.

—Sé que puede hacerlo mejor.

Las manos de Jayden se resbalaban por la lisa soga. Sin duda, había estado diseñada para que alguien no aguantara en ella más de dos minutos.

Su cerebro pensaba a toda velocidad.

"Piensa, Jayden, piensa"

El sesear de la serpiente le ponía los pelos de punta, pero cada vez lo oía con más nitidez e incluso era capaz de saber de dónde procedía el sonido.

Sus manos apenas se sujetaban a la escurridiza cuerda y decidió saltar a ciegas en la dirección opuesta de dónde procedía el silbido del áspid.

Sus músculos se estiraron y tensaron de manera tan efectiva, que dejaron maravillados a todos sus espectadores.

—Potencia muscular al ciento cincuenta, Coronel.

Agazapado como un felino sobre una de las cajas de madera, oyó cómo el mortífero reptil, sintiéndose amenazado ante el estruendo, seseaba con más fuerza.

Tras haber estado varios minutos en aquella habitación, sus ojos empezaron a acostumbrarse a la oscuridad y, al igual que las retinas de un felino, empezó a diferenciar las formas de toda la sala.

Estaba en lo alto de una caja rectangular que le elevaba del nivel del suelo un metro.

Allí estaba a salvo.

—Oculten las cajas.

El sargento Appelgate accionó eficazmente varios interruptores y, tras un sonido metálico, las cajas empezaron a descender hasta quedar al nivel del suelo.

Jayden se sintió desesperado.

−¡Sacadme de aquí!

Sus eficaces ojos de dhaphiro no tardaron en reconocer a la serpiente que se movía rápidamente hacia él, para afrontar a su amenaza.

Sin apenas pensarlo un segundo, cogió carrerilla y, apoyándose con los pies sobre la pared, se agarró a la barra que bordeaba la sala a la altura del techo.

−Un salto perfecto de casi tres metros, Coronel Tabone.

Enzo sonrió. Se sentía satisfecho con la demostración de Jayden.

Agarrado como un mono que se aferra a la rama de un alto árbol, hacía gala de sus poderosos músculos.

Andrea parecía disfrutar con cada uno de los pitidos del monitor que indicaban que el pulso de Jayden cada vez estaba más disparado.

−Coronel, dale la orden.

En otra situación, Enzo no hubiera permitido que alguien con un rango inferior al suyo le diera órdenes, pero la malicia en el brillo de los ojos de Andrea contribuyó a que lo pasara por alto.

−Sargento Appelgate, encienda el altavoz −Con un rápido movimiento de cabeza, el Sargento indicó a Enzo que su petición había estado cumplida−. Mata al áspid, Jayden.

Una oleada de furia infundida por el eco de las palabras de Enzo se apoderó de su mente.

Presa de su sed de maldad, saltó al suelo quedándose de cuclillas tras el áspid y, con un veloz movimiento de sus manos, partió la serpiente en dos.

La sangre brotó cálida por sus dedos y un grave rugido se escapó de lo más profundo de sus entrañas.

Jayden era un animal salvaje.

El depósito

La luz rojiza del atardecer no ayudaba a que el espeluznante edificio de cemento gris que se alzaba ante ellas tuviera mejor aspecto.

Galatea e Iris flanqueaban a Kate, que apenas se había podido tener en pie desde que aquella mañana la llamara la policía.

Habían encontrado el cadáver de un dhaphiro que coincidía con las características de Jayden, abandonado en un callejón, y debía acudir al depósito de cadáveres para reconocerlo.

Sin tener noticias de los últimos hechos, Jean se había marchado a ver a un amigo que trabajaba en la Administración del Consejo de Londres, para intentar recabar información sobre el grupo de rebeldes y las misteriosas desapariciones de jóvenes dhaphiros.

Galatea intentaba que Kate no sintiera el terror que recorría su cuerpo, mientras ascendían las escaleras del depósito de cadáveres.

Jayden no podía estar muerto.

Emma iba tras ellas, cogiendo con fuerza la barandilla de la escalera. Se sentía como si el suelo fuera blando y todo lo que la rodeaba estuviera cubierto de una espesa niebla que dificultaba su visión.

Cuando llegaron al mostrador de información, fue Iris la que comunicó el motivo de su visita a aquel espeluznante lugar.

La amplitud de los techos y la falta de mobiliario de la fría sala donde se encontraban, hicieron sonar su voz con eco.

—Buenas tardes, nos han informado de que posiblemente tienen a un familiar nuestro.

Iris cogió con fuerza a Kate por la cintura, que se convulsionó ante aquellas palabras.

—Nombre del difunto.

Los dedos de Galatea se clavaron en la espalda de Kate.

—Jayden Savage.

—¿Qué vinculo familiar tenían?

Iris miró a Kate tan sólo un segundo.

—Ella es su madre.

La mujer del mostrador descolgó el teléfono e hizo una rápida llamada.

—Enseguida vendrá un forense que les acompañará a la sala.

Iris apenas sonrió.

—Gracias.

Con la ayuda de Galatea e Iris, llevaron a Kate junto a Emma, que se había apresurado a sentarse en unas sillas de plástico que había en el centro de la sala, temiendo que sus piernas no fueran suficientemente fuertes para sostenerla.

Tanto las manos de Kate y Galatea, como las de Emma e Iris, se habían entrelazando con fuerza para darse soporte moral unas a otras.

La noche ya había tomado posesión del cielo cuando un hombre de pelo castaño y una bata blanca se les acercó.

—¿Vienen a reconocer el cadáver de Jayden Savage?

Las cuatro mujeres parecieron golpeadas por un martillo ante las palabras y la falta de tacto de aquel hombre.

Iris asintió.

—Acompáñenme, por favor.

Kate se abrazó a la cintura de Galatea mientras caminaban, hundiendo su cara en los rizos de ella, como si así pudiera negarse lo inevitable.

Iris las seguía de cerca, mientras le cogía la mano a Emma que temblaba como una hoja.

Estaban en estado de shock.

Tras bajar un pequeño tramo de escaleras y recorrer un pasillo gris iluminado por fluorescentes blancos, llegaron a una sala donde las paredes habían sido remplazadas por montones de puertas cuadradas de metal.

Eran los nichos de la morgue.

Sin esperar ni un segundo, el forense abrió una de las puertas y tiró de una camilla metálica.

El ruido crispó los nervios de las presentes.

—¿Es éste Jayden Savage?

Kate cerró tan fuerte el puño, que sus uñas se clavaron en su piel generándole unas heridas que cicatrizaron al momento, mientras el forense levantaba la sábana blanca que cubría el cuerpo del chico.

Emma se dio la vuelta. No era capaz de enfrentarse a aquello.

Ante ellas apareció un joven moreno de la edad de Jayden y su misma complexión física.

En su brazo derecho, había un mordisco con dos orificios.

Iris se tapó la boca con las dos manos.

"No es Jayden"

Kate miró a Galatea, que le acariciaba la espalda.

—No es mi hijo, sin duda se le parece, pero no es él.

Emma se giró rápidamente y corrió al lado de su madre.

—¡Gracias al cielo!

El forense las miró sin apenas mostrar ningún sentimiento.

—¿Están seguras de que no conocen a este dhaphiro?

—Lo estamos —La voz de Galatea sonó clara y serena.

—¿Este chico murió por la mordedura de un vampiro?

El forense miró a Kate, que repasaba con sus ojos la hinchada y rojiza herida del brazo del chico.

—No, murió por el mordisco de un áspid, una serpiente muy venenosa.

Las cuatro intercambiaron miradas de dudas. Aquello no les proporcionaba ninguna pista del paradero de Jayden pero, por lo menos, tenían la certeza de que seguía con vida.

Sumido por la poderosa sugestión de Enzo, Jayden se había vuelto fiel a sus demandas y ya no sentía la necesidad de salir de aquellos túneles. Por aquel motivo, disfrutaba de la comodidad del camastro de su celda.

Las imágenes del día anterior flotaban en su mente como si de un sueño se tratara.

En cuanto se acordaba de la cálida sensación de la sangre del áspid bañando sus manos, un ligero rugido se le escapaba de lo más profundo de su ser.

Andrea se había encargado, eficazmente, de tomarle una valiosa muestra de sangre para sintetizar su ADN, y Robert había estado explicándole las maravillas de pertenecer a la Milicia, intentando que el joven dhaphiro se uniera a ellos.

En el fondo de su mente, unas imágenes borrosas de su familia y amigos le rogaban que volviera en sí, pero sus voces eran prácticamente inaudibles.

Sentadas alrededor de la mesa del comedor de Galatea y Kate, las tres mujeres se habían encargado de poner al día al abrumado Jean de lo sucedido durante su ausencia.

—Tendríais que haberme telefoneado, ¿y si hubiera sido él?

Galatea se encogió de hombros y negó con la cabeza.

—Eso poco importa Jean, gracias a dios no lo era.

Todos asintieron con la cabeza.

Kate, aturdida por los hechos, no era consciente plenamente de lo que la rodeaba.

—¿Dónde esta Emma?

Iris le acarició la mano con ternura.

—Cuando hemos salido del depósito para traerte aquí, ella ha ido a las oficinas del Consejo, para ver si la policía tenía noticias de la investigación.

Kate se pasó la mano por el pelo.

—Es verdad, lo siento.

—No tienes porqué sentirlo, Kate. Estás pasando por un mal momento y todos coincidimos en que lo estás llevando excepcionalmente bien.

Kate sonrió a Jean.

—Gracias.

Galatea la abrazó.

"Todo saldrá bien, cariño. Hemos de ser fuertes"

Jean percibió el silencio de Galatea, y su dolor implícito en él.

—Tú también lo estás haciendo muy bien, Gala.

Ella se limitó a sonreír con la amargura del momento en sus ojos grises.

La puerta de la calle al cerrarse alertó a los presentes.

—Hola —Emma, cargada con una caja de cartón apareció en la habitación.

—¿Qué traes ahí?

Ella sonrió a su padre, que parecía más intrigado que el resto.

—He conseguido que la policía me diera las pruebas de la investigación, aunque la verdad es que yo no las llamaría pruebas —Puso la caja sobre la mesa, señalando el contenido—. Esto es lo que han encontrado dentro de la taquilla de Jayden.

Galatea y Kate sacaron una a una las pertenencias del joven.

—No es más que su mochila y un par de libros de texto.

Emma se sentó desanimada en una silla junto a su madre.

—Por tu reacción, intuyo que la policía no ha averiguado mucho.

—No han averiguado nada, mamá.

Kate había empezado a vaciar el contenido de la mochila de Jayden, apilando las cosas sobre la mesa.

"Todo huele a él"

Galatea le dedicó una tierna mirada.

"Sé fuerte, mi amor"

Jean suspiró mientras, distraído, cogía un pequeño bote negro, de forma cilíndrica y jugueteaba con el.

—Parece que no tenemos suerte, a mí tampoco me han re-velado gran cosa de los acontecimientos recientes. Mi amigo de la Administración del Consejo se ha limitado a decirme que tienen indicios de la posible localización de la guarida de los rebeldes.

Emma golpeó con sus puños sobre la mesa.

—Si me hubieras dejado acompañarte, habría sacado muchísima más información.

Jean le lanzó una mirada de desaprobación a su indignada hija.

—Emma, la Administración del Consejo no es como esa oficina mísera de la policía. Allí no puedes usar tus feromonas

450

libremente, tienen personal especializado en detectar y rastrear cualquier cosa paranormal que suceda en su recinto.

Ella se dejó caer en el respaldo de la silla.

—Así no iremos a ninguna parte.

Una risa melancólica les llamó la atención. Kate pasaba una a una las fotografías que había en uno de los bolsillos de la mochila de Jayden.

—¿Esas son las últimas fotos que le revelé?

Kate asintió ante el comentario de Galatea.

—Hay algunas muy buenas.

Sin darse cuenta, y en busca de una vía de escape ante el estrés que invadía a todos ellos, empezaron a pasarse las instantáneas comentándolas y abstrayéndose de la realidad.

—Ojalá hubiera dejado alguna foto que nos indicara alguna pista.

Jean asintió, mientras volvía a juguetear con el pequeño bote cilíndrico.

—¿Habéis mirado en su habitación, Gala?

Ella hizo un gesto afirmativo con la cabeza.

—Parece que no nos quedará más remedio que esperar.

El contenido del bote negro llamó la atención a Iris.

—Quizás no.

Todos la miraron perplejos.

—¿Qué quieres decir, mamá?

Iris se limitó a señalar el carrete de fotos por revelar que había servido de juguete a Jean.

Emma saltó de un brinco de su silla y le arrebató el bote a su perplejo padre.

—En menos de una hora volveré con el contenido.

Sin que nadie pudiera oponerse, Emma salió como una exhalación de la casa camino de la tienda de fotos más cercana.

El infiltrado

La anestesia contribuyó a acallar los gritos aterrorizados de la joven que se hallaba tendida y atada sobre la camilla del quirófano cilíndrico.

El médico experto en fertilidad y todo su equipo ya no se alarmaban ni se sentían molestos ante la lucha de las mujeres para no ser sometidas a ningún tipo de intervención.

Enzo, acompañado de otros vampiros de alto rango, observaba aquella intervención con especial atención desde detrás de una cristalera.

Se iba a proceder a implantar en aquella joven chica un zigoto en el que el ADN de varios poderosos dhaphiros y vampiros se había sintetizado, tras haber comprobado que eran los más fuertes.

Entre ellos, el de Jayden.

Tanto la receptora como la suma de los genes de los diferentes donantes habían sido sometidos a varias pruebas, que verificaban que la suma de todos ellos daría lugar a un ser sin precedentes.

Un dhaphiro supremo.

Con manos temblorosas, Jean pasaba una a una las fotografías que Emma se había apresurado a revelar.

Ninguna parecía tener un contenido especial.

Iris se había ofrecido amablemente a calentar un poco de sangre para todos. Se acercó a ellos y empezó a servirla en las tazas de porcelana de Galatea.

Kate fue la primera en saciar su sed, mientras Galatea revisaba las instantáneas que Jean desechaba por ser irrelevantes.

Las mentes de ambas, más unidas que de costumbre por la tensión de los días vividos, eran capaces de proyectar en la otra las imágenes que una veía. De esta manera, a Kate simplemente le bastaba con cerrar los ojos para ver por los de Galatea.

El inconveniente era que aún no sabían controlarlo y cada vez que alguna de ellas intentaba evadirse del mundo cerrando los ojos la otra le proyectaba lo que estaba viendo.

Galatea contempló una fotografía y la taza de sangre resbaló por las frías manos de Kate estrellándose en el suelo en mil pedazos y tiñéndolo todo de rojo.

El chico que habían visto en el depósito de cadáveres aparecía sonriente junto a Jayden y otro muchacho regordete.

Galatea se quedó sin habla.

—¿Qué os pasa?

La voz de Jean temblaba por los nervios.

Galatea les mostró la imagen a todos, y tanto Emma como Iris reconocieron al dhaphiro enseguida.

—Es el chico de la morgue.

La voz de Iris apenas era un ligero murmullo.

—¿De qué conocía Jayden a ese chico? —La respiración de Kate empezó a acelerarse—. ¡Oh, dios mío! Si él está muerto, puede que Jayden...

Galatea corrió a abrazar a Kate, que empezó a temblar y a hiperventilase.

Emma intentó ocupar su mente, que sólo imaginaba desgracias, en otra cosa, poniéndose a limpiar el destrozo que la taza había ocasionado.

—Kate, no pierdas los nervios. No sabemos a ciencia cierta si ese chico de la foto es el mismo que visteis muerto.

Ella se convulsionaba en los brazos de Galatea, mientras ésta intentaba parecer calmada.

—Sí, sí lo es.

Iris no podía moverse de su asiento. Sus ojos permanecían clavados en la instantánea.

—Gala, sube a Kate al dormitorio para que se calme un poco.

Ella asintió rápidamente con la cabeza a Jean y desapareció con la desesperada Kate por las escaleras que llevaban al piso superior.

Emma se sentó junto a su madre, que parecía estar en estado de shock mirando la fotografía.

Sin querer, empezó a hacer lo mismo.

—Ahí hay alguien más —Emma cogió la fotografía con un veloz movimiento y empezó a estudiarla de cerca.

—Eso es lo que yo trataba de ver —La voz de Iris sonó calmada.

—¿Qué dices, Emma?

—Sí, papá, justo aquí. ¿Le ves?

Jean entrecerró los ojos para afinar su vista.

En la imagen, aparecían los tres chicos en un aula de música. En una de las ventanas, se podía ver con claridad el reflejo de un joven moreno que les observaba de cerca.

—¡Es Ethan!

Iris y Emma le miraron asombradas.

—¿Papá, le conoces?

Jean sonrió. Acababa de encontrar una posible pista.

—Ethan es el hijo del hombre que fui a ver ayer.

—¿El de la Administración del Consejo?

Él sonrió a Iris.

—El mismo. Tal vez si le explico lo sucedido y le muestro esta fotografía me dé más información.

Bajo la atenta mirada de Iris y Emma, Jean se puso en pie y telefoneó a su amigo.

Las pisadas de otra persona en la planta inferior no dejaron lugar a dudas a las cuatro mujeres de que la visita que Jean esperaba había llegado.

Él les había pedido que le dejaran hablar a solas con su amigo de la Administración del Consejo, y ellas, obedientes, se habían ocultado en el piso superior.

Lo que Jean desconocía era que, animadas por la impetuosa Emma, estaban espiando por el hueco de la escalera.

Sebastian, el amigo de Jean, se sentó en el sofá que había en el salón.

—Ante todo, quiero agradecerte que hayas podido venir a verme.

—Si no hubieras mencionado a Ethan, no habría accedido. Como habrás supuesto, estamos apunto de hablar de un tema confidencial del Consejo.

Jean asintió, mientras se sentaba junto a su amigo.

—Sabes que puedes confiar en mí.

Sebastian sonrió sin demasiadas ganas.

—Supongo que no tienes conocimiento de que Ethan ha sido siempre un superdotado —Jean frunció el ceño negando con la cabeza—. Siempre ha sido un niño que lo ha aprendido todo el doble de rápido que cualquier otro.

—Entiendo. Pero, ¿qué tiene que ver todo esto con que Jayden apareciera con él y otro dhaphiro, que ahora está muerto, en una fotografía?

—Déjame terminar y lo comprenderás todo.

Jean hizo una mueca de disculpa.

—Lo siento.

—Hace aproximadamente tres años, mi jefe de departamento conoció a Ethan y, al ver el potencial de mi hijo, me comentó que existía una formación avanzada para niños como él, que le permitiría entrar en una rama muy poco conocida de nuestro ejército. Tras meditarlo mucho en familia, Ethan ingresó en el programa y se licenció con honores. Su velocidad y su fuerza superan a muchos dhaphiros adultos.

Jean estaba absorto en la explicación de Sebastian, al igual que las espías que escuchaban atentamente la conversación desde la escalera.

—Desconocía el potencial de tu hijo.

Sebastian sonrió orgulloso.

—A principios del año pasado, nuestro servicio de inteligencia detectó unos extraños movimientos en varios inmortales vigilados por su dudosa reputación. Fue entonces cuando toda esta oleada de secuestros empezó y reclamaron la ayuda de Ethan.

Galatea estiró con fuerza a Emma, que cada pocos segundos bajaba un peldaño atraída por la historia.

—¿A dónde quieres llegar, Sebastian?

—Tranquilo, enseguida lo comprenderás, pero debes prometerme que no revelarás nunca esta información a nadie —Jean asintió firmemente—. Ethan está infiltrado en el grupo de rebeldes que está llevando a cabo los secuestros de mujeres y dhaphiros, bajo la identidad del hijo de un miembro corrupto del Consejo.

Los ojos de Jean se agrandaron de puro asombro.

—Eso es algo muy temerario.

—Tranquilo, en todo momento está respaldado por varios oficiales y su formación militar le proporciona seguridad.

La fotografía sobre la mesilla de café le recordó a Jean el auténtico motivo de aquella reunión.

—Todo esto es realmente muy interesante, pero no me ayuda con la búsqueda de Jayden.

—Ethan, y el resto del Consejo, todo sea dicho de paso, sabe dónde está.

Kate se tapó la boca para no proferir un agudo grito.

—¿Dónde está?

Sebastian se reclinó en el sofá relajando su postura.

—Seguramente, en pocas horas lo tengáis de vuelta en casa sano y salvo, no debes preocuparte.

Jean empezó a ponerse nervioso.

—¿Qué quieres decir?

—Ethan se infiltró en un grupo dirigido por un vampiro corrupto en el instituto. Se encargaban de reclutar dhaphiros con grandes potenciales para su ejército, haciéndoles creer que asistían a una clase para aprender a desarrollar antes sus sentidos. Pero eso ya no debe preocuparte. En estos momentos, se está llevando a cabo una redada en su guarida y liberarán a todos los secuestrados.

Jean se puso en pie frenético.

—Por favor, ¡dime dónde están!

—Eso, amigo mío, es una información demasiado secreta para revelártela. Creo que ya te he confiado demasiados secretos hoy. Confía en mí, Jayden estará bien.

Kate se dejó caer en el suelo, intentando no dejarse llevar por el pánico.

Emma les dedicó una rápida mirada.

—Mantened la respiración.

—¡Emma, no!

De poco sirvieron los intentos de Iris por frenar a su hija, ya que con un rápido movimiento se plantó en la puerta del salón.

Con pasos sibilinos se plantó frente a Sebastian, mientras su padre no hacía nada por detenerla. Había leído en su lenguaje corporal sus intenciones.

Jean se apresuró a salir de la habitación, tapándose la cara para que las feromonas de Emma le afectaran lo menos posible.

—Hola, Sebastian.

Sebastian no pudo evitar que sus fosas nasales se vieran afectadas por el aroma hipnotizante de la joven.

—Hola.

Emma pestañeó y sus ojos verdes brillaron como esmeraldas recién pulidas.

—¿Dónde esta mi amigo Jayden?

Sebastian tragó saliva.

—En los Túneles Secretos de Londres.

Ella se inclinó acercando su rostro peligrosamente al de él.

—¿Y eso dónde está?

—Tiene varios accesos, pero si quieres visitarlos yo te puedo llevar.

Emma sonrió picaramente.

—Preferiría ir sola.

—Entonces creo que te resultará más fácil entrar por la estación de Holborn. Allí hay una puerta metálica junto a las máquinas expendedoras de billetes, que te llevará directamente a los túneles.

Emma se incorporó.

—Gracias.

Sebastian contempló embelesado cómo abandonaba la sala.

Kate fue la primera en descender la escalera seguida de los demás.

—Vámonos.

Iris la cogió de la mano, frenando su marcha.

—Si está bajo el control del Consejo, es mejor que esperemos aquí.

Jean miraba la escena un tanto aturdido por alguna feromona que había inhalado de Emma.

—¿Por qué vosotras no estáis afectadas?

Emma sonrió.

—Les dije que no respiraran, papá.

—Claro, que solución tan simple.

Kate miraba a los presentes con la incredulidad en sus ojos. Todos parecían haber retomado la calma habitual.

—¿Es que no pensáis ir a buscar a Jayden conmigo?

Galatea se limitaba a observarla, mientras sopesaba las opciones.

—Evidentemente que sí, ¿por qué sino iba a sonsacarle la información a ese pobre hombre?

Emma se colocó junto a Kate, que cada vez estaba más cerca de la puerta de salida.

—Estáis locas, no os podéis meter un una redada del ejército del Consejo. Sin duda, irán armados y dispuestos a devastar todo lo que vean. Habrá muchas muertes.

Galatea se colocó junto a Kate.

—Por ese motivo, es por el que nosotros mismos debemos ir a socorrer a Jayden. Si le han lavado el cerebro y forma parte de los rebeldes, ¿quién nos asegura que no le dan caza?

Kate le estrechó la mano con fuerza.

—Tienen razón, Iris.

Ella miró a Jean, que volvía ser dueño de sus actos por completo.

—Está bien, vámonos.

Galatea cogió las llaves de su veloz Mini y cerró la puerta tras de sí, dejando a solas a un desconcertado Sebastian.

Redada

Bajo la atenta mirada de Enzo y Robert, Jayden tomó asiento junto a él en la sala del áspid. Por suerte, esta vez no era él quien estaba dentro de la horrible cámara, sino detrás de la pantalla de cristal, rodeado de los militares y científicos que controlaban los paneles de mando.

—Jayden, sería para nosotros un placer que te unieras a nuestra milicia.

La mente del joven empezó a pensar intentando preguntarse qué era lo que hacía allí.

Robert esperaba paciente su respuesta.

—Pero, yo tengo familia y debo volver con ellos.

Enzo levantó las cejas pagado de sí mismo.

—Con nosotros podrás vivir momentos que junto a tu madre no podrías.

Jayden parecía muy confuso.

Enzo realizó una rápida orden con la mano y uno de los científicos accionó las luces de la cámara.

En el centro, un bebé de apenas dos años estaba de pie, observando su desconcertante entorno.

—¡Ese niño es muy pequeño para enfrentarse a una serpiente venenosa!

Enzo profirió una aterradora carcajada.

—Estás a punto de ver una demostración tan grandiosa, que

hará que quieras unirte a nuestra causa en el acto.

Jayden le miró horrorizado.

Robert profirió un ligero bufido.

—Coronel, sigo diciendo que si le hipnotizas será más fácil que ingrese en la milicia. ¿Qué problema tienes? Ya lo has hecho con otros.

Enzo negó con la cabeza.

—Hará más daño si está convencido por sí mismo.

Robert se encogió de hombros, sin entender el significado oculto de aquellas palabras. Enzo quería herir a Kate y arrebatárselo todo a Galatea.

—¡Que entre el áspid!

Jayden no pudo evitar ponerse en pie, temiendo por la vida del pequeño e indefenso bebé.

La serpiente avanzó rápida y sin dudar un instante. Se sentía amenazada por el dulce aroma del dhaphiro.

El niño la miraba con ojos inexpresivos.

Durante una milésima de segundo, pareció que ambos conectaban sus ojos y se desafiaban mutuamente, pero la serpiente, más ágil, mordió al niño en uno de sus desnudos pies.

Jayden golpeó contra el cristal.

—¡Sacadle de ahí! ¡Le va a matar!

Enzo se puso en pie y rodeó con un brazo la espalda de Jayden.

—Observa.

El bebé, presa del desgarrador dolor que el veneno del áspid le infligía, agarró a la serpiente del cuello y, de un preciso mordisco, le arrancó la cabeza.

El pulso de Jayden se disparó ante la aterradora imagen.

Segundos después, el niño cayó entre convulsiones y murió envenenado.

—No ha estado mal, pero se puede mejorar.

Jayden miró a Enzo con odio y se deshizo de su brazo.

—¿Qué clase de monstruo eres tú? ¡Quiero irme de aquí!

Robert frenó la huida de Jayden, agarrándole fuertemente de los hombros.

—Parece que se te resiste, Coronel.

Enzo clavó sus ojos en los del aterrado joven.

—Ese bebé es fruto de una combinación de ADN de unos dhaphiros que en principio parecían salirse de la media pero, como tú mismo has podido comprobar, apenas ha sido capaz de reaccionar ante la serpiente hasta que ya era demasiado tarde. Pero, ahora, gracias a ti y tus maravillosos genes, hemos engendrado un dhaphiro que evolucionará tan rápido que presumo que con sólo unos meses de vida será capaz de matar eficazmente. Ese dhaphiro será tu hijo.

Jayden estaba temblando preso en las fuertes manos de Robert, que carraspeó. Sabía a ciencia cierta que entre los genes del dhaphiro que acababan de engendrar también había genes suyos y que ni mucho menos se podía responsabilizar únicamente al joven Jayden la paternidad del bebé.

Enzo le miró amenazante, para que se mantuviera callado.

—No nos puedes abandonar, ¿qué será de ese pobre niño?

Jayden intentó soltarse.

—Yo no he engendrado ningún hijo, sólo tengo quince años.

—Lo hiciste en el mismo momento en que Andrea te tomó una muestra de sangre y sintetizamos tu ADN de ella.

Robert soltó al perplejo joven, que se sentó en una silla, temiendo que sus piernas no soportaran su peso.

—Únete a nosotros.

Los ojos de Enzo le miraban suplicantes y Jayden le devolvió la mirada confuso. Aún no era dueño de sus actos.

—Coronel, me informan de que han detectado intrusos en el sector uno.

Enzo y Robert acudieron junto al Sargento, que observaba una pantalla de vigilancia.

—Es el ejército del Consejo. ¿Cómo han dado con nosotros? Dé alerta negra, Sargento. Que procedan a evacuar a los especímenes.

El Sargento llamó por teléfono y siguió al pie de la letra las instrucciones de Enzo.

—Debemos marcharnos, Coronel. ¿Nos llevamos al chico?

Jayden miraba a Robert que parecía nervioso.

—Sí.

En ese preciso momento, una sirena instalada en el techo curvo del túncl en el que se hallaban empezó a emitir un pitido agudo junto con una luz anaranjada.

—¿Quién ha activado el código de autodestrucción del laboratorio? —Los dos militares y el científico que estaban con ellos en la sala negaron con la cabeza, mientas la puerta de cristal doble se cerraba herméticamente y, tras ellas, se desencadenaba un incendio controlado en el laboratorio donde se hacían las pruebas genéticas—. Maldición, estamos atrapados —Enzo golpeó la pared haciendo un gran agujero.

—Tranquilízate, Coronel. Mientras el laboratorio esté en llamas no nos encontrarán. Con suerte, la redada se llevará a cabo sin que nos afecte.

Enzo se sentó junto al atemorizado Jayden.

—Tienes razón.

ৡৢ ৡৢ

Los neumáticos del Mini chirriaban a cada curva que Galatea tomaba a gran velocidad. El instinto de alerta se había despertado con mayor fiereza en ella, y Kate temía llegar demasiado tarde y encontrarse con lo peor.

Cuando llegaron frente a la estación, sus temores se hicieron realidad.

Los integrantes del Grupo de Contención del Consejo, disfrazados de bomberos, invadían la calle atendiendo a heridos y llevando a un camión blindado a algunos rebeldes que habían apresado.

De la boca del metro tan sólo salía un humo gris. El fuego, sin duda habría destruido por completo los túneles.

Kate sintió el peso de la desgracia sobre sus hombros y temió ponerse a gritar, mientras Galatea le estrechaba la mano con fuerza.

Emma, que les seguía de cerca en el coche con sus padres, bajó a toda velocidad y se acercó a uno de los bomberos, que acababa de dejar la manguera.

Iris y Jean miraban la escena paralizados desde la distancia, esperando a que su hija, con sus excepcionales dotes, les allanara el terreno.

—¿Han evacuado a todos los rehenes de los túneles?

El bombero la miró desconcertado.

—¿No sé de qué me habla señorita? Estamos apagando un incendio que se ha originado en la estación de metro, y en todo caso hay heridos y no rehenes.

Los ojos de Emma destellearon con ira. Era evidente que el hombre estaba manteniendo la respiración para que el humo no le invadiera los pulmones. Al fin y al cabo, de poco le servía respirar a un vampiro en esa circunstancia.

—No me vengas con esas, huelo a la legua que eres un vampiro.

Si te molestaras en respirar sabrías que soy una dhaphiro.

El joven enarcó las cejas.

Emma, en el preciso momento en que percibió que las aletas nasales del joven se movían, señal inequívoca de que estaba respirando, hizo uso de su poder.

—¿Han evacuado a los rehenes?

El joven pestañeó embobado ante ella.

—A casi todos. Lamentablemente algunos han fallecido.

El corazón de Emma dio un vuelco.

—Necesito saber si habéis rescatado a un chico de quince años, moreno y de ojos grises.

El bombero parecía estar más fascinado por la piel de Emma que por sus preguntas y deslizó un dedo por su mejilla.

—Eres realmente suave.

Emma meneó la cabeza librándose de la caricia.

—¡Reacciona soldado!

—Eres la mujer más hermosa que nunca he visto —Ella resopló de pura frustración. Nunca le había costado tanto que alguien le hiciera caso—. ¿Cómo te llamas?

—Emma, y ahora contesta, ¿has visto a ese chico que te he descrito? —Su tono de voz empezaba a rozar la histeria. Por suerte, el bullicio de la gente que miraba curiosa los restos del incendio y el ir y venir de otros bomberos hicieron que pasara inadvertida.

—Yo me llamo Christian, pero puedes llamarme Chris.

Cogió las manos de Emma entre las suyas y le miró con sus brillantes ojos marrones.

Ella suspiró, intentando calmarse para producir más feromonas. Estaba claro que aquel chico se le estaba resistiendo.

Quizás el humo había entorpecido su olfato.

—Chris, por favor. ¿Hay algún chico de quince años entre los rehenes?

Chris besó una de las manos de Emma.

—Lo lamento, bella Emma, sólo hemos rescatado a mujeres embarazadas. Los únicos hombres que hemos sacado eran rebeldes y, que yo haya visto, tampoco hay ninguno tan joven.

Un escalofrío recorrió su espalda e intentó librarse de la fuerte mano del bombero que la apresaba y la atraía hacia él.

—Suéltame, por favor. Debo comprobar que mi amigo está bien. Si no lo habéis rescatado es que aún está ahí abajo.

—No puedo dejarte bajar, hay algunos túneles que se han venido abajo y no es seguro.

Emma echó mano a la última brizna de paciencia que le quedaba, mientras la horrible sensación de que Jayden podía estar muerto le invadía la mente.

—Déjame bajar a mí y a mis amigos para buscarle, por favor, al parecer tú eres el único que está vigilando esta entrada.

Él echó un rápido vistazo. Efectivamente, la mayoría de bomberos estaban atendiendo a las ambulancias que venían a por las mujeres heridas y tan sólo él vigilaba la humeante boca de metro.

—Si yo hago eso, ¿qué harás tú por mí?

—¿Qué? —Emma estaba alucinada. Nunca nadie se había cuestionado una orden suya bajo su influjo—. Haré lo que quieras.

Chris sonrió ampliamente.

—Sal conmigo una noche, Emma.

Ella sabía de sobras que en cuanto desapareciera el efecto de las feromonas, aquél chico quedaría tan desconcertado que no distinguiría a Emma entre otras inmortales.

—Sí, sí, claro.

—Me estoy jugando el puesto con esto, pero parece que estás desesperada. Regaré con la manguera la entrada para echar de aquí a todos esos mortales curiosos y tú y tus amigos podréis entrar. Abajo ya no queda ningún militar, por lo que tendréis toda la libertad. Pero id con cuidado, no quisiera que te lastimaras.

Emma se sentía confundida, aquel chico no hablaba como alguien que estaba bajo su control.

—¿Me has olido?

—¿Crees que nos adiestran para ser tontos y oler a la primera que nos lo pide? Un buen militar conoce los efectos de ciertas habilidades femeninas.

Emma se mordió el labio inferior avergonzada.

—Lo siento.

—No lo sientas, Emma y apunta aquí tu número. Me debes una cita.

Con un veloz movimiento, Chris sacó un trozo de papel y un bolígrafo de una bolsa de cuero que colgaba del retrovisor del camión de bomberos.

Emma sonrió nerviosa, mientras le entregaba el papel con su número.

—Gracias por la ayuda.

—Pareces realmente desesperada. Ve con cuidado.

Emma salió corriendo sin ser demasiado rápida, para no levantar sospechas ante los humanos que se agolpaban mirando los restos del incendio mientras, a su espalda, Chris empezaba a rociar agua sobre la boca de metro ahuyentando a los que estaban más cerca.

El temor de que Jayden estuviera muerto bajo sus pies no dejó que Emma pensara en nada más que no fuera eso.

Cuando llegó al Mini de Galatea, todos la estaban esperando.

—¿Qué te ha dicho? —La voz de Kate era como un grito desesperado.

—No han rescatado a nadie que encaje en la descripción de Jayden.

Galatea se llevó las manos a la boca, mientras reprimía su terror para no alarmar más a Kate.

—¿Quieres decir que todavía está ahí abajo?

Emma asintió rápidamente a Jean.

—Debemos entrar en la estación de metro ahora mismo, antes de que despertemos demasiado la atención de nadie.

Todos asintieron y, a una velocidad anormalmente reducida para ellos, salieron corriendo hacía su objetivo.

La angustia y el estrés se podían palpar en el ambiente. Aun y así, Emma no había podido evitar sentir una sensación un tanto extraña cuando Chris, el bombero, le echó una última mirada antes de que desaparecieran entre los restos de humo de la boca de metro.

Los escombros y los cristales rotos crujían bajo sus pies a medida que descendían por las mojadas escaleras.

Kate, presa de un gran pánico, era la que encabezaba el grupo de búsqueda.

Tal y como había indicado Sebastián, llegaron a una maltrecha puerta metálica, junto a los restos de lo que en su día fueron unas máquinas expendedoras de billetes.

La puerta estaba deformada y abierta de par en par. La habían forzado.

Una niebla gris les envolvió en cuanto la cruzaron y vieron el viejo ascensor.

—¿Creéis que aún funcionará?

Iris miró a Jean decidida.

—Sólo hay una manera de saberlo —Sin meditarlo demasiad, pulsó el botón y un sonido grave indicó que todavía funcionaba.

Kate y Galatea se cogieron de la mano, temerosas por lo que se podían encontrar allí abajo.

Emma fue la primera en subirse y comprobar que era seguro.

–Parece que no nos espera nada bueno ahí abajo, el humo se hace cada vez más espeso.

Jean miró cómo se filtraba una oscura humareda gris por el suelo del ascensor.

–Será mejor que no respiremos.

Todas asintieron sin dudarlo.

El chirriar de la polea mientras descendían contribuyó a alterar los nervios de Kate, que cada vez apretaba más la mano de Galatea.

"Todo saldrá bien, tranquila"

Kate le sonrió agradecida por los ánimos secretos, pero ella no le devolvió la mirada. Parecía que aquellas palabras eran para animarse a sí misma y no a su compañera.

Jean abrió la puerta del ascensor y, de inmediato, el denso humo les abofeteó.

El paraje era desolador. Parte del techo se había derrumbado, aplastando los muebles y dejándolo todo prácticamente a oscuras.

–¡Esto es horrible!

El corazón de Emma palpitaba con fuerza. Si aquel era el estado de los túneles, el futuro no les depararía nada bueno.

Jean sacó sus dotes de líder al instante.

–Seguidme y no os separéis de mí –Levantó con destreza un trozo de muro que les cortaba el pasó y les hizo un gesto con la mano–. Vamos.

Con la agilidad y velocidad típica de los inmortales, uno a uno se fueron adentrando en lo que un día fueron los Túneles Secretos de Londres.

Reencuentro

El fuego prácticamente se había extinguido en el laboratorio, bajo la atenta mirada de Enzo.

Gracias a aquella casualidad, el ejército del Consejo no les había encontrado.

Jayden hacía horas que no abría la boca y se debatía entre el trance en el que Enzo le había sumido y su susurrante voz interior que intentaba hacerle entrar en razón.

—Coronel, el sistema de seguridad ha sido destruido por completo. No hay manera de abrir las puertas de manera automática.

Enzo se cruzó de brazos y frunció el ceño.

—Habrá que forzarlas, entonces. Hemos de marcharnos cuanto antes. La gente del Consejo volverá para ver si pueden obtener alguna prueba de lo que hacíamos aquí.

Robert chasqueó la lengua.

—¿Crees que ya se han ido?

Enzo se limitó a asentir con soberbia en sus fríos ojos grises.

—¡Cabo, Sargento, abran las puertas!

Los hombres se levantaron ágilmente de sus asientos y, con una fuerza sobrehumana, clavaron sus dedos en la junta que apenas había entre las dos gruesas puertas de cristal.

Cada uno hacía fuerza hacía un lado distinto, pero la puerta apenas cedió.

Bajo sus dedos, el cristal empezó a agrietarse.

—¡Vamos, no tenemos todo el día! —La voz de Enzo parecía irritada.

Los esfuerzos de los dos militares apenas obtuvieron resultado.

Robert se les acercó, a la vez que lanzaba una mirada desafiante a Enzo.

—No es un trabajo para jóvenes vampiros —Su voz sonó grave y amenazante.

Con un puñetazo, aparentemente sin mucho esfuerzo, dirigido al centro de la junta, consiguió que las grietas fueran mayores y se fueran extendiendo por toda la superficie de la puerta.

Los ojos de Jayden, absortos ante la muestra de fuerza, no perdían detalle alguno.

Robert profirió un ligero gruñido.

—Ahora sólo falta rematarla —Con un cínico gesto indicó a los dos militares que la tiraran a golpes.

Los oscuros y derruidos túneles parecían no terminar nunca, contribuyendo a desesperar aún más al grupo que encabezaba Jean.

—No encontraremos ninguna pista entre este montón de escombros, necesitamos rastrear a Jayden.

Jean miró desafiante a Emma, que empezaba a perder la paciencia.

—No creo que sirviera de nada y colapsarías tus pulmones de este humo infecto.

—Yo lo haré —Sin que nadie tuviera tiempo de impedírselo, Kate llenó de aire sus pulmones.

Galatea la zarandeó.

—No te servirá de nada.

"Espera, dame una oportunidad"

Permaneció unos instantes con los ojos cerrados, mientras mantenía en sus pulmones el humo de una sola bocanada.

—Galatea, ¿qué hace? —La voz de Iris sonaba más aguda de lo habitual.

Ella se encogió de hombros.

"Creo que noto algo"

Kate avanzó un par de pasos por el camino que habían escogido y tomó otra bocanada de humo.

—¡Es por aquel túnel! —Sin esperar a los demás, salió corriendo hacia un túnel menos maltrecho que los anteriores.

Galatea y los demás se apresuraron a seguirla.

El conducto, mejor iluminado que el resto, pero cubierto de un humo más espeso, era de paredes de metal pulido y desembocaba a una enorme puerta de cristal blindado.

Emma se acercó lentamente e inspeccionó el interior.

—Parece que, sea lo que fuera lo que hacían aquí dentro, ha sido destruido por un devastador incendio.

Los inteligentes ojos de Kate no tardaron en reparar en el material maltrecho que se esparcía por el suelo y lo que quedaba de las mesas metálicas.

—Parece un laboratorio, mirad todo ese instrumental de cristal.

Galatea asintió con la cabeza.

—No quiero imaginarme qué clase de experimentos habrán llevado a cabo aquí abajo.

Jean dio un paso atrás con una expresión furiosa en el rostro.

—No estamos solos.

Instintivamente, los ojos de todas se clavaron en su rostro para, posteriormente, hacerlo en la dirección de la mirada de él.

Entre el espeso humo negro, al fondo del blanco laboratorio, había una puerta de cristal, idéntica a la que les cortaba el paso a ellos. Tras ella, varias siluetas se movían rápidamente.

—Jayden está allí.

Emma miró alarmada.

—¿Puedes verle? Yo no distingo a nadie, hay demasiado humo.

Galatea apoyó sus manos sobre el cristal de la puerta.

—No, no podemos verle, pero yo también siento que él está allí.

Iris posó una mano sobre el hombro de Galatea.

—Apartaos.

Jean sabía perfectamente qué era lo que se proponía su esposa y, junto con los demás, retrocedió.

Los ojos de Iris brillaron con unos destellos rojizos, que daban un aspecto temible a sus habituales ojos color miel.

Con un seco movimiento, empujó la puerta de cristal con la palma de las manos, haciéndole apenas unas grietas.

Pero su telequinesia no necesitaba más.

Retrocedió algunos pasos y, clavando su mirada sobre los surcos, los hizo avanzar hasta las aristas de la puerta.

—Cubriros la cara.

Todos obedecieron al instante.

Sus ojos se clavaron en una de las grietas más profundas, que empezó a crujir.

Kate miraba curiosa por encima de uno de sus brazos, mientras se cubría.

Con un sutil movimiento de cabeza, Iris hizo estallar en millones de pedazos la puerta de cristal.

Un par de ellos rozaron la cara de Galatea, que absorta por el espectáculo que le había proporcionado su amiga, decidió no hacer demasiado caso a los cortes, que empezaron a cicatrizar en el acto.

—Impresionante, mamá.

Iris se volvió con su habitual mirada cariñosa.

—Hacía años que no hacía estallar algo tan grande —Sonrió divertida.

Jean se acercó a la entrada del laboratorio, mientras los restos diminutos de cristales crujían bajo sus pies.

—Ha sido impresionante, pero hemos delatado nuestra posición.

Al otro lado, también habían conseguido echar abajo la resistente puerta de cristal, y seis siluetas les estaban observando.

Enzo indicó a sus acompañantes que no se movieran con un gesto rápido de su brazo.

Kate avanzó tres pasos cautelosamente, pero decidida a comprobar si allí estaba su hijo.

Galatea la frenó.

—No, Kate. No sabemos si son rehenes o rebeldes.

Una ligera carcajada se oyó desde la otra punta del laboratorio.

—¡Rebeldes, sin duda, Galatea! —Un escalofrío recorrió su espalda al oír la voz de Enzo.

Jean la miró alertado, mientras Kate profería un rugido animal desde lo más profundo de su salvaje ser.

Al abrir la puerta que contenía el laboratorio, el humo se fue disipando y, poco a poco, todos ellos se pudieron ver las caras.

Pudieron ver a Jayden.

Emma se avanzó de un paso.

—¡Jay, corre hacía mí, deprisa! —sus ojos verdes destellaban con desazón.

Enzo sonrió desafiante a Jayden.

—Quieres quedarte aquí.

Él le miró, sin ser dueño de sus actos y no se movió un ápice.

—¡Jayden! —La voz de Galatea inundó el laboratorio.

"Lo tiene hipnotizado"

Kate mantenía sus puños cerrados, conteniendo su más profunda ira.

—¿Papá?

Jean miró a Emma y ésta elevó una de sus brillantes cejas.

—Adelante, te seguiremos de cerca por si no resulta.

Iris, Kate y Galatea leyeron entre líneas el plan de Emma.

Los ojos de Iris buscaron entre los restos del laboratorio algún objeto pesado que pudiera usar como arma en caso de que las feromonas de Emma no dieran resultado.

Un enorme bidón para muestras criogenizadas le pareció lo más apropiado.

Sin que nadie se diera cuenta lo elevó un palmo del suelo.

Los pasos de Emma apenas eran audibles. Se acercaba sibilina hacia el grupo de hombres encabezado por Enzo.

Su sonrisa era encantadora.

—Deja que Jay venga con nosotros —Ninguno de ellos pareció reaccionar—. Por favor.

Emma se fijó en el científico de bata blanca que la miraba con los ojos medio entornados.

—¡Márchate! —Las sílabas pasaron susurrando los blancos dientes de Emma, siendo más un silbido que una palabra.

El científico echó una rápida mirada a Enzo y salió corriendo del lugar con una velocidad propia de un dhaphiro.

Emma sonrió triunfal.

—Uno menos.

Enzo posó, provocador, una mano sobre el hombro de Jayden.

—Perfecto, ahora estamos igualados en número —Arrugó la nariz en un intento de hacer una mueca divertida—. El pobre doctor no está adiestrado para una lucha como ésta y ha caído presa de tu habilidad, ¿le has hipnotizado?

Emma le miró desafiante.

—Feromonas.

La risa de Enzo se propagó por todo el túnel.

—Lástima, las feromonas no son efectivas si la víctima no las inhala. Por desgracia para ti, nosotros hace rato que no lo hacemos para evitar el humo. La hipnosis sin embargo... —Con pasos rápidos se situó detrás de Jayden—. Es efectiva *siempre*.

Galatea se avanzó un paso por delante de su grupo.

"No será capaz"

—Jayden, mata a la rubita.

Jayden se agazapó como un guepardo que ha avistado a su presa y, profiriendo un ronco gruñido, saltó al cuello de Emma.

El impacto provocó un fuerte estruendo, mientras ella luchaba para que su mejor amigo no le rompiera el cuello.

Jean intentó ir en su ayuda, pero el Cabo que acompañaba a Enzo le estaba atacando, intentando cortarle con un gran trozo de cristal.

Iris había corrido hacia el final del laboratorio y se concentraba para golpear a Robert con el bidón, pero lo esquivaba muy eficazmente.

Kate había sido apresada por el Sargento y Galatea corrió a socorrerla.

Enzo, de pie frente a la sala del áspid, observaba cruzado de brazos el gran espectáculo.

Emma había conseguido reducir a Jayden y, mientras le sostenía de pies y manos contra el suelo, intentaba que le mirara a los ojos, pero él se convulsionaba presa de su ira más feroz.

—¡Jay, mírame! ¡Soy Emma! ¡Reacciona!

Jayden consiguió liberar una pierna y, de una fuerte patada, lanzó a Emma por los aires, empotrándola en una de las paredes del túnel.

Enzo aplaudió cuando vio aterrizar a la malherida joven a pocos metros.

Iris, distraída por la brutal caída de su hija entre los escombros, fue atacada por un fuerte Robert, que la sujetó contra la pared por el cuello elevándola un metro del suelo.

—Tranquila, pronto te reunirás con ella.

Iris había perdido el contacto visual con el bidón, que había caído al suelo perdiendo la tapa de seguridad.

Un humo blanco y espeso salía de su interior.

Supo enseguida cual era su contenido.

Robert vio un de los cantos vivos de la puerta que tan eficazmente Iris había destruido y, sin pensárselo dos veces, intentó decapitarla empujándola contra él, pero sus pies no se movían.

—¿Qué me estás haciendo? —Sus manos se ciñeron con más fuerza alrededor de su fino cuello.

—Te he paralizado —Sus ojos buscaban frenéticos la localización del bidón.

No tardó en dar con él.

Robert, impotente, intentó romperle el cuello a Iris con sus propias manos pero éstas tampoco le respondían, ya que ella estaba luchando con las suyas para liberarse.

Las manos de Robert cada vez ejercían menos fuerza sobre el cuello de ella.

—Tengo una sorpresa para ti —De un veloz movimiento, Iris se escurrió entre las manos de él, para alejarse lo máximo posible.

—¿Dónde crees que vas?

Robert siguió la inquietante mirada de Iris y se encontró de lleno con el bidón de nitrógeno líquido que venía disparado hacia él.

El golpe fue decisivo.

Le dejó aturdido el tiempo suficiente como para que ella pudiera volcar su contenido sobre él.

En el acto, pasó a ser como una figura de hielo.

Los nervios invadieron a Iris, que se apresuró a correr al lado de la inconsciente Emma, que ya estaba cicatrizando sus heridas.

Jayden las observaba rugiendo desde el lado de Enzo, ya que éste así se lo había ordenado, mientras se maldecía por contar con unos militantes tan ineptos.

La fuerza de Jean no fue rival para el endeble Cabo que intentaba terminar con su vida. En tan sólo unos movimientos, consiguió romperle un brazo.

Pero el fiel vampiro se regeneraba deprisa y volvía a atacar, siguiendo al pie de la letra las órdenes de Enzo.

—Chaval, déjalo ya. No quiero herirte.

El Cabo se limitó a rugir.

Cuando Jean percibió el movimiento de ataque del joven no le quedó otro remedió que propinarle tal puñetazo, que hizo que se estampara contra la figura de hielo de Robert, rompiéndola en mil pedazos.

El joven, horrorizado, salió corriendo por la puerta con varios trozos de su superior clavados en el cuerpo.

Kate perdió el conocimiento cuando el Sargento le propinó un fuerte golpe en la cabeza con una de las mesas metálicas del laboratorio.

La herida era tan profunda que estaba tardando varios minutos en cicatrizarse.

Cuando el agresor partió la mesa por la mitad para intentar decapitar a la inconsciente Kate con el filo, Galatea, presa de su fuerte instinto protector, saltó a su espalda y, sin pensárselo dos veces, le partió el cuello con sus propias manos, dejándole inconsciente en el suelo.

Hubiera podido decapitarlo, pero el asesinato iba en contra sus principios.

Kate abrió los ojos lentamente y se incorporó un tanto aturdida.

En cuestión de minutos, Enzo se vio rodeado por cinco feroces inmortales, que habían reducido a sus hombres dejándole solo.

—¡Suelta a Jayden! —La voz de Galatea sonaba amenazadora.

Enzo caminó unos cuantos pasos hacia atrás, adentrándose en la sala del áspid.

—Jayden, mata a Galatea.

Los ojos grises de Jayden perdieron toda su expresión, volviéndose opacos y sin brillo.

Tras un grito desgarrador, lleno de furia por parte del joven dhaphiro, saltó al cuello de Galatea, dispuesto a seccionarle la yugular con los dientes.

Entre todos, y con el mayor cuidado posible, le inmovilizaron en el suelo.

—Ya veo que así no conseguiré nada.

Jayden se revolvía propinando golpes y mordiscos a todo lo que estuviera a su alcance.

—¡Haz que pare!

Enzo sonrió ante la súplica de Kate.

—Jayden, detente y ven conmigo.

—¡No! —La voz de Galatea fue seca.

—Si no le dejas que venga, haré que se suicide. Aún es mortal.

Kate apartó a Galatea, que todavía sostenía a Jayden tumbado en el suelo lleno de hollín y escombros.

Lentamente, se levantó y acudió junto a Enzo.

—Ahora, vais a dejar que me marche.

Todos, excepto Galatea, relajaron su postura.

Estaban bajo la influencia de Enzo.

—No hagas esto.

Él sonrió.

—Ah, ya casi no lo recordaba, mi queridísima mamá es inmune a mi don.

—Es la ventaja de haberte engendrado en mi vientre y haberte convertido en vampiro.

Enzo profirió un bufido.

—Conversión que yo nunca pedí, pero gracias, no me ha ido tan mal, sobretodo después de que he ascendido a un alto rango militar a base de mis *persuasiones*.

Galatea avanzó un paso hacía Enzo, lenta e implacable.

—Sabes que no te voy a dejar ir, soy más fuerte que tú.

Enzo tamborileó con sus dedos sobre su cara.

—Es cierto, pero tengo mi propio plan.

—¿Por qué has llegado a esto? Yo te quería.

—No me querrías tanto cuando me abandonaste por ella.

Los ojos de Enzo miraron a la indefensa Kate, sumida en su profundo trance.

Una punzada atravesó el alma de Galatea. Enzo tenía razón.

—¿Lo ves? No lo niegas. Déjame ir.

Galatea apartó a un lado su mala conciencia y rugió a Enzo como negativa.

—Tú misma —Con una mano elevó a Jayden amarrándolo de la camiseta.

—Suéltale, él no te ha hecho nada.

—Es mi hijo, y tengo derecho a matarle si quiero —Con un rápido movimiento le fracturó una muñeca. Sonó como un fuerte chasquido.

Jayden estaba inexpresivo.

—¡No! ¡Déjale!

—¿Serás buena y me dejarás marchar? —Ella asintió—. Jayden, mátala.

Jayden volvió a embestir a Galatea, que se negaba a combatir su ataque por temor a herirle de gravedad.

Las dentelladas de él sonaban cada vez más cerca de su cuello.

Era extremadamente fuerte, incluso con una muñeca fracturada.

—¡Jayden, detente!

Enzo retrasaba su partida. Estaba disfrutando del espectáculo.

—Jayden, cuando la hayas matado, suicídate.

—¡No!

Galatea rodaba con él por el suelo, entre los escombros y los cristales rotos.

—Adiós, *madre*.

Jayden clavó sus dientes en el cuello de Galatea, mientras ella intentaba reprimir su instinto de supervivencia.

—¡Haz que pare, Enzo!

Jayden, que se disponía a clavar de nuevo sus fieros dientes en la carne de Galatea, se quedó petrificado.

Enzo le miró incrédulo.

—Mátala, ¿a qué esperas?

Galatea se presionó la herida en la yugular, mientras ella y Jayden se incorporaban.

Los ojos del joven dhaphiro volvían a ser de su brillante gris azulado. De pronto, el dolor causado por las heridas que le había infligido Enzo hizo aumentar su furia.

—¿Enzo? —Avanzó un paso hacía él—. ¡Tú! ¿Tú eres mi padre?

Las facciones de Jayden amenazaban a Enzo.

—Sí.

—Te odiaba desde antes de nacer. Heriste de tal manera a mi madre que su sufrimiento se quedó grabado en mi alma.

—Si tanto sufres, mata a Galatea y suicídate, te lo ordeno.

Jayden se giró hacia a Galatea.

—¿Tú eres su madre? —Ella asintió—. Sabes que te quiero, por eso ruego que me perdones por lo que voy a hacer.

Sin previo aviso, Jayden saltó sobre Enzo, estampándose ambos contra la gran cristalera que servía para ver el interior de la cámara del áspid.

El cristal se partió en grandes trozos.

Enzo se levantó y, de un puñetazo, lanzó a su joven agresor a varios metros de distancia.

Galatea saltó al cuello de su hijo, dispuesta a frenarle.

Jayden, tambaleante y con varios cortes que sangraban abundantemente, se dio impulso y saltó mordiéndole el cuello a Enzo y practicándole la misma herida que le había hecho a Galatea.

Enzo se deshizo de él, propinándole tal golpe, que consiguió dejarle inconsciente y malherido, mientras luchaba con una Galatea encaramada a su espalda.

Los ojos de Enzo vieron una macabra solución.

—Kate, ayúdame.

Sumida en el trance, Kate recogió una varilla metálica que se había desprendido del forjado del techo y, sin pensárselo, atravesó por la espalda a Galatea, que cayó al suelo.

—Kate... —Sus palabras fueron un susurro, mientras arrancaba de su pecho el metal.

Enzo se alejó unos pasos para verlo todo desde otra perspectiva.

—Vaya, qué divertido, con Galatea fuera del juego, puedo hacer que os matéis unos a otros —Una risa cínica salió de lo más profundo de su alma—. Kate mata al tipo alto y tú, rubita, mata a tu madre, y cuando terminéis mataos entre vosotras.

Un estruendo de feroces gruñidos invadió la sala, mientras los cuatro se enzarzaban en una feroz lucha a muerte.

Galatea se puso en pie, mientras su grave herida se cerraba lentamente.

—Ni lo intentes. Tardarás varias horas en recuperarte de semejante puñalada.

Los ojos de Galatea brillaron con odio.

—Siempre lo supe.

—¿Qué supiste?

—Que eras el mismísimo Lucifer.

Sin que Enzo tuviera tiempo a reaccionar, ella le empujó contra la cristalera rota clavándole en uno de los trozos que aún quedaban sujetos al marco.

—Así no conseguirás matarme.

Aun clavado como estaba, Enzo propinó una fuerte patada a Galatea que cayó al suelo mientras se comprimía con la mano el orificio de salida de la herida.

Enzo empezó a reír con una risa malévola y aguda que invadió la estancia, mientras con tirones se intentaba desclavar de la cristalera.

—Acabaré con vosotros.

Tan agudos y fuertes eran sus gritos, que un cristal, igual de afilado que el que tenía clavado en el cuerpo, cayó de la parte superior de la gran ventana decapitándolo en el acto.

Todos se quedaron inmóviles.

Sin Enzo, no había hipnosis.

Kate corrió a abrazar a Galatea, que había empezado a temblar ante la horripilante visión de su hijo muerto.

Decapitado.

Había asesinado a su propio hijo.

Con un rápido movimiento, alisó su cabellera dorada y besó la frente de Jayden.

—Cuídate esa mano, enano.

—Cuídate de ese bombero, fea.

Emma le miró con desaprobación, mientras se dirigía a la puerta.

Tras varias semanas de súplicas y varios ramos de rosas amarillas, Emma había aceptado una primera cita con Chris.

Estaba más ilusionada de lo que ella creía.

—Me alegro de que Emma salga con un chico.

Iris miró sorprendida a su marido, que se sentaba en el sofá junto al convaleciente Jayden.

—Normalmente, los padres se niegan a que sus hijas lleven a cabo esas prácticas.

Jean se encogió de hombros.

—¿Cómo lo llevas Jayden? ¿Aún te duele mucho la fractura de la muñeca?

Él sonrió levantando la escayola.

—Las heridas de guerra no duelen, se llevan con orgullo.

Iris y Jean rieron al unísono.

—Tu madre me ha llamado antes. Llegarán esta tarde. Espero que el juicio en el Consejo les haya ido bien.

—Tengo ganas de verlas, tía Iris. Las hecho de menos.

Jean despeinó la brillante cabellera de Jayden.

—¿No eres un poco mayor para añorar tanto a tu madre, jovencito?

Él se limitó a negar con la cabeza.

−A mi madre no, a mis madres. Y no me importa reconocer que las echo de menos. Cuando se vive lo que nosotros hemos pasado, se aprende a decir a tus seres queridos que les quieres.

Iris le miró tiernamente.

Cerró la puerta con un sordo golpe y puso sus manos a los lados del volante del coche.

Habían sido dos largos días en la sede del consejo de Londres, mientras consideraban su caso.

−¿Estás bien?

Galatea asintió.

−El Consejo ha sido muy comprensivo con nuestro crimen.

−No hubo crimen, fue defensa propia, ellos mismos lo han determinado así. Tú no asesinaste a nadie.

Los ojos de Galatea buscaron los de Kate, que brillaban en la oscuridad.

−¿Crees que soy mala persona por sentirme liberada?

Kate acarició la mejilla de su compañera.

−¿Por haber salido sin cargos del juicio?

Galatea apenas quiso mirarla.

−No, liberada por no tener que preocuparme más por Enzo.

Kate acarició los rizos de su compañera con la mano.

−Cariño, sufriste mucho en el pasado y le diste a tu hijo todo lo mejor, sacrificando tu vida, y él, nunca te recompensó por ello.

Galatea bajó la cabeza abatida, luchando contra su gran conciencia.

"Algún día te contaré la historia completa de mi vida"

"Espero que también incluyas la parte de tu vida en la que aparezco yo"

Galatea apoyó su cabeza en el hombro de Kate.

—Tú eres la parte más importante de ella, ¿cómo no iba a mencionarla?

Kate titubeó un instante, pero se dejó llevar por su instinto y posó sus suaves labios sobre los de Galatea.

Su creadora, su amor, su amante.

La tenue luz de la luna apenas iluminaba el boscoso paraje en el que Andrea se había ocultado aquellas semanas.

Los gritos desgarradores de la parturienta hicieron crecer sus esperanzas en aquel bebé que estaba apunto de nacer.

Tras la última contracción, que terminó con la vida de su madre a causa del gran esfuerzo, Andrea sostuvo en sus brazos un perfecto dhaphiro recién nacido, pero con la apariencia de un niño de varios meses.

Él era su recompensa por haber sufrido aquellas semanas de exilio sin tener noticias de Robert ni de ningún miembro de la Milicia. De no ser por su rápida actuación durante la precipitada huida de los túneles, jamás habría nacido.

El niño abrió los ojos, ávido por conocer su nuevo mundo.

Unos ojos amarillos con tonalidades grisáceas alrededor de sus iris.

—Bienvenido al mundo, mi pequeño portento. Juntos haremos grandes cosas.

El bebé sonrió ampliamente, mostrando unas encías enrojecidas de las que ya empezaban a salir unos diminutos, pero afilados, dientes blancos.

Andrea se sobresaltó por su precipitado desarrollo.

De un brinco, el pequeño dhaphiro se incorporó en sus brazos con movimientos impropios de un bebé y saltó al cuello de Andrea, que no pudo reaccionar, rasgándole la yugular con sus apenas desarrollados dientes y succionando toda su sangre, matándola en pocos segundos.

Sigue la historia y la evolución de Jayden en
La saga del Escarabajo II,
La Isla del Dhaphiro

Más información en:
www.diannammarques.com

AGRADECIMIENTOS

En primer lugar, gracias a ti por haber leído mi libro. Espero sinceramente que hayas disfrutado con él y que tengas ganas de continuar con la saga.

En segundo lugar, y no por ello menos importante, quiero dar las gracias a todos los que me han ayudado a llevar a cabo este proyecto, cargado de ilusión y esperanza.

También quiero agradeceros que me hayáis prestado vuestros nombres.

Gracias por estar a mi lado en los buenos y malos momentos, y sentir como vuestra, mi pasión por la literatura.

Is, Laura, Jose, Ricardo, Marc, Albert, Vanesa, Tere, Tomás, Txell, Txema y a muchos más...

Dianna M. Marquès